KB113129

시계태엽 오렌지

A Clockwork Orange

A CLOCKWORK ORANGE: THE RESTORED EDITION
by Anthony Burgess

세계문학전집 112

시계태엽 오렌지

A Clockwork Orange

앤서니 버지스

박시영 옮김

민음사

일러두기

1 이 책은 앤드루 비즈웰(Andrew Biswell)이 편집한 Anthony Burgess, *A Clockwork Orange: Restored Edition*(Penguin, 2012)을 번역 저본으로 삼았다.

2 소설 본문에 볼드로 표기된 부분은 뒤에 이어지는 「편집자 주석」에 그 뜻이 자세히 설명되어 있는 낱말 혹은 구절이다.

3 본문의 각주는 모두 옮긴이 주다.

차례

서론

앤드루 비즈웰

1994년, 버지스가 향년 76세의 나이로 세상을 뜬 지 채 일 년도 되지 않던 해, 영국 BBC 스코틀랜드 지국은 소설가 보이드(William Boyd)에게 이 작가의 삶과 작품을 기리는 라디오 연극을 써 줄 것을 청탁했다. 이 연극은 버지스의 음악을 연주한 콘서트 녹화본과 그의 「글래스고 서곡(Glasgow Overture)」을 녹음한 것과 함께 1994년 8월 21일 에든버러 페스티벌 기간 동안 방송되었다. 이 프로그램 이름은 "공중파본 버지스(An Airful of Burgess)"였는데, 배우 세션스(John Sessions)가 작가 버지스와 그의 소설적 자아를 상징하는 허구 인물인 시인 엔더비(F. X. Enderby) 역할을 동시에 담당했다. 같은 날 《선데이 타임스(Sunday Times)》는 「BBC 페스티벌 연극의 폭력적인 강간 장면 구설수」라는 기사를 첫머리에 실었다. 이 신문은 BBC가 버지스의 문제작 『시계태엽 오렌지』에 바탕을 둔 강간 장면을 생방송으로 방영할 것이라고 주장했다. 이 신문 기사는 '모방 범죄'라고 비판당했던 큐브릭 감독의 영화 또한 "섬뜩한 강간, 폭력, 살인"을 노골적으로 그리고 있다고 비판했다. 그러나 《선데이 타임스》가 약속한 노골적이고 섬뜩한 강간 장면 같은 것을 들으려고 라디오를 튼 사람이 있다면, 누구라도 심하게 실망했을 것이다. 보이드의 연극은 『시계태엽 오렌지』에서 가져온 내용으로 2분 분량을 방영했는데, 창조적인 음악성과 문학성으로 점철된 버지스의 오랜 삶을 품위 있게 기렸다. 종종 자신의 소설에서 빡빡한 우익 논설 기자들을 희화한 버지스였지만, 사후에는 비관적 종말관을 가진 저널리즘의 부정확하고 무책임한 이야깃거리가 되는 신세를 피할 수는 없었던 듯하다.

다양한 형태로 나타난 『시계태엽 오렌지』를 둘러싼 논쟁의 역사를 이해하기 위해서는 오십 년을 거슬러 1960년대로 돌아가야 하는데, 당시 버지스는 가상의 미래를 다루는 소설들을 기획하고 있었다. 현재 남아 있는 『시계태엽 오렌지』의 가장 초기 계획안에 따르면 그는 약 200쪽 분량의 책을 기획하고 있었는데, 각 70쪽 분량의 세 부분으로 구성되었으며, 1980년대가 배경이었다. '네 눈의 기둥(The Plank in Your Eye)', '체리의 구더기(Maggot in the Cherry)'가 고려되었던 제목의 일부인데, 이 소설의 반영웅적 주인공은 프레드(Fred Verity)라는 이름의 범죄자다. 소설의 1부는 그의 범죄 행각을 다루며 결국엔 그가 체포되는 내용이다. 2부는 구속된 프레드가 새로운 세뇌 치료법으로 시술을 받고 교도소에서 풀려나는 내용을 담는다. 3부는 자유에 대해 고민하는 진보적인 정치인과 죄에 대해 고민하는 교회의 고뇌를 다루고 있다. 이 소설의 결말에서 프레드는 시술받았던 세뇌 치료법으로부터 회복하게 되고 다시 범죄의 삶으로 돌아간다.

이 당시 버지스가 기획하고 있던 다른 소설은 「번식을 왕성하게 하자(Let Copulation Thrive)」(1962년 10월 『부족한 씨앗(The Wanting Seed)』이라는 제목으로 출간)이다. 이 소설은 인구 과잉의 미래를 다루는 또 다른 미래 소설로서 종교가 불법화되고, 정부가 출산율을 통제하기 위해서 공식적으로 장려하는 동성애가 규범이 된 사회를 그리고 있다. 버지스의 가상 미래에서는 남자들이 강제로 징집되어 전쟁 게임에 참가하는 무장 군인이 된다. 이런 전쟁 상황을 조작하는 진짜 목적은 사망한 사람들의 시체를 깡통 포장의 육고기로 만들어 굶주린 사람들을 먹이기 위해서다. 『부족한 씨앗』과 『시계태엽 오렌지』는 정치가 항상 양 축을 오가는 진자라는 생각을 저변에 공유하고 있는데, 이 두 소설에서 정부는 전체적인 질서와 자유방임적인 태도를 계속 번복한다. 버지스는 희화 소설가로서의 자질과 교사 시절 보여 준 문화적 낙관주의에도 불구하고, 마음 깊은 곳에서 원죄설을 믿는 아우구스티누스파 가톨릭 신자로서, 그의 학창 시절 맨체스터의 사비에르 수도사들이 주입한, 인간은 선보다는 악을 행하는 경향이 있다는 원죄설에 대한 믿음을 완전히 떨치지는 못했던 것이다.[1] 이와 비슷하게 악에 매료된 사례로는 버지스의 친구이자 같은 종교를 믿었던 영국 소설가 그린(Graham Greene)의 소설 『브라이턴 록(Brighton Rock)』을 들 수 있는데, 부패한 사회와 십 대 일탈을 함께 그렸다는 점에서 버지스와 비교해 볼 수 있다.

그 스스로 음울한 미래를 그리는 디스토피아 소설들을 쓰기 전까지 버지스는 거의 삼십 년 가까이 이 장르의 다른 소설들을 읽었다. 자신의 소설 비평 『현재의 소설(The Novel Now)』(1967년에 팸플릿으로 출간된 후, 1971년에 증보되어 단행본으로 출간)에서 그는 책의 한 장 전체를 가상의 유토피아와 디스토피아에 할애하고 있다. 그의 주장에 따르면 20세기 작가들은 대체적으로 원죄설을 부정하고 과학적 합리주의에 믿음을 가진 웰스(H. G. Wells)의 사회주의적 유토피아 사상을 거부했다는 것이다. 버지스는 과학의 진보가 자동적으로 행복을 가져다줄 것이라는 진보주의적 가정에 대해 도전한 『멋진 신세계(Brave New World)』나 『긴 여름 후(After Many a Summer)』와 같은 상상 소설을 쓴 헉슬리의 반유토피아적인 전통에 훨씬 더 많은 관심이 있었다. 마찬가지로 그는 미국 소설가 루이스(Sinclair Lewis)가 우익 독재 체제의 도래에 대해 음울하게 예언한 소설 『여기서는 일어나면 안 되는 일이야!(It Can't Happen Here!)』나, 파시즘적인 성향을 가진 젊고 잘생긴 비행사들의 매력을 전쟁 우화처럼 그린 영국 소설가 워너(Rex

---

1) 버지스는 영국 맨체스터 교외의 가톨릭 가정에서 태어나서 초등 교육을 가톨릭 종교 학교에서 받았는데, 1928~1937년에 사베리언 사립 학교(Xavierian College)를 다녔고, 이후 현재 맨체스터 대학의 전신인 맨체스터 빅토리아 대학을 졸업했다.

Warner)의 『비행장(Aerodrome)』에서 영향을 받았다. 버지스는 오웰의 『1984(Nineteen Eighty-Four)』가 출간된 후 얼마 되지 않아 읽었는데, 자신의 1952년도 일기장 첫 장 머리 제목을 "빅 브라더[2]를 물리치자"라고 달았다. 그러나 버지스는 오웰의 소설을 죽어 가는 사람의 예언이라고 폄하하고는 했는데, 왜냐하면 이 소설은 정당하지 못하게도 자신들을 이데올로기로 억압하는 자들에게 저항할 수 있는 노동자들의 저력을 비관적으로 봤기 때문이다. 소설과 비평을 섞은 하이브리드 소설 『1985년』(1985)에서 버지스는 오웰이 자신 주변에서 감지한 1948년의 정세들에 대해 단순히 소묘적으로 그렸을 뿐이라고 의견을 제시한다. "아마 모든 디스토피아적인 조망은 현재를 그리면서 교훈과 경고가 될 정도로 어떤 특성들을 더 분명히 드러내고 과장한 것이다."라고 버지스는 말한다.

영국의 디스토피아 소설은 1960년 초기 소규모의 부흥을 즐기고 있었는데, 당시 《타임스 리터러리 서플리먼트(Times Literary Supplement)》, 《요크셔 포스트(Yorkshire Post)》를 위해 신간 소설들을 비평했던 버지스는 이 현상을 알아차릴 수 있는 적절한 위치에 있었고, 자신의 공상 작품에서 이에 대한 반응을 드러낸 것이다. 1960년 그는 영국 소설가 하틀리(L. P. Hartly)의 『얼굴에도 정의를(Facial Justice)』[3]과 미국 작가 피츠기번(Constantine Fitzgibbon)의 『키스를 멈춰야만 했을 때

---

2) Big Brother. 오웰의 전체주의 사회에서 감시, 통제를 담당하는 존재.
3) 절대적 평등 사회를 지향하기 위해 모든 특권을 부정하고 심지어는 너무 잘생기거나 추한 것도 부정하기 위해 성형 수술을 시키는 사회를 그린 소설.

(When the Kissing Had to Stop)』를 읽었다. 그런데 가장 크게 그의 주의를 끈 소설은 남편과 아내가 한 팀이 되어 많은 논픽션 정치 소설을 쓴 길런 부부(Diana & Meir Gillon)의 『잠자지 않는 사람들(The Unsleep)』이다. 1961년 4월 6일 자《요크셔 포스트》에 이 책에 대한 비평을 실은 버지스는 이렇게 쓰고 있다.

『잠자지 않는 사람들』은 내 취향에 잘 맞는 미래 공상 소설인데, 원래의 『멋진 신세계』로 복귀하자는 오웰 이후 세대의 영향을 받아서, 전체주의라는 악몽의 절정이 아니라 자유주의가 극단으로 치닫는 것에 대한 예측으로 공포를 불러일으킨다. 길런 부부가 그리는 아마 멀지 않은 미래의 영국은 진화한 심리 요법으로 확보한 전쟁도 범죄도 없는 평정의 상태이고, 삶은 그저 살기 위한 것이다. 삶의 가장 큰 적은 잠이고, 그래서 잠은 척결할 대상이다. '국가 각성제(Sta-Wake)'를 몇 대 맞으면 어둠의 세계로부터 벗어나 삼십 년을 보장받게 된다.

그러나 예측하는 대로 일이 진행되지는 않는다. 깬 상태에서 즐길 오락의 종류가 너무 많고, 범죄와 일탈 행위가 잇따르며, 경찰력이 필요해진다. 이후 무의식 상태가 전염병처럼 퍼지는데, 처음에는 화성에 온 바이러스가 원인이라고 생각한다. 자연이 '국가 각성제'에 거칠게 반기를 든 것이고, 예전처럼 지나친 방종, 즉 도가 지나친 자유주의에 대해 경고를 한 것이다.

버지스가 『시계태엽 오렌지』를 쓰기 위해 준비하면서 읽은 또 다른 책은 『다시 찾은 멋진 신세계(Brave New World Revisited)』인데, 헉슬리가 그 전에 나온 소설의 후속작으로 쓴 논픽션 작품이다. 헉슬리로부터 버지스는 행동 교정, 세뇌 그리고 약물 유도라는 부상하는 기술에 대해 배웠다. 그가 심리학자인 스키너(B. F. Skinner)[4]의 저서 『과학과 인간의 행동(Science and Human Behavior)』을 읽었음을 제시하는 증거는 없다. 그러나 버지스는 헉슬리의 책에서 스키너의 이론을 요약한 것을 발견했다.

그리고 심지어 오늘날에도 저명한 심리학자인 하버드 대학 스키너 교수의 다음과 같은 주장을 발견할 수 있다. "점점 더 광범위하게 과학적으로 설명할 수 있게 됨으로써, 개개인으로서 주장할 수 있는 공헌한 바가 0에 가까워지는 것으로 보인다. 인간이 뽐내던 창조력과 예술, 과학, 도덕에서의 성취, 선택할 수 있는 잠재력, 개인이 선택한 결과에 대해 책임을 물을 수 있는 권리, 이 중 어떤 것도 새로운 과학으로 그려진 인간상에서는 눈에 잘 띄지 않는다.

미즈(Jonathan Meades)가 고찰한 대로, "스키너는 그에 대한 버지스의 증오가 없었다면 완전히 잊혔을 것"인데, 버지스는 스키너에 대한 증오를 그의 『시계태엽 증언(The Clockwork Testament)』에서 발러글라스(Balaglas) 교수라는 인물로 그림으

---

4) 급진적 행동주의를 창시한 미국 심리학자이자 교수, 작가.

로써 허구의 틀을 빌려 형상화했다. 스키너는 그 당대에 『월든 II(Walden Two)』라는 유토피아적 소설로 유명했는데, 여기서 그는 완전한 순응, '엄마', '아빠'라는 단어의 의미를 사라지게 만드는 공동 육아, 공리적인 의복, 남녀 분리 기숙사에서 조화롭게 사는 삶이라는 기술 관료주의적인 밝은 미래를 상상하고 있다. 스키너의 이상 사회에서는 밝은 조명들과 현란한 포스터를 이용하는 광고가 추방되고, 역사는 더 이상 연구할 가치가 없는 대상이다. 『과학과 인간의 행동』에서 그는 유전학, 문화, 환경 그리고 개인의 선택할 자유 등을 인간의 성격을 규정하는 데 중요하지 않은 요소로 간주하고 있다. 이런 주장은 절대적인 자유 의지(이에 따라 공적인 페르소나는 전적으로 자신이 만든 것이 된다.)를 믿은 버지스에게 가장 큰 반감을 일으키는 말도 안 되는 소리다. 버지스가 쓴 디스토피아 소설의 주된 목적 중 하나는 스키너와 그 추종자들의 기계적인 결정론에 반론을 제기하는 것이다. 『시계태엽 오렌지』에서 교도소 신부는 "인간은 선택할 수 없을 때, 더 이상 인간이 아니다."라고 버지스의 입장을 아주 명확하게 규정한다.

버지스는 언어 습득에 뛰어난 재능이 있어서 말레이어를 학위 수준으로 배웠을 뿐만 아니라 프랑스어, 러시아어, 고대 그리스어로 쓰인 문학 작품들을 번역할 수 있을 정도였다. 그가 1961년 6월부터 7월 사이에 워킹 홀리데이를 위해 레닌그라드(지금은 상트페테르부르크라고 알려진)에 간 이유도 바로 러시아어와 문학에 대한 관심 때문이었다. 버지스의 책을 출판한 하이네만(William Heinemann, 1863~1920)이 그를 그곳으로 보냈는데, 버지스가 소련(구 공산 러시아)에 대한 여행 안내 책자를 쓰길 원했기 때문이다. 버지스는 페이(Mario Pei)의 『러시아어로 살아가기(Getting Along in Russian)』, 포먼(Maximilian Fourman)의 『러시아어 자습하기(Teach Yourself Russian)』, 『펭귄 러시아어 과정(The Penguin Russian Course)』을 구해서 기본적인 러시아어를 혼자 배웠다. 그런데 의도했던 이 논픽션 프로젝트는 다른 종류의 책이 모습을 드러내면서 한쪽으로 밀려났다. 영국을 떠나기 전 버지스는 1960년대 초반 영국의 은어를 사용하는 십 대 비행 청소년에 대한 소설을 구상했지만, 책이 출간되기 전에 그 은어가 시대에 뒤떨어진 것이 될까 걱정했다. 레닌그라드의 메트로폴 호텔 밖에서 버지스와 그의 아내는 영국의 테디 보이스를 연상시키는 폭력적이고 패션에 신경 쓴 집단들을 목격한다. 회고록에 따르면 버지스는 바로 이 순간 자신의 소설을 위해 러시아어에 바탕을 둔 새로운 언어, '나드샷'(러시아어 접미사로 '십 대'를 의미하며, 버지스 소설 이후 십 대 비어라는 의미로 사용)을 고안하기로 결심했다고 한다. 버지스는 차후에 이 소설의 도시 배경이 "어느 곳일 수도 있지만 내 고향인 맨체스터, 그리고 레닌그라드, 뉴욕을 조합한 것으로 만들었다."라고 썼다. 버지스에게는 옷을 빼입어 멋을 낸 무법 상태의 청소년들이 전 세계적인 현상으로 '철의 장막'5) 안팎에서 동일하게 나타났다는 것이 중요했다.

버지스의 매니저 잰슨스미스(Peter Janson-Smith)는 1961년

---

5) 소련의 폐쇄성을 상징하기 위해서 만들어 낸 냉전 시대의 언어.

9월 5일 런던의 하이네만에게 『시계태엽 오렌지』 타자본을 제출했는데, 동봉한 편지에서 자신이 너무 바빠서 읽지는 못했다고 설명했다. 하이네만사의 소설 평가 담당자 린드(Marie Lynd)는 신중하게 보고서를 작성하면서, 다음과 같이 평가했다. "독자들이 얼마나 빨리 이 책에 빨려 들지에 모든 게 달려 있다. (……) 한번 빨려 들면 멈추기 힘들 거다. 그러나 도전하기는 재미있지만 언어의 어려움이 아주 크다. 운이 좋으면 이 책은 큰 성공작이 되어 십 대들에게 새로운 언어를 제공할 것이다. 그러나 완전한 실패작이 될 수도 있다. 분명히 이 중간은 없을 것이다."

버지스 소설의 편집자 미치(James Michie)는 10월 5일 자로 이 소설이 "출판상 가장 힘든 문제작 중 하나"라고 쓴 메모를 돌렸다. 그는 이 책을 어떻게 홍보할 것인지에 대해 우려했는데, 왜냐하면 말레이반도와 영국을 희화한 버지스의 이전 소설과는 아주 다른 장르였기 때문이다. 미치는 이 만들어진 언어의 대부분이 독자들에게 해독 불가능한 정도는 아니라고 확신했지만 『시계태엽 오렌지』의 성폭력을 다루는 몇 에피소드들은 1959년에 제정된 「음란물 출간에 대한 법령」에 따라 기소당할 위험이 있음을 집어냈던 것이다. 미치는 "작가는 예술이기에 정당화된다고 무죄를 주장할 수 있지만, 섬세하게 판단하는 비평가들은 확신을 가지고 버지스가 가학적인 환상에 탐닉하고 있다며 기소할 수 있다."라고 쓰며 우려했다. 미치가 제시한 타개책 중 하나는 이 작품을 하이네만사의 출판 명 중 하나인 '피터 데이비스(Peter Davies)'로 출판하고, 작가를 익명으로 남김으로써 버지스의 평판에 가해질 손상을 방지하는 것이었다. 버지스는 아마 출판인들의 이런 노심초사 소동을 알지 못했을 것이다. 1962년 2월 4일 그는 하이네만사의 홍보 담당인 홀든(William Holden)과 '나드샷' 용어집을 이동 서점[6] 대표들에게 배부하는 문제로 서신을 교환했다.

출판 과정에서 발생한 또 다른 문제는 버지스 스스로가 만들어 낸 것이다. 3부의 끝인 6장의 타자본에는 버지스가 손으로 직접 쓴 "여기서 끝내야 할까? 선택 사항인 「에필로그」가 이어진다."라는 노트가 있다. 미치는 영국 판에서 가끔 21장으로 언급되는 에필로그를 포함하기로 결정했다. 1963년 노턴(W. W. Norton)사가 뉴욕에서 이 소설을 출판했을 때 미국 편집인 스웬슨(Eric Swenson)은 버지스의 "여기서 끝내야 할까?"라는 편집 관련 질문에 대해 다른 답을 내리게 되었다. 이십년 후 이 문제에 대해 회고하면서 스웬슨은 "내가 기억하는 바로는, 버지스가 내 의견이 타당하며, 21장을 추가한 것은 영국 출판사가 행복한 결말을 원했기 때문이라고 대답했다. 또한 내 기억에 따르면 그가 나에게 마지막 장 없이 미국 판을 출간하라고 강력하게 주장했는데, 그 결말이야말로 원래 그의 의도대로였던 것이다. 그래서 우리는 그냥 그렇게 했다." 이에 버지스는 소설의 다른 두 판본을 돌아다니게 한 것에 대해 후회하기에 이른다. 1986년에 그는 "사람들이 나에게 이것(다른 두 결말)에 대해 묻곤 하는데, 사실상 내 만년의 대부분은 내

6) 차 등의 교통수단을 이용해서 책을 대여하거나 판매하던 서점.

가 의도한 바와 그것이 좌절한 이야기를 복사해 나르는 일로 점철되었다."라는 기록을 남겼다. 그러나 1961년 타자본에서 보듯이 이 소설의 결말에 대한 버지스의 의도가 처음부터 분명하지 않았음은 확실하다.

『시계태엽 오렌지』는 1962년 5월 12일 6000부가 하이네만사에서 출판되었다. 《스펙테이터(Spectator)》의 미첼(Julian Mitchell)이나 《옵서버(Observer)》의 에이미스(Kingsley Amis) 같은 비평가들의 찬사에도 불구하고 이 소설의 판매는 저조했다. 출판사 보관 문서의 한 기록에는 1960년대 중반까지 단 3872부만 팔렸다고 적혀 있다. 『시계태엽 오렌지』에 대한 초기 비평의 기조는 이 소설에서 행해진 언어적 실험에 대한 당혹감과 혐오다. 《타임스 리터러리 서플리먼트》에서 개럿(John Garrett)은 『시계태엽 오렌지』를 "부패가 낳은 사악한 수다 덩어리"라고 묘사했다. 타우브먼(Robert Taubman)은 《뉴 스테이츠맨(New Statesman)》에서 "읽기가 너무 힘든 과업"이라고 말했다. 조슬슨(Diana Josselson)은 《케니언 리뷰(Kenyon Review)》에서 『시계태엽 오렌지』를 네안데르탈인에 대한 소설인 골딩(William Golding)의 『상속자들(The Inheritors)』과 비교함으로써 비판적인 태도를 보이며 "누가 이 털북숭이 생물에 대해 신경을 쓰는가, 이들의 상속자인 인류는 또 얼마나 싫어하는가."라고 비판했다. 브래드버리(Malcolm Bradbury)는 이들보다는 격려하는 비평을 《펀치(Punch)》에 실었는데, 그는 이 소설이 "지향점을 잃어버린 우리의 상태, 무관심, 폭력, 그리고 서로에게 행하는 성적인 착취, 반역, 저항 등을 다룬다는 점에서 현대적인 작품이다."라고 주장했다.

주요 언론의 이렇게 엇갈린 반응에도 불구하고, 『시계태엽 오렌지』는 금방 비주류 추종자들을 모으기 시작했다. 1959년 파리에서 출간된 『벌거벗은 점심(The Naked Lunch)』의 작가인 버로스(William S. Burroughs)는 미국의 밸런타인사가 출판한 이 소설의 판본을 열정적으로 추천했는데, "나는 버지스가 이 소설에서 언어를 가지고 해낸 것만큼 해낸 다른 작가를 기억하지 못하는데, 이 소설이 아주 재미있는 책이라는 사실이 간과된 것"이라고 말했다. 1965년 워홀(Andy Warhol)은 그와 자주 함께 일한 테이블(Ronald Tavel)과 함께 저예산의 16밀리 흑백 영화 「비닐(Vinyl)」을 만들었는데, 이 영화는 버지스의 소설을 원용한 것으로 맬런가(George Malanga)와 세지윅(Edie Sedgewick)이 주인공이다. 추종자들도 66분간의 고문이라고 묘사하는 「비닐」은 네 개의 컷으로 구성되며, 즉흥적인 대사로 이루어져 있다. 이 영화는 1965년 6월 4일 뉴욕 시네마테크 영화관에서 처음 상영되었는데, 워홀의 회고록 『파피즘(POPism)』에 따르면 이 영화가 이후 1966년에 적어도 두 번 이상, 뉴욕과 럿거스 대학에서 열린 벨벳 언더그라운드[7] 공연의 배경 영상으로 쓰였다고 한다. 1966년 4월 이셔우드(Christopher Isherwood)는 일기에 영화 「독수리 요새」(1968)를 감독하게 된 허튼(Brian Hutton)이 『시계태엽 오렌지』에 기반한 영화 각본을 써 달라 부탁했다고 적었다. 그다음 해 5월 서

---

7) Velvet Underground. 미국 록 밴드.

던(Terry Southern)과 쿠퍼(Michael Cooper)가 재거(Mick Jagger)에게 주인공 역할을 주자고 제안하면서 영국 영화 심의 위원회에 초안 각본을 제출했는데, 이 각본은 "십 대 깡패 문화를 여과 없이 드러내어 (……) 적절하지 못할 뿐만 아니라 위험하기까지 하다."며 승인이 거부되었다. 원작자인 버지스에게도 1969년에 새로운 각본을 써 달라는 요청이 들어왔지만, 영화로 만들어 달라고 설득할 수 있는 사람이 없었다. 1970년 1월 큐브릭이 리트비노프(Si Litvinoff), 라브(Max Raab)와 서신을 주고받았는데, 이들은 영화 저작권을 곧 워너브라더스사에 팔았다. 돌이켜 보면 버지스의 소설은 처음 출판된 이래 더 많은 독자들과 만날 순간을 기다린 것이 분명하다.

큐브릭이 각색한 영화가 1971년 12월 뉴욕에서, 그리고 1972년 1월 런던에서 상영되었다. 큐브릭은 자신이 버지스 소설의 "뛰어난 구성, 성격이 강한 인물들, 명료한 철학" 때문에 처음부터 매료되었다고 주장했는데, 이 찬사에 버지스는 이 영화가 "내 소설을 근본적으로 다시 해석한 작품"이라고 화답했다. 비록 영화에서는 시각적 매체의 제한으로 소설 상당 부분의 창조된 언어를 포기해야 했지만 큐브릭은 감독으로서 이 소설의 일인칭 시점을 암시하기 위해 최선을 다했다. 그 예가 로시니의 음악을 배경 음악으로 사용하는 싸움 장면 중 하나를 슬로 모션으로 보여 주는 것과 성폭력이 일어나는 혼음 장면을 보통 속도의 10배속으로 보여 준 것이다. 그러나 영화의 사실주의적 특성 때문에 불가피하게 폭력이 난무하는 러닝 타임 초반 45분이 소설보다 더 실감 있게 전달되었는데, 큐브릭이 교도소에서 벌어지는 두 번째 살인 이야기를 빼 버리고, 알렉스의 성폭력 대상인 열 살 여자아이들의 나이(영화에서는 법적으로 동의할 수 있는 성인으로 등장한다.)를 올리기로 결정한 배경에는 아마 이런 이유가 있었을 것이다.

버지스가 자신의 대리인과 교환한 서신을 살펴보면 큐브릭이 소설의 다른 결론에 대해 모두 잘 알고 있었고, 신중하게 고려한 후에 두 판본 중 짧은 미국 판을 따르기로 결정했다는 사실은 분명하다. 그러나 1980년 사이먼트(Michael Ciment)와의 인터뷰에서 큐브릭은 "추가된 장은 알렉스의 재활을 그리고 있다. 그런데 내가 보기에는 설득력이 떨어지고 소설의 스타일이나 의도와도 일치하지 않으며 (……) 나는 그것을 이용하려고 심각하게 고려한 적이 결코 없다."라고 말했다.

비록 버지스가 1972년 처음으로 상영된 이 영화에 대해 열정적으로 평가했지만, 큐브릭이 『스탠리 큐브릭의 시계태엽 오렌지』라는 제목으로 삽화가 들어간 책을 출판하자 곧 마음을 바꾸게 된다. 버지스는 큐브릭이 자기 자신만을 『시계태엽 오렌지』라고 알려진 문화적 산물의 유일한 저자로 소개한 것에 화를 냈고, 1973년 5월 1일 자로 발간된 《라이브러리 저널(Library Journal)》에 알렉스라는 인물의 목소리로 이 영화에 기반한 책에 대해 비평을 실었는데 소설에는 나타나지 않는 몇 개의 새로운 나드삿 단어를 사용했다.

형제들, 우리의 오랜 동무 큐브릭, 그 영화를 한다는 놈이 무슨 보상금이라도 받으려는 것처럼 이 엉터리 책을 만들어 냈는데, 이건 제대로 된 강직한 사내놈이면 불알이 떨어져라 속으로 웃게 만드는 진짜 '위대한 명작'에서 기똥찬 한쪽을 떼 온 거였지. 어떤 것이냐면 초강력 폭력과 그놈의 성폭력이 판치는데, 자식들이 지껄일 때를 제외하고는 말은 별로지만 이런저런 걸 통해 이해는 할 수 있고, 도서관에 엉덩이를 붙이고 앉아 있다가 심심해서 졸 때처럼 꼴통을 잠에 빠지게 만들 정도는 아니지.

그리고 이 큐브릭, 또는 쥬브릭(이건 아랍어 이름으로 멍청한 놈이란 말이야.)이란 놈의 삶의 '위대한 목표'가 드디어 육화되어 나타났는데, 바로 '책'을 가지는 일이었어.[8] 그래서 '책'을 가지게 되었지. 똘마니 여러분, 그가 드디어 '책'을 가지게 되었음이라, 그리고 그건 정당하였느니라. 맞아, 맞다니까! 그가 만들고 싶었던 게 책이었고, 그걸 만들었노라, 큐브릭, 쥬브릭, 책 만드는 사람!

그러나 동무들, 나를 미친놈처럼 웃게 만드는 건 이 '책'이란 게 그전에 있었던 책, 무슨 F. 알렉산더인가 스터지스인가 하는 그딴 이름을 가진 사람이 쓴 그 책[9]을 어둠 속으로 때려 처넣을 거라는 거지. 왜냐하면 지 맨눈으로 현실을 볼 수 있는데, 누가 책을 읽겠냐고.

그렇게 되는 거야. 맞아, 맞지. 진짜 기똥찰 일이지. 그리고 쥬브릭의 주머니에 쩐[錢]이 두둑하게 찰랑거리는 거지. 여러분들

---

8) 버지스는 큐브릭의 저서를 비판하기 위해 그것을 기독교에서 주장하는 하느님의' 말씀이 육화되어 나타난 책, 즉 성경에 비유함으로써, 그 괴리를 통해 희화화하고 있다.

9) 버지스의 『시계태엽 오렌지』를 말한다.

의 이 동무한테는 한 푼도 없어. 자 그러니까 네놈이나 네놈 친구들한테 엄청 큰 야유를 보내마. 그게 다야.

　　— 알렉스가

　　큐브릭의 영화에 대해 또 하나 주목해야 할 점은 소설에 나타나는 하위문화에서 마약이 얼마나 지배적인지에 대해 간과하고 있다는 점이다. 큐브릭이 퇴짜를 놓은 버지스의 출간되지 않은 대본에는 알렉스의 침대 벽장에 다양한 공포를 불러일으키는 것들이 있는데, 어린아이의 두개골, 피하 주사기 등이다. 소설에서는 알렉스가 어린 소녀들을 강간하기 직전에 성 기능 강화를 위해 마약을 주사로 투여한다. 그리고 알렉스와 그 패거리가 모여 범행을 논하는 코로바 밀크 바(코로바는 러시아어로 젖소다.)에서 마시는 우유에는 "신세메시(메스칼린)"[10]나 "칼(엠피타민)"[11]을 섞은 마약이 들어가 있다.

　　버지스는 1950년대 말레이반도에서 대마초와 아편을 자주 흡연했는데, 가끔 문학계에서는 그가 마약을 다루는 움직임의 개척자 중 한 명이라고 언급되기도 한다. 이 분야에서 그의 명성은 전적으로 소설 『시계태엽 오렌지』로 인해 생긴 것이라 볼 수 있는데, 왜냐하면 큐브릭의 영화에서는 마약이 전혀 등장하지 않기 때문이다. 이 소설을 주의 깊게 읽거나 1962년 직후에 읽은 독자라면 십 대 깡패 문화, 패션, 음악, 상습적인

---

10) 선인장류에서 추출한 환각제.
11) 마약 환각제.

마약 사용 등을 연결할 수 있을 것이고, 아마 이런 요소들이 버지스 소설의 저항 문화적 명성을 퍼뜨리는 데 역할을 했을 것이다. 여러 면에서 이 소설은 1960년대 후반 환각을 일으키는 꽃을 사용한 사람들은 물론,[12] 이후 1970년대에 나타난 더 공격적인 스킨헤드나 펑크 같은 하위문화 모두에 흥미를 불러일으키기 위해 계산된 작품인 것 같다. 버지스는 자신이 "수염 기른 망나니"라고 부른 히피들과 팝 음악에 대한 혐오를 목소리 높여 외쳤는데, 자신의 소설이 예측했던 많은 문화 현상들이 현실로 나타난 것에 놀라워했다.

『시계태엽 오렌지』가 대중문화에 끼친 지대한 영향을 부정하기란 어렵다. 단순하게는 이 소설에서 이름을 따온 밴드들도 많은데, '헤븐 17(Heaven 17)', '몰로코(Moloko)', '디보치카(The Devotchkas)', '캠팩 벨로쳇(Campag Velocet)' 등은 단지 확실한 영향을 보여 주는 예들일 뿐이다.[13] 영국 리버풀 출신 밴드인 티어드롭 익스플로어스(The Teardrop Explores)의 리드 싱어인 코프(Julian Cope)는 자서전에서 학생 시절 버지스의 소설을 읽고 러시아어를 배우자 결심했다고 회고한다. 섹스 피스톨스(Sex Pistols)의 드러머는 평생 딱 두 권의 책만 읽었는데 크레이 형제(Kray Twins)[14] 전기와 『시계태엽 오렌지』라고 했

---

12) 아즈텍 인디언들이 의식에 사용한 환각제 올로리우키(ololiuqui. 맥시코산 메꽃과 식물)를 주로 1960년대 후반 히피들이 사용했다고 알려져 있다.
13) 소설의 본문에서 '헤븐'은 환각의 상태, '몰로코'는 우유, '디보치카'는 계집애로 번역했고, 마약의 일종으로 나타나는 '벨로쳇'은 그대로 발음을 따라 표기했다.

다. 롤링 스톤스(The Rolling Stones)는 자신들의 앨범 아트에 나드샷으로 글을 달았다. 블러(Blur)[15]는 자신들의 노래 「유니버설(The Universal)」의 비디오를 찍기 위해 버지스 소설에 등장하는 십 대 패거리의 복장을 따랐다. 큐브릭 영화의 코로바 밀크 바 내부 장식은 보일(Danny Boyle)의 영화 「트레인스포팅」(Trainspotting)의 나이트클럽 장면으로 그대로 재현되었다.[16] 심지어 미노그(Kylie Minogne)[17]도 2002년 자신의 앨범 「피버(Fever)」 스타디움 투어 때 하얀 점프 슈트를 입고, 검은색 중절모를 쓰고, 가짜 눈썹을 달았다.

하지만 이 모든 걸 넘어서 나에게는 버지스의 소설이 이후 영국 소설가들에게 새로운 언어적 가능성을 열어 주었다는 변치 않은 믿음이 있다. 에이미스(Martin Amis), 밸러드(J. G. Ballard), 셀프(Will Self), 보이드(William Boyd), 바이어트(A. S. Byatt), 모리슨(Blake Morrison) 등은 버지스가 자신들의 작품에 영향을 주었다고 인정한 유명 작가들 중 일부다.

언어학자이자 소설가로 생산한 작품에 추가해서 버지스는 왕성하게 활동한 아마추어 작곡가였는데, 1986년과 1990년 각각 다른 『시계태엽 오렌지』의 뮤지컬 무대를 위한 각색본을

---

14) 쌍둥이로 1950, 60년대 런던의 조직범죄를 이끌었다.

15) 오아시스(Oasis)와 함께 1990년대 브릿팝(Britpop)을 대표하는 밴드.

16) 「트레인스포팅」의 어원은 기차(train)가 지나갈 때 그 번호를 보고(spotting) 적는 게임인데, 스코틀랜드의 소설가 웰시(Irvine Welsh)가 1993년 출간한 소설이 원작이다. 에든버러를 중심으로 청년들의 자기 파괴적인 마약 문화를 다루고 있다.

17) 호주 출신으로 1990년대 팝 음악의 대표적인 가수.

만들었다. 이 중 하나가 「시계태엽 오렌지 2004년」이라는 미래적인 제목으로 1990년 런던의 바비칸 극장에서 왕립 셰익스피어 극단(Royal Shakespeare Company, RSC)에 의해 공연되었다. 이 행사에 아일랜드 출신 밴드 U2의 보노와 에지가 음악을 제공했다. 대니얼스(Ron Daniels)가 감독한 이 "평범해서 무해한" RSC 공연작을 《선데이 타임스》에서 피터(John Peter)는 "폭력은 분명하게 무언으로 표현되는데, 그 결과 공포라기보다는 신경질적인 춤 동작이라는 느낌을 준다. 연기는 거칠고, 굳어 있고, 개별 감정을 담지 않는데, 부분적으로는 극본 자체가 까다로운 인물들을 수용할 공간이 없기 때문이다. 대니얼스(Phil Daniels)가 연기한 알렉스는 역겨우나 결코 두려운 존재는 아니며, 화자로서 자신이 겪은 대로 사건을 전달하는데 그 결과 이야기 자체가 말도 안 되는 일련의 해프닝인 것처럼 느껴진다. 나도 원작이 일인칭 서술임은 알지만, 출판된 텍스트를 은연중에 전제하는 드라마와 실제 무대에서 공연될 열린 드라마 사이에는 근원적인 활력의 차이가 있는 것이다."라고 평가했다. 이 극으로 버지스가 만든 무대본은 여러 기회를 통해 주로 런던과 에든버러에서 잇달아 재연되었지만, 이 글을 쓸 때인 2012년 봄에는 버지스의 「시계태엽 오렌지」음악이 오직 한 번만 완주되었을 뿐이다.

버지스가 쓴 대본의 마지막 장면에는 "스탠리 큐브릭처럼 수염을 기른 한 남자"가 등장하면서, 트럼펫으로 「싱 인 더 레인」[18]을 연주한다. 그는 곧 다른 배우들에 의해 쫓겨난다. 자신의 텍스트에 대한 통제력을 다시 찾으려는 버지스의 결의는 이미 이 장난스런 장면에서 잘 드러난다. 그런데 저자로서의 위상에 대한 그의 근심은 불필요한 것이었던 듯하다. 작가가 타계한 1993년 이후 성숙기에 달한 젊은 독자 세대에게는 누구의 『시계태엽 오렌지』가 훨씬 오래 남을지에 대해 추호의 의심도 없기 때문이다.

〈복원판에 대한 설명〉

이 50주년 기념판을 읽는 독자들은 추가된 여러 가지 글 중 1980년대에 버지스가 쓴 「프롤로그」와 「에필로그」가 포함된 것을 알아챌 것이다. 이 추가 텍스트들은 이제껏 본문과 함께 출판된 적이 없었다. 두 텍스트 모두 1987년 『시계태엽 오렌지: 음악이 있는 연극(A Clockwork Orange: A Play with Music)』이라는 제목으로 출판된 버지스의 무대용 각색본 초판이 쓰일 당시 집필된 것들이다. 이 두 텍스트는 버지스가 어떻게 자신의 소설을 다시 읽고 고찰했는지를 보여 준다. 나는 2부 1장의 죄수들을 위한 음악을 타자본에 나타나는 대로 복원했다. 1962년 하이네만사 판본이나 1963년 노턴사 판본에 이 음악이 생략된 이유는 아마 저가의 평판 인쇄술이 보급되기 전이라 출판 비용이 너무 비싸질 우려가 있었기 때문일 것이다.

---

18) 동명의 할리우드 뮤지컬 영화 「Sing in the Rain」으로 유명해진 곡.

1961년 타자본이 이 복원판의 근본을 형성하는데, 나는 하이네만사 판본과 노턴사 판본을 한 줄 한 줄 비교했다. 나의 원칙은 가능한 나드샷을 많이 포함시키자는 것이었고, 때에 따라서 타자본에서는 취소된 단어나 문단을 복원하기도 했다. 1961년 타자본에 나타나는 버지스의 손으로 쓴 수정 사항 중 일부는 애매하지만, 나는 전반적으로 사라진 나드샷 단어, 예를 들면 '부터 나는'이란 의미의 'bugatty'를 최초 출판본에 등장하는 해당어의 표준 영어보다 선호했다. 1973년 캐드몬 LP 음반판 『앤서니 버지스가 읽는 시계태엽 오렌지 (Anthony Burgess Reads A Clockwork Orange)』는 출판본들과는 몇 가지 점에서 다른데, 나는 음반판의 "boorjoyce"라는 단어를 타자본에 나타나는 "bourgeois"보다 선호해서 선택했다.[19] 버지스는 항상 조심스레 타자를 치거나 교정하지 않았는데, "otchkies"(가끔 "ochkies"라고 씀.)나 "kupetting"(가끔 "koopeeting"이라고 씀.)이 그 예다.[20] 나는 판본을 원칙에 따라 정리하려고 최선을 다했다. 그러나 또한 버지스가 미치에게 1962년 2월 25일 자로 쓴 편지에서 나드샷 단어의 철자에 대해 쓴 내용을 염두에 두었는데, 버지스는 "누구라도 그것이(나

---

19) 버지스는 영미 문학 작가 로런스(D. H. Lawrence)나 조이스(James Joyce) 등에 대한 단행본 비평서를 출판했는데, 부르주아를 의미하는 'boorjoyce'라는 합성어는 그의 조이스에 대한 태도를 드러낸다.
20) 두 단어 모두 버지스가 만들어 낸 나드샷으로 'otchkies'는 러시아어로 안경, 'kupetting'은 러시아어로 '사다', '구입하다'라는 뜻의 단어인 'kupet' 에서 파생되었다.

드삿) 구어라는 점, 그래서 철자법상 약간 모호해야 한다는 점을 기억해야 한다."라고 쓰면서 "그래도 현재로서 철자 면에서 괜찮은 것 같다."라고 주장했다.

1963년 노턴 판과 이후 밸런타인사 페이퍼백은 비평가 하이먼(Stanley Edgar Hyman)의 「후기」를 포함하는데, 이 복원판에서는 그것이 버지스 소설 역사의 일부분이기 때문에 포함했고, 나드삿 단어 해석을 포함시켰다. 이 복원판의 확장된 해석 목록은 하이네만사의 기록에 보관된 버지스가 편집자들에게 쓴 편지를 참고로 집성했다. 이 사실에 내가 주목할 수 있게 해 준 에이버리(Tom Avery)와 로즈(Jean Rose) 두 사람에게 감사한다.

버지스 소설의 주해 작업에 임하며 느낀 기쁨 중 하나는 처음으로 그가 사용한 비유의 폭이 분명히 드러나게 되었다는 점이다. 셰익스피어나 엘리엇(T. S. Eliot)에 대해 버지스가 쓴 비평서에 친숙한 사람들은 그의 소설에서 이 작가들이 인용되고 있다는 사실에 놀라지 않을 것이다. 하지만 이전까지는 아무도 버지스가 구석진 은어에까지 매료되어 파트리지(Eric Partridge)의 『은어 및 비관용적 영어 사전(Dictionary of Slang and Unconventional English)』에 의지했다는 사실을 언급한 적이 없었다.[21] 버지스는 이 사전을 두 권 가지고 있었는데,

---

21) 복원판 편집자인 비즈웰이 지적한 대로 은어, 특히 주로 런던 동부 지역(East End) 빈민층이 사용했던 은어 코크니(Cockney)에 대한 버지스의 관심은 지대했다. 나드삿은 주로 러시아어와 코크니를 결합해서 만든 버지스의 독창적인 언어다. 은어 연구를 위해 버지스는 파트리지의 『은어 및 비관

제본이 해체될 정도로 자주 사용했고, 현재 두 권 모두 국제 버지스 재단(International Anthony Burgess Foundation)에 장서의 일부로 보관되어 있다. 이 소설에 깔려 있는 홉킨스(Gerard Manley Hopkins)의 시와 극에서 인용한 부분도 이전에는 주목을 받지 못했는데, 나는 버지스가 홉킨스에 대해 쓴 기사 하나를 『시급한 책(Urgent Copy)』[22]에서 뽑아 여기, 50주년 기념판에 실음으로써 작가로 성장하는 버지스에게 홉킨스가 얼마나 중요한 존재인지를 보여 주고자 했다. 의심할 여지 없이 나도 집어내지 못한 인용이 있겠으나, 내 주해를 읽어 주길 바란다.

『시계태엽 오렌지』는 헌사가 없다는 점에서 버지스의 다른 소설보다 독특하다. 이 작품은 내가 헌정할 것이 아니지만, 이 판본에서 내가 한 몫이 있다면 그건 애덤슨(Katherine Adamson) 박사, 뷸렌스(Yves Buelens) 씨, 딕슨(William Dixon) 씨의 도움과 격려가 없었다면 불가능한 일이었을 것이다. 이들에게 사의를 표한다.

용적 영어 사전』을 구입해서 이 사전의 제본이 해어질 정도로 자주 참고했다. 역자는 버지스의 소설을 처음 번역하던 2003년 당시 버지스가 사용한 은어의 의미를 이해하고자 자료를 찾던 중, 우연히도 2002년 루틀리지에서 출간한 패트리지의 사전(8판)을 참고하여 번역했다.
22) 버지스의 신문 기고 글을 모아 1968년에 출판한 책.

시계태엽 오렌지

양치기: 젊은것들이 열 살에서 스물세 살로 건너뛰거나, 아니면 그 세월 내내 잠만 자면 좋겠어. 왜냐하면 그 세월 내내 하는 일이라곤 계집애들을 임신시키거나, 노인들에게 행패를 부리거나, 도둑질에 싸움질이니까.
— 윌리엄 셰익스피어, 『겨울 이야기』 3막 3장

1부

1

"이제 어떻게 할까, 응?"

나, 그러니까 알렉스는 동무들 셋, 즉 피트, 조지, 그리고 딤(이름처럼 정말 멍청한 딤[1])과 함께 코로바 밀크 바에 앉아서 맑았지만 더럽게 추운 깜깜한 그날 저녁에 무얼 할지 머리를 굴리고 있었어. 코로바 밀크 바는 뭔가를 섞은 우유를 파는 데였는데, 여러분들은 아마 이런 데가 어떤 곳이었는지를 잊어버렸을지도 모르겠군.[2] 요즘에는 모든 게 잽싸게 바뀌고, 뭐든 쉽게 잊히는가 하면, 신문 또한 별로 읽지 않으니까. 그러니까 거기에선 우유에다 뭔가 다른 걸 섞어 팔았어. 게네들한테

---

1) 인명 '딤(Dim)'은 '멍청한(dim)'과 동음이다.
2) 밀크 바는 1950년대에 청소년에게 비알코올 음료를 파는 곳이었으며, 미국 대중문화 환경을 제공하는 일종의 문화 현상이었다.

는 술을 팔 수 있는 영업 허가가 없었지만, 그때만 해도 그놈의 우유에다 집어넣던 새로운 약들을 단속할 법이 없었어. 그래서 사람들은 우유에다 벨로쳇이나 신세메시, 드렌크롬³⁾을 섞거나 이 중에서 하나나 둘을 골라 한꺼번에 타서 마실 수 있었는데, 이 약들은 사람들의 온 꼴통 속에 빛이 번쩍거리게 하고 왼쪽 신발 속에서 하날님⁴⁾과 성스러운 천사와 성자를 보는 정말 기분 째지는 15분을 가지게 해 주었지. 또는 우유에다, 우리끼리 쓰는 말로, '칼'을 섞어 마실 수도 있었는데, 이게 우리를 흥분시켜서 익숙한 **깡패 짓거리**를 벌일 기분이 나게 만들었지. 이 이야기가 시작되는 저녁에 우리가 마신 게 바로 이거야.

사실 우리들 주머니는 꽤나 두둑했기 때문에 더 이상 이쁜 쩐[錢]을 긁어내기 위해 골목길에서 어떤 놈을 주물러 빼앗은 걸 세고 4등분 하는 동안 피투성이가 된 놈의 꼴을 볼 필요가 없었지. 또는 상점에서 벌벌 떠는 흰머리 늙다리에게 초강력 폭력을 휘둘러 현금 계산대의 돈을 들고 히죽거리면서 튈 필요도 없었어. 그렇지만 다들 얘기하듯 돈이 다는 아니잖아.

우리 넷은 **최신 유행**에 따라 만든 옷을 입고 있었어. 그 당시에는 꽉 죄는 검정 쫄바지를 입고, 사타구니 부근에 젤리 틀이라고 부르던 것을 다는 게 유행이었는데, 몸을 보호하기 위해서였어. 또 젤리 틀은 어떤 빛 아래에서는 뚜렷하게 잘 보

---

3) 모두 마약의 일종.
4) 원문은 'Bog'로, 알렉스가 신(God)을 가리키는 속어다. 이 책에서는 'God'는 '신'으로, 'Bog'는 '하날님'으로 구별하였다.

이도록 만들어졌는데, 나는 거미 모양을, 피트는 손짝, 그러니
까 점잖은 말로 손 모양을, 조지는 아주 화려한 꽃 모양을, 그
리고 불쌍한 딤은 색을 밝히는 야비한 광대의 낯짝, 그러니까
점잖은 말로 얼굴 모양을 달고 있었지. 사리 분별을 못 하는
딤은 성경의 의심 많은 제자 토마스는 저리 가라고 할 정도로
우리 넷 중 가장 멍청한 놈이었어. 그때 우리는 옷깃 없이 뽕
만 아주 크게 만들어서 어깨(우리 말로는 어깨짝)에 붙인, 허리
까지 오는 윗도리를 입었지. 그렇게 큰 뽕을 붙인 건 실제로
큰 어깨를 가진 놈들을 비웃기 위해서였어. 그리고 그때는, 여
러분, 누리끼리한 폭넓은 넥타이를 매고 있었는데, 그건 으깨
졌거나 포크 자국 무늬를 낸 감자처럼 보였지. 그리고 우리는
길지 않은 머리에, 걷어차기에 기똥차게 좋은 부츠를 신고 있
었어.

　"이제 어떻게 할까, 응?"

　통틀어 계집애 세 명이 스탠드바 부근에 앉아 있었는데, 우
리가 사내놈들 네 명이었으니 늘 그렇듯 하나가 모두를 상대
하든지 아니면 모두가 하나에게 덤벼들든지 해야 했어. 이 계
집애들 역시 최신 유행에 따라 옷을 입고 있더군. 대갈통에
자주색, 녹색, 오렌지색 가발을 쓰고 있었는데, 하나하나의 값
이 아마도 계집애들 삼사 주 봉급보다 적지 않을 거야. 또 거
기에 어울리는 화장을 하고 있더군. 그러니까 눈퉁이는 무지
갯빛에 주둥이는 커다랗게 칠을 하는 식으로. 그리고 걔들은
아주 쭉 빠진 긴 검은색 원피스를 입고 있었고, 가슴 부근에
는 조나 마이크 같은 사내들의 이름이 적힌 은빛 배지를 달고

있었어. 아마 열네 살이 되기도 전에 같이 잔 놈들의 이름이겠지. 걔들은 쭉 우리 쪽을 바라보고 있었는데, 나는 우리들 셋(내 주둥이에서 이 말이 튀어나왔군.)이 가서 한판 뒹굴자고 말할 뻔했지, 딤은 빼고 말이야. 왜냐하면 딤에게는 반 리터의 우유를 사 주기만 하면 되거든. 약을 조금 탄 것으로 말이야. 그러나 그건 정당한 일이 아니었을 거야. 딤은 정말로 못생겼고 이름처럼 멍청하지만, 기차게 잘 싸우고 특히 발차기 실력은 큰 도움이 되었으니까.

"이제 어떻게 할까, 응?"

코로바 바에는 삼면의 벽을 죽 둘러 길게 연결한 크고 폭신한 의자가 있었는데, 우리 옆에 앉은 놈이 완전히 맛이 가서 눈을 번뜩이며 주절거리더군. "아리스토텔레스가 어쩌고저쩌고 산책을 가서 일을 하고 시클라멘 꽃은 똑똑하게 되었다." 녀석은 약에 취해서 허공 속을 헤매고 있었지. 나도 남들처럼 그걸 해 보았기 때문에 그 느낌이 어떤지 알고 있었지만, 여러분, 나는 이때만은 그게 좀 비겁한 일이라는 생각이 들더군. 여러분이 그놈의 약을 탄 우유를 마신 후에 거기 누우면, 주변의 모든 일들은 과거사처럼 생각되기 시작해. 보는 데는 문제가 없어. 탁자, 스테레오, 조명, 계집애들, 사내놈들, 이 모든 것들이 아주 똑똑하게 보여. 그런데 이런 것들이 옛날 일처럼 더 이상 존재하지 않는 것처럼 여겨지는 거야. 그리고 부츠나 신발이나 손톱 뭐든지 간에 보기만 하면 최면에 걸리는 것 같지. 동시에 뭔가가 여러분의 목덜미를 잡아 들어 올려서 마치 고양이 새끼인 양 흔들어 버리지. 아무것도 남지 않을 때까지 흔들고 또 흔드는 거야. 여러분의 이름이나 몸, 여러분 자신까지도 잊어버려서 아무것도 신경 쓰지 않게 되고, 부츠나 손톱 색이 노랗게 변하고 시간에 따라 점점 더 노래질 때까지 기다리는 거지. 그리고 그때 불빛들이 마치 원자 폭탄처럼 폭발하기 시작하고 부츠나 손톱, 또는 바짓단에 묻은 먼지 한 점이 점점 커져서 온 세상보다 더 크게 변해. 그러다 이 모든 게 끝날 때가 오는데 바로 여러분이 하날님, 그러니까 신을 막 만나게 되는 순간이야. 그러고 나면 주둥이를 오므려 울면서 제정신을 찾게 되는 거지. 자, 그건 기분은 좋지만 아주 비겁한 일이지. 신을 만나려고 이 세상에 태어난 게 아니니까. 이런 일은 아마 사내놈의 힘과 장점을 다 빨아먹어 버릴 수 있을 거야.

"그럼 어떻게 할까, 응?"

스테레오가 켜져 있었는데, 거기서 흘러나오는 노랫소리가 바의 이쪽저쪽으로 옮겨 다니면서 천장까지 솟구치다가 곤두박질치고 벽과 벽 사이를 획획 지나가는 느낌을 받았어. **버티 라스키**가 주절거리는 그 노래는 「넌 내 화장을 망치는구나」라는 기차게 오래된 곡이었어. 바 근처에 앉아 있던 세 계집애들 중 녹색 가발을 쓴 하나가 그 노래라는 것에 맞추어 배를 내밀었다 당겼다 하며 춤추고 있었지. 그놈의 우유에 섞은 '칼'이 나를 쑤셔 대면서 흥분시키는 걸 느꼈고, 그때 난 깡패 짓거리를 잠시 동안 벌일 준비가 되었지. 그래서 나는 개처럼 짖어 댔어. "나가, 나가, 나가." 그러고는 내 옆에서 맛이 완전히 가 헛소리만 늘어놓는 놈의 귀때기인지 귓구멍인지를 매섭게 갈겨 줬지. 그놈은 아픈 줄도 모르고 "전화 장치"와 "자앙거리

저언하가 연결이 안 좋을 때"에 대해 계속 지껄여 대더군. 놈
이 약에서 깨어나 정신을 차릴 때 꽤 아팠을 거야.

"어디로 가자고?" 조지가 물었지.

"아니, 그냥 계속 걸어가다 무슨 일이 일어날지 보자고, 동
무 여러분." 내가 대답했지.

그래서 우리는 그 중요한 겨울밤 속으로 서둘러 떠났고 **마
가니타 대로**를 지나 **부스비가**(街)로 접어들었는데, 바로 거기
서 우리가 진짜 찾아다니던 것, 즉 그날 저녁 마수걸이가 될
놈을 발견했지. 학교 교장처럼 생긴 늙은이가 터벅대고 걸어오
는데, 안경을 끼고 찬 겨울 밤공기에 주둥이를 벌리고 있더군.
놈은 팔에 책을 끼고 허접한 우산을 들고 공공 도서관의 모퉁
이에서 나오고 있었는데, 그 당시에는 그리 많은 사람들이 이
용하지 않던 곳이지. 그 시절에는 해만 떨어졌다 하면 경찰력
이 부족한 데다가 우리같이 훌륭한 젊은 놈들이 설치는 관계
로 나이 지긋하신 부르주아[5]들을 많이 볼 수 없었거든. 이 교
수 타입의 늙다리가 그 거리를 통틀어 유일한 치였지. 우리는
아주 점잖게 다가갔고, 내가 말을 걸었어. "실례합니다, 형씨."

우리 넷이 그렇게 친절하고 공손한 웃음을 띠며 다가오는
것을 보고 놈은 약간 겁먹은 것 같았지만, 마치 무섭지 않다
는 것을 과시하는 듯 점장 투의 큰 목소리로 묻더군. "그래, 무
슨 일이오?"

---

5) 버지스는 부르주아(bourgeois)를 원문에서 부르조이스(boorjoyce)로 표
기하고 있는데 영국 소설가 조이스(James Joyce)에 대한 자신의 비판적인
입장을 암시한다.

"형씨, 보니까 팔에 책을 끼고 있네요. 요즘엔 책 읽는 사람을 만나는 것이 참 드문 기쁨이지요." 내가 대답했지.

"아!" 놈이 벌벌 떨며 말했지. "그런가요? 알겠소." 그리고 놈은 우리 넷을 번갈아 바라봤는데, 자기가 생글생글 웃고 정중한 우리들한테 빙 둘러싸여 있다는 것을 알아차렸지.

"자," 내가 계속 말했지. "형씨, 팔에 끼고 있는 것이 무슨 책인지 보여 주면 내가 무척이나 기쁠 텐데. 형씨, 이 세상에서 깨끗하고 훌륭한 책보다 내가 더 좋아하는 것은 없거든."

"깨끗? 깨끗이라고?" 놈이 되묻더군. 그 순간 피트가 놈에게서 책 세 권을 낚아채서 아주 잽싸게 우리에게 돌렸지. 세 권이어서 딤만 빼고 우리는 한 권씩 볼 수 있게 되었어. 내가 가진 책은 『기초 결정학』이었는데, 나는 그 책을 펼쳐 책장을 넘기면서 말했지. "훌륭해, 정말 걸작이야." 그러다가 아주 놀란 목소리로 소리쳤지. "아니 그런데 이게 뭐야? 이런 지저분한 말이 있나, 보기만 해도 얼굴이 붉어지네. 형씨, 정말로 실망스럽군, 정말로."

"그렇지만." 놈이 무언가 말을 하려고 했지. "그렇지만, 그렇지만."

"자, 바로 여기 내가 진짜 저질이라고 부르는 게 있군. 'f'로 시작하는 단어와 'c'로 시작하는 단어도 있네."[6] 조지가 말했지. 조지는 『눈송이의 신비』라는 책을 가지고 있었거든.

---

6) 책 제목 중 '눈송이(snowflake)'에서 'f'를, '신비(miracle)'에서 'c'를 강조해서 성과 관련된 단어(fuck)를 연상시키고 있다.

"오, 저런." 딤은 피트의 어깨 너머로 책을 보고 있다가 언제나 그렇듯 도에 지나치게 나섰어. "여기에는 저치가 여자에게 무슨 짓을 했는지 나와 있군, 사진까지 있어. 저런, 그저 더럽고 추한 늙다리잖아."

"형씨처럼 나이 지긋한 분이 말이야." 나는 이렇게 말한 다음 갖고 있던 책을 찢어 버리기 시작했고, 다른 애들도 마찬가지였어. 딤과 피트는 『마람모 체제』라는 책을 잡고 줄다리기했지.[7] 그 늙다리 접장 타입은 소리 지르기 시작했어. "그 책들은 내 것이 아니라 공공 재산이야. 그런 짓은 진짜 파렴치한 파괴 행위란 말이야." 뭐, 그런 말들이었지. 그러곤 우리한테서 그 책들을 빼앗으려 애쓰는데 불쌍하더군. "형씨, 댁은 정말 혼쭐이 한번 나야겠군." 내가 말했지. 내가 가진 그 결정학인가 하는 책은 물건을 오래 쓸 수 있게 만든 그 옛날에 나온 것이라 튼튼히 제본되어서 갈가리 찢기가 힘들었어. 그래도 나는 책장을 찢어발겨서 좀 크긴 했지만 눈송이 모양으로 만들어 소리를 꽥꽥 지르는 놈에게 뿌렸고, 다른 애들도 나를 따라 했지. 딤은 그냥 광대처럼, 사실 광대지만, 춤만 추고 있었어. 피트는 욕을 퍼부었지. "자, 여기 있다. 맛대가리 없는 콘플레이크나 먹으렴, 추잡한 쓰레기나 읽는 이 나쁜 놈아."

"추한 늙다리야, 네놈은." 내가 소리쳤고, 그때부터 우리는 놈을 주무르기 시작했어. 피트는 손을 붙잡았고, 조지가 놈의 입을 벌리자 딤이 위아래 틀니를 낚아챘지. 녀석은 그걸 땅바

---

7) 알렉스는 'rhomboidal(마름모꼴의)'을 'rhombohedral'로 잘못 읽고 있다.

닥에 내던졌고, 나는 그 틀니를 부츠 으깨기로 대접했지만, 무슨 기똥찬 신종 플라스틱으로 만들었는지 더럽게 단단하더군. 놈이 우어우어 하며 중얼거리는 소리를 내기 시작하자 조지가 벌렸던 입을 놔주고 반지 낀 주먹으로 이빨 없는 입을 갈겨 주었지. 그러자 늙다리는 더 크게 신음하기 시작했고, 피가 흘러나오는데 정말 황홀했어, 여러분. 그래서 우린 놈의 겉옷을 벗겨, 속옷과 사각팬티 차림으로 만들었는데, 팬티가 너무 오래된 거라 딤은 대갈통이 떨어지게 웃더군. 피트가 놈의 배때기를 보기 좋게 찬 다음 보내 주었지. 너무 심하게 손본 것도 아닌데 놈은 아아 신음을 내며, 어디가 어딘지, 또 뭐가 뭔지도 모른 채 비칠비칠 걸어가더군. 그걸 보고 우리는 낄낄거리다가 벗겨 놓은 옷 주머니를 뒤지기 시작했어. 딤은 그동안 허섭스레기 우산을 들고 춤을 추더군. 그런데 주머니 속에는 별게 없었어. 오래된 편지 몇 장이 있었는데, 그중에는 심지어 '나의 소중하고 또 소중한 사랑'이라는 둥 온갖 헛소리로 가득 찬 1960년대에 쓰인 편지가 있었고, 그 외에는 열쇠고리와 잉크가 새는 낡은 펜뿐이더군. 딤은 우산 춤을 멈추고, 아무도 없는 텅 빈 거리에서 글을 읽을 수 있다는 것을 자랑하듯이 편지 하나를 큰 소리로 읽기 시작했지. 녀석은 아주 고상한 투로 읽었어. "내 사랑에게, 당신이 떠나 있는 동안 나는 당신을 생각할 거예요. 밤 외출 때에는 옷을 든든히 입고 나가는 걸 기억하세요." 그리고 녀석은 큰 소리로 흐흐흐 웃으면서 그 편지로 밑을 닦는 흉내를 내기 시작하더군. "자, 이제 그만하자, 형제들." 내가 말했지. 그 늙다리의 바지 주머니에는 쩐

(그러니까 돈)은 얼마 없었는데 한 3파운드뿐이었지. 그래서 우리는 그 동전들을 그냥 길바닥에 뿌려 버렸어. 왜냐하면 이미 가지고 있는 돈에 비해 **새 모이 값** 정도 같았거든. 그러곤 놈의 우산을 부숴 버리고 옷은 찢어서 바람에 날려 버렸어. 그제야 우리는 그 점잖 타입의 늙다리와의 일을 끝낼 수가 있었지. 우리가 별로 한 게 없었다는 건 나도 알아, 하지만 그땐 아직 이른 저녁이었어. 나는 그것 때문에 여러분에게 이러쿵저러쿵 변명하진 않겠어. 약을 탄 우유에 섞은 '칼'이 그때 우리를 삼삼하게 흥분시켰으니까.

그다음은 **한잔 걸치는 일**이었는데, 그건 먼저 돈을 써 버림으로써 상점 털기 같은 짓을 할 동기를 만드는 일이었을 뿐 아니라 또 우리의 알리바이를 미리 돈으로 사는 일이기도 했지. 그래서 우리는 **에이미스가**의 '뉴욕 공작'이라는 술집으로 들어갔는데, 짐작대로 거기에선 서너 명의 할망구들이 정부 보조금으로 **흑맥주**를 마시고 있더군. 그때 우리는 아주 착한 젊은이들로 변해서 모두에게 생글생글 웃으며 인사를 했지. 비록 쭈글쭈글한 늙은이들은 모두 겁을 먹어 술잔을 쥔 핏줄 선 손을 부들부들 떨면서 탁자에 술을 흘렸지만. 그중 주름살이 가득해서 1000살 정도로 보이는 할멈 하나가 말했지. "우리를 그냥 내버려 두게. 우리는 불쌍한 늙은 여자들이야." 그러나 우리는 이빨까지 드러내고 하하 웃으며 앉아서는 벨을 누르고 종업원이 오기를 기다렸지. 놈이 와서는 너무 긴장한 나머지 기름때 진 앞치마에 연신 손을 문지를 때, 우리는 베테랑 넉 잔을 시켰어. 그때 한참 유행하던 베테랑은 럼주와 체리브랜디를 섞은 것으로 약간의 라임 주스를 넣기도 했는데 그러면 캐나다식이라고 불렀어.

그때 내가 종업원에게 주문했지. "저기 앉아 있는 할머니들에게 '영양가 있는' 걸로 좀 드려. 스카치위스키 큰 잔으로 돌리고 집에 가져갈 것도 챙겨 드려." 그런 다음 나는 주머니의 쩐을 탁자 위에 쏟아부었고, 나머지 셋도 따라 했지, 여러분. 그래서 **스카치위스키**가 큰 잔으로 겁먹은 할망구들에게 돌려졌지만, 할망구들은 무슨 말을 해야 할지 몰랐어. "고맙네, 젊은이들." 그들 중 하나가 이 말을 입 밖에 내기는 했지만, 할망구들이 뭔가 고약한 일이 벌어질 낌새를 챘다는 걸 알 수 있었지. 하여튼, 할망구들에겐 코냑의 종류인 **양크 제너럴** 한 병씩이 돌아갔고, 나는 내일 아침에도 늙은이들에게 흑맥주 열 병씩이 배달될 수 있도록 쩐을 지불했어. 그래서 할멈들은 주소를 남겨야 했지. 그리고 남은 쩐으로는 거기에 있던 고기 파이, 프레첼, 치즈 과자, 감자 스낵, 초콜릿 바 등을 샀는데, 다그 늙은이들을 위한 것이었지. "곧 돌아오리다." 우리가 말했더니, 그 할멈들도 인사를 하더군. "고맙네, 신이 축복하시길." 그렇게 우리는 주머니에 땡전 한 푼도 없이 거리로 나섰어.

"정말 기분이 째지는군, 정말로." 피트가 말했지. 여러분은 가여운 바보 덤이 뭐가 어떻게 돌아가는지 전혀 이해하지 못하지만, 가출한 멍청이라고 불릴까 무서워 아무 말도 하지 않는 것을 알 수 있을 거야. 하여튼 **아틀리가**로 통하는 길모퉁이를 돌자, 과자와 담배를 파는 가게가 아직 열려 있었어. 우리가 그때까지 거의 석 달이나 그 가게를 건드리지 않아서 지역 전체가 대체적으로 매우 조용했지. 그래서 무장 경찰 놈들이나 **순찰 짭새**들도 별로 없었는데 마치 오늘날의 강북 지역과 같았지. 우리는 아주 잘 만든 신형 가면을 썼는데, 그것은 역사에 나오는 인물(가면을 살 때 인물의 이름을 알려 주더군.)을 본뜬 것이었지. 나는 디즈레일리, 피트는 **엘비스 프레슬리**, 조지는 헨리 8세, 가여운 딤은 피비 셸리라는 시인 놈이었어. 그 가면은 머리칼서부터 모든 것이 변장한 듯 진짜 얼굴 같았는데, 아주 특수한 플라스틱으로 만들어져서 사용한 후에는 벗어서 말아 부츠 안에 숨길 수 있었지. 우리 셋은 복면을 하고 가게로 들어갔지. 피트는 복면을 하지 않고 밖에서 망을 봤어, 비록 바깥에 걱정할 일은 없었지만. 들어가자마자 우리는 가게 주인 슬라우스를 찾았지. 이 포트와인젤리 같은 커다란 뚱보는 무슨 일이 다가오는지 꿰차고 곧장 전화기와 아마도 6연발 탄창이 장착되었을 기름칠 잘된 총이 있는 가게 안으로 뛰어들었어. 딤은 새처럼 잽싸게 카운터로 달려들었는데, 그 바람에 담뱃갑들이 날아갔고, 손님을 향해 쪼개면서 가슴을 거의 드러낸 계집애가 나오는 커다란 담배 광고 사진이 망가졌지. 그다음에 보인 건 큰 공처럼 생긴 물체가 가게 안쪽 커튼 뒤로 굴러 들어가는 모습이었는데, 그건 사투를 벌이면서 엉켜 있는 딤과 슬라우스였지. 그리고 커튼 뒤에서 헐떡이고 그르렁거리는 소리와 물건들이 떨어지는 소리, 욕하는 소리, 유리 깨지는 소리 등이 들렸어. 슬라우스네 여편네는 카운터 뒤에 얼어붙어 있더군. 우리는 그 여자가 단 한 번의 기회라도 있다면 "살인이오!" 하고 비명을 질러 댈 걸 알고 있었지. 그래서 내가 카운터로 재빨리 돌아가서 여자를 붙잡았는데, 된통 큰 몸집에다 향수 냄새를 풍기고 펄떡펄떡 뛰는 젖가슴을 가지고 있었어. 나는 여자가 사방에 '죽음'이니 '파괴'니 하며 떠들어 대지 못하게 손짝으로 입을 막았지만, 개 같은 그 여자가 내 손짝을 세게 물어뜯는 바람에 비명을 지른 건 오히려 나였지. 입이 자유로워진 여자는 경찰 놈을 부르더군. 그래서 여자는 저울추로 몹시 맞아야 했고, 또 진열장을 여는 갈퀴 막대로도 한 방 맞았는데, 내게는 오랜 친구 같은 피를 쏟아 내더군. 우리는 여자를 바닥에 눕혔고 재미 삼아 옷을 찢은 다음 신음 소리를 멈추게 하기 위해 부츠로 가볍게 찼지. 여자가 가슴을 내놓고 거기에 누워 있는 것을 보고, 그 짓을 해 버릴까 망설였지만, 그건 그날 저녁 늦게나 할 일이었어. 우리는 금전 등록기를 비웠는데, 그날 밤 벌이로는 충분했기 때문에 최고급 담배만 몇 갑 챙기고 거기를 떴지, 여러분.

"진짜 크고 무거운 새끼였어." 딤이 되풀이했지. 나는 딤의 모습이 마음에 들지 않았는데, 막 싸움을 끝낸 놈처럼 더럽고 단정치 못했기 때문이야. 물론 개가 싸움질을 하긴 했지만, 그래도 그렇게 보여서는 안 되는 법이지. 녀석의 넥타이는 마치 누가 짓밟아 놓은 것 같았고, 복면은 벗겨져 올라간 데다 얼굴짝에는 흙먼지가 묻어 있었지. 우리는 딤을 골목길로 데려가서 매무새를 좀 고쳐 주고, 손수건에 침을 묻혀 먼지를 닦아 냈지. 우리가 딤을 위해 그걸 다 했다니까. 그 후 우리는 뉴욕 공작으로 재빨리 돌아갔는데, 시계를 보니 우리가 밖에 있었던 시간은 10분이 채 되지 않았더군. 늙은 할망구들은 그때까지도 우리가 사 준 흑맥주와 스카치위스키를 마시고 있었고, 우리는 인사했지. "안녕하슈, 어때요?" 할멈들이 대답했어. "친절도 하지, 복 많이 받아." 벨을 누르자 이번에는 다른 종업원이 왔고, 우리는 **목이 크게 말랐는지라** 럼주를 탄 맥주와 할멈들이 원하는 것은 뭐든지 다 시켰어. 그때 나는 할멈들에게 말했지. "우리가 밖에 나간 적은 없죠? 여기 쭉 있었던 거지?" 할멈들은 잽싸게 말귀를 알아듣고 술을 마시며 대답했지.

"그렇지. 한 번도 우리 눈에서 벗어난 적이 없었지."

사실 그렇게 말하는 게 그리 큰 문젯거리는 아니었으니까. 30분쯤 지나니 경찰 놈들이 움직이기 시작했지. 두 명의 애송이 짭새들이 들어왔는데, 커다란 경찰 헬멧을 쓴 얼굴이 진한 분홍빛이었어. 그중 하나가 묻더군.

"오늘 슬라우스네 가게에서 벌어진 일에 대해 아는 게 있나?"

"우리요?" 나는 아무것도 모르는 척 되물었어. "왜요, 무슨 일인데요?"

"절도와 폭행. 두 명 입원. 오늘 저녁 당신들 어디 있었지?"

"난 그 기분 나쁜 말투가 싫은데요." 내가 대답했어. "그렇게 말을 돌려 하시는 게 싫어요. 우리를 심하게 의심하는 말로 들리지 않아, 어린 동무들?"

"여보게, 이 청년들은 저녁 내내 여기 있었다오." 할멈들이 외치기 시작했어. "복받을 젊은이들이야. 친절하고 인심 좋기로는 저이들을 따를 사람이 없을 게야. 그 사람들 여기 저녁 내내 있었다오. 움직이는 걸 한 번도 보지 못했어."

"그냥 물어보고 있는 거예요." 다른 애송이 경찰 놈이 끼어들었지. "우리도 다른 사람들처럼 해야 할 일이 있거든요." 그러나 놈들은 나가기 전에 기분 나쁜 경고의 눈빛을 던지더군. 놈들이 나갈 때 우리들은 입으로 푸르르 소리를 내며 야유를 보냈지. 나 스스로는 그 당시 돌아가는 상황이 실망스러웠어. 싸움할 거리가 없었거든. 모든 게 다 누워서 떡 먹기처럼 쉬웠지. 그래도 아직은 초저녁이었어.

2

우리가 뉴욕 공작 밖으로 나왔을 때 그 술집의 길고 밝은 창문가에서 술에 취해 맛이 가 주절거리는 놈을 보았어. 제 아비들이나 불렀을 법한 추잡한 노래를 부르면서 중간중간에 끅끅거리는 것이, 더럽게 냄새나는 배 속에 오케스트라라도 들어 있는 것 같았지. 내가 도저히 참을 수 없는 부류의 놈이었지. 나이는 얼마나 먹었든지 간에 이렇게 지저분하고 길바닥에서 구르고 트림을 하는 술 취한 놈들은 참을 수가 없었어. 특히 이놈처럼 늙은이들의 경우에는 더욱 그랬지. 놈은 벽에 들러붙어 있다시피 했고, 옷은 구겨져 단정치 못한 데다가 흙과 오물 등 별걸 다 뒤집어쓰고 있었지. 우리가 놈을 잡아서 신나게 두들겨 팼지만, 놈은 계속 이런 노래를 불렀어.

내 사랑, 내 사랑 당신에게로 돌아가리,

당신, 나의 사랑이 떠난 후에도.

그러나 딤이 이 추잡한 놈의 주둥이를 몇 번 때리자, 놈은 노래를 멈추고는 소리 지르기 시작했지. "계속해 봐, 나를 때려 보라고, 이 겁쟁이 자식들아, 나도 이렇게 더러운 세상 살고 싶지 않아." 그때 나는 딤에게 잠시 멈추라고 말했는데, 이렇게 비관적인 늙다리들이 인생과 세상에 대해 터뜨리는 불만에 흥미가 생겼기 때문이야. "그래 세상이 어떤데?" 내가 물었어.

"이놈의 더러운 세상은 네놈들처럼 젊은것들이 늙은이들에게 덤비도록 내버려 두고, 법도 질서도 없지." 놈이 고함을 치고 주먹을 흔들며 말을 하려고 엄청 노력했지만 놈의 배 속에서는 기껏해야 끅끅 소리만 나오더군. 그 속에 뭔가 회전하고 있거나 또는 시끄럽게 말을 방해하는 무례한 놈이 들어가 있는 것처럼 말이야. 그리고 이 늙다리는 주먹을 흔들며 끅끅거리는 소리를 위협해 멈추게 만들려고 하는 것처럼 소리를 질렀지. "이 세상은 더 이상 늙은이들이 살 데가 못 돼. 그건 내가 너희 어린놈들을 조금도 겁내지 않는다는 말이야, 왜냐하면 난 너무 취해서 네놈들이 때려도 아픈 줄도 모르니까. 또 네놈들이 나를 죽인다 해도 난 죽는 게 기뻐." 우리는 폭소를 터뜨린 후 속으론 비웃으면서도 아무 말도 하지 않았는데, 놈은 계속 떠들었어. "무슨 세상이 도대체 이 모양이야? 달에는 사람이 착륙하고, 또 날벌레가 불 주위를 도는 것처럼 사람들이 지구 주위를 돌지만, 정작 이 세상의 법과 질서에는 더 이상 주의를 기울이지 않는군. 네놈들이 가장 못된 짓을 할 수 있게 말이야, 이 못된 비겁한 폭력배 놈들아." 그런 다음 놈은 우리가 애송이 경찰 놈들에게 했던 푸르르 **야유**하는 소리를 낸 후 다시 노래를 시작했지.

오 사랑하고 또 사랑하는 이 땅이여, 나는 너를 위해 싸웠고 평화와 승리를 가져다주었지…….

그때 우리가 얼굴짝에 비웃음을 머금은 채 놈을 흠씬 두들겨 팼지만 놈은 여전히 노래를 부를 뿐이었어. 그래서 놈의 발을 걸어 넘어뜨리니까 길바닥에 털썩 나동그라지더니 맥주 냄새 나는 오물을 엄청 토하더군. 너무 비위가 상해서 우리 모두 다시 한 번씩 부츠 발로 놈을 찼더니, 이번에는 노래도 아니고 오물도 아닌 피가 놈의 입에서 흘러나왔어. 그러고 나서 우리는 갈 길을 갔지.

우리가 빌리보이와 놈의 다섯 동무들을 마주친 건 바로 시영 발전소 근처 모퉁이야. 그 당시에는, 여러분, 패거리 구성이 대부분 자동차 타기 편한 넷이나 다섯 정도였는데, 넷은 차를 함께 타기에 적당한 숫자지만 여섯은 패거리 규모의 한계를 넘는 거지. 가끔 밤에 한바탕 싸우려고 패거리가 쪼끄만 군대처럼 모이기도 했지만, 대부분은 이렇게 적은 인원으로 돌아다니는 것이 최고였지. 빌리보이란 놈은 그 비웃는 살찐 낯짝만 봐도 토하고 싶어질 정도였어. 그놈한테서는 몇 번이고 사용한 튀김 기름에서 나는 기름 전 내 같은 이상한 냄새가 풍겼는데, 심지어 그때처럼 제일 좋은 옷을 차려입었을 때조차도 마찬가지였지. 우리가 그놈들을 보자마자 놈들도 우리를 보았고, 서로가 조용히 노려보았어. 진짜 제대로 된 싸움이 벌어질 참이었지. 그냥 주먹질이나 발차기가 아니라 칼질, 체인질, 그리고 면도칼질 대결이 될 거였지. 그때 빌리보이 패거리는 하고 있던 짓을 멈추었는데, 놈들은 열 살도 안 된 울고 있는 계집애에게 무슨 짓을 막 하려던 참이었어. 계집애는 옷은 입고 있었지만 마구 소리를 질렀고, 빌리보이가 한 손짝을 잡고 놈의 1번 꼬붕인 리오가 다른 쪽을 잡고 있더군. 놈들은 아마 약간의 초특급 폭력을 휘두르기 전에 고약한 말로 겁을 주고 있었을 거야. 우리가 다가오는 걸 보자마자 놈들은 울부짖는 계집애를 놓아주었는데, 왜냐하면 걔를 데려온 곳에 가면 계집애들이야 많이 있기 때문이지. 계집애는 계속 울면서 가늘고 흰 다리로 어둠 속을 달려 도망갔어. 나는 활짝 그리고 친근히 웃으면서 약을 올렸지. "아니, 이거 독약 먹은 더러운 뚱보 말썽쟁이 빌리보이 아니신가! 더러운 싸구려 튀김 기름병 같은 분께서는 어떻게 지내셨나? 이 뚱보 고자 같은 놈아, 밸이 있으면 이리 와서 한번 붙어 보자." 그렇게 우리는 싸움을 시작했어.

앞서 말한 대로 우리는 넷이고 걔네는 여섯이었지만, 멍청한 늙다리 딤이 미쳐서 싸울 때는 세 명의 몫을 하지. 딤은 허리에 두 번씩이나 감은 진짜 기찬 기다란 줄, 즉 체인을 가지고 있었어. 녀석은 이것을 풀어서는 상대방의 눈, 즉 눈깔을 보기 좋게 내려치기 시작했지. 피트와 조지는 날카롭고 좋은 칼을 가지고 있었지. 나는 멱을 따는 기똥찬 면도칼을 가지고 있었고, 무엇이든 번뜩번뜩 잽싸게 예술적으로 벨 수 있었지. 그렇게 우리는 어둠 속에서 치고받고 있었는데, 그때 사람이 착륙한 달이 막 떠오르기 시작했고 별들도 싸움에 끼려고 안달하는 칼인 양 날카롭게 반짝였어. 나는 면도칼로 빌리보이 패거리 중 하나의 옷 앞섶을 아주 깔끔하게, 옷 속살은 건드리지도 않고 쭉 찢어 버릴 수 있었지. 치고받는 중에 그놈은 갑자기 배와 축 처진 불알이 다 보이도록 콩깍지처럼 열려 있는 자신을 발견하고 화가 머리끝까지 나서 마구 주먹질하고 소리를 치다 그만 무방비 상태가 되어서 늙다리 딤의 뱀처럼 쉭쉭거리는 체인에 걸려들었어. 딤은 놈의 눈깔을 정확히 맞혔고, 그놈은 비틀거리며 있는 대로 비명을 지르더군. 우리는 기차게 잘 싸워서, 금방 빌리보이의 1번 꼬붕이 딤의 체인에 맞아 쓰러져 아무것도 볼 수 없는 채로 짐승처럼 기며 울부짖게 만들었고, 놈의 배때기를 매섭게 발로 한 번 참으로써 끝장을 냈지.

항상 그렇듯 우리 중에서 딤의 행색이 가장 형편없었지. 그때도 개의 낯짝은 피투성이였고 옷은 먼지투성이였지만, 우리는 깔끔하고 단정했어. 내가 원한 것은 바로 냄새나는 뚱보 빌리보이였지. 나는 마치 파도 거센 바다 위에서 배를 탄 이발사처럼 면도칼을 휘둘렀고, 기름기 흐르는 더러운 낯짝에 칼질을 해서 놈을 잡으려 했지. 빌리보이는 접는 긴 칼을 가지고 있었지만 좀 느리고 몸이 무거워서 어느 누구에게도 심한 상처를 줄 수 없었지. 그래서, 여러분, 나는 왼쪽으로 두 번 세

번, 오른쪽으로 두 번 세 번씩 왈츠 스텝을 밟으며 춤추듯이 놈의 왼쪽 뺨, 오른쪽 뺨에 칼질을 했는데 진짜 만족스러웠어. 별이 빛나는 겨울밤에 기름기 흐르는 놈의 더러운 코를 사이에 두고 피가 뿜어져 나오는 것 같았어. 피가 붉은 커튼처럼 흘러내리는데도 빌리보이가 아무 고통도 느끼지 않는다는 걸알 수 있었는데, 놈은 뚱뚱한 곰처럼 나를 칼로 찌르려고 굼뜨게 움직였거든.

그때 사이렌 소리가 들렸고 우리는 순찰차 창밖으로 총을 내민 경찰 놈들이 오고 있다는 것을 알았어. 틀림없이 그 가엾게 울던 계집애가 경찰에 신고한 거야. 시영 발전소 뒤 멀지 않은 곳에 짭새에게 연락하는 전화 부스가 있었거든. 내가 소리쳤지. "걱정 마, 너를 해치워 버릴 테다, 이 더러운 고집불통아. 네 불알을 잘라 버릴 거야." 그때 땅바닥에 뻗어 버린 빌리보이의 1번 꼬붕 리오를 뺀 놈들 모두가 강북 쪽으로 굼뜨게 숨을 헐떡이며 뛰기 시작했고, 우리는 반대쪽으로 튀었지. 바로 다음 모퉁이는 양쪽이 트인 어둡고 빈 골목이었는데, 우리는 거기서 잠시 쉬며 헐떡이던 숨을 고르고 있었어. 마치 엄청나게 큰 두 산의 기슭 사이에 있는 것 같은 느낌이었는데, 사실 그곳은 아파트 건물들 사이였지. 아파트 창문으로 보이는 것이라고는 춤추는 파란빛뿐이었어. 그 불빛은 아마 텔레비전이었을 거야. 그날 밤은 소위 전 세계 중계방송을 하는 날이었는데, 그건 똑같은 프로그램을 이 세상의 모든 사람들이 원하면 볼 수 있다는 얘기지. 이때 사람들이란 대부분 중년의 중산층 놈들이야. 아주 유명하지만 멍청한 코미디언 놈이나 흑인 가수가 나오는 모양이었고, 그런 장면이 우주에 있는 특별한 인공위성에서 전송되는 것이었지. 숨을 헉헉대며 기다리다 사이렌을 울리면서 경찰차가 동쪽으로 가는 모습을 보고는 그제야 우리가 안전하다는 것을 알았어. 그런데 딤 녀석은 별과 행성, 그리고 달 같은 걸 이제껏 한 번도 본 적이 없는 아이처럼 주둥이를 쫙 벌리고 계속 하늘을 올려다보다가 이렇게 말하더군. "저기에는 뭐가 있을지 궁금해. 저런 곳에는 무엇이 있을까?"

나는 녀석을 꾹 찌르면서 말했지. "멍청한 놈. 여기서 사는 네놈하고는 상관없는 일이야. 거기도 여기와 마찬가지로 어떤 놈은 칼질을 당하고 어떤 놈은 칼질을 하겠지. 이나저나 아직 이른 저녁이니까 우리 갈 길을 가자고." 다른 놈들은 이걸 보고 낄낄댔지만, 딤은 날 심각하게 바라보더니 다시 별과 달을 올려다보았어. 우리는 양쪽으로 중계방송 텔레비전 불빛이 비치는 골목길을 나섰지. 그때 필요한 건 자동차여서 우리는 골목길을 나와 왼쪽으로 틀었어. 우리는 원숭이의 윗입술같이 늘어진 주둥이에 파이프를 물고 있는 옛 시인의 동상을 보자마자 거기가 **프리슬리 광장**이라는 것을 바로 알아차렸어. 북쪽으로 발을 돌려 우리는 더럽고 오래된 필름드롬 극장에 이르렀지. 극장 건물은 칠이 벗겨진 채 허물어지고 있어서 우리 패거리 같은 놈들만 모이는 장소였고, 그것도 단지 떠들거나 칼부림을 벌이거나 또는 어둠 속에서 그 짓거리를 하기 위해서였어. 극장 정면에는 파리똥으로 더러워진 포스터가 붙어 있었는데, 대개 카우보이들의 반란, 즉 미합중국 보안관 편의 대천사들이 지옥 군단의 가축 도둑들을 6연발총으로 처치하는 영화에 대한 것이었어. 그 당시에는 국영 영화사에서 이런 유치한 영화를 내놓곤 했지. 영화관 옆에 세워진 차들은 그다지 기똥차지 않았고 대부분이 낡아 빠진 후진 것들이었지만, 새것에 가까운 듀랑고 95형이 그중에선 괜찮은 듯싶었어. 조지는 흔히들 말하는 만능열쇠라는 것을 열쇠고리에 달고 있었지. 그래서 우리는 금세 차에 올라탔고, 딤과 피트는 뒷자리에서 담배를 요란히 빨아 대기 시작했어. 내가 시동을 걸자 차는 정말 기똥차게 부르릉거렸고, 아주 편안한 진동이 몸으로 전해졌지. 나는 페달을 밟아 우아하게 후진했고 아무도 떠나는 우리를 보지 못했지.

우리는 달동네를 싸돌아다녔어. 길을 건너던 늙은이들이나 계집애들을 놀래 주거나 고양이 같은 것들을 쫓아다니면서 말이야. 그러고는 서쪽으로 길을 잡았어. 차가 그리 많지 않았기 때문에 나는 계속 페달을 밟았고 듀랑고 95는 국수를 후루룩 먹어 치우듯 앞으로 나아갔지. 곧 겨울나무들과 어두운 시골을 지나쳤고, 그러다가 전조등에 비친 이빨을 드러내며 으르렁거리는 뭔가 큰 짐승을 쳐 버렸는데, 비명과 함께 차 아래에 깔려 절벅거리는 소리를 내더군. 딤 녀석은 그걸 보고 대갈통이 떨어져 나가라 웃었지. 그리고 그때 나무 아래서 한 젊은 놈이 여자 친구와 연애하는 것을 보았는데, 우리는 멈춰서 소리를 질러 댔어. 사정을 좀 봐주면서 적당히 패 주었고, 걔들을 울린 후 가던 길을 계속 갔지. 우리가 원했던 것은 늘 하던 기습 방문이었어. 그것이야말로 진짜 자극을 주는 건데,

재미있고 초특급 폭력 휘두르기에 딱 좋거든. 우리는 이윽고 마을 비슷한 곳에 이르렀는데, 그 외곽에는 정원이 딸린 조그만 집 한 채가 외따로 떨어져 있더군. 달이 밝은 덕분에 속력을 줄이고 차를 멈추었을 때, 우리는 그게 근사하고 깔끔한 주택이란 것을 알 수 있었지. 그때 다른 세 놈들은 미친 듯이 낄낄거렸는데, 대문에 멍청하게도 '집(Home)'이라고 쓰인 표지판을 발견했기 때문이야. 나는 차에서 내려 패거리들에게 웃음소리를 죽이고 진지하게 행동하라고 명령하면서 쪼끄만 대문을 열고 현관으로 들어갔어. 점잖게 문을 노크해도 아무도 나오지를 않아서 몇 번 더 두드렸더니, 누가 나오면서 걸쇠를 여는 소리가 들렸지. 문이 빠끔 열렸고 나를 바라보는 눈동자 하나와 문에 걸린 쇠줄이 보였어. "예? 누구시죠?" 어떤 여자가 묻더군. 목소리로 봐서는 젊은 계집애인 것 같더라고. 나는 아주 예의 바르고 진짜 신사다운 목소리를 내어 말했지.

"실례합니다, 부인. 폐를 끼쳐 죄송하지만 산책을 나온 길에 친구가 갑자기 고약한 발작을 일으키는 바람에 길 위에서 신음하며 죽어 가고 있습니다. 제발 제가 전화를 걸어 응급차를 부르도록 해 주시겠습니까?"

"우리는 전화기가 없어요." 젊은 여자가 대답했지. "죄송하지만 전화가 없어요. 다른 데 가 보셔야 하겠군요." 그때 조그만 집 안에서 탁탁 타자 치는 소리가 흘러나오다가 멈추더니 어떤 사내의 목소리가 들렸지. "무슨 일이오, 여보?"

"저기, 제 친구에게 물이라도 한 컵 주시겠습니까? 아마 기절한 것 같은데요. 발작을 하다가 정신을 잃은 것 같아요." 내가 말했지.

여자는 약간 주저하더니 말했어. "잠시 기다려요." 여자가 안으로 사라졌을 때, 내 패거리 세 놈들은 차에서 조용히 내려 자신들의 가면을 쓴 다음 진짜 살금살금 다가왔고, 나도 가면을 꺼내 썼지. 이제 남은 일이라고는 내가 손을 집어넣어서 현관문의 쇠줄을 푸는 것뿐이었어. 신사다운 목소리로 녹인 덕분에 그 계집은 닫아야 했을 문을 그냥 두었거든. 우리가 야밤에 찾아온 낯선 사람들이었는데도 말이야. 우리 넷은 소리를 지르며 달려 들어갔는데, 항상 그렇듯 펄쩍펄쩍 뛰고 욕설을 해 대는 딤이 선두에 섰지. 내가 보기에 아주 아담한 집이었어. 우리는 불 켜진 방으로 웃으면서 들어갔는데, 그곳에는 진짜 삼삼한 가슴을 가진 젊은 여자가 겁에 질려 움츠리고 있었고, 그 옆에 젊고 뿔테 안경을 낀 남편이 있더군. 탁자 위에는 타자기와 마구 흐트러진 종이들과 또 그가 타자를 쳐 완성한 것이 틀림없는 한 꾸러미의 종이 뭉치가 있었지. 그러니까 여기에는 몇 시간 전에 우리가 주물러 주었던 책벌레 타입과 똑같은 지성인이 또 있었던 것인데, 이번에는 독자가 아니라 작가였던 거지. 좌우지간 놈이 묻더군. "무슨 일이오? 당신네들은 누구요? 감히 허락 없이 내 집으로 들어오다니." 말을 할 때 놈의 목소리와 손이 내내 떨리더군. 그래서 내가 말했지.

"두려워 마쇼. 마음속에 두려움이 있거든 기도를 해 물리치쇼." 그때 조지와 피트는 부엌을 찾으러 나갔고, 딤 녀석은 주둥이를 쩍 벌리고 명령을 기다리며 내 옆에 서 있었지. "이게 뭐야?" 내가 이렇게 물으며 탁자 위에 놓인 타자로 친 종이 뭉치를 집어 들자, 그 뿔테 안경을 낀 남자가 떨면서 대답했어.

"그게 내가 알고 싶은 거요. 도대체 이게 무슨 일이오? 원하는 게 뭐요? 내가 내치기 전에 즉시 나가시오." 피비 셸리 복면을 쓴 딤 녀석이 그 말을 듣더니 무슨 짐승처럼 소리를 내며 한바탕 웃었어.

"책이군, 당신이 쓰고 있는 책이로군." 나는 거칠고 지긋한 목소리를 내며 말했어. "나는 책이란 걸 쓸 수 있는 작자들을 항상 존경해 왔지." 맨 첫 장을 보았더니 제목이 있더군. '시계 태엽 오렌지'라고. 그걸 보고 내가 말했지. "거참 멍청한 제목이로군. 도대체 누가 태엽 달린 오렌지에 대해 들어 보기라도 했을까?" 그리고 나는 그 일부분을 설교하듯 위엄 찬 목소리로 소리 내어 읽었지. "인간, 즉 성장하고 다정할 수 있는 피조물에게 기계나 만드는 것에 적합한 법들과 조건들을 강요하려는 시도에 대항하여 나는 나의 **칼, 펜**을 든다." 이 말을 듣자 딤 녀석은 푸르르 야유를 했고 나 또한 웃어야만 했지. 나는 그 책을 찢어 뜯어낸 것을 마루에 던져 버리기 시작했는데, 그러자 이 작가란 놈이 좀 미쳐서는 이를 악물고 누런 이빨을 보이면서 날 할퀴려는 듯 손톱을 세운 채 노려보더군. 이제 딤이 나설 차례가 되었지. 딤이 비웃으면서 놈의 떨고 있는 주둥이에 처음에는 왼쪽, 다음엔 오른쪽으로 퍽퍽 주먹질을 하자, 우리의 오랜 동무인 피, 붉은 포도주 같은 피가 놈의 주둥이와 이곳저곳에서도 철철 흘러나와 마치 커다란 포도주 회사에서 만들어 내는 것 같더군. 놈의 피가 아주 깨끗한 양탄자에 튀었고, 그때까지 내가 쫙쫙 찢고 있던 책에도 묻었지. 그동안 그의 사랑스럽고 정숙한 아내는 벽난로 옆에 얼어 버린 듯 서 있다가 아주 작은 소리로 울기 시작했는데, 마치 딤의 주먹질에 박자를 맞추는 것 같았어. 그때 조지와 피트가 뭔가를 씹으며 부엌에서 돌아오더군. 가면은 썼지만 아무 문제 없이 뭘 씹어 먹을 수 있었지. 조지는 한 손짝에 뭔가의 다리 냉동육을, 다른 손짝에는 버터를 잔뜩 바른 빵 반 덩이를 들고 있었어. 피트는 거품이 넘치는 병맥주 한 병과 주먹만 한 자두 케이크를 가지고 있더군. 놈들은 딤 녀석이 날뛰면서 작가 놈을 주먹으로 패는 광경을 계속 하하 웃으며 구경했고, 작가 놈은 자기가 일생 동안 만든 작품이 끝장이라도 난 듯 울기 시작했는데, 피투성이가 된 입에서 흑흑 소리가 나왔지. 그러나 사실 그 울음소리는 조지와 피트가 입에 먹을 것을 잔뜩 채운 채로 하하 웃는 소리였는데, 놈들이 먹는 게 훤히 보일 정도였어. 나는 그게 싫었지, 더럽고 지저분했으니까. 그래서 내가 소리쳤어.

"먹는 것을 버려. 내가 허락하지 않았잖아. 이놈의 여기를 잡아, 그래야 놈이 피하지 못하고 다 볼 테니까." 그래서 놈들은 기름기 흐르는 음식을 흩어진 종이들 사이에 자리한 탁자에 내려놓은 다음 부서진 뿔테 안경을 아직 매달고 있는 작가 놈을 두들겨 팼지. 딤 놈이 날뛰고 있어서 벽난로 위의 장식품들이 흔들렸어. 내가 모든 장식품들을 쓸어 버렸더니 더이상 흔들릴 것도 없었지. 그러는 동안에도 딤은 그 『시계태엽 오렌지』의 작가를 주물러 낯짝을 아주 특별히 즙이 많은 과일처럼 피가 뚝뚝 떨어지는 피투성이로 만든 거야. 내가 소리쳤지. "이제 그만해, 딤. 다른 일을 할 때야, 하날님 맙소사, 우리를 도우소서." 우리 네 명이 작가 놈을 돌아가며 때리는 공연에 맞춰 4분의 1박자로 흑, 흑, 흑 훌쩍이던 계집애를 딤이 힘으로 눌러 뒤에서 손을 붙들고 있는 동안, 나는 여자의 옷을 이것도 저것도 그 다른 것도 잡아 찢었어. 진짜 삼삼한 젖가슴이 분홍빛 눈을 드러내며 나타났고, 다른 놈들은 하하 웃었지. 나는 옷을 벗고 돌진할 준비가 되었지. 그 짓거리를 할 때 나는 고통에 찬 외마디 비명을 들었고, 조지와 피트가 꽉 잡고 있던 작가 놈은 피를 흘리며 미친 듯이 소리치면서 내가 알고 있던 가장 더러운 욕들과 또 놈이 만들어 낸 욕지거리들을 쏟아 내더군. 다음은 딤의 순서였는데, 내가 여자를 잡고 있는 동안 녀석은 피비 셸리 복면을 쓴 것을 깨닫지도 못하고 야수처럼 헉헉 소리를 지르며 그 짓거리를 했지. 그러고는 순서를 바꾸어서 딤과 내가 이제는 더 반항하지도 못하고 마치 약 섞은 우유를 파는 바에서 볼 수 있는 놈처럼 뭔가 중얼거리는 소리를 내는 축 늘어진 작가 놈을 잡고 있는 동안, 피트와 조지가 차례로 그 짓거리를 해치웠어. 그러고는 조용해졌는데 우리는 증오심 같은 걸로 가득 차서 부술 수 있는 나머지 것들, 타자기, 탁자, 램프 등을 박살 냈고, 딤 놈은 항상 그렇듯 벽난로 불에 오줌을 싸서 꺼 버렸어. 종이가 널려 있어서 놈이 양탄자에 똥까지 누려 했지만 내가 말렸지. 내가 소리쳤어. "나가, 나가, 나가." 그 작가 놈과 계집은 제정신이 아니었어. 피투성이에다 옷이 찢겨 끙끙거리고 있더군. 그래도 살기는 할 거야.

　우리는 대 놓은 차에 올라탔고 내가 좀 지쳤기 때문에 딤에
게 운전을 맡겼지. 우리는 시내로 다시 돌아갔고, 도중에 이상
하게 끽끽거리는 소리를 내는 것들을 깔아뭉개며 달렸어.

3

여러분, 우리는 다시 시내 쪽으로 차를 때려 몰고 갔어. 그런데 바로 시의 외곽 경계의 산업용 운하라고 불리는 곳 근처에서 차 연료 계기판의 바늘이 저기압인 우리의 기분처럼 바닥을 가리키고 있다는 걸 알았지. 그러자 차가 쿨럭쿨럭 소리를 냈어. 너무 걱정할 일은 아니었어, 기차역의 파란색 불빛이 아주 가까이에서 반짝이고 있었으니까. 중요한 건 자동차를 경찰 놈들이 찾게 내버려 둘 것인지, 아니면 증오와 살의로 가득 찬 우리 손으로 웅덩이에 때려 넣고 저녁이 지나기 전에 묵직하게 물 튀기는 소리를 들을 것인지였지. 우리는 후자 쪽으로 결정한 후, 차에서 내려 브레이크를 풀고 넷이 힘을 합쳐 인간의 오물과 섞여 물엿처럼 걸쭉해진 더러운 물가로 차를 때려 밀고 갔어. 한번 왕창 때려 밀치자 차가 빠져 버리더군.

우리는 옷에 오물이 튈까 봐 급히 물러서야 했지만 차는 첨 벙 하더니 꼬르륵 소리와 함께 물속으로 잘 빠져 들었지. "잘 가, 내 동무." 조지가 말했고, 딤도 광대같이 허허 웃으면서 차 에 작별 인사를 했어. 그리고 우리는 기차로 한 정거장 떨어진 중심가, 즉 시내 중심가로 가기 위해서 역으로 향했지. 우리는 말썽 피우지 않고 얌전하게 차비를 지불했고 기차를 기다리 면서도 신사처럼 조용히 있었지. 딤 녀석은 자동판매기를 만 지작거리고 있었어. 주머니에 잔돈이 가득했기 때문에 녀석은 가난하고 굶주린 사람들에게 필요하다면 초콜릿 바를 기꺼이 나눠 주려고 했지. 안타깝게도 주변에 그런 사람이 없었지만. 초특급 기차가 굼뜨게 들어와서 올라타니 거의 비어 있는 것 같았어. 타고 나서 3분 후 우리는 좌석의 쿠션이란 것을 손봐 주었지. 우리는 좌석의 속을 기차게 찢어발겼고, 딤이 체인으 로 창문을 때리자 유리가 깨어져 겨울 공기 속으로 튀어 나가 더군. 그날 저녁 힘을 좀 써야 했기 때문에 **아주 지치고 기운 이 빠지고 굶주린** 우리와는 달리, 딤은 무슨 우스꽝스러운 짐 승처럼 기쁨에 가득 차 있었어. 그러나 녀석은 온몸이 더러웠 고 땀 냄새가 났는데, 그게 바로 내가 딤을 싫어하는 이유 중 하나였지.

우리는 중심가에서 내려서 코로바 밀크 바로 슬슬 걸어갔 어. 모두 계속 하품을 했고 등에 멘 가방(우리는 아직 자라나는 애들이고 낮에는 학교를 다녔거든.)이 달빛, 별빛, 가로등 불빛에 드러났지. 코로바 바는 우리가 떠났을 때보다 훨씬 붐비더군. 거기에는 우리가 가기 전에 본 코카인이나 신세메시나 뭐 그런 약에 취해서 중얼거리던 녀석이 그때까지도 계속 헛소리를 하고 있었지. "성게와 죽음 이렇게, 하, 어이, 플라톤의 시절에는 기후에 따라 태어났지." 아마 그날 저녁에만 서너 번 약을 먹은 것 같았고, 그래서 얼굴이 산 사람 같지 않게 창백하더군. 마치 무슨 돌덩이가 된 것처럼 보였고 또 얼굴은 진짜 백묵을 깎아 놓은 것 같았어. 약에 취해 그렇게 오랜 시간을 보내고 싶었다면 넓은 홀이 아니라 뒤쪽의 개인용 방 중에 하나로 들어갔어야 했는데 말이야. 왜냐하면 홀에서는 몇몇 놈들이 귀찮게 굴 수도 있기 때문이지. 그래도 코로바 바에는 어떤 소동이라도 처리할 힘센 주먹들이 숨어 있어서 지나치게는 건드릴 수가 없었지. 하여튼 딤은 약에 취한 놈 옆에 끼어 앉아 목젖이 보일 정도로 떠들어 대면서 큰 신발로 놈의 발을 짓밟았어. 그러나 여러분, 놈은 아무것도 들을 수 없던 거야. 몸의 감각을 느낄 수 없을 정도로 마취되었으니까.

우리 옆에서 우유를 마시고 콜라를 마시며 주먹질을 해 대는 놈들은 '십 대'라고 불리는 열댓 살의 조무래기들이었지. 그러나 개중에는 나이가 더 든 남자들과 여자들(그러나 부르주아 타입은 아니야. 그것들은 이런 데에 절대로 오지 않지.)이 웃으며 얘기를 나누고 있었지. 머리 모양이나 그물처럼 생긴 스웨터 같은 헐거운 옷으로 봐서 모퉁이에 있는 텔레비전 촬영장에서 리허설을 마치고 온 사람들이라는 것을 알 수 있었어. 계집애들은 아주 생기발랄한 낯짝이었고 새빨갛게 칠한 커다란 입술에 이빨을 한껏 드러내면서 세상을 털끝만큼도 겁내지 않고 웃고 있었지. 그리고 그때 스테레오에서 노래, 러시아 가수인 조니 지바고의 「이틀에 한 번만」이 흘러나왔고, 그 다음 곡이 시작되기 전 짧은 정적이 흐르는 동안 그 계집애들 중에 온통 금발 머리에 크고 빨간 입술을 가진 삼십 대 후반 하나가 갑자기 노래를 시작하더군. 어떤 곡의 한 소절 반 정도만 불렀는데 마치 지껄이고 있던 중에 어떤 예를 들기 위해서였던 것 같았어. 아, 그 짧은 순간은 마치 한 마리 멋있는 새가 밀크 바로 날아 들어온 것 같았지. 내 몸의 털들이 꼿꼿이 서고, 전율이 마치 도마뱀처럼 천천히 기어 다니다 스러지는 것을 느꼈어. 왜냐하면 이 계집애가 부른 노래가 뭔지 알았기 때문이야. 그것은 프리드리히 기터펜스터의 오페라에 나오는 「이불」이었지. 여자 주인공이 목을 찔린 채 신음하는 장면에서 나오는 노래였는데, 가사가 이랬어. "차라리 이게 낫구나." 여하튼 나는 전율을 느꼈지.

그러나 딤 녀석은 이 노래가 마치 자기 접시에 뜨끈뜨끈한 고기 한 점처럼 굴러 들어오자 저속한 짓을 했어. 녀석은 야유와 함께 개 짖는 소리를 내다가, 이어서 두 손가락을 허공에 두 번 찌르고는[8] 마침내 광대처럼 깔깔대더군. 나는 딤의 상스러운 행동을 보고 열과 피가 끓어올라서 욕을 퍼부었어. "개자식. 침이나 질질 흘리는 더럽고 버릇없는 개자식 같으니라고." 그러고는 녀석과 나 사이에 앉은 조지 쪽으로 몸을 기대어 딤 놈의 입을 한 방 갈겨 주었지. 딤은 너무 놀라 입을 벌린 채 손짝으로 주둥이의 피를 닦으면서 얼떨떨한 눈으로 흐

---

8) 욕설을 의미하는 몸동작.

르는 자기 피와 나를 번갈아 보았어. 놈이 어리둥절해서 묻더군. "뭐 왜 그런 때문인데?" 놈이 문법에도 맞지 않게 물어보았지. 코로바 바 안에서 내가 딤에게 한 방 먹이는 것을 본 놈들은 많지 않았고, 본 놈들도 별 관심이 없었어. 스테레오에서는 계속 노래가 나왔는데, 아주 역겨운 전자 기타 음악이더군. 내가 대답했지.

"버릇없는 개자식처럼 군 데다가 공공장소에서 어떻게 행동해야 하는지 모르기 때문이야, 형제."

딤은 사악함을 **조잡하게** 드러내며 말했지. "난 네가 하는 짓이 싫어. 나는 더 이상 네 형제도 아니고 그렇게 되고 싶은 생각도 없어." 그러고는 주머니에서 지저분한 큰 손수건을 꺼내서 어쩔 줄 몰라 하며 흐르는 피를 닦았지. 마치 그 피가 자기 것이 아니라 다른 놈이 흘리는 것이라고 생각하는 듯 인상을 찌푸린 채로 계속 쳐다보면서 말이야. 그건 마치 녀석이 계집애가 노래를 불렀을 때 저지른 저속한 행동을 벌충하기 위해서 피로 노래를 부르는 것 같았지. 그런데 막상 그 계집애는 바에서 새빨간 주둥이를 놀리고 반짝이는 이빨을 보이면서 친구들과 하하 웃고 있었어, 딤의 추잡한 행동을 알아차리지도 못했던 거야. 딤은 실은 나한테 실례를 한 것이었지. 내가 말했어.

"이것저것 다 싫다면 어떻게 할지는 알고 있겠지, 형제." 조지가 내 눈길을 끌 정도의 볼멘소리로 나서더군.

"자, 그만두자고."

"그건 전적으로 딤에게 달렸어." 내가 대답했지. "딤도 평생

어린애처럼 살 수 없다고." 이 말을 하면서 난 조지를 노려보
았어. 딤이 입을 열자 붉은 피가 주르륵 흘러 나왔지.

"도대체 쟤는 무슨 타고난 권리가 있다고 제 마음대로 명령
을 하거나 나를 때릴 수 있다고 생각해야 하는 거야? 개소리
라고밖에 말할 수 없군. 내 체인으로 순식간에 네놈의 눈깔을
뽑을 수도 있어."

"입 조심해." 나는 될 수 있는 한 작은 목소리로 말했지. 스
테레오 소리가 온 벽과 천장을 울리고 또 딤 뒤에 있는 약에
취한 놈이 이렇게 소리치고 있었어. "더 가까이에서 불을 지
펴, 군구쩍으로는.⁹⁾" 내가 말했지. "딤, 원대로 살고 싶다면 정
말 입 조심해."

"개소리." 딤이 콧방귀를 끼면서 말하더군. "엄청 개소리. 넌
권리도 없는 일을 해 버린 거야. 난 언제라도 체인이든 칼이든
면도칼이든 가지고 너와 한판 붙을 거야, 이유도 없이 네가 날
때리지 못하게 하기 위해서, 난 참지 않아, 그게 이치에 맞는
일이야."

"네가 말한 대로 언제라도 칼부림 한번 하자." 나는 맞받았
지. 그때 피트가 말하더군.

"야, 이제 그만해. 너희 두 놈 모두. 우리는 동무들이야, 그렇
지? 동무끼리 이렇게 행동할 수는 없지. 저기 봐, 저기 떠들고
있는 놈들이 우리를 비웃고 있다고. 우리 스스로를 실망시켜
서는 안 되지."

---

9) 원문에서 'ultoptimate'로 일부러 틀린 철자를 쓰고 있다.

"딤은 제 위치를 알아야 해, 그렇지?" 내가 물어보았어.

"잠깐." 조지가 말했지. "왜 위치 가지고 난리야? 사람들이 제 위치를 알아야만 한다는 말은 처음 들어 봐." 피트도 거들 었어.

"알렉스, 실은 딤 녀석에게 이유 없이 주먹질을 하는 게 아 니었어. 한 번만 얘기할게. 아무래도 이야기를 해야겠어. 만약 네가 나를 때렸다면 넌 그 대가를 치러야 했을걸. 더 이상 말 하지 않을게." 그리고 나서 피트는 자신의 우유 잔으로 낯짝 을 숙이더군.

난 속으로 엄청 화가 치미는 것을 느꼈지만, 감추려고 애쓰 면서 차분히 말했지. "지도자는 있어야 해. 규율도 필요하고. 그렇지 않아?" 아무도 한마디 대꾸하지 않았고 고개도 끄덕거 리지 않았지. 속으로는 더 화가 치밀었지만 더 차분히 말했지. "난 지금 이때껏 모든 일에 책임을 져 왔어. 우리가 모두 동 무들이기는 하지만 누군가는 책임을 져야 하잖아? 그렇지 않 아? 그렇지 않냐고!" 놈들은 모두 고개를 끄덕였지, 조심스레 말이야. 딤이 피를 마지막으로 말끔히 닦아 내더니 이런 말을 하더군.

"좋아, 좋아. 그만 됐어. 아마 우리 모두 좀 지친 것 같아. 더 이상 말하지 않는 게 제일 나아." 나는 놀랐어. 딤이 그렇게 똑 똑한 소리를 하는 걸 듣자니 좀 겁이 났지. 딤이 말했어. "자러 가는 게 지금 우리가 할 일이니까, 집으로 가자고. 그렇지?" 나는 아주 놀랐지. 다른 두 놈들은 고개를 끄덕거리면서 동의 하더군. 내가 물었어.

"딤, 왜 내가 네 주둥이를 때렸는지 이해해? 야, 그건 그 노래 때문이었어. 어떤 놈이라도 계집애가 노래 부르는 데 끼어들면, 만약 그런 경우가 있다면 말이야, 난 열이 엄청 받아. 아까 바로 그랬어."

"집에 가서 잠이나 좀 자자." 딤이 말하더군. "자라나는 아이들에게는 긴 밤이었지. 그렇지?" 다른 두 녀석들이 그 말에 맞장구를 치더군. 내가 말했지.

"내 생각에 지금 집으로 가는 게 제일이야. 딤이 정말 기똥찬 생각을 했어. 만약 낮에 만나지 못한다면, 형제들, 내일 밤 같은 시간 같은 장소에서 볼까?"

"응, 그래." 조지가 대답했지. "난 그럴 수 있어."

"난 아마 좀 늦을지도 몰라. 그렇지만 확실히 같은 시간 같은 장소에 나타날게." 딤도 대답했지. 피가 더 이상 흐르지 않는데도 녀석은 그때까지 입술을 닦고 있더군. 그러고는 말했지. "내일은 여기에 노래하는 계집애들이 없으면 좋겠군." 그리고 녀석답게 광대처럼 큰 웃음소리를 허허 하고 냈지. 보기엔 녀석이 너무 멍청해서 기분이 별로 상한 것 같지 않았어.

그래서 우리는 각자의 길을 갔고, 나는 아까 마셨던 찬 콜라 때문에 트림을 끅 했지. 나는 먹따는 면도칼을 언제라도 꺼내 쓸 수 있도록 준비하고 있었어. 빌리보이의 패거리들이 아파트 단지 근처에서 기다리고 있을지도 몰랐고, 종종 다른 패거리들이나 갱들과 싸움을 벌일 수도 있으니까. 난 킹즐리가와 **윌슨웨이가** 사이의 시영 아파트 단지 18A동에서 엄마, 아빠와 함께 살고 있었지. 커다란 현관문까지는 아무 문제 없이 도착했어. 온몸에 칼질을 당한 채로 쭉 뻗어서 처절하게 신음하는 한 젊은 놈을 지나쳤고, 가로등 불빛에 비친 피가 그날 밤 싸움의 증명인 양 여기저기 뿌려져 있는 것을 보았지만 말이야. 그리고 바로 18A동 옆에서 틀림없이 순간의 열정 때문에 거칠게 벗겨졌을 계집애들의 속옷 두어 개를 보았지. 나는 현관으로 들어갔어. 현관 복도 벽에는 시 소유의 낡았지만 멋있는 그림이 걸려 있었지. 몸이 아주 잘 발달한, 노동하는 위엄으로 엄숙한 사내놈들과 계집애들이 실오라기 하나 걸치지 않고 작업대와 기계 옆에 서 있는 그림이었지. 그러나 물론 18A동에 사는 몇 녀석들이, 으레 그런 것처럼, 연필과 볼펜으로 털과 빳빳한 몽둥이들을 그려 넣고, 이 발가벗은 것들의 위엄이 흐르는 주둥이에다 말풍선을 그려서 더러운 말들로 그 속을 채워 넣었더군. 승강기 쪽으로 걸어갔는데, 작동하는지 보기 위해서 버튼을 누를 필요도 없었어. 왜냐하면 그날 밤 승강기는 작살이 나 있었으니까. 누가 보기 드문 힘을 순간적으로 발휘해서 금속 문을 망가뜨려 놓았더군. 그래서 나는 10층을 걸어 올라가야 했지. 욕설을 내뱉으며 헐떡헐떡 올라가는데, 머리보다는 몸뚱이가 더 피곤했어. 나는 그날 밤 음악을 몹시 듣고 싶었어. 코로바 바에서 노래하던 그 계집애가 아마도 그런 기분이 들도록 만들었나 봐. 나는 음악을 흠뻑 즐기고 싶었지. 잠의 나라 국경에서 여권에 도장을 받고, 나를 들여보내기 위해 줄무늬 차단기가 올라가기 전에.

열쇠로 10층 8호의 문을 열었더니, 좁은 집 안은 매우 조용했어. 아빠와 엄마는 모두 잠의 나라에 빠져 있었지. 엄마가 탁자에 간단한 저녁을 차려 놓았던데, 통조림 고기 두세 점과 버터 바른 빵 한두 쪽, 그리고 찬 우유 한 잔이었지. 하하, 칼이나 신세메시나 드렌크롬이 들어가지 않은 순수한 우유 말이야. 어쩌나 역겨운지. 여러분, 지금까지도 나는 순수한 우유가 변함없이 그렇게 느껴져. 그럼에도 나는 내가 처음 생각했던 것보다 훨씬 허기졌던 터라 소리 내며 그것들을 먹고 마셨어. 게다가 냉장고에서 과일 파이를 꺼내 커다랗게 잘라 게걸스럽게 주둥이에 처넣었지. 그 후 이빨을 닦고 빠드득 소리를 내면서 내 혀때기, 즉 혀로 주둥이를 닦아 냈지. 그런 다음 늘 그렇듯이 옷을 벗으면서 내 방, 아니 내 소굴로 들어갔어. 거기에는 침대와 내 평생 자랑거리인 스테레오, 선반에 꽂힌 음반들과 벽에 걸린 기념기와 깃발들이 있었지. 그 깃발들은 내가 열한 살 때부터 거쳐 온 소년원 생활을 기념하는 것들이었어, 여러분. 그 하나하나가 번쩍거리고 이름이나 숫자가 쓰여 있었지. 남부 4, 시립 코스콜 소년원 푸른 반, 알파 소년단.

내 스테레오 스피커들은 방 여기저기, 즉 천장, 벽, 바닥에 설치되어 있었고, 나는 침대에 누워 음악을 들었는데 마치 관현악이 그물이나 철조망처럼 나를 감고 있는 것 같았어. 그날 제일 먼저 듣고 싶었던 음악은 미국인 제프리 플로터스가 작곡하고, 오디세우스 코릴로스가 조지아주의 메이컨 필하모닉과 협연한 새 바이올린 협주곡이었어. 나는 단정하게 분류되어 있는 음반을 꺼내서 넣고 스위치를 켠 다음 기다렸지.

그때, 여러분, 음악이 흘러나왔어. 아, 축복, 축복, 천국! 나는 천장을 향해 벌거벗고 누웠지. 베개 위에 올린 팔에 대갈통을 괴고 눈깔은 감고 천상의 기쁨에 젖어 주둥이를 벌린 채 아름다운 음악의 흐름을 들으면서. 아, 그것은 아름다움과 화려함의 화신이었지. 트롬본은 침대 밑에서 황동색의 음을 울려 대고, 대갈통 뒤에서는 세 개의 트럼펫이 은색으로 불타올랐고, 문가에서는 팀파니가 내 속을 흔드는 듯 달콤한 천둥소리를 내고 있었지. 아, 경이로움의 절정이었어! 그리고 그때 희귀한 천국의 금속으로 빚은 새처럼, 아니면 완전한 무중력 상태의 우주선 안에서 흐르는 포도주처럼, 바이올린 독주가 다른 현악기들의 선율 위로 들렸지. 현악기 소리가 비단으로 만든 새장처럼 내 침대를 둘러싸더군. 그러고는 플루트와 오보에가 백금으로 만들어진 벌레처럼 아주 두껍고 달콤한 금과 은의 음악을 파고들었지. 난 그런 축복 속에 있었던 거야, 여러분. 옆방의 아빠와 엄마는 자신들이 소음이라고 부르는 것 때문에 벽을 두드리거나 불평하면 안 된다는 사실을 옛적에 배웠지. 내가 교육시켰거든. 그래서 엄마, 아빠는 수면제를 먹곤 했어. 그날도 아마 내가 밤 음악을 즐길 것을 알고 이미 수면제를 먹었는지도 몰라. 나는 음악을 들으면서 눈깔을 꼭 감고 낙원 속을 거닐었어. 그 낙원은 마약을 먹으면 나타나는 하날님 또는 신보다 훨씬 멋졌지. 난 그렇게 아름다운 그림을 알고 있었거든. 거기에는 땅바닥에 누워서 자비를 구하는 남녀노소의 무리가 있었는데, 나는 주둥이에 웃음을 띠고 부츠로 그것들의 얼굴짝을 밟아 주었지. 그리고 옷이 찢긴 채 벽에 기대서 울고 있는 계집애들에게 곤봉처럼 돌진했고 단 한 악장으로 만들어진 음악이 최고조에 달하는 순간 침대에 누워 눈을 꼭 감고 팔을 머리 뒤에 괸 채 축복 때문에 무너져 내리듯이 외마디 탄성을 뱉으면서 아아 소리쳤어. 그리고 그때 아름다운 음악이 멋진 종결부로 미끄러져 갔던 거야.

이어서 나는 모차르트의 아름다운 「주피터」를 들었는데, 다시 짓밟히고 터질 다른 새 얼굴들이 보였어. 그다음에는 잠의 나라의 경계를 넘기 전에 들을 단 하나의 음반이 떠올랐지. 난 오래되고 강렬한, 그리고 매우 단호한 음악을 듣고 싶었어. 바로 내가 가지고 있던 J. S. 바흐의 음악 중, 중간 및 저음의 현악기만을 위한 「브란덴부르크 협주곡」이었지. 이전과는 다른 축복을 주는 음악을 들으며 나는 다시 아주 오래전 일처럼 느껴지는, '집'이라고 불린 집에서 그날 밤 내가 찢어발긴 종이 위의 이름을 보았어. 그 이름은 무슨 태엽 달린 오렌지에 대한 이야기였지. 바흐를 들으면서 그 말이 무엇을 의미하는지 더 잘 이해하게 되었고, 그 오랜 독일 거장의 아름다운 갈색 음악을 들으면서 나는 인간들을 더 세게 패 준 다음 갈가리 찢어 마룻바닥에다 내팽개치고 싶다고 생각했지.

4

다음 날 아침 나는, 오 저런, 8시에 일어났는데, 여러분, 여전히 고단하고 고달프고 녹초에 초주검이라, 눈곱이 눈알에 처발라져·떠지질 않을 정도여서 학교를 가지 않겠다고 생각했지. 나는 어떡하면 좀 더, 예를 들면 한두 시간 정도 침대에 있다가 편한 옷으로 갈아입은 후 목욕탕에서 목욕을 하거나, 진짜 기똥차게 진한 차와 토스트를 만들어 먹으면서 라디오를 듣거나 신문을 읽을 수 있을까를 생각했어. 물론 이 모든 것을 나 혼자 하는 거지. 그리고 점심 후에는 내가 원한다면 그 놈의 학교를 갈 수도 있을 것이고, 그러면 멍청하게 쓸데없는 것만 가르치는 그 대단한 터전에서 무슨 일이 벌어지는지도 알 수 있을 터였어, 여러분. 아빠가 툴툴거리고 쿵쿵대며 염색 공장으로 일 나가는 소리를 들었고, 엄마가 아주 예의 갖춘 목소리로 나를 불렀는데, 그건 내가 크고 튼튼히 자라고 있기 때문이었지.

"애야, 8시가 넘었다. 또다시 학교에 늦고 싶지 않을 텐데."

그래서 내가 소리쳐 대답했지. "두통이 있어요. 그냥 내버려 두라고요, 자고 나면 없어질 건대. 그러면 오후엔 쌩쌩해지겠죠." 엄마가 한숨 같은 걸 쉬는 소리를 들었지. 엄마가 말하더군.

"아침을 오븐 속에 넣어 두마, 애야. 나 지금 간다." 그 말은 사실이었는데, 법에 따르면 어린이가 아닌 모든 사람들, 어린애를 가지지 않은 사람들, 또는 아프지 않은 사람들은 일하러 나가야만 했거든. 엄마는 깡통에 든 수프나 콩 같은 허접쓰레기가 선반에 가득 찬 '국영 슈퍼'라는 곳에서 일했지. 나는 엄마가 가스 오븐에 접시를 넣으며 딸각거리는 소리를 들었고, 신발을 신은 후 문에 걸린 외투를 꺼내 입은 다음 다시 한숨을 쉬면서 하는 말을 들었지. "애야, 나 간다." 그러나 나는 잠의 나라로 돌아가서 내처 잤어. 한참을 자다가 무슨 이유에서인지 내 동무 조지의 꿈을 꾸었는데 아주 이상하고 생생했지. 꿈속에서 조지는 훨씬 더 나이가 들고 매우 똑똑하며 엄격하게 보였어. 녀석은 규율과 복종에 대해 이야기했고, 개의 통제 하에 있는 모든 놈들은 매사에 힘을 다해 달려들어야 하고 군대에서처럼 그놈의 경례를 붙여야 한다고 떠들어 댔지. 나도 나머지 놈들과 함께 줄을 서서 "예!" 또는 "아닙니다!" 하고 외쳤는데, 조지는 어깨에 별들을 달아 무슨 장군처럼 보였어. 녀석은 채찍을 가진 딤을 불러들였는데, 딤도 훨씬 늙은 모습으로 머리가 희끗거리고 웃을 때 보니 강냉이 몇 개가 사라졌더군. 딤이 나를 보자 내 동무 조지 녀석은 내 쪽을 가리키면서 말했지. "저 녀석의 옷에 더러운 것들이 묻어 있구나." 그 말은 사실이었어. 그때 나는 도망치면서 외쳤지. "때리지 마, 제발, 형제들." 나는 원을 그리듯 달렸고 내 뒤를 딤이 머리가 떨어져라 웃으며 쫓아오면서 채찍을 휘둘렀지. 채찍을 세게 맞을 때마다 아주 요란한 전기 벨이 울리는 소리가 났는데, 이 벨 소리도 고통 같은 걸 주더군.

화들짝 잠에서 깨었을 때 내 가슴은 쿵쿵 뛰고 있었는데, 실제로 삑삑거리며 벨 울리는 소리가 들렸지. 그건 우리 집 초인종이었어. 집에 아무도 없는 척했지만 삑삑거리는 벨 소리가 계속 나더니, 어떤 목소리가 문 너머에서 들려왔지. "이리 나와, 이 녀석아. 네가 자고 있는 거 알아." 나는 그 목소리를 즉시 알아챘어. 그건 P. R. 델토이드(정말 멍청한 놈이었어.)의 목소리였는데, 놈은 소위 내 '소년원 퇴소자 담당자'였고, 자기가 담당하는 수백 명 때문에 과로에 시달리고 있었지. 나는 아픈 목소리로 "알았어, 알았다고요." 하고 외치면서 침대에서 나와 옷을 입었어, 여러분. 내가 입던 옷은 비단 같은 것으로 만든 아주 아름다운 가운이었고, 여기저기에 위대한 도시들이 그려져 있었지. 편안하고 푹신한 슬리퍼에 발을 집어넣었고, 빛나는 머리를 빗질한 후에야 델토이드를 맞을 준비가 끝났어. 문을 열자 놈은 지친 모습에 찌그러진 모자를 대갈통에 쓰고 더러운 레인코트를 입은 채 어정거리며 들어오더군. "아, 알렉스, 이 녀석아. 네 엄마를 만났지. 너 어디가 아프다고 하던데. 그래서 학교를 가지 않았다고." 놈이 말했어.

"좀 참을 수 없는 두통이죠, 형씨, 아니 선생님." 나는 신사다운 목소리로 말했지. "내 생각으로는 오늘 오후면 나을 것 같은데요."

"더 정확히 말하지만 오늘 저녁 말이지." 델토이드가 대구했어. "저녁이란 아주 멋있는 시간이지, 그렇지, 애야 알렉스? 앉아, 앉으라고." 놈은 마치 제집이라도 되는 양, 내가 제 손님인 것처럼 말하더군. 그런 다음 놈은 아빠의 낡은 흔들의자에 앉더니 앞뒤로 흔들어 대기 시작했지, 마치 그걸 하려고 우리 집에 온 듯이 말이야.

"차 한잔할, 아니 드실래요?"

"시간이 없다." 놈이 말했지. 놈은 의자를 흔들고 찌푸린 눈살로 나를 쏘아보면서, 마치 이 세상 온 시간이 자신의 것인 듯 굴더군. "그럼, 시간이 없지." 놈이 멍청히 말했지만, 그래도 나는 찻물을 올려 놓았어.

"제가 뭐 굉장히 즐겁게 해 드리는 일을 했나요? 뭐가 잘못됐나요?" 내가 물었지.

"잘못된 일이라고?" 잽싸게 그리고 교활하게 놈이 말을 되받는데, 의자를 계속 흔들며 몸을 구부린 채로 나를 바라보았어. 그러더니 놈은 탁자 위에 놓인 신문 광고를 처다보았는데, 유고슬라비아 해변의 '아름다움'이 어쩌고 하며 예쁘장하고 젊은 계집애가 젖가슴을 드러낸 채 웃고 있는 사진이었지. 놈은 두어 번 꿀꺽 소리를 내며 그 계집애를 먹어 치우려는 듯이 본 다음 말하더군. "왜 모든 일을 무언가 잘못되었다는 관점에서 생각하는 거니? 하면 안 되는 일을 해 버린 것 아니야?"

"그냥 말이 그렇다는 거죠, 선생님." 내가 대답했지.

"그럼 나도 그냥 해 보는 말이지만, 알렉스, 조심해라. 왜냐하면 너도 잘 알듯이 다음번에는 더 이상 소년원 행이 아니기 때문이란다. 다음에는 철창신세일 테고, 그러면 내가 공들인 모든 일이 다 수포가 되는 것이지. 만일 고약한 너 자신을 위하지 않을 거라면, 최소한 너를 위해 땀 흘려 노력한 나를 좀 생각해 주렴. 확실히 말하는데, 우리가 선도하지 않은 모든 녀석들 때문에 우리 경력에 커다란 오점이 찍히고, 철창에서 인생을 마치게 될 너희 모두 때문에 우리가 실패를 인정해야 된다는 거지."

"저는 해선 안 되는 일을 한 적이 없어요, 선생님. 짭새들이 날 털어 봐야 아무것도 없으니까, 형씨, 아니 선생님."

"짭새 운운하며 똑똑한 체하는 소리는 집어치워." 델토이드는 지쳤다는 듯이 말하면서도 의자는 계속 흔들고 있었지. "최근에 경찰이 너를 검거하지 않았다고 해서, 너도 잘 알겠지만, 네가 나쁜 짓을 하지 않았다는 말은 아니지. 어젯밤에 싸움이 있었지, 그렇지? 칼과 오토바이 체인 같은 것들을 휘두르고 싸웠다지? 어떤 뚱뚱한 녀석의 한 친구가 발전소 부근에서 응급차에 실려 병원에 입원했는데, 아주 흉측하게 칼질을 당했다는군. 네 이름이 언급되었지. 그런 말이 아는 사람을 통해 내게 들어왔어. 네 친구들의 이름도 나왔어. 지난밤에는 온갖 나쁜 짓들이 다 일어났던가 봐. 아, 항상 그렇듯이 아무도 누가 잘못했는지 밝힐 수는 없지. 하지만 경고한다, 알렉스. 항상 너의 좋은 친구로서, 그리고 이 추악하고 썩은 세상에서 너를 너 자신으로부터 구하려는 유일한 사람으로서 말이야."

"감사하고 있지요, 아주 깊이." 내가 말했지.

"그래, 그렇겠지." 놈이 비웃듯이 말했지. "그냥 조심만 해, 그게 다야. 네 생각보다 우리는 더 많이 알고 있단다, 알렉스." 그리고 그는 매우 고통스러운 목소리로, 여전히 의자를 흔들며 말했어. "도대체 무슨 생각을 하고 있는 게냐? 우리는 이 문제를 연구하고 있고, 제길, 거의 한 세기 동안 연구해 왔지만, 더 이상 진전시킬 수가 없어. 너는 좋은 집에, 사랑을 주는 부모에, 또 그다지 나쁘지 않은 머리를 가졌는데 말이야. 네 속에는 악마라도 들어앉아 있니?"

"아무도 저를 캐낼 수 없어요. 그리고 경찰 놈들의 손에서 벗어난 지 오래라고요." 내가 대꾸했지.

"그게 바로 내가 걱정하는 이유야." 델토이드가 한숨을 쉬면서 말했어. "좀 너무 긴 시간 동안 건강하게 지냈지. 내 계산으로는 이제 네 몸이 근질근질할 때가 된 것 같은데. 그게 바로 내가 나쁜 짓으로부터 네 젊고 잘생긴 몸뚱이를 구하라고 경고하는 이유야, 알렉스. 내 말 잘 알아듣겠니?"

"흙탕이 일어나지 않은 호수처럼, 한여름의 파란 하늘처럼 깨끗하게 잘 알아들었어요. 저를 믿으셔도 돼요." 내가 대답했지. 그리고 이빨을 드러내고 환하게 웃어 주었어.

놈이 가 버리고 진하게 차를 우리는 동안 나는 델토이드와 놈의 패거리들의 걱정에 대해 속으로 비웃었어. 그래, 난 나쁜 짓들, 강도질, 폭력, 면도칼 싸움, 그리고 그 짓거리도 하지. 그러나 내가 붙잡히면 너무 유감스런 일이란 말이야, 여러분. 그리고 모든 놈들이 내가 밤에 설치는 것처럼 굴면 나라를 운영할 수가 없을 거야. 그래, 만약 내가 잡혀서 여기서 석 달 또 저기서 여섯 달 하는 식으로 보낸다면, 델토이드가 그렇게 친절히 경고했듯이 다음번에는 어린 나이에도 불구하고 마치 동물원의 짐승 우리 같은 철창신세를 지게 될 거야. 그러면 난 이렇게 말하겠지. "정당하신 결정입니다만 자비를 베푸세요, 재판관 나리들. 왜냐하면 저는 갇혀 있는 것은 참을 수가 없거든요. 앞으로 다시는 붙잡히지 않을게요. 길에서 칼에 맞거나 체인이나 부서진 유리 조각에 찔려 피가 마치 마지막 합창을 부르는 것처럼 쏟아져 고꾸라지기 전, 철창에 갈 미래가 눈처럼, 백합처럼 하얀 팔을 뻗치고 다가온다면요." 이건 올바른 말이야. 그런데, 여러분, 악의 원인이 무엇인지 고민하느라 발톱을 물어뜯으면서 연구한다는 말은 나를 웃게 만들어. 선의 원인은 밝히지도 않으면서 왜 그 반대쪽만 말하냐고. 만일 인간이 착하다면 그건 자기들이 원해서 그런 거니까 난 그런 기쁨을 방해할 생각이 없어. 그 반대의 경우라도 마찬가지야. 난 그 반대쪽을 더 두둔하겠지만 말이야. 더욱이 악이란 자기 자신이 유일한 존재, 즉 한 개인으로서 너 또는 내가 책임지는 것이고, 이때 자아란 하날님 또는 신에 의해서 만들어지는데 그건 신의 커다란 자랑거리이자 기쁨인 거야. 그러나 자신에게 솔직하지 않으면 악이란 있을 수가 없지. 무슨 말인가 하면 정부 놈들이나 재판관들 또는 학교의 접장들은 인간의 본모습을 인정할 수 없기 때문에 악을 용납할 수 없는 거야. 형제 여러분, 이게 바로 우리의 현대사, 바로 작지만 용감한 영혼들이 커다란 기계에 맞서 싸우는 역사이지 뭐야? 난 이 말을 심각하게 하고 있다고, 여러분. 난 내가 하고 싶기 때문에 어떤 일을 하는 거야.

이 환한 겨울 아침 나는 진한 차에다 우유를 타고, 또 단 것을 좋아하기에 설탕 몇 순가락을 퍼 넣고 마시면서, 가엾은 엄마가 날 위해 요리하신 아침을 오븐에서 끄집어냈지. 보니까 계란 프라이뿐이어서 토스트를 만들고, 신문을 읽으면서 먹어 치웠어. 신문에는 늘 그렇듯이 초강력 폭력, 은행털이, 파업 그리고 봉급을 인상하지 않으면 다음 토요일에 경기를 하지 않겠다고 위협하며 사람들을 겁주는 축구 선수들에 관한 기사가 실렸어. 이 축구 선수란 것들은 정말 나쁜 놈들이지. 또 더 많은 우주여행과 더 큰 화면의 스테레오 텔레비전에 대한 기사, 그리고 나를 웃게 만든, 단 일주일만 유효하다는 엄청난 경품 공고도 났는데, 깡통 수프의 상표를 모으면 그 대가로 가루비누를 공짜로 준다는 광고였어. 그리고 어떤 똑똑한 대머리가 쓴 '현대 청소년'(바로 나 같은 놈들에 대한 이야기여서 미친 듯이 웃으면서 경의를 표했지.)에 대한 큰 기사가 실렸더군. 이 기사를 자세히 읽는 동안 차를 여러 잔 홀짝홀짝 마셨고, 검게 탄 토스트를 잼과 달걀에 찍어서 바삭대며 먹었지. 이 아는 게 되게 많은 녀석은 매일 되풀이되는 것들, 즉 놈이 부모의 규율이라고 부르는 것과 순진한 학생들을 흠씬 두들겨 패서 잘못했다고 울게 만드는 좋은 선생들이 부족하다는 말을 했어. 전부 다 멍청한 소리여서 나를 웃게 만들었지만, 그런 뉴스를 어떤 녀석이 계속 만들고 있다는 사실을 아는 것도 좋은 일이야, 형제 여러분. 매일 '현대 청소년'에 대한 기사가 실렸지만 신문에 난 것 중에 제일 나은 글은, 개 목걸이를 목에 차고 자신이 하날님의 사도라 자청하는 어떤 늙은 이가 신중한 의견이라며 "악마가 설치고 있다."라고 떠드는 이야기였지.[10] 악마가 젊은이들의 육체 속으로 은밀히 파고들어 가고 있는데, 그 이유는 전쟁과 폭탄 같은 말도 안 되는 일을 벌이는 어른들 때문이라고 놈은 주장하더군. 그래도 그 정도면 괜찮지. 신의 사도인 고로 자신이 뭘 말하는지 알고 있으니까. 그래, 우리 청소년들은 아무런 죄가 없지. 그렇고말고.

나는 나의 순진무구한 위장이 가득 차자 두어 번 트림을 한 다음, 라디오를 켜고 옷장에서 그날 입을 옷을 꺼냈지. 아 여러분, 라디오에서는 정말 좋은 현악 사중주가 나오고 있었는데 내가 잘 아는 클로디어스 버드만의 곡이었지. 그래도 내가 읽은 '현대 청소년'에 대한 기사 중 하나를 생각하고는 웃지 않을 수 없었어. 만일 '생동감 있는 예술 감상' 같은 것이 권장된다면 '현대 청소년'이 더 나아질 거라는 내용이었거든. 그 기사에 따르면 '위대한 음악'과 '위대한 시'가 '현대 청소년'을 진정시키고 더 '문명화'시킬 거라는군. 개뿔이나 '문명화'시키라 그러지. 음악은 항상 나를 흥분시키고 마치 그놈의 하날님이라도 된 듯이 느끼게 해서는 강도질이나 방화를 저지르거

---

10) 개 목걸이는 성직자의 상징으로 목에 두르는 하얀 칼라를 의미한다.

나, 인간들을 나의 전능한 힘 아래 벌벌 기게 만들 준비를 시키는데 말이야. 나는 낯짝과 손짝을 씻은 다음 옷(낮에는 학생처럼 입었는데 파란 바지와 알렉스를 의미하는 'A'가 새겨진 스웨터였지.)을 다 입었을 때, 음반 가게에 들를 시간(그리고 쩐도 내 주머니에 충분했지.)이 있다고 생각했어. 오래전에 갖다 놓겠다는 주인의 약속을 받고 주문한, 베토벤의 9번 교향곡, 바로 「합창」을 L. 뮤헤이위르가 지휘하는 에시 샘 교향악단이 마스터스트로크에서 취입한 음반이 왔는지 알아보기 위해서 말이야. 그렇게 난 밖으로 나왔지.

낮과 밤은 전혀 달랐지. 밤은 내 패거리들과 나머지 비행 십 대들 차지고, 늙어 빠진 부르주아들은 멍청한 전 세계 텔레비전 중계방송에 몰두하면서 집 안에서 머물 뿐이지만, 낮은 늙은이들을 위한 세상이고 경찰 놈들도 낮 시간쯤에 더 많아지는 것 같았거든. 난 길모퉁이에서 버스를 타고 시내에 내려 **테일러 광장**으로 걸어갔는데 바로 거기에 내가 엄청 좋아하는 음반 가게가 있었어. '멜로디아'라는 멍청한 이름이기는 했지만 정말 좋은 가게였고, 대개의 경우 새 음반을 빨리 구입할 수 있었지. 내가 안으로 들어갔을 때 다른 손님이라고는 아이스바를 빨아 먹고 있는 두 계집애밖에는 없었지. 한겨울인데 아이스바라 참! 걔들은 조니 번어웨이, 스태시 크로, 믹서스, 에드랑 이드 몰로토프와 함께 잠깐 누워요 등의 허접 쓰레기 같은 새로운 팝송 음반들을 뒤지고 있었지.[11] 이 계집

---

11) 열거된 가수의 이름들은 모두 방화, 마약, 폭력을 의미한다.

애들은 열 살도 채 안 되어 보였고 나처럼 분명히 오전 수업을 빼먹는 중이었을 거야. 보기에도 애들은 자신들이 다 자란 성인인 것처럼 생각하고서는 여러분들의 이 화자를 보고서 엉덩이를 흔들어 대더군. 가슴에는 패드를 덧대고 주둥이는 빨갛게 칠한 것은 물론이었지. 나는 카운터 뒤에 있는, 대머리인 데다 말라빠지기는 했지만 항상 친절하게 도움을 주는 진짜 좋은 녀석인 앤디에게 이빨을 드러낸 예의 바른 미소를 지으면서 다가갔어.

"그래, 난 네가 뭘 원하는지 알지. 좋은 소식이야. 그게 마침내 도착했어." 녀석이 말했지. 그리고 지휘자처럼 큰 손을 흔들면서 안으로 들어가더군. 두 계집애들은 지들끼리 낄낄거리고 웃기 시작했는데 그럴 나이였지. 난 걔들에게 차가운 눈길을 주었어. 앤디가 9번 교향곡의 엄청 반짝거리는 하얀색 음반집을 흔들며 재빨리 돌아왔는데, 거기에는 벼락 맞은 듯한 눈썹과 찌푸린 얼굴을 한 **루트비히 판** 자신이 있었지. "여기 있어. 한번 시험 삼아 들어 볼까?" 앤디가 묻더군. 그러나 나는 혼자만 욕심스럽게 듣고 싶어서 집에 있는 내 스테레오로 듣기를 원했지. 돈을 내려고 주머니를 뒤지는데 어린 계집애 중 하나가 말을 걸었어.

"야, 뭘 산고냐? 대단한 고냐, 한 장밖에 안 산고냐?" 요 조그만 계집애들은 자신들만의 말하는 법이 있었어. "**헤븐 17?** 루크 스턴? 고글리 고골?" 걔들은 몸을 흔들며 히피처럼 깔깔대더군. 그때 어떤 생각이 머리를 스쳤는데, 그 생각만으로도 나는 황홀해서 거의 자빠질 뻔했지. 오 여러분, 나는 한 10초

동안 숨을 쉴 수 없었다니까. 그래도 정신을 가다듬고 깨끗한 이빨을 드러내어 웃으며 말했어.

"어이 아가씨들, 그 **유치하고 요란한 노래**를 틀 뭔가가 집에 있어?" 이 말을 한 이유는 걔들이 산 음반들이 십 대 유행 음악이었기 때문이지. "틀림없이 휴대용 소형 스테레오밖에는 없을 텐데 말이야." 내 말을 듣더니 걔들이 입을 삐쭉 내밀었지. 그래서 다시 말했어. "아저씨랑 같이 가서 제대로 된 음악을 듣자. 천사가 부는 트럼펫과 악마가 부는 트롬본을 듣자고. 내가 초대할게." 그러고는 절 비슷한 걸 했지. 애들이 다시 낄낄댔고 그중 하나가 말하더군.

"배가 몹시 고파. 뭔가를 먹을 수 있을 텐데." 다른 애가 말했지. "맞아, 얘 말이 맞아." 그래서 내가 말했어.

"아저씨랑 같이 먹자. 장소를 대 봐."

그때 걔들은 우스꽝스럽게도 자기들이 아주 세련되었다고 생각했는지 리츠니, 브리스톨이니, 힐튼이니 일 리스토란테 그란투르코 같은 이름[12]을 다 큰 숙녀들처럼 떠벌리기 시작했어. "아저씨를 따라와." 걔들의 말을 자르고는 모퉁이의 파스타 집으로 가서 그 순진한 입을 스파게티와 슈크림케이크, 초콜릿 소스가 뿌려진 바나나 후식으로 채우게 했지. 그걸 보면서 식욕이 뚝 떨어진 나는 찬 햄 조각에 칠리소스를 푹 짜서 간단히 때웠어. 걔들은 자매는 아니지만 너무 비슷했어. 아는 것이나 모르는 것이 똑같았고 염색한 듯한 누리끼리한 머리 색

---

12) 모두 유명한 호텔, 레스토랑 이름들이다.

깔마저 같았어. 그래, 얘들은 오늘 진짜 성인이 될 거야. 내가 오늘을 그 기념일로 만들어 줄 거니까. 오후 수업은 빠지겠지만 나 알렉스가 선생이 되어 확실한 교육을 시키겠어. 걔들은 지들이 마티와 소니에타라고 소개하며 유치함의 절정에 이른 미친 이름들을 댔지. 내가 말했어.

"좋아, 좋아, 마티와 소니에타. 이제 음악 감상하러 가자." 우리가 추운 거리로 나왔을 때, 걔들은 버스를 타지 않고, 그래, 택시를 탈 것이라고 기대하더군. 그래서 내가 잔뜩 비웃기는 했지만 농담을 하고서 시내 가까이에 있는 정류장에서 택시를 잡았어. 얼룩이 묻은 더러운 옷을 입고 콧수염을 기른 늙은 운전사가 말하더군.

"자, 의자를 찢거나 하지 마. 의자에서 엉뚱한 짓거리도 하지 마. 바꾼 지 얼마 되지 않았으니까." 나는 놈의 멍청한 걱정을 달래 주면서 낄낄대고 속삭이는 두 계집애와 함께 시영 아파트 단지 18A동으로 향했지. 간단히 얘기하면 우리는 도착했고, 형제 여러분, 내가 10층 8호로 인도하는 동안 걔들은 숨을 헐떡이면서 줄곧 웃더군. 목마르다고 성화여서 내 방의 보물 서랍을 열어 이 열 살밖에 되지 않은 계집애들에게 코를 톡 쏘는 소다수를 섞은 스카치위스키를 한 잔씩 주었지. 걔들이 아직 정리되지 않은 내 침대에 앉아 다리를 흔들대면서 웃고, 칵테일 잔의 술을 마시는 동안 나는 스테레오에다 걔들의 형편없는 음반을 걸고 있었어. 그건 감미료를 첨가한 애들 음료수를 아름답고 비싼 금잔에 따라 마시는 것 같았지. 그런데 걔들은 감탄을 하면서, "기절시킨다."라느니 "끝내준다."라느니

제 또래들 사이에서 한창 유행하는 괴상한 말들을 지껄이더군. 그 거지 같은 음악이 나오는 동안 나는 걔들에게 술을 더 마시라 권했고 애들은 싫다는 말이 없었어. 걔들의 거지 같은 음반(두 개밖에 없었는데 하나는 아이크 야드의 「달콤한 코」였고, 이름도 기억할 수 없는 고자 같은 두 놈들이 부르는 「매일매일」이었지.)을 두 번씩이나 틀었을 때, 걔들은 마치 어린 계집애들이 히스테리를 부리듯이 기분이 절정에 달해서 침대와 지들과 같은 방에 있는 내 위를 펄쩍펄쩍 뛰었지.

형제 여러분, 그날 오후에 무슨 일이 일어났는가는 쉽게 추측할 수 있을 테니까 따로 묘사할 필요는 없겠지. 걔들은 모두 옷을 벗고 잠시도 쉬지 않고 발작적으로 웃으면서, 이 알렉스 아저씨가 벌거벗고 구걸이라도 하듯 팔을 내민 채로 서 있는 것을 쳐다보았어. 그리고 내가 마치 벌거벗은 의사처럼 주사기를 팔에다 찔러, 그르렁대는 정글 고양이의 분비액 같은 것을 스스로에게 투여하는 모습이 대단한 재밋거리라도 되는 듯 보더군. 나는 아름다운 9번 교향곡을 음반집에서 꺼냈지. 그래서 베토벤의 음반 또한 벌거벗게 되었는데, 마지막 악장에 이르자 나는 주사기를 씩 하고 눌렀지. 축복 그 자체였어. 순간 침대 밑에서 저음 현악기들이 오케스트라의 다른 악기들이 멈춘 동안 말하는 것처럼 울려 퍼졌고, 남성 합창이 흘러나오면서 사람들에게 기뻐하라고 노래했지. 이어서 **「환희」에 대한 아름답고 찬란한 음들이 천상의 영광으로 터져 나왔고,** 그때 나는 그놈의 호랑이 같은 게 불끈 솟는 걸 느껴서 두 계집애한테 뛰어들었지. 이때 걔들은 웃을 일이 아니라고 생각했는지 들뜬 웃음을 멈췄고, 9번 교향곡과 주사 영향으로 경이롭고 뛰어나고 뭔가를 요구해 대는 알렉산더 대(大)자지의 이상하고 기이한 욕정에 복종해야 했던 거야. 그러나 걔들은 너무나 취해서 거의 아무것도 느낄 수가 없었어.

마지막 악장이 꽝꽝거리며 환희, 환희, 환희, 환희를 외쳐 대면서 두 번이나 울렸을 때 계집애들은 더 이상 세련된 숙녀처럼 굴지 않았지. 걔들은 보잘것없는 자신들에게 무슨 일이 일어났는지를 알아차린 것 같았고 내가 마치 짐승이라도 되는 양 집으로 가겠다고 우겼어. 걔들은 마치 큰 쌈박질이라도 치른 것처럼 보였는데, 물론 싸움이야 치렀지. 화장이 번져 멍든 것처럼 보이고 입을 삐죽이니 말이야. 뭐, 학교에 가고 싶지 않더라도 교육은 받아야 하지. 걔들은 진짜 교육을 받은 거야. 애들은 옷을 입으면서 소리를 쳤고, 녹초가 되어 지저분하고 벌거벗은 채 침대에 누워 있는 나를 십 대의 고사리 주먹으로 두들겼지. 어린 소니에타가 소리치더군. "짐승 같은 놈, 끔찍한 동물. 더러운 못된 놈." 나는 걔들이 짐을 챙겨 나가도록 해 주었는데, 계집애들은 경찰 놈들이 나를 잡아갈 거라는 둥, 뭐 그런 이야기를 지껄였어. 걔들은 계단을 내려갔고, 나는 그때도 환희, 환희, 환희, 환희라고 부수고 외치는 소리를 들으면서 잠에 빠졌지.

5

그런데 그다음에 벌어진 일은 내가 늦게, 내 시계로 7시 30분에 일어났다는 거고, 그건 그리 현명한 짓이 아니란 걸로 드러났어. 이 사악한 세상에서는 모든 일이 중요하다는 것을 알 수 있지. 모든 일이 연결된다는 걸 이해할 수 있을 거야. 그럼, 맞는 말이지. 내 스테레오에서 더 이상 「환희」나 「난 너희 수백만을 안아 주리」가 흘러나오지 않았는데, 아마 엄마든 아빠든 누군가 그걸 꺼 버렸나 보지. 거실에서 나는 소리, 한 사람은 공장에서, 다른 사람은 상점에서 일을 마치고 돌아와 지친 몸으로 식사를 하면서 내는 접시 덜그럭거리는 소리, 차를 훌훌 마시는 소리를 들으니 둘 다 집에 있다는 것을 알 수 있었지. 불쌍한 노인네들. 동정이 가는 노인네들. 나는 가운을 걸치고 사랑스러운 아들인 척하며 밖을 내다보면서 소리쳤지.

"안녕하세요. 하루를 쉬었더니 훨씬 나은데요. 적은 돈이지만 벌기 위해서 저녁에 일하러 갈 수 있겠어." 그런 말을 한 건 그분들이 그 시절 내가 밤에 일한다고 믿었기 때문이었지. "엄마, 맛있게 드시네? 내가 먹을 것도 있어?" 냉동 파이를 녹여 데운 것이라서 그리 맛있을 것 같지는 않았지만 그래도 난 그렇게 말해야 했지. 아빠는 그리 달가워하지 않고 의심하는 눈빛으로 나를 보았지만 감히 아무런 말도 할 수 없다는 것을 알기 때문에 잠자코 있었어. 엄마는 자기 속에서 나온 유일한 자식한테 열정은 없지만 약간의 미소를 보내 주더군. 나는 춤을 추며 욕실로 가서 더럽고 끈적끈적한 몸 여기저기를 재빨리 닦고, 그날 저녁에 입을 옷으로 갈아입기 위해 방으로 갔지. 그러고는 머리도 빗고 이빨도 닦아 반짝이고 멋있는 모습으로 내 몫의 파이를 먹기 위해 앉았어. 그때 아빠가 말했어.

"캐물을 생각은 없다만 도대체 저녁에 어디 가서 일하는 거니?"

난 음식을 씹으면서 대답했지. "아, 대부분 잡일들이죠, 뭐. 남을 도와주는 것 같은. 으레 그렇듯이 이런저런 일을 하면서요." 그러고는 당신 일은 당신이, 내 일을 내가 알아서 하겠다는 고약한 눈초리로 아빠의 눈을 똑바로 쳐다보았지. "제가 언제 돈 달라고 한 적이 있나요? 옷값이나 용돈 같은 것을요? 그러면 됐지 왜 그런 질문을 하세요?"

아빠는 저자세로 중얼거리며 말꼬리를 흐렸어. "미안하다, 애야. 그렇지만 가끔씩 걱정이 된단다. 가끔씩 꿈도 꿔. 웃고 싶으면 웃어도 된다만 꿈은 많은 것들을 말해 주지. 지난밤에

네 꿈을 꾸었는데 하나도 좋지 않았어."

"그래요?" 아빠가 내 꿈을 꾸었다는 말에 귀가 솔깃했지. 나도 꿈을 꾸었다는 느낌은 가졌지만 무슨 내용인지는 도통 제대로 기억을 할 수 없는 편이었거든. "그래서요?" 나는 흐물흐물 맛대가리 없는 파이를 씹다가 관두고 물었어.

"생생한 꿈이야. 난 네가 거리에 쓰러져 있는 걸 봤는데, 다른 애들에게 맞았던 거야. 걔들은 네가 소년원에 가기 전에 어울려 다녔던 아이들 같았어."

나는 속으로 비웃었지. 아빠는 내가 정말 새사람이 되었다고 믿었든지, 아니면 그렇게 믿는다고 스스로 생각했나 봐. 그때 내가 아침에 꾼 꿈이 기억났는데, 조지가 자기네 장군의 명령을 하달하고, 딤 놈은 채찍을 휘두르면서 이빨 빠진 입을 벌려 웃고 있던 거 말이야. 하지만 꿈은 반대라는 말도 있잖아. "아빠의 외아들이자 후계자에 대해선 걱정 마세요. '두려워 말라. 그는 진정 스스로를 돌볼 수 있으니.' 이런 말도 있잖아요."

"그런데 너는 피를 흘리면서 꼼짝할 수 없었고 싸울 수도 없었어." 아빠가 말했지. 그거야말로 실제와는 정반대라고 속으로 찔끔 비웃고 주머니에서 쩐을 꺼내 얼룩진 테이블보 위에 짤랑 소리를 내며 올려놓았지.

"아빠, 얼마 되지 않아요. 어젯밤에 번 돈이에요. 아빠와 엄마가 어디 편안한 데서 스카치위스키를 마실 정도는 될 거예요."

"고맙다, 아들아. 그런데 우리는 요즘 잘 나가질 않아. 길거리가 너무 험해서 말이야. 어린 폭력배 같은 것들 때문에 말이다. 그래도 고맙다. 네 엄마를 위해 무슨 술이든 내일 한 병 사오마." 아빠가 바지 주머니에 내가 나쁜 짓으로 번 돈을 다 넣었을 때 엄마는 부엌에서 설거지를 하고 있었지. 나는 온 얼굴에 웃음을 띠고 밖으로 나왔어.

아파트의 계단을 다 내려왔을 때, 난 좀 놀랐지. 사실 그 이상이었어. 주둥이가 바위틈처럼 벌어져서 다물 수가 없을 정도였지. 걔들이 나를 만나러 온 거야. 걔들은 낙서가 잔뜩 된 시 소유의 벽화 옆에서 기다리고 있었어. 왜 전번에 얘기했던 그 위엄에 찬 벌거벗은 노동자들, 즉 공장의 기계를 돌리는 남녀들을 그린 거 말이야. 못된 녀석들이 거기다 나쁜 말을 써넣었다고 했잖아. 딤 녀석은 굵고 커다란 크레용을 쥐고서 벽화에 커다랗게 쓰인 추잡한 말에 덧칠을 하며 녀석답게 허허 웃고 있었지. 그러다가 조지와 피트가 반짝거리는 강냉이를 다 보이게 웃으면서 나한테 인사를 하니까 나를 향해 우렁차게 소리쳤어. "여기 걔가 왔다구나. 걔가 도착했다라니까."[13] 그러고는 어설프게 발레라도 추듯 빙글 돌더군.

조지가 말했어. "우린 걱정했어. 널 기다리면서 '칼'을 섞은 우유를 마셨는데 네가 안 나타났잖아. 그래서 여기 피트가 네가 어떤 놈한테 공격이라도 받았나 걱정하다가 네 집까지 오게 된 거야. 그렇지, 피트?"

"응, 그래 맞아." 피트가 대답했지.

나는 조심스레 말했지. "저런, 조런, 사과하지. 대갈통 통증 때문에 잠을 자야 했어. 일어나야 할 시간에 일어나지 못했

___

13) 딤은 문법적으로 실수를 하고 있다.

어. 그래도 여기 다 모였잖아, 밤이 선사해 주는 것을 받을 준비가 되어서 말이야, 그렇지?" 아마도 '그렇지?'라는 말버릇은 퇴소자 담당자인 델토이드로부터 배운 것 같았어. 참 이상한 일이지.

"아팠다니 안됐군." 조지가 걱정하듯이 말했지. "대갈통을 그렇게 많이 쓰기 때문일 거야. 명령이나 규율 등등에 대해서 말이야. 그래, 이제 다 나았니? 침대로 돌아가고 싶지 않아?" 그런데 어쩐지 걔들이 모두 좀 비웃는 눈치였어.

"잠깐." 내가 소리쳤지. "일은 분명히 정리하자고. 이런 냉소적인 태도, 내가 그렇게 부를 수 있다면 말이지, 그건 너희들에게 어울리지 않아, 어린 친구들이여. 아마도 내 뒤에서 이런저런 우스갯소리를 하면서 뒷담화를 나눴나 보군. 너희 동무로서 또 지도자로서 무슨 일인지 알 권리가 있다고 생각하는데? 자, 딤, 그렇게 말처럼 입이 째져라 비웃는 의미는 뭐야?" 딤이 입을 벌리고는 소리를 내지 않고 미친 듯이 웃고 있었거든. 조지가 급히 끼어들더군.

"그만, 더 이상 딤을 못살게 굴지 마. 그건 새 방식의 일부야."

"새 방식이라니?" 내가 되물었어. "도대체 새 방식이란 게 뭐야? 내가 자고 있는 동안 중요한 이야기가 오고 간 게 분명하군. 더 좀 들어 보자." 나는 팔짱을 긴 채로 이빨 빠진 난간에 편하게 기대고 기다렸는데, 세 번째 계단에 서 있어 스스로를 동무라고 부르는 놈들보다도 위에 있었지.

"알렉스, 기분 나빠 하지 마." 피트가 말했지. "하지만 우리는 더 민주적으로 일을 처리하길 원해. 네가 이래라저래라 하는 식이 아니라. 그래도 기분 나빠 하지 마." 조지가 말을 이었지.

"기분 상할 일이 전혀 아니야. 중요한 것은 누가 어떤 제안을 하느냐지. 무슨 계획을 가지고 있는가 말이야." 녀석은 대담한 눈초리로 나를 계속 바라보았어. "어젯밤에는 시시한 일뿐이었잖아. 우리는 어른이 되고 있다고, 형제들."

나는 꼼짝하지 않고 말했지. "더 해 봐. 더 듣고 싶어."

"뭐 굳이 들어야 한다면 들어야겠지." 조지가 말을 이었어. "우리는 싸돌아다니다 가게를 하나 털었고 각자 몇 푼도 되지 않는 돈을 가지고 나왔잖아. 그런데 '머슬맨'이라는 커피 마시는 데서 일하는 잉글랜드 놈 윌이 그랬어. 누가 무엇을 훔치든지 그걸 다 장물 처분 할 수 있다는 거야. 금붙이나 다이아몬드 말이야. 잉글랜드 놈 윌이 한 말은 어마 무지 큰돈을 벌 수 있다는 거였어." 조지가 여전히 차가운 눈빛으로 나를 보면서 그렇게 말했던 거야.

나는 겉으로는 아무렇지 않은 척했지만 속으로는 화가 치밀어서 말했지. "그래, 언제부터 네가 잉글랜드 놈 윌의 말을 듣고 어울려 다녔냐?"

"종종." 조지가 대답했지. "나 혼자서만 만나곤 했어. 지난 안식일 같은 때. 동무, 나도 나만의 삶이 있는 거야, 그렇지 않아?"

여러분, 난 이런 말이 하나도 마음에 들지 않았지. 그래서 말했어. "그래, 그렇게 중요하게 생각하는 엄청난 쩐, 고상한 말로 돈을 가지고 뭘 하려고 그래? 네가 필요한 것들은 다 있잖아? 네가 차가 필요하면 나무에서 과일 따듯이 구할 수 있어. 돈이 필요하면 뺏으면 돼. 그렇지? 갑자기 왜 돈이 된통 많은 자본가가 되고 싶어 안달이야?

"저런, 넌 가끔씩 어린애처럼 생각하고 지껄이더라." 조지가 이렇게 말하자 그 말을 듣고 딤이 허허 웃었지. 조지가 말했어. "오늘 밤 우리는 어른처럼 한탕 치는 거야."

그러니까 내 꿈이 들어맞은 거야. 조지 녀석이 우리에게 장군처럼 명령을 내리고, 딤 녀석은 아무 생각 없이 히죽거리며 불도그처럼 채찍을 휘두르고. 그래서 나는 아주 정말 조심스레 신경을 써서 웃으며 말했지. "좋아. 쩨지게 잘된 일이야. 기다리면 주도권을 가지게 된다고. 내가 가르친 보람이 있군, 어린 동무. 그래 무슨 계획을 가지고 있는지 털어놔, 조지."

조지가 간교하게 짐짓 웃으며 말했지. "약 탄 우유부터 마시자고, 너라도 그렇게 하겠지? 흥분시킬 뭔가를 마시자, 특히 너, 너부터 시작하자고."

"네가 내 마음을 읽는구나." 웃으며 내가 말했지. "나도 막 우리의 정겨운 코로바 바로 가자 하려고 했지. 좋아, 아주 좋아. 앞장서, 조지." 그리고 나는 미친놈처럼 웃으며 공손히 절을 하는 시늉을 했지만, 속으로는 내내 머리를 굴렸어. 그러나 거리에 나섰을 때 나는 생각이란 건 대가리가 모자란 놈들을 위해 있을 뿐 머리가 잘 돌아가는 녀석들은 영감이나 하날님이 주신 계시 같은 것을 이용한다고 생각했지. 그때는 음악이 내가 영감을 얻도록 도와주었어. 우리 앞으로 지나가는 차에서 라디오를 틀어 놓았는데, 루트비히 판의 음악(바이올린 협주곡 마지막 악장이었지.)의 한두 소절을 들을 수 있었어. 바로 그때 해야 할 일을 깨달았어. 나는 굵고 깊은 목소리로 외쳤지, "자, 조지, 지금이야." 동시에 먹따는 면도칼을 휙 휘둘렀던 거야. "뭐?" 대답하면서 조지가 잽싸게 칼집에서 칼을 뽑아 들어서 우리는 서로 맞서게 되었지. 딤 녀석이 말하더군. "아냐, 지금 이러면 안 돼." 그러면서 녀석이 허리에 찬 체인을 풀었지만 피트가 손짝으로 제지하면서 말했지. "놔둬. 저건 괜찮아." 그래서 조지와 여러분의 겸손한 화자는 서로의 기술을 진짜 잘 알고 있는 상태에서, 서로의 빈틈을 노리며 고양이가 간을 보듯 기다리기 시작했지. 조지 녀석이 가끔씩 빛나는 칼을 이리저리 휘둘렀지만 내 몸에 닿지는 못했어. 내내 사람들이 지나가며 우리를 보았지만 아마 길에서 늘 벌어지는 일이라 그런지 상관하지 않더군. 그러나 내가 하나, 둘, 셋을 외치고 악악 소리를 지르며 면도칼을 휘둘러 얼굴짝이나 눈깔이 아닌, 칼을 들고 있는 조지의 손짝을 그었을 때, 아 여러분, 그놈이 나가떨어졌지. 정말이야. 걔가 칼을 쩽그랑하고 찬 겨울 길바닥에 떨어뜨리더군. 내가 면도칼로 걔 손가락 정도를 벤 건데, 걔는 가로등 불빛 아래서 붉게 쪼끔씩 찔찔 떨어지는 피를 바라보더군. "자, 이젠 누구야." 이렇게 외치면서 이번에는 내가 싸움을 걸었지. 왜냐하면 피트가 딤에게 허리에서 체인을 풀지 말라고 명령했고, 딤이 그 말을 받아들였기 때문이야. 그래서 내가 소리쳤지. "야 딤, 나랑 한판 붙어 볼래." 그러자 딤은 된통 미친 짐승처럼 아아 소리를 지르면서 허리에 감겨 있는 체인을 아주 잽싸게 풀어냈는데, 거의 감탄할 지경이었지. 내가 그때 취해야 할 동작은 개구리가 춤추듯이 몸을 낮춰서 얼굴과 눈을 보호하는 것이었어. 내가 그때 그렇게 움직이자 딤 놈은 좀 놀라더군. 그 녀석은 얼굴을 맞대고 하는 드잡이에만 익숙했거든. 지금에야 말하지만 놈이 내 등을 세게 때렸을 때는 벌이 쏜 것처럼 미치게 아팠는데, 그 고통 때문에 단번에 파고들어 가서 끝장을 보아야겠다는 생각이 들었지. 그래서 나는 놈이 입은 꽉 조이는 바지의 왼발 근처에 면도칼을 휘둘러 5센티미터 정도 옷을 찢어 버렸고, 피를 쪼끔 내게 해서 놈을 미치게 만들었지. 놈이 강아지처럼 끙끙거리자 나는 조지에게 썼던 수법 그대로 한 번에 모아서 위로, 옆으로 칼질해 버렸고, 딤 녀석의 손목 부분에 면도칼이 살 깊이 박히는 것을 느꼈지. 딤 녀석은 어린애처럼 꽥꽥 소리치면서 뱀 같은 체인을 놓쳐 버렸어. 놈은 손목에서 피를 빨면서 울부짖었는데, 피가 너무 많이 흐르는 바람에 그걸 꿀꺽대며 삼켜야 했지. 피가 보기 좋게 솟아나긴 했지만 그리 오래가진 않더군. 내가 말했어.

"그래, 이제는 알겠지. 그렇지 피트?"

"난 아무 말도 안 했어." 피트가 말했지. "한마디도 지껄이지 않았다고. 저기 봐, 딤이 피를 너무 많이 흘려서 죽을 거야."

내가 말했지. "절대 그런 일은 없어. **누구든 오직 한 번만 죽어.** 딤은 태어나기 전에 이미 죽은 목숨이었어. 피는 곧 멈출 거야." 왜냐하면 내가 중요한 핏줄은 건드리지 않았기 때문이었지. 그런 다음 나는 주머니에서 깨끗한 손수건을 꺼내 죽어 가는 딤의 손목에 감아 주었어. 녀석이 소리를 치며 신음을 했지만 내가 말한 대로 피가 곧 멎었지. 그러니 이제는 누가 주인이고 지도자인지, 그리고 누가 똘마니인지 분명해졌다고 나는 생각했어.

이 부상병들을 아늑한 뉴욕 공작으로 데려가서 큰 잔으로 브랜디(이건 개들이 샀지, 내 쩐은 아빠한테 다 줬거든.)를 먹이고, 물에 적신 손수건 쪼가리로 닦아 줘서 달래는 데 시간이 별로 들지 않았어. 전날 밤 우리가 잘 대접했던 늙은이들이 멈출 수 없다는 듯이 연신 인사하더군. "고마워, 젊은이들. 복 많이 받게나." 전날처럼 뭘 사 주지도 않았는데 말이야. "어이 언니들, 오늘은 어때요?" 피트가 인사하면서 늙은이들에게 흑맥주를 사 주었는데, 녀석의 주머니에는 쩐이 두둑한 것 같았지. 그러자 그 늙은이들은 더 큰 소리로 이런 말들을 하더군. "복 많이 받고 잘 지내시게나." "우리는 절대로 배신하지 않을 거야." "이 세상에서 제일가는 청년들일세." 마침내 내가 조지에게 말했지.

"자, 이제 하던 얘기를 계속하자. 예전처럼 지내고 모든 것을 잊어버리자고, 됐어?"

"좋아, 좋아." 조지가 대답했지. 그러나 딤 녀석은 아직 헷갈리는 것 같았고 심지어는 이런 말도 했지. "어떤 놈이 끼어들지만 않았다면 내 체인으로 그 큰 놈을 해치울 수 있었는데." 마치 자기와 싸운 상대가 내가 아니라 다른 놈인 것처럼 굴더군. 그때 내가 말했지.

"어이, 조지, 무슨 계획 있냐?"

"아, 오늘 밤 말고. 제발 오늘 밤은 지나가 줘."

내가 이렇게 말했지. "너도 우리 모두처럼 다 큰 건장한 남자야. 우리는 더 이상 어린애가 아니라고. 조지, 그렇지? 아까 무슨 계획을 가졌던 거냐고?"

"그놈의 눈깔을 후려칠 수 있었는데." 이렇게 딤이 중얼거렸고, 할망구들은 계속 고맙다고 하더군.

"이런 집을 털 작정이었어." 조지가 말했어. "바깥에 가로등이 두 개 있는 집이지. 좀 멍청한 이름이 붙어 있어."

"어떤 멍청한 이름?"

"대저택인지 고택인지 좌우지간 그런 멍청한 이름이야. 거기에는 폭삭 늙은 할망구가 고양이들과 된통 귀한 물건들을 가지고 살아."

"예를 들면?"

"금과 은, 그리고 뭐 보석 종류지. 잉글랜드 놈 윌이 그렇게 말했어."

"알았어, 잘 알았다고." 난 녀석이 어디를 말하는지를 알고 있었는데, 그건 **빅토리아 아파트 단지** 바로 뒤에 있는 '올드타운'이란 곳이지. 진짜 끝내주는 지도자란 부하들에게 언제 무엇을 주어야 하는지, 그리고 언제 관용을 베풀어야 하는지 아는 법이었어. "아주 좋았어, 조지." 내가 칭찬해 주었지. "좋은 생각이야. 놓칠 수가 없지. 즉시 거기로 가자." 우리가 나갈 때 할멈들이 말해 주더군. "아무 말도 하지 않을게, 젊은이들. 자네들은 여기 쭉 있었던 거야." 그래서 나는 말했지. "착한 언니들이시네. 10분 후에 돌아와서 한 잔 살게요." 그렇게 나는 세명의 동무들을 이끌며 저주받은 내 운명을 향해 떠났던 거야.

6

뉴욕 공작을 막 지나서 동쪽으로 가면 사무실 건물들이 있고, 그다음은 오래되어 낡아 빠진 도서관, 그다음에는 무슨 승리인지를 기념해서 지은 빅토리아라는 이름의 커다란 아파트 단지가 나오고, 거길 지나면 무지무지 오래된 집들이 있는 마을, 올드타운이지. 여러분, 거기에는 진짜 오래되고 짱짱한 집들이 있었는데, 그런 집에는 늙은이들이 살고 있었어. 지팡이를 짚고 다니면서 소리를 질러 대는 말라빠진 대령 출신의 늙은이들이나 과부가 된 할멈들, 그리고 일생 동안 한 번도 사내놈의 손길이라고는 느껴 보지 못하고 가는귀가 먹어 버린 순결과 노처녀들이 고양이와 함께 살고 있었지. 그리고 거기에는, 이건 정말인데, 관광객들을 상대로 하는 시장에서 꽤 많은 쩐을 벌어들일 케케묵은 것들, 그림이나 보석 등과 또 플라스틱이 나오기 전에 만들어진 골동품 같은 것들이 있었어. 우리는 이 맨션이라는 이름의 대저택으로 아주 조용히 다가갔는데, 정면 현관을 지키는 듯 양쪽으로 둥근 외등이 쇠기둥에 달려 있더군. 맨 아래층에 있는 방들 중 하나에서 희미한 불빛이 흘러나왔고, 우리는 창문을 통해 안에서 무슨 일이 벌어지는지 잘 살펴볼 수 있는 길가 어두운 곳으로 갔지. 그 집은 무슨 감옥처럼 창문 정면에 쇠창살이 달려 있었지만 우리는 안에서 무슨 일이 일어나는지 아주 똑똑히 볼 수 있었지.

무슨 일이 벌어지고 있었나 하면, 흰머리가 많고 주름 가득한 낯짝의 할멈이 우유를 접시 몇 개에 따라 붓고, 그 접시들을 마룻바닥에 놓고 있더군. 그걸 보면 야옹거리는 수고양이들과 암고양이들이 바닥에 우글대고 있다는 것을 알 수 있었지. 그리고 우리는 젖소만큼이나 뚱뚱한 고양이 두어 마리가 탁자 위로 뛰어올라 입을 벌리고 야옹야옹 우는 것을 보았어. 그러자 이 늙은 할멈이 고양이들을 나무라듯이 말하면서 우는소리를 받아 주더군. 그 방에는 벽에 걸린 그림들과 아주 정교하게 장식된 옛날 시계들, 그리고 오래되어서 돈푼이나 나갈 듯한 화병이나 장식품 같은 것들이 많았지. 조지가 속삭이더군. "저 물건으로 엄청난 쩐을 벌 수 있을 거야. 잉글랜드 놈월이 진짜 환장하겠군." 피트가 물었어. "어떻게 들어가지?" 바로 그때가 내가 나설 차례였지, 조지가 뭐라고 하기 전에 재빨리 선수를 쳐서 말이야. 내가 속삭이면서 말했어. "첫째로 할 일은, 늘 하던 대로 정면 현관을 시도해 보는 거야. 내가 정중하게 친구 하나가 길에서 기절해 나자빠져 있다고 말하는 거지. 그 할멈이 문을 열면, 조지는 등장할 준비를 하고 있어야 해. 그러고는 물을 부탁하거나 의사에게 전화를 해 달라고 애원하자. 그렇게 쉽게 들어가는 거야." 그때 조지가 말했지.

"문을 안 열어 줄 수도 있어."

"한번 해 보는 거야, 됐지?" 내 말에 녀석이 어깨짝을 으쓱해 보이며 심드렁한 표정을 지었지. 그래서 난 피트와 딤에게 말했어. "너희 둘은 문가에 붙어 있어. 알겠지?" 걔들은 어둠 속에서 고개를 끄덕이며 알았다고 대답했어. "그럼, 가 볼까." 조지에게 말하면서 나는 곧장 정면의 현관문으로 용감히 다가갔지. 초인종을 누르니까 홀 안쪽으로 벨 소리가 울려 퍼지더군. 누군가 듣고 있다는 느낌이 들었지. 마치 할멈과 고양이들이 궁금해서 벨 소리에 귀라도 기울이고 있는 것 같았어. 그래서 나는 좀 더 다급하다는 듯이 초인종을 또 눌렀지. 그러고는 편지를 넣는 구멍으로 몸을 굽혀 우아한 목소리로 소리쳤어. "제발 도와주세요, 부인. 제 친구가 길에서 갑자기 쓰러졌어요. 제발 의사에게 전화를 걸게 도와주세요." 그때 홀에 불이 켜지는 것이 보였고 그 늙은 할멈이 슬리퍼를 팔락팔락 끄는 발소리가 현관 쪽으로 가까워져 오는 것을 들을 수 있었지. 왜 그랬는지는 몰랐지만 어쩐지 그 할멈이 양팔에 아주 뚱뚱한 고양이를 한 마리씩 끼고 있다는 생각을 했어. 할멈은 놀랍도록 저음의 목소리로 외쳤지.

"가. 가지 않으면 쏴 버릴 거야." 이 말을 듣고 조지는 낄낄 웃고 싶어 했지. 나는 신사다운 목소리로 고통스럽고 다급하게 말했어.

"오, 제발 도와주십시오, 부인. 제 친구가 매우 아픕니다."

"가. 네놈의 속셈을 알아. 문을 열게 해서는 원하지도 않는 것을 사게 하려는 셈이지. 꺼져 버리라고 하잖아!" 그건 정말 순진한 생각이었어, 정말로. "가, 그러지 않으면 고양이를 풀어 놓을 거야." 할멈이 다시 말했어. 머리가 좀 어떻게 되었다는 걸 알 수 있었지. 일생을 혼자서만 살았으니 오죽할까. 그때 위를 쳐다보고 현관문 바로 위에 새시 창문이 있다는 걸 알아차렸어. 차라리 어깨짝을 밟고 넘어 들어가는 편이 훨씬 더 빠르다는 것을 깨달은 거야. 그러지 않으면 밤새 이런 실랑이를 벌여야 하게 될 테니까. 그래서 내가 말했지.

"할 수 없군요, 부인. 도와주시지 않으면 아픈 친구를 다른 데로 데리고 가야지요." 나는 동무들에게 조용히 하라는 눈짓을 하고, 혼자 소리쳤지. "괜찮아, 친구여, 어디선가 널 구원해 줄 착한 사마리아인[14]을 만날 거야. 이 나이 드신 부인을 비난할 수 없을지도 몰라. 밤이면 집 주변에 깡패와 악당이 우글거리니 의심하는 것도 당연하지. 암, 그렇고말고." 어둠 속으로 다시 돌아가 기다리면서 내가 속삭였어. "자, 현관문으로 되돌아가자. 내가 딤의 어깨짝을 타고 창문을 열어서 들어가는 거야, 동무들. 그 후에 저 할멈의 입을 막고 문을 활짝 여

---

14) 성경에 등장하는 인물이다. 한 여행자가 강도를 만나 어려움에 처했는데 도울 여력이 되는 유대교 제사장이나 레위인은 그냥 지나친 반면, 종교적인 이유 탓에 멸시당하며 사회적 지위가 낮았던 사마리아인은 외면하지 않고 도와주었다. 위기에 빠진 사람을 외면하지 않고 돕는 사람을 상징하는 말이다.

는 거지. 아무 문제 없어." 나는 누가 지도자고 누가 똘마니인지 보여 주기 위해 이 제안을 했던 거였어. "저기 봐. 저 문 위의 멋있는 석조 장식, 그게 내 발을 잘 받쳐 줄 거야." 개들은 알아들었고, 난 개들이 감탄하고 있으리라 짐작했지. 녀석들도 알았다며 어둠 속에서 고개를 끄덕거렸어.

그래서 우리는 다시 문으로 살금살금 다가갔지. 우리의 딤이 몸집도 크고 힘도 좋아서 피트와 조지는 나를 어른처럼 넓은 딤의 어깨짝 위에 올려놓았어. 우리가 이러는 동안, 멍청한 텔레비전에서 흘러나오는 전 세계 중계방송과 밤에는 부족한 경찰 인력 덕분에 사람들이 겁을 집어먹었는지 거리는 죽은 듯 고요했어. 딤의 어깨짝 위에서 보니 문 위의 석조 장식이 발을 잘 받쳐 줄 것 같더군. 무릎을 쭉 펴니 바로 거기에 닿았어. 예상대로 창문은 잠겨 있었지만 칼을 꺼내 뼈로 만든 자루 부분으로 창유리를 깨끗하게 부숴 버렸지. 그러는 동안 내 밑에서 받치고 있던 동무 놈들은 숨이 차서 헉헉대고 있더군. 나는 깨진 틈으로 손짝을 집어넣어서 아래쪽 창문이 아주 부드럽게 열리도록 밀어 올렸지. 나는 마치 목욕물 속으로 들어가듯 집 안으로 쉽게 들어갔어. 나의 양들은 위를 쳐다보면서 주둥이를 벌린 채 서 있었지.

나는 어둠 속에서 침대, 찬장, 크고 무거운 의자, 상자들과 책들에 부딪쳤지. 그러나 나는 사나이답게 내가 들어온 방의 문으로 성큼성큼 되돌아가 문틈으로 들어오는 빛을 보았어. 문을 밀자 끼익 소리가 나며 열렸고 나는 많은 문들이 나 있는 먼지 낀 복도로 나갔지. 여러분, 그건 낭비였어. 이렇게 방이 많은 집에 한 명의 늙은 할멈과 고양이들만 살고 있다니 말이야. 아마 여기 있는 수고양이들과 암고양이들도 무슨 여왕이나 왕자라도 되는 듯 크림과 생선 대가리를 먹으며 침실을 하나씩 가지고 있을지 몰라. 아래층에서 할멈이 잠긴 목소리로 말하는 게 들렸지. "그래, 그래, 바로 그거지." 아마 우유를 더 달라고 야옹대는 고양이들에게 말하고 있는 것 같았지. 그때 나는 홀 쪽으로 내려가는 층계를 보았고, 변심 잘하고 쓸모없는 동무 놈들에게 제까짓 세 명을 합한 것보다 내가 훨씬 낫다는 것을 보여 주겠다고 생각했지. 나 혼자 하려고 했다니까. 필요하다면 나 혼자 그 할멈과 고양이들에게 초강력 폭력을 휘두를 수도, 진짜 값나가는 물건들을 양팔 가득 들고 춤추며 문 쪽으로 가서 기다리는 동무들에게 금과 은을 쏟아부을 수도 있었지. 개들은 지도자가 뭔지 알아야 한다고.

나는 아래층으로 천천히 그리고 우아하게 내려가면서 층계참에 있는 더러운 옛날 그림들, 즉 긴 머리를 하고 높은 옷깃을 단 여자들, 나무와 말이 있는 시골 풍경, 벌거벗은 채 십자가에 달려 있는 수염투성이 성자 등을 감상했지. 그런데 이 집에서는 아파트 단지와 다르게 고양이와 그것들이 먹는 생선과 오래 묵은 먼지에서 나는 심한 곰팡이 냄새가 함께 풍기더군. 아래로 내려갔더니 현관 거실의 문에서 나오는 빛이 보였는데, 거기서 그 할망구가 고양이 놈들한테 우유를 나눠 주고 있었어. 게다가 너무 먹어 배가 부른, 젖소만 한 고양이들이 꼬리를 흔들면서 들락거리는 걸 보았는데, 마치 문 아래쪽에 몸을 찰싹 가져다 대는 것 같았지. 그러다 어두운 홀에 있

는 큰 나무 서랍장 위에서 방의 불빛에 반짝이는 조그만 조
각상을 보았어. 팔짝을 뻗은 채 한 발로 서 있는 가냘프고 어
린 계집애 조각이어서 내가 차지하려고 챙겼는데, 보니까 은
으로 만들었더군. 그걸 들고 불이 켜진 방으로 들어가면서 말
했지. "안녕, 안녕, 안녕하시오. 드디어 만났네요. 우리가 그 편
지 구멍으로 잠시 말 섞은 걸로는 뭐랄까, 충분하지 않았죠?
그렇죠? 그렇다고 하자고, 이 고약한 늙은 할망구야." 나는 불
빛 아래서 눈을 깜빡이며 방 안과 할멈을 보았지. 그 방의 카
펫 위에는 이리저리 기어 다니는 수고양이와 암고양이가 우글
댔고, 방 아래쪽으로는 털이 둥둥 날리고 있었지. 이 젖소처럼
뚱뚱한 놈들은 검정, 하양, 얼룩무늬, 누렁, 거북이 등껍질 무
늬 등 가지각색이었고 나이도 다 제각각이어서 서로 싸우는
새끼들, 다 자란 놈들, 침을 질질 흘리는 진짜 성질이 고약한
늙다리들이 뒤엉켜 있더군. 녀석들의 여주인인 늙은 할망구가
남자처럼 나를 날카롭게 쳐다보더니 말했지.

"어떻게 들어왔지? 멀리 떨어져, 이 어린 악당 녀석아, 그러
지 않으면 내가 두들겨 팰 수밖에 없어."

난 그 말을 듣고 엄청 웃으며, 나를 위협하느라 야윈 손으
로 치켜올린 보잘것없는 나무 지팡이를 보았지. 그래서 이빨
을 드러내 웃으면서 천천히 그녀 가까이로 다가가다가 장식
장 위에 놓인 아름다운 작은 물건을 보았는데, 나처럼 음악을
좋아하는 놈이라면 누구나 두 눈깔로 직접 보고 싶을 만큼
세상에서 가장 아름다운 물건이었어. 그것은 바로 흉상이라
고 부르는, 루트비히 판의 대갈통과 어깨짝이었는데, **긴 머리**

에 눈동자가 없는 눈알과 커다란 크라바트가 새겨진 석상이었지. 나는 그쪽으로 곧장 다가가서 말했어. "아, 정말 아름답군. 다 내 거야." 그러나 그쪽으로 가는 동안 눈을 그것에만 고정한 채 탐욕에 찬 손짝은 내밀고 있었기 때문에 바닥에 놓인 우유 접시를 보지 못했고, 그것에 발이 걸려서 균형을 잃어버렸지. "아이고!" 소리치면서 균형을 잡으려 했지만 그 늙은 할멈이 아주 몰래, 그리고 나이에 비해서 잽싸게 내 뒤로 와서는 지팡이로 내 대갈통을 딱딱 때렸어. 나는 무릎에 손을 짚어 일어서려고 하면서 소리쳤지. "못됐군, 못됐어."라고 소리쳤지. 그러자 그 할멈은 또 딱딱 때리며 말했지. "요 못된 벌레 같은 비렁뱅이 놈, 감히 뼈대 있는 집안에 강도질하러 오다니." 난 딱딱 맞는 게 싫어서 할멈이 내려치려는 순간 지팡이 한끝을 잡아챘지. 그러자 중심을 잃은 할멈이 탁자에 기대어 균형을 잡으려 했지만 탁자보가 벗겨지면서 우유 주전자와 우유병이 떨어져 사방에 튀었어. 할멈이 마룻바닥에서 끙끙대며 계속 말하더군. "망할 놈, 너는 이 대가를 톡톡히 치를 것이야." 그때 모든 고양이들이 겁먹고 마치 공포에 사로잡힌 듯 이리저리 뛰고 달렸는데, 어떤 놈들은 서로를 헐뜯는 듯 크크 카카 온갖 소리를 내며 앞발로 싸우기 시작했지. 내가 일어나 보니까 이 보복하기 좋아하는 늙은 숭어 같은 못된 흉물이 마루에서 일어나려는 듯이 온몸을 떨면서 끙끙대고 있기에 가서 그 얼굴짝을 냅다 찼어. "아악!" 할멈이 소리를 지르며 내 발길질을 못 견뎌 하더군. 발에 차인 할멈의 핏줄 선 야윈 얼굴이 벌겋게 부은 게 보였어.

내가 발길질했던 발을 내리던 순간에, 소리 내며 싸움질하던 고양이들 중 한 놈의 꼬리를 밟았던 게 틀림없는 것 같아. 왜냐하면 야옹 하는 소리가 났고 털과 이빨 그리고 발톱 같은 게 내 다리를 조여 댔기 때문이지. 나는 욕을 퍼부으며 그놈을 털어 내려 하면서 한 손에는 은으로 만든 조그만 조각상을 쥔 채, 바닥에 드러누운 할멈을 타고 넘어 차갑게 인상을 찌푸린 사랑스러운 루트비히 판을 잡으려 애썼지. 그때 다시 크림색 우유가 가득 찬 접시 위로 넘어져서 거의 나가떨어질 뻔했는데, 이 모든 일이 독자 여러분들의 이 겸손한 화자가 아니라 다른 놈들에게 일어났다면 정말 우스꽝스러웠을걸. 그때 바닥에 누워 있던 할멈이 야옹대며 싸우던 고양이들을 넘어와 큰 소리를 지르면서 내 발을 붙들었는데, 이번에는 균형을 잃고 진짜 사방에 튀어 있는 우유와 울고 있는 고양이 위로 우당탕 넘어졌어. 우리 둘 모두 바닥에 뻗게 되자 할멈이 내 얼굴짝을 때리면서 소리쳤어. "이 벌레 같은 악독한 젊은 놈에게 덤벼라, 때려 줘라, 손톱을 뽑아 버려라!" 이 말에 복종하는 것처럼 고양이 몇 마리가 내게 덤비면서 미친 듯이 할퀴기 시작했어. 그러자 나도 진짜 열이 받아 그놈들을 때려 주었더니 그 할멈이 소리치면서 내 낯짝을 할퀴더군. "이 악당아, 내 고양이에게 손대지 마." "이 못된 할망구야!" 나는 이렇게 소리치면서 그 조그만 은 조각상을 들어 할멈의 대갈통을 세게 잘 내려쳐 아주 잠잠하게 만들었지.

꽥꽥거리는 고양이들 틈바구니에서 일어났을 때, 멀리서 귀에 익은 경찰차의 사이렌 소리가 들려왔지. 이 할멈이 야옹이들에게 말하고 있던 것이 아니라 짭새들한테 전화를 했을지도 모른다는 생각이 퍼뜩 들더군. 내가 도움을 청하는 척하며 현관 초인종을 눌렀을 때 의심이 끓어올랐던 거야. 그래서 나는 무시무시한 짭새 차 소리를 들으면서 현관으로 서둘러 가서 겹겹으로 된 자물쇠와 쇠줄과 다른 보호 장치를 푸느라고 낑낑댔지. 문을 열자 현관 앞에는 바로 딤 놈이 있었고, 내 동무라는 다른 두 놈들은 서둘러 도망치고 있더군. "튀어, 짭새 놈들이 오고 있어." 내가 딤한테 외쳤어. "너는 남아서 그놈들을 만나야지." 나는 딤이 그 말을 하면서 체인을 꺼내 드는 것을 보았지. 놈이 그걸 쳐들자 뱀처럼 쉭 소리가 났어. 놈은 내 눈퉁이 부근을 예술적으로 우아하게 맞혔는데, 난 용케 제때에 눈을 감을 수 있었어. 내가 엄청난 고통 속에서 울부짖으며 눈을 뜨려고 버둥거렸을 때 딤이 말했지. "난 네가 했던 일들이 싫었어, 동무. 그렇게 나한테 덤벼든 것은 잘못한 거야, 이 자식아." 그리고 놈이 커다란 부츠로 땅을 울리며 **어두운 놈들** 속으로 하하 웃으며 사라지는 소리가 들렸어. 그 후 단 7초 만에 무슨 미친 동물이 쿵쿵대듯이 더럽게도 큰 소리를 내면서 짭새 차가 멈추는 소리도 들었지. 나 또한 울부짖으면서 비칠대다가 현관 벽에 머리를 꽝 하고 부딪혔고 눈물이 줄줄 흐르는 눈을 감고 있었는데 정말 고통스러웠어. 짭새들이 도착했을 때 나는 복도에서 그렇게 더듬대고 있었던 거야. 물론 놈들을 볼 수는 없었지만 들을 수 있었고 그 자식들의 냄새를 진짜 가까이서 맡을 수가 있었어. 곧 그 자식들이 나를 거칠게 밖으로 끌고 가면서 팔을 뒤로 꺾는 것을 느꼈지. 내가 빠져나온, 그 암수 고양이들로 들끓는 방에서 짭새 한 놈이 말하는 게 들렸어. "할머니가 심하게 구타당했지만 숨은 붙어 있습니다." 그러는 내내 고양이들이 시끄럽게 굴더군.

"이건 정말 기쁜 일이군." 다른 짭새 놈이 이렇게 말했을 때 나는 아주 거칠고 잽싸게 차 안으로 처넣어졌어. "꼬마 알렉스가 우리 차지라니." 내가 소리쳤지.

"난 볼 수가 없어, 하날님이 패 줄 놈들, 이 더러운 놈들아."

"말조심, 말조심해라." 웃는 듯한 목소리가 들리면서, 무슨 반지를 낀 것 같은 손의 손등이 내 주둥이를 세게 때렸지. 내가 말했어.

"하날님이 네놈들을 죽여 버릴 거야, 이 냄새나는 염병할 자식들아. 다른 애들은 어디 갔어? 나를 배신한 더러운 놈들은 어디 갔어? 그 염병할 놈들 중 하나가 내 눈을 체인으로 후려쳤단 말이야. 도망가기 전에 잡아. 형씨, 이게 전부 다 놈들의 생각이었다고. 그놈들이 강제로 시켰어. 난 무죄야, 이 하날님이 죽일 놈들아." 놈들은 이 말을 듣고 아주 흥이 나 비웃으면서 나를 차 뒷자리로 집어넣었지만 난 내 동무란 놈들에 대해 계속 떠들어 댔지. 그때 나는 그게 소용없는 일이라는 것을 깨달았어. 놈들은 아늑한 뉴욕 공작으로 돌아가서 그 염병할 늙은이들의 마다하지 않는 목구멍에 흑맥주와 위스키를 더블로 부어 주고 있을 테고, 그러면 늙은이들은 이렇게 말하겠지. "고마워, 젊은이들. 신이 축복하시기를. 자네들은 우리와 함께 계속 있었어. 우리의 눈 밖으로 나간 적이 없었지."

그동안 우리는 짭새 둥지를 향해 사이렌을 울리며 갔는데,

나는 두 짭새 놈들 사이에 끼어 앉아 놈들이 웃으며 툭툭 때리는 걸 그대로 맞고 있었지. 그때 나는 눈을 아주 조금 뜰 수 있겠더군. 눈물 사이로 뿌옇게 지나치는 도시를 보았는데 불빛들이 다 서로 겹쳐 보였어. 나는 아픈 눈을 통해 뒤에 함께 앉아서 웃고 있는 두 경찰 놈들과 운전하는 목이 가는 놈, 그리고 그 옆에 앉은 목이 굵은 놈을 볼 수 있었지. 이 목이 굵은 자식은 날 놀리듯이 말했지. "어이, 꼬마 알렉스, 우리 함께 즐거운 밤을 보내자고." 그래서 내가 대꾸했지.

"내 이름을 어떻게 알아, 이 구린내 나는 깡패 놈아? 너 같은 염병할 놈은 하날님이 지옥으로 날려 버려야 해." 이 말에 놈들은 웃었고 뒤에 앉은 구린내 나는 짭새들 중 한 놈이 내 귀때기를 비틀었지. 운전하지 않던 뚱뚱한 목이 말하다군.

"누구나 알렉스와 그의 친구들을 알지. 우리 알렉스가 아주 꽤 유명한 젊은이가 됐잖아."

"다른 놈들에게 죄가 있다고." 나는 소리쳤지. "조지, 딤, 피트야. 내 동무가 아니라니까, 개새끼들."

그 뚱뚱한 목이 말했어. "그래, 그럼 네가 밤새도록 그 젊은 신사들의 파렴치한 착취에 대해서, 또 그들이 가엾은 어린 알렉스를 어떻게 타락시켰는지 말할 수 있는 시간을 주지." 그때 다른 경찰 사이렌 소리가 우리 차를 지나서 반대 방향으로 달려가더군.

"저 차가 그놈들을 잡으러 간 거야? 그놈들이 너희 개자식들에게 잡힐 건가?" 내가 물었지.

뚱뚱한 목이 대답하더군. "저건 구급차야. 틀림없이 희생된 그 노부인을 위한 것이겠지, 이 끔찍한 악당 놈아."

"다 그놈들 탓이야." 아픈 눈깔을 깜박이면서 내가 소리쳤지. "그 개자식들은 뉴욕 공작에서 술을 처마시고 있겠지. 그 놈들을 잡아, 이 구린내 나는 것들아." 그러자 여러분, 놈들은 더 크게 웃으면서 내 아픈 주둥이를 또 후려쳤어. 그때 우리는 구린내 나는 경찰서에 도착했고, 놈들은 나를 차고 끌어 내리더니, 두들겨 패면서 계단으로 올라가게 했어. 그때 난 이 구린내 나는 더러운 자식들로부터 공정한 취급을 받지 못할 것을 깨달았지. 저주받을 놈들.

7

놈들은 조명이 아주 밝고 흰색으로 칠해진 사무실로 날 끌고 갔는데, 거기서는 누가 토한 냄새와 화장실 냄새, 맥주와 소독약 냄새 들이 섞인 심한 구린내가 나더군. 그 구린내는 부근의 철창에서 나고 있었지. 몇몇 수감자들이 감방에서 욕하고 노래하는 소리가 들렸고, 그중 한 녀석이 이런 노래를 부르는 것 같았어.

"내 사랑, 내 사랑 당신에게로 돌아가리,
당신, 나의 사랑이 떠난 후에도."

그러자 짭새 놈들이 닥치라며 고함을 지르는 것이 들렸고, 심지어는 어떤 녀석이 흠씬 두들겨 맞으며 아이고 우는 신음도 들을 수 있었지. 남자라기보다는 술 취한 나이 많은 아줌마 목소리 같더군. 사무실 안에는 나와 함께 짭새 네 놈이 있었는데, 모두가 테이블 위에 커다란 찻주전자를 놓고서 요란스레 차를 마셨어. 더럽게 큰 머그잔에 따른 차를 핥듯이 마시며 트림을 해 대고 있었지. 나한테는 권하지도 않더군. 여러분, 놈들이 나한테 준 것이라고는 형편없이 낡은 거울이었어. 물론 그때 나는 더 이상 여러분의 잘생기고 젊은 화자가 아니라 보기에 진짜 끔찍한 몰골이었지. 주둥이는 부었고 눈깔은 온통 빨갛고 코 또한 약간 부어 있었지. 놈들은 내가 마음 아파하는 것을 보고는 신나게 웃었는데 그중 하나가 말했지. "사랑이란 악몽의 시작 같지." 얼마 후에 어떤 짭새 우두머리가 들어왔는데, 계급이 아주 높다는 것을 보여 주듯이 어깨짝에는 별을 달고 있었어. 나를 보자 한숨을 쉬더군. 내가 말했지.

"나는 변호사가 오기 전까지는 단 한마디도 하지 않을 거야. 나도 법을 안단 말이야, 이 자식들아." 물론 놈들은 그 소리를 듣더니 커다랗게 웃었고, 별을 단 짭새 우두머리가 말했지.

"좋아, 좋아, 자네들, 저 친구에게 우리 또한 법을 안다는 것과 법을 아는 것이 전부가 아니라는 사실을 보여 주는 것부터 시작하지." 놈은 신사 같은 목소리지만 아주 이상한 말투로 이야기하면서 몸집이 커다란 어떤 뚱뚱한 자식에게 친근한 미소를 짓더군. 이 커다란 몸집의 뚱뚱한 자식이 윗옷을 벗었는데 볼록 튀어나온 배가 보였어. 놈은 그리 빠르지 않게 내 쪽으로 다가왔는데, 놈이 아주 귀찮다는 미소를 지으며 주둥이를 열었을 때 방금 전 마신 우유 탄 차 냄새를 맡을 수 있었지. 놈은 짭새치고는 면도를 제대로 하지 않은 데다 겨드랑이 밑에는 땀자국이 배어 있었고, 가까이 다가오는데 귀에서 귓밥 구린내가 나더군. 놈은 냄새나는 붉은 주먹짝을 꽉 쥐고 내 배를 때렸는데, 그건 정당하지 않은 일이었어. 다른 놈들은 날 보면서 대가리가 떨어져라 웃었지만 그 높은 짭새 놈은 예외였고 지루하다는 듯 미소를 짓고 있었지. 난 벽에 기대야만 했는데, 흰 횟가루를 옷에 다 묻힌 채로 고통스러워하면서 숨을 고르고 있자니, 초저녁에 먹었던 질펙질펙한 파이를 토하고 싶더군. 그러나 바닥에 토하는 짓은 견딜 수 없기에 겨우 참았지. 그때 이 뚱보 깡패 자식이 동료 짭새 놈들과 한바탕 웃기 위해서 돌아서는 것을 보았어. 그래서 오른발을 들어 딴 놈들이 조심하라고 소리치기 전에 놈의 정강이를 보기 좋게 차 주었지. 놈은 죽겠다고 소리치면서 팔짝팔짝 뛰더군.

그 일이 벌어진 후에, 여러분, 놈들 모두가 달려들어 마치 내가 낡아 빠진 거지 같은 공인 것처럼 이쪽저쪽으로 돌리며 사타구니와 주둥이, 배에 주먹질과 발길질을 퍼부었어. 그래서 결국 나는 마룻바닥에다 토해야 했고, 급기야 진짜 미친놈처럼 이런 말도 했지. "미안하오, 형씨, 내가 정말 잘못했소. 미안, 미안하오." 놈들은 낡은 신문지 조각을 주면서 그걸 훔치게 하더니 또 톱밥으로 닦게 하더군. 그러고는 친한 동무라도 된 양 앉으라고 한 다음 조용히 이야기를 할 거라고 말했지. 그때 같은 건물에 사무실이 있던 델토이드가 나를 살펴보기 위해서 들어왔어. 아주 피곤하고 지저분하게 보이더군. 놈이 말했어. "그래, 드디어 일이 벌어졌군, 꼬마 알렉스야?" 그리고 짭새 놈을 향해 돌아서서 말했지. "안녕하시오, 경정. 안녕하시오, 경사. 모두 안녕하세요. 자, 이게 내가 공들인 결과군요. 저런 저런, 쟤는 정말 꼴이 말이 아니네. 저 꼴 좀 보게."

"폭력은 폭력을 부르지요." 그 짭새 우두머리가 아주 엄숙한 목소리로 말했지. "걔는 법을 집행하는 경찰관들에게 저항했소."

"그래, 이게 바로 내가 공들인 결과네요." 델토이드가 다시 말했어. 놈이 아주 차가운 눈으로 나를 보았는데 마치 내가 무슨 물건이어서 더 이상 피를 흘리고 얻어맞은 인간이 아니라는 것 같았지.

"천생 내일은 법정에 출두해야겠군."

"내가 아니었다고요, 형씨, 아니 선생님." 내가 좀 우는 듯한 목소리로 말했지. "저를 위해 말 좀 해 주세요, 선생님, 제가 그리 나쁜 놈은 아니잖아요. 난 다른 애들의 모함에 빠진 거라고요."

짭새 우두머리 놈이 조롱하는 투로 말했지. "방울새처럼 노래를 하는군. 아주 지붕을 날려 버릴 정도로 아름답게 노래를 하고 있잖아."

델토이드가 차갑게 대꾸했어. "내 말해 주마. 내일 거기에 갈 테니 걱정하지 마."

짭새 우두머리가 말했지. "그놈을 한 방 갈겨 주고 싶으시면 우리가 있다고 신경 쓰지 마시오. 우리가 놈을 붙잡아 드리겠소. 저놈은 선생을 아주 실망시킨 또 다른 녀석인 것이 분명하군요."

그때 델토이드는 우리같이 못된 놈들을 진짜 좋은 놈들로 만들어야 하는 사람의 행동이라고는 생각도 못 할 짓을, 특히나 그렇게 짭새 놈들이 둘러싸고 있던 상태에서 해 버렸지. 내쪽으로 가까이 다가오더니 침을 뱉는 것이었어. 침을 뱉었다고. 내 얼굴짝 가득 침을 뱉고서는 침이 묻은 주둥이를 손짝으로 닦더군. 그때 난 피 묻은 손수건으로 얼굴에 묻은 침을 닦고 또 닦으면서 말했지. "감사하군요, 정말로 감사하군요. 정말 친절도 하시군요." 그러자 델토이드는 아무 말도 없이 걸어나갔어.

그때 짭새 놈들은 내가 서명할 아주 긴 서류를 작성하기 시작했어. 나는 홀로 염병할 자식들아, 네놈들이 선(善)의 편에 있다면 난 기꺼이 그 반대쪽에 서겠다 하고 생각했지. 내가 말했어. "좋아, 이 더러운 자식들아, 이 냄새나는 놈들아. 가져가, 다 가져가라고. 난 더 이상 엎어져 기지만은 않겠어, 이 **더러운 녀석들아**. 이 염병할 냄새나는 짐승들아, 어디서부터 해 볼래? 지난번 내 소년원에서부터 이야기해 볼까. 좋아, 좋아, 시작하지." 난 그놈들에게 얘기를 해 주었지. 그 가운데는 아주 조용하고 겁에 질려서 전혀 진짜 짭새처럼 보이지 않는 속기 담당이 있었는데, 내 이야기를 몇 장에 걸쳐서 계속 받아 적고 있었어. 난 놈들에게 초강력 범죄, 도적질, 싸움질, 성범죄 같은 이야기와 함께 바로 그날 저녁 야옹거리는 암수 고양이와 살던 늙은 부자 할멈 사이에 있었던 일 등을 말해 주었지. 그리고 내 동무란 놈들도 같이했고, 심지어 열심이었다는 걸 분명히 해 두었어. 내가 이야기를 마쳤을 때 그 속기 담당 짭새는 약간 창백해졌더군, 불쌍한 녀석. 그 녀석한테 짭새 우두머리가 친절한 목소리로 말했지.

"좋아, 자네, 이제 가서 차 한 잔을 마시고 빨래집게로 코를 막은 다음 이 더럽고 썩어 빠진 이야기를 타자로 치게, 세 부를 말이야. 그리고 여기 계시는 이 잘생긴 친구가 서명할 수 있도록 가져오라고." 그리고 나를 향해 말했지. "너에게는 수돗물과 편의 시설이 비치된, 첫날밤 보낼 신방을 보여 주지." 그러고는 지친 목소리로 정말 거칠어 보이는 두 짭새 놈들에게 명령했어. "자, 데려가."

그래서 나는 차이고 주먹에 얻어맞으며 우격다짐으로 감방에 집어넣어졌는데, 거기에는 대부분 술에 취한 열 명인가 열두 명 정도의 죄수들이 있더군. 그중에는 정말 끔찍한 동물 같은 놈들도 있었는데, 한 놈은 코로 숨을 들입다 쉬면서 입을 검은 구멍처럼 쫙 벌리고 있었고, 다른 놈은 바닥에 누워 코를 골면서 입에서 침을 질질 흘리고 있었고, 또 다른 놈은 옷에다 볼일을 본 채로 누워 있었지. 게다가 날 마음에 둔 게이두 놈이 있었는데 그중 한 놈이 내 등 뒤로 달려들었기 때문에 그놈과 한바탕 싸움을 벌였지. 여러분, 놈에게서는 신세메시나 싸구려 향수 냄새가 났어. 나는 또 토하고 싶었지만 배속이 비어 있었지. 그때 다른 한 놈까지 내 몸에 손짝을 뻗치자 나를 만지려는 이 두 놈들 사이에 소란스러운 싸움이 벌어졌어. 싸움 소리가 커지자 짭새 몇 놈들이 들어와서 곤봉으로 두 놈들을 두들겨 패더군. 그 후 놈들은 허공을 바라보면서 모두 조용히 앉아 있었는데 한 놈의 얼굴에서는 피가 똑똑 떨어지고 있었지. 감방에 벙커 침대가 있었지만 모두 차 있더군. 한 줄이 네 층으로 되어 있는 침대의 꼭대기로 올라갔더니 술에 취해 코를 고는 늙은이가 있었는데 아마 분명히 짭새 놈들이 거기다가 끌어 올려놓은 것 같았지. 어쨌든 놈은 그리 무겁지 않아 내가 다시 끌어 내렸는데, 놈은 바닥에 누운 술 취한 뚱보 위로 쓰러졌어. 결국 두 놈 모두 잠에서 깨어나 서로에게 소리를 지르면서 어설픈 주먹질을 주고받았지. 난 그 구린내 나는 침대 위에 누워 매우 지치고 피곤하고 상처받은 채로 잠을 잤어. 그러나 그건 잠이 아니라 기절하듯이 더 나은 다른 세상으로 가 버리는 것이었지. 나는 이 더 나은 세상에서 온갖 꽃과 나무가 자라는 커다란 벌판 위에 서 있었는데, 거기에는 피리를 부는 사람 낯짝을 한 염소도 있더군.[15] 그리고 루트비히 판이 폭풍 같은 낯짝에 크라바트를 맨 채 거친 바람 같은 소리를 내면서 태양처럼 솟아올랐어. 그때 난 9번 교향곡의 마지막 악장을 들었는데 가사들이 좀 뒤죽박죽이었지. 가사들 스스로 그래야 하는 것을 아는 듯이 섞여 있었는데, 꿈이라서 그랬을 거야.

> **"소년이여, 천상의 떠오르는 상어여,**
>
> 천국의 살해자여,
>
> 불타는 마음으로, 고양되고 황홀에 빠져,
>
> 우리는 너의 주둥이를 때리고 너의

---

15) 그리스 로마 신화에 등장하는 반인반수의 판(Pan)을 지칭한다.

구린내 나는 엉덩이를 차 버리리라."

그러나 곡조는 맞더군. 시계를 잃어버려서 잘 모르지만 2분 또는 10분 또는 20시간 또는 며칠 아니 몇 년이 지나서 누군가에 의해 잠에서 깨어날 때 알았지. 짭새 놈이 한참 밑에서 침이 달린 기다란 막대로 나를 찌르며 말하더군.

"일어나, 애야. 일어나라고, 예쁜이. 일어나서 심각한 현실을 보라고." 내가 외쳤지.

"왜? 누구라고? 어디? 무슨 일이야?" 그때까지도 9번 교향곡의 「환희의 합창」이 내 안에서 아름답게 울려 퍼지고 있었지. 그 짭새 녀석이 말하더군.

"자, 내려오면 알아. 애야, 널 기다리는 진짜 좋은 소식이 있어." 온몸이 굳고 쑤시는 데다 잠도 덜 깬 채로 기어 내려갔더니 치즈와 양파 냄새를 지독하게 풍기는 짭새 놈이 코 고는 소리로 요란한 더러운 감방에서 날 끌어내서 복도를 따라 데리고 갔지. 그동안 내내 내 속에서는 「환희여 천상의 영광스러운 빛이여」라는 낯익은 노래가 울려 퍼지고 있었어. 우리는 타자기와 꽃이 놓인 책상이 있는 아주 깔끔한 사무실에 도착했어. 싸구려 책상에는 짭새 우두머리가 아주 심각한 표정으로 앉아 내 졸린 낯짝을 **차갑게 눈깔질하고** 있었지. 내가 물었지.

"저런, 저런, 저런. 무슨 일인가. 이 자식아, 무슨 일로 한밤중에 나를 깨운 거냐고?" 놈이 대답하더군.

"네 얼굴에서 그 멍청하게 이죽거리는 표정을 지우는 데 단 10초를 주마. 그리고 내 말을 잘 들어라."

"그래, 뭔데?" 내가 웃으면서 말했지. "죽도록 때리고 침 뱉고 또 몇 시간이나 계속해서 지은 죄를 고백하게 만들고는 미친놈들과 냄새나는 변태들이 우글대는 더러운 감방 속에 집어넣은 것이 성에 차지 않았나 보지? 뭐 새로운 고문이라도 찾았냐, 이 자식아?"

"그 일이 네 양심을 고문하게 될 거야. 그 일이 네놈을 고문해서 미치게 해 달라고 신께 기도하마." 놈이 심각하게 말했지.

그때 놈이 말하기도 전에 난 그게 무슨 뜻인지를 알았어. 그 고양이를 가진 할멈이 시내 병원에서 더 나은 세상으로 가버린 거야. 아마 좀 너무 세게 팼나 봐. 그래, 그게 끝이었지. 우유를 달라고 야옹거리지만 아무것도 얻어먹지 못하는 고양이들을 생각했어. 적어도 그 흉물스러운 주인으로부터는 말이야. 그게 끝이었어. 난 일을 저지른 거야. 아직 열다섯 살밖에 되지 않았는데.

2부

1

"아, 이제 어떻게 될까?"

지금 내가 하는 정말 눈물겹고 비극적인 이야기는 국교(국립 교도소)에서 시작되는데 정확히는 국교 84F동이야, 형제이자 친구 여러분. 여러분은 아빠가 피 묻은 멍든 손으로 공평하지 못한 하날님을 향해 주먹질하게 만들고, 또 엄마가 모든 사람을 실망시킨 자신의 외아들을 보고 어머니로서 갖는 슬픔 때문에 흑흑 울도록 만든 충격에 대한 끔찍한 이야기는 조금이라도 듣고 싶은 생각이 없을 거야. 또 하위 법원의 판사는 여러분의 친구이자 이 겸손한 화자를 비난하며 아주 모진 말을 해 댔지. 그 염병할 더러운 중상모략을 델토이드와 짭새 놈들이 쏟아 낸 후에 말이야, 저주받을 놈들. 그리고 더러운 냄새가 나는 변태들과 죄수 놈들 속에 재수 없이 갇혀야 했던 일도 있었지. 재판관들과 배심원들이 있는 상위 법원에서도 재판이 있었는데, 정말 아주 고약한 말들을 아주 엄숙하게 떠들어 대더군. 그러고는 '유죄'라는 말이 튀어나왔고, 놈들이 '십사 년 형'을 선고했을 때 엄마가 울음을 터뜨리셨지. 자, 그래서 여기에 내가 있게 된 거야. 발로 차이고 옷이 갈아입혀져서 국교 84F동에 처넣어진 날로부터 막 이 년이 지난 지금, 교도소 유행의 최첨단에 따라 옷을 입고 말이지. 이 옷은 아주 형편없는 개똥 같은 색의 통짜 옷에다, 등짝에는 물론, 내 통통 뛰는 가슴 부근에도 번호표가 바느질되어 달려 있었지. 그래서 오나가나 난 6655321번이지 더 이상 여러분의 어린 동무 알렉스가 아니었어.

"아, 이제 어떻게 될까?"

그건 교도(矯導)가 아니었지. 그 냄새나는 지옥 구덩이와 인간 우리에서 이 년을 지내며, 야만적인 깡패 교도관 놈들에게 차이고 맞고, 냄새나는 교활한 죄수들, 그중에 여러분의 화자 같이 탐나는 젊은 놈을 보기만 해도 침을 질질 흘리는 진짜 변태 등을 만나는 건 교도가 아니고말고. 그리고 성냥 공장에서 강제 노동을 하고, 체력 단련을 위해서 뜰을 뱅뱅 돌아야 했지. 저녁때에는 가끔씩 교수 같은 늙은이들이 딱정벌레나 은하수, 또는 눈발의 위대한 경이로움에 대해서 강연을 하더군. 이 마지막 것 때문에 난 한바탕 웃었어. 왜냐하면 동무 놈들이 날 배신하기 전, 행복하고 자유롭던 어느 겨울밤에 공공 도서관을 나오던 늙은이를 두들겨 패면서 '엄청난 파괴 행위'를 저지르던 때가 떠올랐기 때문이야. 동무 놈들에 대해서는 단 한 가지 소식만을 들었는데, 하루는 엄마랑 아빠가 면회 오셔서 조지가 죽었다고 알려 주셨거든. 그래, 죽었대, 여러분. 마치 길에 굴러다니는 개똥처럼 무의미하게 죽었다는 거야. 조지는 다른 두 놈을 이끌고 진짜 부잣집에 들어가서, 그 집주인을 마룻바닥에서 차고 팼다더군. 조지가 쿠션과 커튼을 난도질하고, 딤이 값진 장식품이나 조각상 같은 물건을 부수자 이 두들겨 맞은 부자 놈은 미친 듯이 화가 나서 무거운 쇠몽둥이를 들고 애들에게 덤벼들었다는군. 잔뜩 열받은 그놈에게 엄청난 힘이라도 생겼나 본데, 딤과 피트는 창으로 빠져나왔지만 조지는 카펫에 걸려 넘어져서 엄청난 힘이 실린 쇠몽둥이에 대갈통을 꽝 하고 세게 맞았고, 그게 바로 배신자 조지의 마지막이었다는 거지. 그 늙다리 살인자는 '정당방위'로 무사했다나. 그건 아주 올바르고 합당한 일이지. 조지가 죽었다는 사실 말이야. 비록 내가 짭새 놈들에게 잡힌 지 일 년 이상이 지났지만, 그 소식은 마치 운명인 것처럼 옳고 공정하게 느껴졌어.

"아, 이제 어떻게 될까?"

그날은 일요일이어서 나는 날개 동(棟) 예배당에 있었는데, 교도소 담당 **신부 놈**이 '주님의 복음'을 지껄이고 있었지. 내가 할 일은 찬송가 부르기 전이나 후 또는 중간에 낡은 스테레오를 틀어서 엄숙한 음악을 내보내는 일이었어. 나는 날개 동 예배당(국교 84F동에만 네 곳이 있었지.)의 뒤쪽에 있었는데, 거기에 교도관들, 즉 간수 놈들이 총을 들고 면도를 해서 파란빛이 도는 야만스럽고 더러운 큰 턱을 내보이며 서 있었지. 거기서는 죄수들이 형편없는 개똥 같은 색깔의 죄수복을 입고서 '주님의 구라'를 들으면서 앉아 있는 것을 볼 수 있었지. 놈들에게서는 구린내가 났는데, 그건 씻지 않았거나 더러워서가 아니라 범죄자에게서만 맡을 수 있는 독특하고 고약한 구린내, 뭔가 먼지가 끼거나 기름때가 묻은 듯 절망에 찬 그런 냄새였어. 비록 어리지만 나도 진짜 죄수가 되었기 때문에 나한테서도 그런 구린내가 날지도 모른다고 생각했어. 그래서 난 이 구린내를 풍기는 더러운 동물 우리에서 될 수 있는 대로 빨리 벗어나는 것이 중요하다고 생각했던 거야. 그리고 여러분이 계속 이야기를 읽어 보면 알겠지만 얼마 안 가 그렇게 됐지.

"아, 이제 어떻게 될까?" 교도소 신부 놈이 이 말을 세 번씩이나 했지. "비록 너희들 대부분은 여기 들어와 있는 시간이 더 많지만, 이런 시설을 들락날락할 것인가 아니면 신의 말씀을 잘 듣고 지금 이것 말고도 내세에도 회개하지 않는 죄인을 기다리는 벌이 있다는 사실을 깨달을 것인가? 너희 저주받은 바보들 대부분은 식은 죽 한 그릇에 태어날 때부터 가지는 권리를 팔아 치우고 있는 거야.[16] 도적질과 폭력이 주는 흥분, 쉽게 살려는 욕심, 이런 것들이 가치가 있을까? 우리는 지옥이 존재한다는 부인할 수 없는 증거, 그래, 그래, 그런 뒤집을 수 없는 확증이 있는데도 말이야. 나도 알아, 안다고, 여러분. 나는 어떤 감옥보다 더 어둡고, 인간의 불보다 더 뜨거운 장소

---

16) 이삭의 맏아들 에서가 동생 야곱에게 자신의 장자권을 죽 한 그릇에 넘긴 일화를 빗댄 말이다.

가 있다는 계시를 받았는데, 그곳에서는 너희들 같은 회개하지 않는 영혼들이, 흘겨보지 마, 이 망할 놈들, 웃지 마, 너희들처럼 끝도 없고 참을 수도 없는 고통에 비명을 지르고 더러운 냄새로 코가 막히고 입은 타는 악취로 가득 차고 껍질이 벗겨져 썩어 문드러지고 비명을 내지르는 배 속에서는 불덩이가 돌고 있지. 그래, 그래, 그래, 나는 안다고."

이쯤이면, 여러분, 어딘가에 앉은 죄수 한 놈이나 뒷줄 근처에 앉은 다른 놈이 입으로 푸르르 소리를 내서 야유를 보내고, 그러면 야만스러운 간수 놈들이 임무에 착수하지. 놈들은 소리가 났다고 생각되는 곳으로 잽싸게 몰려가서 오른쪽 왼쪽으로 무지막지하게 두들겨 패는 거야. 그리고 떨고 있는 몸집이 작고 말라빠진 늙고 불쌍한 죄수 하나를 골라서는 끌고 가는데, 내내 그 죄수는 헛되게 소리를 지르지. "내가 아니라 저기 있는 놈이야, 알겠어?" 녀석은 진짜 되게 맞으며 날개 동예배당 밖으로 끌려가면서 대갈통이 떨어져라 소리쳤어.

"자, 주님의 말씀을 들어." 교도소 신부 놈이 말했지. 그리고 놈은 커다란 책을 들고 손가락을 저벅저벅 핥아 침으로 적셔서 몇 장을 넘겼어. 놈은 얼굴이 아주 붉고 몸집이 아주 큰 튼실한 자식이었는데, 내가 젊고, 또 그 두꺼운 책에 관심이 많았기 때문에 나를 아주 좋아했지. 교육 과정 연장의 일부로 난 책을 읽을 수 있었고 심지어 책을 읽는 동안 예배당의 스테레오를 틀어 음악을 들을 수 있도록 조처되기도 했어. 아, 형제들. 정말 좋았지. 놈들은 나를 가두어 놓고 내가 바흐나 헨델의 성스러운 음악을 듣기를 원하더군. 그리고 나는 그 옛날 유태 놈들이 서로 싸우고 헤브루에서 생산된 포도주를 마시며, 아내의 하녀들과 잠자리에 드는 이야기를 읽었는데, 아주 신났지. 그 덕에 난 교도소에서 살아갈 수 있었어. 그 책의 나머지 절반은 그리 자세하게 읽지 않았는데, 싸움질이나 남녀 간의 그 짓거리보다는 온통 설교조의 얘기더군. 그런데 하루는 신부 놈이 살이 퉁퉁한 큰 팔짝으로 날 꽉 안으면서 말했지. "아, 6655321번, 그 성스러운 고통을 생각해 보렴. 그걸 곰곰이 생각해 보라고, 애야." 내내 놈에게서 독한 위스키 구린내가 났는데, 그는 좀 더 처마시려고 조그만 자기 사무실로 갔지. 그래서 나는 매질을 하고 가시나무 관을 씌운 이야기, 그리고 십자가 등등에 대한 이야기를 모두 읽어 버렸고 그 이야기 속에 뭔가 중요한 의미가 있다고 깨닫게 되었지. 스테레오에서 아름다운 바흐의 음악이 들리는 동안 나는 눈을 감고 나 자신이 로마 시대의 최첨단 유행인 토가를 입고서, 매질하고 못 박는 일을 도와주거나 심지어는 내가 그 일을 직접 담당하는 것을 머릿속에 그려 보았어. 그러니까 국교 84F동에 있던 시간이 꼭 허송세월은 아니었고, 또 교도소장은 내가 종교를 가지게 된 것 같다는 사실을 듣고 아주 기뻐했는데 그게 바로 내가 희망을 걸고 있던 일이었지.

그 일요일 아침 신부 놈은 책을 펼쳐 소리 내어 이야기를 읽었어. 신의 썰[說]을 들었음에도 눈곱만치도 받아들이지 않는 놈들은 마치 모래 위에 세워진 집과 같아서 비가 퍼붓고 하늘을 찢는 천둥이 내리칠 때 그런 집처럼 끝장이 난다는 거였지. 그런데 내 생각으로는 멍청한 놈들만이 모래 위에 집을 짓고, 또 그런 놈들은 으레 그런 집을 짓는 게 얼마나 멍청한 일인가를 말해 주지 않는 아주 냉정한 동무들과 고약한 이웃들을 가지고 있을 거라 생각했지. 그때 신부 놈이 말했어. "좋아, 너희들. 죄수 찬송가집에 있는 435장으로 끝을 내자." 그러자 죄수 놈들이 더럽고 조그만 찬송가집을 집어 들거나 떨어뜨리거나 침을 묻혀 넘기는 동안 쿵, 탁, 휘리릭 하는 소리가 났지. 그때 거친 깡패 같은 간수 놈들이 소리쳤지. "떠들지 마, 이 자식들아. 야, 너 920537번, 내가 보고 있어." 물론 나는 스테레오에 음반을 준비했고, 간단한 오르간 음악이 웅웅 소리를 내면서 흘러 나갔지. 그때 죄수 놈들이 진짜 엉망으로 노래를 시작했어.

"우리는 갓 우려낸 묽은 차지,
그러나 휘저어 주면 강해진다네.
우리는 천사의 음식을 먹지 않지,
우리가 시험에 빠지는 시간은 길다네."

놈들은 이런 멍청한 말들을 울부짖듯이 외치며 노래했는데 신부 놈이 놈들을 채찍질이라도 하는 듯이 외쳤지. "더 크게, 이 저주받을 놈들아, 더 크게 불러." 게다가 교도관들도 함께 외쳤어. "잠깐 기다려, 너 7749222번, 대갈통을 한 대 때려줄 테다, 더러운 놈아." 이 모든 소동이 가라앉았을 때 신부 놈이 축복하더군. "성삼위께서 너희들을 항상 보호하시기를, 또 너희를 선하게 만드시기를, 아멘." 그리고 여러분의 겸손한 화자가 탁월하게 선택한 아드리안 슈바이그젤버의 2번 교향곡에 맞춰서 우물쭈물 퇴장이 시작되었지. 난 예배당의 낡은 스테레오 옆에 서서 정말 형편없는 놈들이라고 생각했어. 놈들은 동물처럼 음매 또는 메에 소리를 내며 주춤거리고 걸어가면서 내가 특별한 총애를 받고 있다고 생각했는지 나에게 더러운 손가락을 들어 엿 먹으라고 욕하더군. 마지막 놈이 팔짝을 원숭이처럼 늘어뜨리고 나가자 어떤 교도관이 놈의 뒤통수를 세게 갈겨 주었지. 내가 스테레오를 껐을 때, 신부 놈은 계집애 옷처럼 온통 레이스가 달린 낡고 흰 사제복을 아직도 걸친 채로 담배를 피우면서 내 쪽으로 다가왔어. 그가 말하더군.

"꼬마 6655321번아, 늘 고맙구나. 오늘은 어떤 소식이 있니?" 난 알고 있었지. 사실 이 신부 놈은 교도소 선교계에서 거물이 되고 싶어서 교도소장으로부터 진짜 굳은 신임을 얻으려 했거든. 놈은 나한테서 이런저런 이야기를 얻다가, 종종 소장을 찾아가 죄수 놈들 사이에서 은밀히 꾸며지고 있는 음모를 고해바쳤어. 대부분 내 얘기는 꾸며 낸 것이지만 어떤 것은 진짜일 때도 있었지. 예를 들면 큰 몸집 해리만이 탈옥하려 한다는 소식이 우리 방의 수도관을 타고 똑똑 두드리는 신호로 전달된 적이 있어. 녀석은 밥시간에 교도관을 두들겨 팬 다음 옷을 뺏어 입고 나갈 계획이었지. 그리고 우리는 식당에서 끔찍한 음식에 대해 난동을 부릴 예정이었는데, 내가 그 사실을 미리 입수하고 신부 놈에게 말해 주었어. 그걸 소장에게 보고한 신부 놈은 그의 '공공 의식'과 '정보 수집력' 때문에 칭찬을 받았지. 그리고 난 이번에도 정보를 흘렸어. 이번 건 거짓말이었지.

"저, 관을 통해서 전달되었는데요, 마약이 평소와는 다른 경로를 타고 들어왔고, 5번 열 어딘가에 있는 방이 분배 중심지가 될 거예요." 내가 늘 그렇듯이 걸어가면서 얘기를 만들어 냈지만, 교도소 신부 놈은 아주 고마워하더군. "좋아, 좋아, 좋아. 내 그 얘기를 '그분'께 전하지." 여기서 '그분'이란 소장을 의미하는 것이지. 그래서 내가 말했어.

"전 최선을 다했어요, 그렇죠?" 지위가 높은 사람과 말할 때 나는 항상 매우 점잖은 목소리를 사용했지. "제가 애를 썼지요, 그렇죠?"

신부 놈이 대답했지. "내 생각으로는 너, 6655321번은 항상 애를 써 왔어. 너는 계속 도움을 주었고, 새사람이 되려는 진실한 의욕을 가지고 있지. 이런 식으로 계속한다면 넌 아무 문제 없이 감형을 받을 게야."

내가 물었지. "그런데 사람들이 얘기하는 그 새로운 방법은 어떤가요? 교도소에서 즉시 내보내 주고 다시는 되돌아오지 않게 해 주는 새 치료법은 어떤가요?"

"저런." 놈이 놀란 것처럼 말했지. "어디서 그런 얘기를 들었어? 누가 그런 얘기를 해 준 거야?"

"그런 얘기들은 돌아다니는 법이죠. 교도관 두 사람끼리 하는 말이라도 누군가는 엿듣지 않을 수가 없잖아요. 아니면 또 누군가 작업실에서 집어 든 신문 조각에 다 나오거나 하는 식이지요. 저를 그 일에 참가시키는 것이 어떠세요, 만약 제가 이렇게 주제넘은 제안을 할 수 있다면요."

이 말을 듣고 신부 놈은 담배를 피우는 동안 자신이 아는 것을 어느 정도 이야기해 줄까 궁리하면서 내 제안에 대해 생각하는 것처럼 보이더군. 그때 놈이 말했지. "**루도비코 요법**'에 대해 말하는 것 같구나." 놈은 몹시 걱정하던군.

"그걸 뭐라고 부르는지는 모르겠습니다. 단지 그게 교도소에서 빨리 나가게 해 주고 다시는 돌아오지 않게 한다는 것을 들었을 뿐이지요." 내가 대답했지.

"그렇지." 이렇게 말하면서 나를 내려다보는 그의 눈썹은 벌레처럼 찌푸려져 있었어. "그래, 그게 사실이지, 6655321번아. 물론 현재는 실험 단계다. 아주 간단하다만 매우 강력하단다."

"그렇지만 여기서는 사용하고 있잖아요, 그렇죠? 남쪽 벽 옆의 하얀색 건물들 말이에요, 신부님. 우리가 운동할 때 그 건물들이 지어지는 걸 보았거든요."

놈이 대답했지. "그 요법은 아직까지 사용된 적이 없어. 이 교도소에서도 말이야, 6655321번. '그분'도 그것에 대해선 깊이 회의하시거든. 나도 그 회의에 공감한다고 말해야겠구나. 문제는 그 요법이 과연 진짜로 사람을 선하게 만들 수 있는가 하는 것이지. 선함이란 내면에서 우러나오는 것이란다, 6655321번아. 선함이란 우리가 선택해야 하는 어떤 것이야. 선택할 수 없을 때는 진정한 인간이 될 수가 없는 거야." 놈이 이런 말을 계속 지껄일 수도 있었겠지만, 우리는 다음 순번 죄수 무리가 '종교'를 위해 철 층계를 내려오는 철컥철컥 소리를 들었지. 그러니까 신부 놈이 말하더군. "언제 좀 더 이야기를 해 보자. 자, 이젠 너의 자원봉사를 시작하는 게 좋겠다." 그래서 나는 낡은 스테레오로 가서 바흐의 **「'깨어나라' 합창 전주곡」**을 틀었고, 더럽고 구린내 나는 죄수들과 변태 자식들이 한풀 꺾인 원숭이처럼 우물쭈물 들어오자 교도관, 즉 간수 놈들이 소리치고 두들겨 패 대는 걸 보았지. 그러자 곧 교도소 신부 놈이 녀석들에게 물었어. "자, 이제 앞으로 어떻게 될까?" 여기가 바로 내가 여러분들에게 얘기를 처음 시작한 곳이지.

그날 아침 '재소자 종교 시간'은 네 번이었는데도 신부 놈은 루도비코 요법에 대해서 어떤 말도 더 하지 않더군. 스테레오 트는 일이 끝났을 때 놈은 고맙다고 몇 마디 했고, 난 구린내 나고 와글거리는 나의 집, 6번 열의 방으로 되돌려 보내졌지. 나를 끌고 간 간수 놈은 그렇게 나쁜 놈이 아니어서 문을 열 때 때리거나 차지는 않더군. 단지 이렇게 말했을 뿐이야. "여기, 다시 옛 구덩이로 돌아왔구나, 애야." 자, 나는 거기서 새로운 부류의 동무들과 같이 있게 되었는데, 모두가 죄질이 나쁜 범죄자들이었지만 하날님이 보우하사 변태는 아니었소. 조파라는 놈이 침대 위에 누워 있었는데, 바싹 마르고 갈색 피부를 가진 녀석이었고, 담배를 피워서 갈라진 목소리로 항상 주절주절 지껄여서 아무도 녀석의 말을 들으려 하지 않았지. 놈이 혼자서 떠드는 이야기란 다음과 같았어. "그 당시에는 말이야, 천만 개의 **아치볼드**를 준다고 해도 **포지**(그게 무슨 말이든지 간에.)를 구할 수가 없었기 때문에, 내가 한 일이란 터키 놈네로 가서 그날 스푸르그를 받았다고 말한 게 다였지."[17] 전부진짜 아주 오래된 범죄자들이 쓰는 은어였어. 또 '벽'이라는 외눈박이가 있었는데, 그놈은 일요일을 기념해서 발톱을 뜯고 있었지. 또 거기에는 '큰 유태인'이라는, 침대 위에 죽은 듯이 엎드려서 땀을 뻘뻘 흘리는 녀석이 있었어. 게다가 조존과 '의사 양반'이라는 놈들도 있었지. 조존은 성격이 잔인하고 날카롭고 끈질긴 놈으로 성범죄가 전문이었고, '의사 양반'은 매독이나 임질, 만성 임질 등을 낫게 해 준다며 물만 주사하거나, 약속한 대로 원하지 않는 짐을 없애 준다며 낙태 수술을 하다가 두 계집애를 죽여 버린 적도 있었어. 진짜 끔찍하게도 더러운 놈들이어서 같이 있는 것이 하나도 즐겁지 않았지, 여러분들이라도 그랬을 거야. 그러나 놈들과 같이 있는 것도 오래가지 않을 거였어.

지금 여러분들이 알았으면 하는 것은, 내가 있던 방은 지어졌을 때 원래 삼 인용이었지만, 그때 우리는 여섯 명이 땀을 흘리면서 딱 붙어서 지냈다는 사실이야. 그 당시에는 모든 교도소의 감방 상태가 똑같았는데, 사지를 펼 공간조차 없다

---

17) 스프루그(sproog)는 군대 은어로 신병을 의미한다(출처 Tony Thorne, *Dictionary Contemporary Slang*, p. 414.). 조파가 하는 말의 의미는 신병을 받아서 축하하려고 하는데 럼주(poggy)를 구할 수 없었다는 뜻이다. 조파의 은어들은 알렉스가 쓰는 나드샛(Nadsat)과는 달라서 알렉스가 이해를 하지 못한다.

는 것은 정말 말할 수도 없이 창피한 일이었어. 여러분들은 내가 지금 하는 이야기를 믿을 수도 없을 거야. 그건 놈들이 어느 일요일에 신참 하나를 우리 방에 집어넣어서 벌어진 일에 대한 이야기야. 그래, 우리 모두가 반죽 새알을 집어넣은 구린내 나는 스튜를 음식이라고 먹은 후에 침대에 앉아 조용히 담배를 피우고 있는데, 그놈이 우리 방에 집어넣어졌지. 놈은 턱이 튀어나왔고 말랐는데, 우리가 상황을 알기도 전에 바로 이놈이 불만에 찬 소리를 지르기 시작하더군. 놈은 철창을 흔들려고 애쓰면서 외쳤어. "나도 빌어먹을 권리라는 게 있다고, 이곳은 다 찼잖아, 이건 염병할 강압이라고, 그래 바로 그거야." 그랬더니 간수 한 놈이 돌아와서 녀석에게 적응해야 한다고, 누군가 허락하면 침대를 같이 쓰고, 그러지 않으면 바닥에서 자야 한다고 말하더군. 그리고 이렇게 덧붙였어. "상황은 나아지기보다는 더 나빠질 거야. 네놈들 모두가 범죄로 가득 찬 진짜 더러운 세상을 건설하려고 하니까."

2

그러니까 이 신참 놈이 입소한 게 내가 그놈의 국교를 나가
는 출발점이 되었어. 왜냐하면 아주 더럽고 추잡한 그놈은 말
싸움을 엄청 좋아해서 당장 그날로 문제를 일으켰으니까. 놈
은 또 뽐내기를 되게 좋아해서 우리 모두를 향해 조롱하는
낯짝을 지으며 제 자랑을 크게 떠들어 댔지. 자기만 유일한 진
짜 죄수라고 생각하는지 이런 일을 했다느니 저런 일을 했다
느니 또 한주먹으로 짭새 열 놈을 죽였다는 둥 허풍을 떨어
대더군. 그러나 아무도 감명받지 않았어. 그러자 놈은 내가 거
기서 제일 어렸기 때문인지 나에게 집적거리기 시작하면서 어
린놈이 바닥에서 자야 한다고 밀어붙이려고 했어. 그러나 다
른 녀석들이 모두 내 편을 들면서 소리쳤지. "걔를 내버려 둬,
이 더러운 자식아." 그러자 놈은 아무도 자기를 사랑하지 않는

다며 넋두리를 늘어놓았어. 그런데 그날 밤 잠에서 깨어나 보니까 이 더러운 자식이 세 번째 열의 맨 아래쪽에 있는 아주 좁은 내 침대에 나와 함께 누워 있더군. 놈이 사랑한다는 등 추잡한 말을 지껄이면서 내 몸을 만져 대는 거야. 진짜 열을 받은 나는 주먹을 휘둘렀어. 비록 조명이라고는 바깥의 층계참에 달려 있는 아주 조그만 빨간 등뿐이어서 잘 볼 수는 없었지만 난 이놈이 그 구린내 나는 녀석이란 것을 알고 있었고, 소란이 한창 벌어져서 불이 켜졌을 때는 주둥이에서 피가 흘러나오는 놈의 끔찍한 낯짝을 보았지.

물론 그 전에 내 감방 친구들이 모두 깨어나 거의 아무것도 보이지 않는 어둠 속에서도 놈을 된통 두들겨 패면서 동참을 했고, 그 소리가 결국 온 감방을 다 깨운 것 같더군. 그래서 고함과 양철 컵으로 벽을 두드리는 소리가 하도 요란하여 마치 온 감방의 죄수들이 큰 소동을 벌일 것 같았어. 불은 바로 그때 켜졌고, 간수 놈들이 큰 몽둥이를 흔들어 대며 윗옷도 입지 않은 채 바지와 셔츠와 모자 차림으로 들어오더군. 우리는 서로의 붉게 달아오른 낯짝과 주먹 쥔 손짝이 움직이는 것을 보았고, 고함과 욕설을 들었지. 내가 불만을 털어놓자, 모든 간수들은 아마도 여러분의 이 겸손한 화자가 싸움을 시작했을 것이라고 말하더군. 왜냐하면 내 얼굴에는 긁힌 자국 하나 없었지만 그 끔찍한 놈의 주둥이에서는 내 주먹질 때문에 붉은 피가 흘렀기 때문이지. 그게 나를 진짜 돌아 버리게 만들었어. 난 만약 그런 끔찍하고 더럽고 구린내 나는 변태 죄수들이 자느라 스스로 방어할 수 없는 나를 덮치게 '교도소 당국'

이 내버려 둔다면 그 방에서는 더 이상 하루도 자지 않을 것이라고 우겼지. 놈들이 말하더군. "아침까지 기다려. 각하께서 원하는 게 욕탕과 텔레비전이 딸린 독방이란 말이지? 자, 아침에 모든 것이 준비될 거야. 그러나 지금은, 어린 동무, 그 염병할 대갈통을 짚 베개에나 올려놓고 더 이상 말썽이 없도록 해. 알겠어, 알았어?" 놈이 모두에게 엄중하게 경고하고 가 버리자, 곧 불이 나갔고 나는 이 끔찍한 놈에게 말을 처음 걸면서 그날 밤 자지 않겠다고 말했지. "원하면 가서 내 침대를 차지해. 난 더 이상 미련이 없어. 네가 이미 그 구린내 나는 몸으로 더럽고 지저분하게 만들었으니까." 그러나 그때 다른 녀석들이 끼어들더군. '큰 유태인'이 아까 어둠 속에서 벌인 주먹질 때문에 땀을 흘리면서 말했어.

"봐줄 수가 없군, 형제들. 저 별 볼 일 없는 놈에게 지지 마, 알렉쓰."

그랬더니 그 신참 놈이 말하더군.

"찢어진 구멍이나 막아, 이 유태 놈아." 조용히 하라는 말이었지만 아주 모욕적이었지. 그래서 '큰 유태인'이 한 방 칠 준비를 했지. 그때 '의사 양반'이 말했어.

"자아, 여러분, 우리는 더 이상의 문제를 일으키고 싶지 않죠?" '의사 양반'이 아주 상류 사회 말투로 말했는데도 이 신참은 진짜 화를 자초하더군. 자기는 대단한 거물인데 여섯 명과 방을 같이 써야 하고 게다가 내가 허락할 때까지 바닥에서 자야 한다는 사실이 자신의 위엄에 상처를 입히는 일이라고 생각하는 것 같았어. 놈은 '의사 양반'의 말투를 조롱하듯이 따라 했지.

"오오, 당신들은 더 이상 문제를 일으키고 싶지 않다고요, 그런 말이지, 이 왕 불알 놈아?" 그 말에 잔인하고 날카로우면서 끈질긴 조존이 대꾸했지.

"잠을 잘 수 없다면, 교육이라도 좀 해 보자고. 우리의 이 신참 친구는 한 수 배워야 할 것 같아." 녀석은 비록 '성범죄' 전문이긴 해도 조용하면서도 정확하게 이야기하는 법을 알고 있었지. 그랬는데 그 신참 놈이 조롱하는 거야.

"재잘 조잘 주절, 이 별로 겁나지 않는 놈아." 그래서 그 모든 일이 진짜 시작되었지. 누구도 목소리를 높이거나 하지 않고 아주 이상하고도 조용하게 진행되었어. 처음에는 그 신참 놈이 소리를 좀 지르기는 하더군. 그러나 '큰 유태인'이 계단 참으로 비치는 조그만 빨간 등에 놈이 보일 수 있도록 철창에 붙잡고 있는 동안 '벽'이 놈의 주둥이를 갈기자 악악 비명을 질러 대더군. 대들려고 했지만 힘에 부치는 걸 보니 아주 센 놈은 아니었어. 놈이 요란히 떠들어 대고 또 허풍을 떠는 게 이런 약점을 보충하기 위해서라는 생각이 들더군. 하여튼 붉은 조명 아래 낯익은 붉은 피가 흐르는 것을 보니 옛날의 기쁨이 속에서 솟아났지.

"자, 이제 놈을 내게 맡겨 줘, 형제들. 그놈은 이제 내 차지라고." 그랬더니 '큰 유태인'이 말했지.

"짜, 짜, 야들아, 그만 됐쓰. 알렉쓰, 그놈을 늘씬 패 주라고." 내가 놈을 어둠 속에서 두들겨 패는 동안 녀석들은 주변을 둥그렇게 둘러쌌지. 난 끈도 죄지 않은 부츠를 신고 이리저리 움직이면서 놈의 여기저기에 주먹을 날렸고, 발을 걸었더니 놈이 바닥으로 쿵 소리를 내며 넘어지더군. 마지막으로 놈의 대갈통을 된통 세게 갈겨 주었더니 놈은 악 하는 소리를 내면서 잠에라도 빠져드는 듯이 그르렁 비슷한 소리를 냈는데, 그때 '의사 양반'이 말했지.

"아주 좋아, 그걸로 충분한 교육이 되었을 거야." 그러면서 눈을 가늘게 뜨고 바닥에 뻗은 놈을 내려다보았지. "미래에 더 나은 아이가 되는 꿈을 꾸게 두자." 그래서 우리 모두는 아주 지쳐서 각자의 침대로 기어 올라갔지. 아 여러분, 나는 수백 명의 강인한 사람들로 이루어진 아주 큰 교향악단 속에 있는 꿈을 꾸었는데, 지휘자는 루트비히 판과 헨델을 섞어 놓아 귀가 먹고 눈이 멀어 세상에 싫증이 난 것 같은 사람이었지. 난 관악기를 불고 있었지만, 내가 연주하는 악기는 사람의 살로 만들어졌는데, 내 몸, 즉 내 배 한가운데서 자라난 연분홍빛의 바순이었어. 그걸 불 때마다 간지러워서 난 하하 웃어야만 했는데, 그 탓에 루트비히 판 G. F.[18]는 기분이 상하고 열을 받았지. 그러자 놈은 바로 내 낯짝까지 다가와서 귀에다 소리를 질렀고, 그 순간 난 땀을 흘리면서 잠에서 깨어났지. 물론 실제 그 요란한 소리는 교도소의 벨이 따르릉따르릉 울리는 소리였어. 추운 겨울 아침이었고 내 눈탱이는 온통 눈곱으로 지저분했는데, 눈꺼풀을 밀어 올리니 우리 같은 감방 안

---

18) G. F.는 헨델의 이름 게오르크 프리드리히의 이니셜. 루트비히 판 G. F.는 베토벤과 헨델의 이름을 결합한 것이다.

을 비추는 전등 빛에 눈깔이 시렸어. 아래를 내려다보니 바닥에 누운 신참이 보였는데, 놈은 피를 흠뻑 흘린 채로 멍이 들어서 아직도 깨어나지 않았더군. 어젯밤의 기억이 나서 좀 웃었지.

그러나 내가 침대에서 일어나 맨발로 놈을 건드렸을 때 딱딱하고 차게 느껴지더군. 그래서 '의사 양반'의 침대로 가서 놈을 흔들어 깨웠는데, 녀석은 아침에는 항상 꾸물대며 일어나곤 했어. 그러나 이번에는 잽싸게 일어났고, 죽은 듯이 자고 있는 '벽'을 제외하고는 다른 놈들도 마찬가지였지. '의사 양반'이 말했지. "아주 불행한 일이야, 심장마비, 그게 틀림없어." 그러고는 우리 모두를 둘러보면서 말하더군. "당신들, 이 사람을 그렇게 잡는 게 아니었는데. 진짜 잘못 생각한 거라고." 그때 조존이 말했지.

"이봐, 이봐, 의사 양반, 당신도 놈을 몇 대 쥐어박는 일에 완전히 물러서 있던 것은 아니잖아." 그러자 '큰 유태인'이 나를 보면서 말했지.

"알렉쓰, 네가 너무 흥분했어. 네 마지막 발길질이 진짜 씸했어." 이 말에 화가 나기 시작해서 내가 소리쳤지.

"누가 시작했는데, 응? 난 단지 막판에 참가했을 뿐이야, 그렇잖아?" 난 조존을 가리키면서 말했지. "그건 네 생각이었어." '벽'이 코 고는 소리가 좀 더 크게 들리더군, 그래서 내가 말했지. "저 구린내 나는 자식을 깨워. 여기 '큰 유태인'이 그놈을 철창에 누르고 있는 동안 놈의 주둥이를 때린 건 바로 저놈이잖아." '의사 양반'이 말했지.

"아무도 저 녀석을 좀 주물렀다는 사실을 부정하지는 않아, 그건 녀석에게 교훈을 주기 위해서였지. 그러나 분명한 것은 애야, 네가 젊은 혈기에, 그리고 이 말을 해야겠다만, 조심하지 않아서 끝장을 냈던 것이지. 정말 안된 일이야."

"배신자들, 배신자들, 거짓말쟁이들." 내가 소리쳤지. 왜냐하면 지금 상황이 그전, 그러니까 이 년 전에 친구라는 놈들이 날 그 야만적인 짭새들의 손에 넘긴 그때와 같다는 것을 알았기 때문이지. 아, 여러분, 이 세상 어디에도 사람에 대한 믿음이란 있을 수 없어, 내가 보기에는 말이야. 조존이 가서 '벽'을 깨우자 놈은 다짜고짜 신참을 심하게 때려서 그 잔인한 일을 저지른 게 바로 여러분의 겸손한 화자라고 우겼지. 간수들이 오고, 또 간수장이 오고, 마침내는 교도소장이 몸소 왔을 때도 내 방 동무들은 모두 나를 가리키며 피범벅으로 자루처럼 바닥에 누워 있는 쓸모없는 변태를 죽이기 위해서 내가 어떻게 했나 시끄럽게 떠들어 댔어.

참 이상한 날이었어, 여러분. 주검이 실려 나갔고 교도소의 모든 죄수들은 다음 명령이 있을 때까지 감방 안에 갇혀 지내야 했지. 차 한잔은 물론 음식 또한 주어지지 않았어. 우리 모두는 그냥 앉아 있었고, 교도관들, 즉 간수들은 복도를 왔다 갔다 하더군. 어느 감방에서 속삭이는 소리라도 들으면 종종 소리치기도 했어. "조용히 해." 또는 "입 구멍 봉해."라고 말했지. 그리고 아침 11시경 감방 밖에서는 긴장감과 흥분, 그리고 공포의 구린내가 퍼지더니, 교도소장과 간수장을 비롯하여 아주 중요하게 보이는 놈들이 미친 듯이 지껄이면서 엄청 잽싸게 걸어가는 것을 보았어. 놈들이 곧바로 복도 제일 끝으로 간 다음 다시 되돌아오는 소리가 나더군. 이번에는 좀 천천히 걸어왔지. 땀을 많이 흘리는 뚱뚱한 금발의 교도소장이 말하는 게 들렸어. "그렇지만요." 또는 "그럼 어떻게 조처를 해야 하지요?" 그때 그 무리 전부가 우리 방 앞에서 멈추더니 간수장이 문을 열더군. 단박에 누가 가장 중요한 인물인지를 알아볼 수 있었는데, 놈은 무척 큰 키에 파란 눈을 가졌고 아주 근사한 옷을 입고 있었지. 진짜 최첨단 유행인 데다가 내가 본 것 중에 가장 멋있는 양복이었어. 놈은 우리 불쌍한 죄수들을 뚫어져라 쳐다보더니 진짜 우아하고 교양 있는 말투로 말하더군. "현 정부는 과거의 형벌 이론에 더 이상 관심이 없소. 범죄자들을 한곳에 몰아넣자 어떤 일이 일어나는지 보시오. 결과는 집중된 범죄, **처벌을 받는 중 저지르는 범죄**일 뿐이오. 곧 우리는 정치범을 수용할 공간이 필요할지도 모르겠소." 이런 말들을 다 알아듣지는 못했지, 하여튼 나한테 말한 게 아니었으니까, 뭐. 놈은 또 말을 이었지. "이런 불미스러운 무리(진짜 범죄자들이면서도 자기 죄를 인정하지 않는 놈들로서, 물론 나를 포함하는 말이었지.)와 같은 일반 범죄자들은 순수한 치료 차원에서야 가장 잘 다루어질 수 있소. 범죄 생리를 없애 버리는 것, 바로 그것이지. 일 년이란 기간 안에 완벽히 처리되지. 알다시피 처벌이란 저들에게는 아무 의미가 없소. 저들은 소위 자기들의 처벌을 즐길 테니까. 서로를 죽이기 시작할 거란 말이지." 그러더니 놈은 파란 눈으로 나를 근엄하게 바라보았지. 그때 내가 대담하게 나섰어.

"외람되게도 저는 지금 선생님 말씀에 완전히 반대합니다. 저는 일반 범죄자도 아니고 불미스럽지도 않습니다. 다른 사람들은 불미스러울지 몰라도 저는 아닙니다." 그때 간수장이 얼굴을 붉히면서 소리쳤어.

"염병할 주둥이 좀 닥쳐라. 이분이 누구신지 몰라?"

"됐소, 됐어." 그 큰 놈이 말했지. 그러더니 소장을 향해 돌아서서 말하더군. "얘를 첫 케이스로 삼으면 되겠어. 젊은 데다 대담하고 사악하니까. 내일 브로드스키가 얘를 치료할 것이니 가서 앉아 그가 하는 일을 보시오. 효과를 제대로 낼 테니, 걱정하지 마시오. 이 사악한 어린 깡패는 몰라보게 변하게 될 것이오."

여러분, 이런 고약한 말들이 내가 자유를 얻게 되는 시작이 된 거야.

3

바로 그날 저녁 난 성스럽고 성스러운 사무실에 계시는 소장을 만나러 야만적으로 패 대는 간수 놈에게 점잖게 끌려갔지. 소장은 걱정스러운 눈길로 나를 보더니 말했어. "너, 오늘 아침 그분이 누구였는지 모르지, 6655321번?" 모른다고 대답하기도 전에 말해 주더군. "그분은 다름 아닌 내무부 장관님인데, 새로 취임하셨고 국민들이 새 일꾼이라고 부르는 분이시지. 자, 마침내 이런 말도 되지 않는 생각들이 현실로 다가왔군. 명령은 명령이니까. 하지만 네게만 말하는데, 난 이런 일에 동의를 하지 않는다. 내가 제일 강하게 반대했을 거다. 눈에는 눈으로 응징해야 한다고 했지. 누가 너를 때리면 너도 반격을 하겠지, 그렇지 않겠나? 그런데 너 같은 야만적인 깡패 놈들에게 정말 심하게 타격을 받은 국가는 왜 반격을 할 수 없다는 게야? 그러나 이 새로운 견해에 따른다면 안 된다는군. 새로운 견해에 따르면 악당을 착한 사람으로 바꿔야 한다는 거지. 이 모든 이야기가 나한테는 정말 부당하게 들려. 그렇지?" 그래서 나는 존경심을 보이고 이해해 주려고 노력하면서 말했지.

"그렇습니다." 그때 소장 의자 뒤에 벌건 얼굴로 퉁명스레 서 있던 간수장이 소리쳤어.

"더러운 주둥아리 다물어, 이 쓰레기야."

"괜찮아, 괜찮다고." 피곤해 지친 소장이 말했지. "너, 6655321번은 새사람이 될 게다. 내일 너는 브로드스키라는 사람에게 보내질 거야. 아마 넌 두 주가 조금 지나서 교도소를 나가게 되겠지. 두 주가 지나면 번호로 불리는 죄수가 아니라 다시 저 넓은 자유 세상에 나가 있을 거라고." 그리고 콧방귀를 뀌더니 물어보는 거야. "그런 미래가 즐거우냐?" 내가 아무 대답도 안 했더니 간수장이 소리치더군.

"대답해, 이 더러운 악당아, 소장님이 너에게 질문을 하실 때는 말이야." 그래서 대답했지.

"그렇고말고요. 정말 감사합니다. 전 여기서 진짜 최선을 다했지요, 진짜로요. 신경 써 주신 모든 분들께 감사드려요."

"그럴 필요 없어." 소장이 한숨을 쉬면서 말했지. "이것은 보상이 아니다. 보상과는 거리가 먼 일이야. 자, 여기 서명할 서류가 있다. 거기엔 네 남은 복역 기간을, 우스꽝스런 표현이지만, '갱생 요법'으로 대체할 것이라고 쓰여 있다. 서명하겠나?"

"물론 서명하겠습니다. 정말 감사합니다." 내가 대답했지. 그리고 펜을 받자 나는 이름을 멋있게 갈겨서 서명했어. 소장이 말했지.

"좋아. 그게 다야, 내 알기로는." 그때 간수장이 말하더군.

"교도소 담당 신부가 애와 말을 나누길 바랍니다." 그래서 나는 날개 동 예배당을 향해 복도를 이리저리로 돌아 인도되었지. 그러는 내내 간수 한 놈에게 등짝과 대갈통을 맞았지만, 녀석이 졸리고 심심해서 때린 거라 아프지는 않았어. 예배당 안을 지나 조그만 신부실로 인도되어 안으로 들어갔지. 신부 놈이 책상에 앉아 있었는데, 비싼 담배와 위스키에서 나는 고급스럽고 남성적인 냄새가 물씬 나더군. 놈이 말했지.

"아, 6655321번, 애야, 앉아라." 그리고는 간수들에게 말했지. "나가서 기다리겠소?" 놈들은 그 말을 따랐어. 그리고 신부 놈은 아주 진지하게 나한테 말했지. "한 가지 네가 알았으면 하는 점은 이 일이 나랑은 관계가 없다는 것이다. 시기가 적절했다면 내가 이 일에 대해 항의를 했을 테지만, 그러지 못했다. 나 자신의 장래에 대한 문제도 그렇고, 또 정치권의 강력한 인사들에 비해서는 목소리가 약하다는 문제도 있단다. 알아듣겠니?" 알아듣지는 못했지만 그렇다고 고개를 끄덕였지. "매우 어려운 윤리적인 문제가 걸려 있단다." 놈이 계속 말하더군. "너는 착한 아이로 만들어질 거다, 6655321번, 애야. 결코 다시는 폭력을 휘두르고 싶거나 국가의 평온을 해치는 어떤 일도 저지를 욕망이 일어나지 않을 거다. 난 네가 그것을 모두 고려하면 좋겠다. 그 점에 대해 너 스스로 진짜 분명하게 하면 좋겠구나." 내가 말했지.

"오, 착하게 된다는 것은 좋은 일이겠죠." 여러분, 난 속으로는 진짜 큰 소리로 웃었지. 놈이 말했어.

"착하게 되는 것이 좋지 않을지도 모른다, 6655321번아. 착하게 된다는 것은 끔찍한 일일 수도 있어. 말하고 보니 자기 모순이라는 생각이 드는구나. 이번 일 때문에 나는 며칠 동안 잠 못 들어 할 거야. 신은 무엇을 원하시는 걸까? 신은 선 그 자체와 선을 선택하는 것 중에서 어떤 것을 원하시는 걸까? 어떤 의미에서는 악을 선택하는 사람이 강요된 선을 받아들여야 하는 사람보다는 낫지 않을까? 심오하고 어려운 질문들이구나, 6655321번아. 내가 하고·싶은 말은 바로 이것이다. 언젠가 훗날에 네가 지금 이 순간을 되돌아보고 신의 종 복 중에서 가장 낮고 미천한 나를 기억하게 되면, 너에게 일어날 일에 내가 어떤 식으로든 관계가 되어 있다고 해서 제발 나를 나쁘게 생각하지는 말아 다오. 그리고 기도에 대해서 말하자면, 너를 위한 기도가 소용이 없을 것이라는 사실을 슬프게도 깨달았다. 넌 지금 기도의 힘이 닿지 않을 곳을 향해 다가가는 것이란다. 생각만 해도 아주 끔찍한 일이군. 그러나 어떤 의미에서는, 윤리적인 선택을 내릴 수 있는 능력을 제거당하겠다는 선택을 내릴 때, 넌 진짜로 선을 선택한 것이겠지. 난 그렇게 생각하고 싶구나. 신이 우리 모두를 돌보시겠지, 6655321번, 난 그렇게 생각하고 싶다." 그러고서는 울기 시작하더군. 그러나 난 그리 크게 개의치 않았고, 속으로 조용히 웃을 따름이었지. 왜냐하면 놈이 계속 위스키를 마셨다는 것을 알았고, 거기다 그때 책상 서랍에서 한 병을 꺼내 기름이

낀 더러운 잔에다 엄청난 양을 따라 부었기 때문이야. 그걸 마시고 나서 놈이 말하더군. "모든 일이 잘될지도 몰라, 누가 알아? 신은 신비한 방식으로 역사하시니까." 그러고는 진짜 크고 우렁찬 목소리로 찬송을 부르기 시작했어. 그러자 문이 열리더니 나를 구린내 나는 감방으로 데려가려 했지만, 신부 놈은 계속 노래를 부를 뿐이었지.

그다음 날 난 낯익은 교도소에 작별을 고해야 했고, 익숙해진 장소를 떠나야 할 때면 항상 그렇듯이 조금 슬프게 느껴지더군. 그러나 멀리 간 것은 아니었어, 여러분. 나는 우리들이 맞고 차이면서 운동을 하던 마당 바로 너머에 있는 흰 신축 건물로 끌려갔던 거지. 아주 새 건물이었고, 사람을 왕창 으스스하게 만드는 차가운 접착제 냄새가 진하게 났지. 난 끔찍하게도 넓지만 휑한 로비에 서 있었는데, 아주 민감한 내 주둥이, 즉 코로 새로운 냄새를 알아챘지. 그건 병원 냄새였고, 간수들이 날 넘겨준 놈은 마치 병원에서 일하는 듯이 하얀 가운을 입고 있었어. 녀석이 나를 인수하는 서명을 했을 때, 나를 데리고 온 야만적인 간수 중의 하나가 말했지. "이 녀석을 주의하셔야 합니다. 진짜 야수 같은 놈이었고 또 앞으로도 그럴 것입니다. 비록 교도소 신부님에게 알랑거리고 성경을 읽었지만요." 그런데 이 새로운 녀석은 크고 파란 눈으로 눈웃음을 지으며 말하더군.

"저런, 우리는 어떤 어려움이 있을 거라고 기대하지 않는데요. 우리 잘 지낼 수 있지, 그렇지?" 놈이 눈으로 웃으면서 크지만 우아한 주둥이를 벌려 반짝이는 하얀 이빨을 가득 드러

냈고, 나는 그 즉시 이 녀석을 좋아하게 되었지. 하여튼 놈은 똑같이 흰 가운을 입은 좀 덜 중요한 녀석에게 나를 넘겨주었는데, 이 녀석 또한 친절했어. 그리고 나는 커튼이 달리고 침대 옆에 등이 있는, 단 하나의 침대만이 있는 아주 하얗고, 깔끔하고, 좋은 방으로 인도되었는데 이 모든 것이 다 여러분의 겸손한 화자를 위한 것이었지. 난 그것을 보고 스스로 진짜 운 좋은 놈이라 생각하면서 마음속에서 크게 웃었지. 끔찍한 죄수복을 벗으라는 지시가 있었고, 진짜 아름다운 파자마 한 벌을 주더군. 여러분, 그것은 초록빛 단색으로 된 한창 유행하는 잠옷 종류였지. 따뜻하고 훌륭한 가운과 맨발을 집어넣을 좋은 슬리퍼도 받게 되자 이런 생각이 들더군. '야, 이 알렉스 녀석아, 전에는 어린 6655321번이었지만 이젠 운 좋게도 아무 실수 없이 감형을 받게 되었구나. 여기서 정말 즐겁게 지낼 거야.'

진짜 좋은 커피 한 잔과 그걸 마시는 동안 읽을 지난 신문과 잡지까지 함께 지급받은 후에, 흰 가운을 입은 녀석이 들어왔는데, 나를 인수하면서 서명했던 바로 그놈이었고 알은체를 하더군. "아하, 바로 너구나." 그건 좀 멍청한 말이었지만 그때는 멍청하게 들리지 않았지, 녀석이 나한테 친절했으니까. "내 이름은 브래넘 박사란다. 난 브로드스키 박사의 조수야. 네가 괜찮다면 간단한 일상 종합 진단을 하겠다." 그러고는 오른쪽 주머니에서 청진기를 꺼내면서 말했지. "우리는 네가 건강하다는 사실을 확신해야만 해, 그렇지? 그럼, 그렇고말고." 놈이 파자마 윗도리를 벗고 누운 나를 여기저기 살펴보는 동안, 나는 질문했어.

"정확히 무슨 일을 하시려는 거지요?"

브래넘 박사가 차가운 청진기를 내 등 아래에 대면서 말했지. "실은 아주 간단해. 우리는 네게 영화 몇 편을 보여 줄 거야."

"영화라고요?" 내가 되물었지. 귀를 믿을 수가 없었어, 여러분도 다들 이해하겠지만. 내가 말했지. "그게 그냥 영화 보러 가는 것 같다는 말씀인가요?"

"특별한 영화들이지." 브래넘 박사가 대답했어. "매우 특별한 영화들이야. 오늘 오후에 첫 번째 시간이 있을 거야." 내 쪽으로 구부렸던 몸을 세우면서 놈이 말했지. "그래, 넌 참 건강한 아이 같구나. 약간 영양 부족이기는 하다만. 그건 아마 교도소 음식 탓이겠지. 파자마 윗도리를 다시 입어라." 놈이 침대 모서리에 걸터앉고는 말했지. "매 식사 후마다 우리는 네 팔에 주사를 놓을 거다. 그게 도움이 될 거야." 난 아주 친절한 브래넘 박사에게 진짜로 고마움을 느꼈지. 내가 물었어.

"비타민인가요?"

"그런 종류지." 이렇게 대답하면서 놈은 진짜 환하고 정답게 웃더군. "그냥 매 식사 후마다 맞는 팔 주사야." 그리고 놈은 밖으로 나갔지. 나는 침대에 누워서 이게 진짜 천국이라고 생각하며 놈들이 준 잡지 몇 가지, 《월드스포츠》, 영화 잡지인 《시니(Sinny)》나 《교도소》를 읽었지. 그리고 침대에 등을 기대고 누워 눈을 감고 다시 바깥세상으로 나가면 얼마나 좋을까 생각했어. 나, 알렉스는 낮 동안에 편한 직장에서 일하는 거야. 학교를 다니기에는 나이가 많으니까. 그리고 아마도 밤 시간을 위해서는 새로운 패거리를 모아야겠지. 우선 할 일은 딤과 피트 녀석을 잡는 거야. 아직도 짭새 놈들에게 붙들리지 않았다면 말이야. 이번에는 짭새 놈들에게 걸리지 않도록 조심해야지. 살인 같은 짓을 저질렀는데도 진짜 착한 사람으로 만들 영화를 보여 주면서까지 또 한 번의 기회를 주는 놈들에게 다시 붙잡히는 것은 도리가 아니란 말이야. 나는 놈들이 순진하다는 생각에 한바탕 웃었고, 점심이 쟁반에 놓여 들려왔을 때에는 대갈통이 떨어져 나가라 웃었지. 그걸 가져온 놈은 내가 여기 들어왔을 때 이 멋있는 침실로 안내해 준 녀석이었는데, 이렇게 말하더군.

"누군가 행복해하는 모습을 보는 것은 기분 좋은 일이야." 놈들이 쟁반에 차려 놓은 것은 진짜 입맛을 당기는 음식이었어. 으깬 감자와 야채를 곁들인 뜨끈한 구운 소고기 두어 점, 그리고 아이스크림과 따뜻한 차 한 잔도 있었지. 심지어 담배와 성냥이 한 개비만 들어 있는 성냥갑도 있었어. 그러니까 여러분, 그게 바로 사람 사는 것이라고 할 만한 거지. 그리고 침대에 누워서 꾸벅꾸벅 존 지 한 30분 정도 지나자 한 여자 간호사가 들어왔어. 내가 이 년 동안 본 적이 없는 진짜 멋있고 삼삼한 젖가슴을 가진 젊은 계집애였는데, 피하 주사기를 담은 쟁반을 들고 왔더군. 내가 말을 걸었지.

"아하, 낯익은 비타민이군, 그렇죠?" 그러고 윙크를 했지만 전혀 신경 쓰지 않더군. 그 계집애는 주삿바늘을 내 왼팔에 찔러 넣었을 뿐이었고, 비타민은 쉭 하는 소리를 내며 안으로 들어갔지. 계집애는 곧장 하이힐을 신은 발로 딸각딸각 소리를 내면서 나가더군. 그다음 남자 간호사로 보이는 흰 가운을 입은 녀석이 휠체어를 밀고 들어왔지. 그걸 보고는 좀 놀라서 내가 물었어.

"이게 뭐요, 형씨? 난 어디든 걸어갈 수 있다고." 그러자 놈이 대답했지.

"내가 밀고 가는 게 제일 나을걸." 아니, 정말로 침대에서 나오니 힘이 좀 빠져 버린 걸 알게 되었어, 여러분. 그건 브래넘 박사 말대로 영양 부족이었고, 모든 게 그 끔찍한 감옥 음식 때문이지. 그렇지만 식사 후 맞은 주사가 내 건강을 돌려줄 거야. 나는 거기에 대해서 의심할 여지가 전혀 없다고 생각했었지.

4

내가 휠체어를 타고 실려 간 곳은, 여러분, 전에는 본 적이 없는 종류의 영화관이었어, 정말이야. 한쪽 벽은 은빛 스크린으로 덮여 있었고 그 반대편은 영사기가 영상을 비출 수 있도록 네모난 구멍들이 뚫린 벽이 있더군. 또 스테레오 스피커가 여기저기 붙어 있었지. 그리고 오른쪽 벽을 등지고 조그만 계기판들이 달린 작업대가 있었고, 통로 중앙에는 스크린을 바라보는 쪽으로 치과 의자 같은 것이 있었는데, 거기서 아주 긴 전선들이 나와 있더군. 나는 휠체어에서 그 의자로 기다시피 옮겨 앉아야 했는데, 흰 가운을 입은 남자 간호사 놈들의 도움을 받았어. 그때 나는 영사기 구멍 아래가 반투명 유리라는 것을 눈치챘는데, 그 뒤로 사람 같은 것이 움직이는 듯했고 또 누군가 콜록콜록 기침하는 소리를 내는 것 같았지. 그러나 그때 내가 힘이 너무 없는 것 같다는 사실을 알아차렸는데, 그게 다 교도소 음식이 영양가가 풍부한 새 음식으로 바뀌었고, 또 비타민 주사를 맞은 탓이라고 생각했어. 그때 휠체어를 끌어 준 녀석이 말하더군. "자, 난 지금 갈게. 브로드스키 박사님이 오시면 영화가 시작될 거야. 좋은 시간 되라고." 여러분, 솔직히 나는 그날 오후에 영화를 보고 싶은 마음이 전혀 없었어. 그럴 기분이 아니었지. 그럴 수만 있다면 차라리 혼자서 조용히 침대에 누워 잠이나 자고 싶었어. 기운이 빠져 있었으니까.

그때 흰 가운을 입은 한 녀석이 따로 내 대갈통을 머리 받침에 묶었는데, 녀석은 내내 무슨 형편없는 구린내 나는 노래를 부르더군. "이건 뭐요?" 내가 물었지. 놈이 노래를 잠시 멈추고 대답하기를, 그게 대갈통을 고정시켜서 내가 영화를 보게 만드는 것이래. 그래서 내가 말했지. "그렇지만 난 진짜로 영화를 보고 싶은데요. 영화를 보려고 여기에 불려 왔으니 영화를 볼 거예요." 그러자 흰 가운을 입은 다른 세 놈, 그중 하나는 계기판이 달린 작업대에 앉아서 기계를 만지는 계집애였는데, 모두 내 말을 듣고는 웃으면서 말했지.

"어떻게 될지 모르지. 암, 어떻게 될지 몰라. 우리를 믿게, 친구. 이렇게 하는 편이 나아." 그러고 나서 놈들이 내 손짝을 의자 팔걸이에 묶고 발은 발걸이에 맨 것을 알았지. 미친 짓처럼 보였지만 놈들이 하고 싶은 대로 하게 내버려 두었어. 이 주후에 자유로운 젊은이가 되려면 그동안은 꾹 참아야 했거든. 놈들이 내 이마에 집게 같은 것을 달았을 때는 정말 싫더군.

눈꺼풀을 위로 잡아 당겨서 아무리 애를 써도 눈을 감을 수 없게 만든 거였지. 나는 웃으려고 하면서 말했어. "이건 무시무시하게 좋은 영화인가 봐요, 댁들이 내가 그걸 보도록 이렇게 노력하는 걸 보니." 흰 가운들 중 하나가 웃으며 대답했지.

"무시무시하다는 말이 맞아, 친구. 말 그대로 무서운 공포 영화지."[19] 그러자 내 대갈통에는 모자 같은 것이 씌워졌고 나는 거기에서 삐져나온 온갖 전선들을 볼 수 있었지. 놈들은 흡입판처럼 생긴 것을 내 배와 심장에 붙였는데 거기에도 전선들이 붙어 있더군. 그때 문 여는 소리가 들렸는데, 흰 가운을 입은 조수 놈들의 온몸이 뻣뻣이 굳는 것으로 봐서 누군가 아주 중요한 놈이 들어오고 있다는 것을 알 수 있었어. 그때 나는 이 브로드스키 박사라는 치를 보았지. 놈은 작고 아주 뚱뚱했는데, 곱슬머리가 대갈통을 덮고 뭉툭한 코에 굉장히 두꺼운 안경을 걸쳤더군. 놈은 진짜 좋은, 완전히 최첨단 유행의 양복을 입은 데다, 수술실에서 나는 아주 미묘한 냄새를 풍겼지. 놈 곁에는 브래넘 박사가 있었는데, 내 자신감이라도 북돋아 주려는 듯 활짝 웃고 있었어. "다 준비되었나?" 브로드스키 박사가 거친 숨소리처럼 들리는 목소리로 물었지. 그때 나는 멀리서 "그렇습니다." 하는 대답을 들었고, 이어서 무언가의 전원이 켜진 것처럼 조용하지만 윙윙거리는 소리가 났지. 바로 그때 불이 나갔고 어둠 속에 여러분의 겸손한 화자

---

19) 간호사는 알렉스의 은어 'horrorshow(삼삼한)'를 공포 영화로 오해하고 있다.

이자 친구는 혼자서, 겁먹은 채로 완전히 혼자서, 움직이거나 눈을 감을 수도 없이 꼼짝도 못 하고 있었어. 그때, 여러분, 아주 날카롭고 불협화음으로 가득 찬 시끄러운 배경 음악이 스피커에서 나오면서 영화가 시작되었지. 그러자 스크린에는 화면이 나타났지만, 제목이나 누가 만들었다는 말은 없더군. 첫 장면은 길이었는데, 어떤 도시의 길이라도 될 수 있을 것 같았지. 아주 깜깜한 밤에 가로등만 비치고 있었어. 그건 전문가가 만든 영화처럼 아주 훌륭했는데, 뒷골목 누군가의 집에서 트는 상태 나쁜 영화에서의 떨림이나 얼룩이 없더군. 그리고 내내 음악이 울렸는데, 아주 음울한 음악이었지. 그러더니 한 노인이 길을 따라서 나타났는데, 아주 늙어 빠졌더군. 젊은 두 녀석들이 늙은이에게 달려들었어. 그 장면은 당시를 보여 주는 것이어서 놈들은 최첨단 유행에 따라 옷을 입었는데, 그때도 짝 달라붙는 바지를 입기는 했지만 더 이상 크라바트가 아니라 진짜 넥타이에 가까운 것을 매고 있었지. 놈들이 늙은이를 패기 시작했어. 늙은이가 비명을 지르고 신음하는 소리를 들을 수 있었는데, 아주 사실적이었지. 심지어는 때리고 있는 두 놈들의 거친 숨소리와 헐떡이는 소리까지 들을 수 있을 정도였어. 놈들은 늙은이를 묵사발로 만들었는데, 주먹으로 퍽퍽 때리고, 옷을 찢어 버리고, 도랑의 더러운 흙탕 속에서 피를 흥건히 흘리고 있는 늙은이의 벌거벗은 몸을 발로 차는 것으로 마무리를 짓더니 아주 잽싸게 도망쳐 버리더군. 그러고는 이 두들겨 맞은 늙은이의 대갈통이 확대되자 피가 아름다운 붉은색으로 흐르고 있었지. 참 우습게도 실제 세상의 색깔들은 영화 화면으로 볼 때만 정말 진짜로 보이는 법이야.

그런데 이걸 계속 보고 있는 동안 난 몸이 아주 좋은 상태가 아니라는 걸 깨닫기 시작했고, 그 이유를 영양 부족으로, 또 내가 먹기 시작한 영양가 풍부한 음식과 비타민을 아직 받아들일 준비가 안 된 위장 탓으로 돌렸어. 그리고 휴식 없이 연속으로 진행되는 다음 영화에 집중하면서 잊어버리려고 했지. 이번 영화는 곧바로 한 계집애를 보여 주었는데, 걔는 첫째 놈, 그다음 놈, 또 그다음 놈, 또 그다음 놈에게 당하고 있었지. 비명이 스피커를 통해서 아주 크게 들렸고, 동시에 아주 슬프고 비극적인 음악이 흘러나왔지. 그건 진짜, 정말 진짜였어. 비록 앞뒤를 따져 생각해 보면 아무리 영화 속이라지만 이 모든 일을 당하겠다고 실제로 동의하는 사람이 있을 리가 없지. 또 이런 영화들이 '선량한 사람들'이나 '국가'에 의해 만들어졌다면 거기서 벌어지는 일에 간섭하지 않고 영화를 찍게 내버려 두었다고 믿을 수도 없고 말이야. 그러니까 사람들이 삭제니 편집이니 하는 기술이 아주 뛰어났던 게 분명해. 왜냐하면 그 영화는 정말 진짜였으니까. 여섯째인가 일곱째 놈이 음탕한 눈길로 웃으면서 그 짓을 하는 장면에서 계집애는 미친 듯이 소리를 질렀는데, 그때 나는 토하고 싶어졌어. 온몸이 아팠고, 토하고 싶은 동시에 또 토하고 싶지 않았고, 의자에 꽉 묶여 있어서 괴로워지기 시작했어. 영화가 끝났을 때, 브로드스키 박사의 목소리가 조절 장치 옆에서 들렸지. "12.5 정도의 반응이라고? 기대되는군, 기대돼."

그 후 또 다른 영화가 바로 시작되었는데, 이번에는 사람의 낮짝, 창백한 인간의 고정된 얼굴이 나왔고 아주 잔혹한 일들을 당하고 있었지. 배 속의 고통, 엄청난 갈증과 함께 대갈통이 쿵쿵거리기 시작한 나는 땀을 좀 흘리면서, 이 영화를 안 볼 수만 있다면 그렇게 아프지 않을 거라는 생각이 들더군. 그러나 눈탱이를 닫을 수가 없었고, 심지어 보지 않으려고 눈깔을 사방으로 돌렸지만 이 영화 속의 포격에서 벗어날 수 없었어. 그래서 난 벌어지고 있는 일을 보아야 했고 또 영화 속 낮짝에서 흘러나오는 세상에서 가장 끔찍한 비명을 들어야 했지. 그것이 정말 진짜일 수는 없다는 것을 알았지만 별 차이는 없었어. 처음에는 칼로 눈을 도려내더니 다음에는 뺨 그리고 이어서 온 얼굴에 난도질을 했지. 심지어 피가 카메라의 렌즈로 튀는 것까지 보고서 속이 울렁거렸지만 토할 수는 없었어. 그러고는 이빨이 전부 집게로 뽑히며 비명과 피가 낭자했지. 그때 난 브로드스키 박사의 만족한 목소리를 들었지. "훌륭해, 훌륭해, 훌륭해."

그다음 영화는 상점을 보는 노파가 많은 놈들이 요란하게 웃는 와중에 발로 차이는 것이었는데, 이 자식들은 상점을 부수고 불을 질렀지. 불쌍한 할망구는 비명을 지르며 불구덩이에서 기어 나오려고 했지만, 그 자식들이 노파를 차는 통에 다리가 부러져서 움직일 수가 없었어. 그러자 불길이 할망구 주위에서 거세게 일어났고, 불길 속에 할망구의 호소하는 듯한 고통스러운 낮짝과 그 낮짝이 불길 속으로 사라지는 것이 보였어. 그리고 인간의 소리 중에서 가장 크고 고통에 찬, 또 고통을 주는 비명을 들을 수 있었지. 이번에는 정말 토해야 했기 때문에 소리를 질렀어.

"토하고 싶어요. 토하게 해 줘요. 토하게 그릇을 갖다줘요."
그때 브로드스키 박사가 소리쳤지.

"상상일 뿐이야. 걱정할 거 전혀 없어. 다음 영화가 나와."
그 말은 아마 농담이라고 한 것 같았어. 왜냐하면 어둠 속에
서 웃음소리가 들렸으니까. 다음으로 난 일본인이 고문을 하
는 가장 잔혹한 영화를 강제로 보게 되었지. 그건 1939년부터
1945년까지의 전쟁을 다룬 것이었는데, 병사들의 몸이 나무
에 못으로 박혀 있었고, 발밑에는 불이 질러졌고, 불알이 잘
려져 있었지. 심지어는 한 병사의 대갈통이 칼로 잘리는 장면
을 볼 수 있었어. 입과 눈이 아직 살아 있는 것처럼 보이는 그
머리가 굴러다니는 동안 병사의 몸이 잘린 목에서 피를 분수
처럼 흘리면서 돌아다니다가 쓰러졌는데, 그 내내 일본 놈들
이 아주아주 크게 웃는 소리가 들렸지. 배 속에서 치미는 고
통과 두통, 갈증이 지독했는데, 모두 그 영화 때문에 생긴 것
같았지. 그래서 내가 소리쳤어.

"영화를 멈춰! 제발, 제발 멈춰 주세요. 더 이상 견딜 수가
없어요." 그러자 브로드스키 박사라는 작자의 목소리가 들
렸지.

"멈춰? 진짜 멈추라고 말했나? 왜, 우리는 아직 시작도 하
지 않았는데." 놈과 다른 녀석들이 크게 웃더군.

/

5

그날 오후에 내가 강제로 본 잔혹한 것들에 대해서는 길게 이야기하고 싶지 않아, 여러분. 이 브로드스키 박사라는 작자, 브래넘 박사, 흰 가운 입은 것들은 모두 하나같았는데, 조절 장치를 다루고 계기판을 보던 계집애도 빼놓을 수가 없지. 이 것들은 국교에 있는 어떤 죄수 놈보다도 더 지저분하고 악랄했던 게 틀림없어. 왜냐하면 의자에 묶이고 눈이 강제로 고정되어 억지로 본 그 영화를 어떤 놈이 그걸 만들 생각조차 했다는 게 상상할 수도 없었기 때문이야. 내가 할 수 있던 일이라곤 놈들에게 끄라고, 끄라고 크게 소리쳐서 때리고 맞는 소리와 그것과 함께 흘러나오는 음악 소리를 안 들리게 하는 것 뿐이었지. 영화가 끝나고 이 브로드스키 박사라는 작자가 지 겨워서 하품하는 듯한 목소리로 이런 말을 했을 때, 나에게 얼마나 굉장한 안도감을 주었는지 상상할 수 있을 거야. "내 생각으로 첫날치고는 충분한 것 같은데, 그렇지 않나, 브래넘?" 그래서 불이 켜졌고 내 대갈통은 고통을 만들어 내는 엄청 큰 엔진인 듯 쿵쿵 뛰고 있었지. 입안은 온통 말라서 거지 같았어. 아, 여러분, 난 젖을 떼고 난 후부터 이제껏 먹었던 모든 음식을 토할 것 같다고 생각했지. "좋아, 이제 침대로 데려가도 돼." 이 브로드스키 박사라는 작자가 말했지. 그리고 놈은 내 어깨를 토닥거리면서 말했어. "좋아, 좋아, 크게 기대되는 출발이야." 그러고는 낯짝에 냉소를 가득 짓더니 뒤뚱뒤뚱 걸어 나갔고, 그 뒤를 브래넘 박사가 따라갔지. 브래넘 박사는 내게 매우 친근하면서 동정 띤 웃음을 보냈는데, 마치 자신은 아무 상관이 없고 저도 나처럼 이 일을 강제로 하게 됐다는 눈치였어.

좌우지간 놈들은 내 몸을 의자에서 풀어 주었고 당겨졌던 눈꺼풀을 놓아줘서 눈을 떴다 감았다 할 수 있게 됐지. 여러분, 나는 고통과 함께 머릿속에서 나는 쿵쾅거리는 소리를 들으며 눈을 감았어. 그리고 휠체어에 옮겨져서 내 작은 침실로 돌려보내졌는데, 휠체어를 끄는 조수 놈이 무슨 지랄 같은 유행가를 불러서 내가 소리를 질렀지. "닥쳐, 이놈아." 그런데 놈은 웃으며 대꾸를 하더군. "신경 쓰지 말게, 친구." 그러고 나서 더 크게 노래를 부르더라고. 나는 침대에 뉘어졌고 고통을 느꼈지만 잘 수가 없었지. 그러나 곧 나아질 거라는 느낌이 들기 시작했고, 우유와 설탕이 듬뿍 든 따뜻한 차 한 잔이 나오자 그걸 마시면서 그 끔찍한 악몽이 이젠 지나간 일이고 끝났다는 것을 알았어. 그때 브래넘 박사가 아주 친절하게 웃으면서 들어왔지. 놈이 말했어.

"어때, 내 계산으로는 자네가 지금 다시 괜찮아질 때인데. 괜찮나?"

"예." 나는 지쳐서 말했지. 놈이 계산 어쩌고 하는 말이 무슨 소리인지 알아들을 수는 없었어. 왜냐하면 내 생각으로는 사람이 아프다가 나아지는 것은 당사자 자신만의 일이지 계산과는 상관이 없는 일이었거든. 놈은 무슨 좋은 친구라도 되는 것처럼 침대 모서리에 앉더니 말했지.

"브로드스키 박사는 너에게 만족했단다. 네가 아주 긍정적인 반응을 보였거든. 물론 내일도 치료가 오전과 오후로 두 번 있을 거고, 저녁이면 넌 녹초가 되겠지. 하지만 우리들은 너를 엄하게 다루어야 한단다, 너는 치료되어야만 하니까."

"제가 내내 앉아 있어야 된다는 말씀이신가요? 제가 그걸 봐야만 한다는 말씀인가요? 말도 안 돼. 얼마나 끔찍했는데."

"물론 끔찍하지." 브래넘 박사가 웃으며 말했지. "폭력이란 끔찍한 것이지. 그게 바로 네가 배우고 있는 것이란다. 네 몸이 지금 그걸 배우고 있는 중이야."

"그렇지만, 이해가 안 돼요. 속이 메스꺼운 기분을 이해할 수 없어요. 전에는 그렇게 구역질을 하고 싶던 적이 한 번도 없었는데. 오히려 정반대였죠. 무슨 말인가 하면, 내가 폭력을 휘두르거나 또는 보거나 하면 기분이 삼삼해졌죠. 도대체 왜 그런지, 어떻게 된 건지, 무슨 일인지 이해가 되질 않네요."

"생명이란 진짜 경이로운 것이야." 브래넘 박사가 아주 거룩

한 목소리로 말했지. "생명의 과정, 인간의 신체 구조가 만들어지는 과정, 도대체 누가 이런 기적을 완전히 이해할 수 있겠니? 물론, 브로드스키 박사님은 뛰어난 분이지. 지금 너한테 일어나는 일은, 악의 힘에 따르는 행동이나 파괴의 원리를 실행하려고 고려 중인 정상적이고 건강한 인간의 신체에 당연히 일어나야 할 것이란다. 넌 정상이 되는 중이고, 또 건강하게 변하고 있는 것이지."

"전 그런 걸 원하지도 않고 이해하고 싶지도 않아요. 선생님들이 하고 있는 일은 저를 아주 아프게 만들 뿐이에요."

"지금도 아프니?" 낯짝에 친근한 미소를 지으면서 놈이 묻더군. "차를 마시고 휴식을 취하고 친구와 조용히 이야기 나누고 있는 걸 보면 확실히 몸이 나아졌다고 생각할 수밖에 없지 않니?"

그 말을 듣고 난 아주 조심스럽게 대갈통과 몸에서 통증이나 메스꺼운 증상을 찾으려 했지만, 형제들, 기분이 좋아졌고 심지어는 저녁도 먹고 싶은 것이 사실이었지. "알 수가 없네요. 선생님들이 나를 아프게 만들려고 무슨 짓을 한 게 분명해요." 그러고는 인상을 찌푸리고 곰곰이 생각했지.

"넌 나아지고 있기 때문에 오늘 오후에 아팠던 거야. 건강할 때 증오하는 대상을 보면 우리는 공포와 구토로 반응하지. 너는 건강해지고 있는 거다, 그게 다야. 넌 내일 이 시간쯤에는 더 건강해져 있을 거야." 그리고 내 다리를 토닥거리더니가 버렸지. 나는 이 모든 것을 최대한 이해하려고 노력했어. 내 생각으로는 아마 내 몸에 부착된 전선처럼 생긴 게 나를 아프게 만들었고, 그게 바로 속임수의 전부였던 거야. 이 수수께끼를 풀려고 하면서 다음 날에는 의자에 묶이기를 거부하고 놈들과 싸워야 할지 곰곰이 생각해 보았지. 나도 권리라는 게 있으니까. 그때 처음 보는 어떤 녀석이 날 보러 들어오더군. 웃는 얼굴의 늙은 놈은 자기가 '석방 담당관'이라고 말했는데, 꽤 많은 서류를 들고 왔어. 놈이 물었지.

"여기를 떠나면 어디로 갈 건가?" 난 실제로 그런 것에 대해서 한 번도 생각을 해 본 적이 없었는데, 그때서야 내가 이제 곧 우아하고 자유로운 놈이 되리라는 생각이 들었어. 또 그렇게 되려면 다른 사람들처럼 행동해야 하고 싸움을 벌이거나 소리를 지르거나 삐딱하게 굴면 안 된다는 사실을 알았지. 내가 말했어.

"예, 집으로 갈 거예요. 제 꼰대와 어미한테요."

"너의 무엇?" 놈이 내 은어를 전혀 이해를 못 해서 다시 말했지.

"오래되어 정겨운 아파트에 사시는 제 부모님께요."

"알았다, 그런데 언제 마지막으로 부모님의 면회가 있었니?"

"한 달 전쯤이요. 당국에서 면회 날짜를 좀 연기한 것 같던데요. 왜냐하면 어떤 죄수 한 놈이 여자 친구를 동원해 철책 너머로 폭약을 몰래 들여오려고 했거든요. 죄 없는 사람을 물 먹이는 아주 거지 같은 수법이죠, 모두가 벌을 받잖아요. 그래서 면회 오신 지 한 달 정도 돼요."

"알았다. 부모님은 네가 이송되었고 석방이 임박했다는 것을 알고 계시나?" 그 말 속에는 진짜 아름다운 말이 섞여 있었어, 바로 '석방'이라는 단어 말이야. 그래서 내가 대답했지.

"모르세요." 그리고 덧붙였지. "부모님께 깜짝 놀랄 선물이 되겠지요, 그렇죠? 제가 문으로 들어가서 '저, 다시 자유로운 몸으로 돌아왔어요.'라고 말하는 거죠. 아, 정말 삼삼하겠군."

그 석방 담당관이 말했지. "그래, 그건 됐다. 네가 살 곳이 있다니 말이다. 자, 이젠 네가 직업을 가져야 하는 문제가 있구나, 그렇지 않니?" 그러고는 내가 가질 수 있는 직업을 적은 긴 목록을 보여 주었지만, 나는 그 문제에 대해서는 앞으로도 충분한 시간이 있다고 생각했지. 우선은 기찬 짧은 휴가가 먼저지. 나가자마자 도둑질을 해서 주머니를 이쁜 쩐으로 채울 수가 있겠지만, 아마 아주 조심해야만 하고 나 혼자서 해야 할 거야. 난 더 이상 동무라는 놈들을 믿지 않았거든. 그래서 담당관 놈에게 이 문제를 미루어 두고 나중에 좀 더 이야기를 하자고 말했지. 놈은 그러자고 대답하면서 떠날 준비를 했어. 그때 놈이 아주 이상한 녀석이란 게 드러났어. 놈이 낄낄거리고 웃더니 이렇게 말했기 때문이지. "내가 가기 전에 내 얼굴을 때리고 싶으냐?" 이 말을 제대로 들었는지 믿기지 않아서 난 물었지.

"뭐라고요?"

"내가 가기 전에 내 얼굴을 때리고 싶으냐고." 놈이 낄낄대며 말했어. 난 인상을 찌푸리면서, 아주 당황하며 말했지.

"왜요?"

"응, 그냥 네 상태가 어떤지 보기 위해서." 놈이 대답했지. 그러고는 제 낯짝을 가까이 들이댔는데, 주둥이에는 잔뜩 비웃음을 짓고 있었지. 내가 주먹을 쥐고 그 낯짝을 향해 날렸을 때, 놈은 여전히 비웃으면서 아주 잽싸게 몸을 비켰고, 내 주먹은 그냥 허공을 치게 되었어. 아주 놀랄 만한 일이었지. 놈이 대갈통이 떨어져라 웃으며 떠났을 때 난 인상을 찌푸렸어. 그런데 바로 그때, 여러분, 난 다시 그날 오후와 똑같이 속이 안 좋아지더군. 비록 단 몇 분간이었지만. 그런데 메스꺼움은 재빨리 사라졌고, 저녁이 나왔을 때 식욕이 돌아서 통닭을 먹어 치울 준비가 되었지. 그렇지만 그 늙은 자식이 제 낯짝을 때려 달라고 한 것은 이상한 일이었어. 그렇게 속이 안 좋았던 일도 이상했고.

더 이상한 일은 그날 내가 잠이 들었을 때야, 여러분. 악몽을 꾸었는데, 여러분들이 짐작할지 몰라도, 그건 바로 그날 오후에 내가 본 영화의 일부였어. 꿈 또는 악몽이란 실제로 대갈통 속의 영화 같은 것일 뿐이지, 단 여러분이 그 속으로 걸어 들어가서는 꿈의 일부가 되는 것을 빼고는 말이야. 그런데 그런 일이 바로 나한테 일어났던 거지. 그 꿈은 놈들이 그날 오후에 거의 마지막으로 보여 준 영화들의 일부분이었는데, 피가 흐르고 옷이 갈가리 찢어발겨진 채로 소리를 지르는 어떤 어린 계집애와 개한테 초강력 범죄를 저지르며 웃고 있는 자식들이 나오더군. 나도 연신 웃으면서 무슨 우두머리나 된다는 듯이 이 짓거리에 끼어들어 있었지, 비행 십 대의 최신 유행에 맞는 옷을 입고 말이야. 한창 때리고 패는 중에 난 몸이 마비되는 것 같으면서 토하고 싶다는 생각이 간절했는데, 다른 놈들이 큰 소리로 비웃더군. 그때 난 피를 한 되, 아니 한 말, 아니 한 통씩이나 흘리며 치고받으면서 빠져나오다가 잠에서 깼어. 일어나 보니 내 방 침대였지. 욕지기가 치밀어 복도를 지나서 있는 뒷간에 가기 위해 후들거리며 잠자리에서 일어났어. 그런데, 여러분, 문이 잠겨 있는 거야. 그리고 돌아섰을 때 창문에 창살이 달려 있는 것을 처음으로 알았지. 어쩔 수 없이 침대 옆의 작은 찬장에 있는 조그만 항아리에 손을 뻗치면서 어디로든 빠져나갈 데가 없다는 것을 알았지. 설상가상으로 난 다시 잠들 용기가 나지 않더군. 결국 내가 속이 메스꺼운 것보다는 잠자리로 돌아가기를 무서워한다는 것을 곧 깨달았지. 그러나 난 금방 잠에 빠져들었고, 더 이상 꿈을 꾸지는 않았어.

6

"멈춰, 멈춰, 멈추란 말이야." 나는 계속 소리를 질러 댔지. "그걸 끄란 말이야, 이 더러운 자식들아. 더 이상 참을 수가 없다고." 바로 다음 날이었지, 형제 여러분. 그날은 오전과 오후로 진짜 최선을 다해 놈들이 원하는 대로 해 주었고, 째지게 웃으며 고분고분하게 고문 의자에 앉아 있었지. 놈들이 고약한 초특급 폭력을 틀어 주는 동안에 내 눈은 그 모든 것을 보도록 집게에 집혀 열려 있었고, 몸과 손발은 도망가지 못하도록 의자에 고정된 채였지. 과거의 나라면 그때 화면에서 보아야 했던 게 그리 나쁜 짓이 아니라고 생각했을 거야. 그건 겨우 서너 놈이 가게를 털어 주머니를 쩐으로 가득 채우는 동시에 가게에서 도망 다니며 소리를 지르는 늙은 할멈을 여기저기 손봐 주면서 피를 흘리게 만드는 영화였지. 그런데 내 대갈통 속에서 쿵쿵대는 소리, 메스꺼운 느낌, 입이 바짝 말라서 목소리가 갈라지는 정도가 그전 날보다 훨씬 더 심했어. "충분히 봤어." 내가 소리쳤지. "이건 부당한 짓이야, 이 구린내 나는 놈들아." 이렇게 외치며 의자에서 빠져나오려고 했지만 그건 불가능했어. 내가 그 의자에 풀로 딱 붙여진 것 같았기 때문이었지.

"1등급이야." 브로드스키 박사가 소리쳤지. "아주 잘하고 있다. 한 번만 더 한 후에 끝을 내자."

이번에는 다시 그 옛날 1939년부터 1945년까지의 전쟁이었는데, 화면에 비치는 영화는 얼룩투성인 데다 비가 내리는 것처럼 줄이 그어져 있고 덜덜거려서, 독일 놈들이 만들었다는 것을 알 수 있을 정도였어. 영화는 독일의 독수리와 학교 다니는 아이놈들이 그리기 좋아할 나치 깃발로 시작되었는데, 아주 오만하고 거들먹거리는 독일군 장교들이 거리를 걸어가고 있었지. 그 거리는 먼지, 폭격으로 생긴 구덩이와 파괴된 건물들로 가득 찼더군. 그리고 벽에 세워져 총살을 당하는 사람들, 장교들이 명령을 내리는 모습, 그리고 또 웅덩이에 버려진 헐벗은 끔찍한 몸뚱이들을 보게 되었는데, 이 몸뚱이들은 드러난 갈비뼈와 야윈 하얀 발만 달려 있는 것 같았지. 다음에는 끌려가면서 소리치는 사람들이 나왔는데, 비명은 영화 속에 녹음이 안 되었고 배경 음악과 사람들이 끌려가는 동안 얻어맞는 소리만 나더군, 여러분. 정말 고통스럽고 속이 메스꺼운 와중에 난 탁탁 꽝꽝대는 배경 음악이 바로 루트비히 판, 그것도 5번 교향곡의 마지막 악장이란 사실을 알아채고는, 미친 듯이 외쳤지. "멈춰, 멈추라고 이 더럽고 메스꺼운 자식들아. 이건 죄악이야, 그래, 이건 절대로 용서받을 수 없는 추악한 죄악이야, 이 개자식들아." 놈들은 곧장 멈추지 않더군, 그때는 한 2, 3분 정도만 남았기 때문이지. 사람들이 두들겨 맞아 피범벅이 되고, 더 많은 총살대가 나오고, 그다음에는 나치의 깃발과 '끝'이 나왔어. 불이 들어왔을 때, 이 브로드스키 박사와 또 브래넘 박사라는 작자가 내 앞에 서 있었는데, 브로드스키 박사가 말했지.

"죄악이라니 이게 다 무슨 소리냐, 응?"

나는 메스꺼운 속으로 대답했어. "바로 루트비히 판을 그렇게 사용하는 것 말이야. 아무에게도 해를 주지 않았다고. 베토벤은 음악을 작곡했을 뿐이란 말이야." 그리고 바로 그때 내가 진짜로 토하자 놈들은 콩팥처럼 생긴 그릇을 가져와야만 했지.

"음악이라고." 곰곰이 생각하면서 브로드스키 박사가 말했지. "그래, 넌 음악에 관심이 깊군. 난 아무것도 몰라. 그것이 감정을 고양시키는 데 유용하다는 게 내가 아는 전부지. 좋아, 좋아. 어떻게 생각하나, 브래넘?"

"피할 수 없는 일이지요." 브래넘이 대답했지. **"모든 사람들은 자신이 사랑하는 것을 죽입니다.** 마치 그 시인 죄수가 말했듯이 말이죠. 이게 바로 처벌 효과일 것 같은데요. 교도소 소장은 당연히 만족해야 하죠."

"마실 것 좀 줘, 제기랄." 내가 소리쳤지.

"풀어 주게." 브로드스키 박사가 명령하더군. "병에 얼음물을 가져다줘." 그러자 조수 놈들이 움직이기 시작했고 곧 나는 엄청 많은 물을 마시게 되었는데 그건 천국이었어, 여러분. 브로드스키 박사가 말했지.

"넌 충분히 영리한 젊은이처럼 보이는구나. 또 전혀 교양이 없는 것도 아닌 것 같아. 다만 폭력 행위에 대한 욕구가 있는 거야. 그렇지? 폭력과 절도, 절도는 폭력의 한 부분이니까." 난 한마디도 지껄이지 않았지, 여러분. 왜냐하면 그때까지도 계속 토할 것 같았으니까, 비록 조금씩 나아져 가고 있기는 했지만 말이야. 그날은 엉망인 하루였어. 브로드스키 박사가 묻더군. "자 그럼, 어떻게 이런 일이 벌어졌다고 생각해? 말해 봐, 우리가 네게 무슨 일을 하고 있다고 생각해?"

"당신들은 나를 아프게 만들고 있어, 내가 당신네들의 그 추악하고 변태적인 영화를 볼 때마다 아픈 걸 보면 말이야. 그렇지만 영화가 그런 일을 실제로 하는 건 아니야. 그리고 당신네들이 이 영화를 끝내면 나도 아프지 않을 거라고 생각해."

"그렇지." 브로드스키 박사가 외쳤지. "그것은 연상 작용이지, 세상에서 가장 오래된 교육 방법 말이야. 그럼 뭐가 실제로 널 아프도록 만들었을까?"

"내 대갈통과 몸뚱이에 연결되어 있는 저 더러운 것들이지." 내가 대답했어. "바로 그거지."

"재미있군, **이 족속의 방언**은." 브로드스키 박사가 웃는 듯하며 말했지. "얘가 쓰는 언어의 기원에 대해 뭘 알고 있나, 브래넘?"

"각운이 있는 옛 속어가 남은 것이죠." 브래넘 박사가 대답을 했는데, 놈은 더 이상 친구처럼 보이지 않더군. "집시 말도 약간 섞인 것 같고요. 그러나 어원은 대부분 슬라브어입니다. 선전 선동이지요. 잠재 의식층까지 침투하는 것입니다."[20]

"됐어, 됐어, 됐다고." 브로드스키 박사가 성급히 더 이상 흥미가 없다는 듯 말하더군. 그리고 나한테 말했지. "그런데 문제는 전선이 아니야, 너한테 붙어 있는 것들과는 상관이 없어. 전선들은 단지 너의 반응치를 재기 위한 것일 뿐이야. 그렇다면 뭘까?"

바로 그때 내가 아주 정신 나간 밥통이라는 걸 깨달았어. 그게 내 팔에 놓은 주사란 걸 알아채지 못하다니. "아." 내가 소리쳤지. "아, 이제는 다 알겠군. 아주 추악하고 더럽고 구린내 나는 속임수야. 배신행위라고, 이놈들아, 다시는 그런 짓을 못 하게 할 거야."

"지금이라도 반대 의사를 나타내다니 기쁘군." 브로드스키 박사가 말했지. "자, 이제는 이 일에 대해 완벽하게 정리할 수 있겠네. 우리는 이 루도비코 치료법의 약을 다른 방식으로도 네 몸속으로 들여보낼 수 있어. 예를 들어, 경구제로 말이야. 그러나 피하 주사법이 최고지. 저항하는 건 부질없는 짓이야. 우리는 최선을 다하고 있거든."

"더러운 개자식들." 내가 훌쩍이며 외쳤지. 그리고 말을 이었어. "난 초강력 폭력 같은 것은 신경도 쓰지 않아. 견딜 수

---

20) 알렉스가 사용하는 은어가 의식의 저변까지 침투하여 사고방식과 존재까지도 결정한다는 의미다.

있어. 그러나 음악을 가지고 그러다니 치사한 일이야. 내가 아름다운 루트비히 판이나 헨델이나 그 외 다른 사람들의 음악을 들을 때 아파야 한다는 건 치사한 일이야. 이게 모두 네놈들이 사악한 자식들이라는 걸 보여 주는 거야, 난 네놈들을 절대 용서 못 해."

두 놈 모두 좀 생각하는 눈치였어. 그러더니 브로드스키 박사가 말했지. "통제한다는 것은 항상 어려운 일이야. 세상도 하나고, 인생도 한 번이니까. 인간의 행위 중 가장 감미롭고 꿈만 같은 일도 어느 정도의 폭력을 수반하지, 예를 들면 사랑의 행위라든지 음악 같은 것 말이야. 운을 걸고 선택을 해야 하는 거야, 얘야. 이제껏 선택은 전적으로 네가 내린 것이었어." 이 모든 말들을 알아들을 수가 없었지만 난 이렇게 말했어.

"더 이상 진행시킬 필요는 없어요, 선생님." 난 말투를 좀 교활하게 바꾸었어. "이미 제게 이 모든 싸움질과 초강력 폭력과 살인 등이 나쁘다는 것, 아주 나쁘다는 것을 증명하셨으니까요. 교훈을 얻었어요, 선생님들. 지금 저는 그전에 몰랐던 것들을 알게 되었다고요. 전 다 나았어요, 신께 찬양을." 그러고는 눈을 들어 천장을 경건하게 쳐다보았지. 그러나 두 박사들 모두 안됐다는 듯이 대갈통을 가로로 흔들더니 브로드스키 박사가 말했지.

"자네는 아직 치료가 되지 않았어. 아직도 할 일이 많아. 폭력을 접하면 자네 몸이 마치 뱀을 본 것처럼 재빨리, 그리고 우리로부터 더 이상 도움받지 않고, 또 아무 생각 없이도 거세게 반응할 때에나, 그때서야……." 그때 내가 끼어들었지.

"그렇지만 선생님, 아니 선생님들, 저는 그게 잘못이라는 것을 정말 잘 알아요. 그건 잘못이죠, 그건 사회라는 것에 반항하는 일이니까요. 그건 잘못이죠, 왜냐하면 세상의 모든 사람들이 맞거나 차이거나 칼에 맞지 않고 살면서 행복할 권리를 가졌으니까요. 전 많은 걸 배웠어요, 진짜로 많은 것을요." 그러나 브로드스키 박사는 내 말을 듣고서 하얀 이빨을 드러내고 큰 소리로 웃으며 말했어.

"이성의 시대에 대한 반론이구먼." 뭐 그런 비슷한 말이었지. "뭐가 옳은지를 알고, 그것을 인정한다, 그래도 잘못된 일을 한다. 안 되지, 안 돼, 애야, 이 모든 걸 우리에게 맡겨 두렴. 그렇지만 즐거워하라고. 모든 일이 곧 끝날 거야. 지금부터 두 주도 채 지나기 전에 자유인이 될 테니까." 그리고 놈은 내 어깨를 토닥거렸지.

아, 형제 친구 여러분, 이 주도 안 남았다는데도 나에겐 그게 아주 긴 시간 같았어. 세상이 시작해서 끝날 때까지 걸리는 시간 같더군. 국교에서 사면받지 않고 십사 년 형을 마치는 것도 그것과 비교해서는 아무것도 아니었을 거야. 매일 모든 게 똑같았다고. 그러나 브로드스키 박사와 브래넘 박사랑 말을 나눈 지 나흘이 되던 날 주사기를 든 계집애가 들어왔을 때, 내가 소리쳤지. "아냐, 그렇게는 못 해." 그러면서 그 계집애 손을 뿌리치자 주사기가 바닥으로 쨍그랑 떨어졌지. 놈들이 어떻게 나올지 보기 위해서였어. 놈들은 흰 가운을 입은 몸집이 진짜 큰 조수 네다섯 명을 시켜 나를 침대 위에서 꼼짝 못하게 붙잡게 했지. 그것들은 비웃는 낯짝을 바짝 들이대고 날 붙잡더라고. "이 못된 고약한 악마 같은 놈." 이렇게 말하면서 간호사 계집애가 다른 주사기를 내 팔에 찔러 넣어 아주 거칠고 심술궂게 주사를 놓더군. 그런 다음 녹초가 된 나는 전처럼 휠체어에 태워져 지옥 같은 영화관으로 실려 갔지.

매일 말이야, 여러분. 이 영화들은 똑같아 보였는데, 발길질과 주먹질, 그리고 붉은 피가 낯짝과 몸통에서 뚝뚝 떨어지는 것은 물론이고, 카메라 렌즈 여기저기에 튀는 것 등등이 그랬지. 대개는 비행 청소년 사이에 한창 유행하는 복장을 입고서 비웃거나 웃고 있는 자식들이나 낄낄거리며 고문하는 일본군, 발길질을 하고 총살을 하는 잔인한 나치 등이 나왔지. 그런데 날마다 메스꺼움과 대갈통의 두통과 이빨의 통증, 끔찍한 갈증 때문에 죽고 싶은 마음이 갈수록 심해졌어. 그래서 어느 날 아침에는 놈들을 좌절시키려고 대갈통을 벽에다 꽝꽝 찧어서 의식을 잃으려고 했지. 그러나 그 결과 속만 메스꺼워졌는데, 이런 종류의 폭력도 영화 속의 폭력과 같은 것이란 걸 알게 되었어. 난 지쳤고, 결국 주사를 맞은 후 전처럼 휠체어에 태워졌지.

그런데 어느 날 아침에 일어나 보니 계란과 토스트, 잼, 그리고 아주 진한 밀크티가 곁들여진 아침 식사가 나와서 먹은 후 생각했지. "이젠 정말 멀지 않았어. 이제 거의 끝난 게 분명해. 난 고통을 받을 대로 받았고 더 이상은 당할 수 없다고." 그러고는 기다리고 기다렸어, 여러분, 그 간호사 계집애가 주사기를 들고 오기를. 그러나 오지 않더군. 그런데 그때 흰 가운을 입은 조수 놈이 와서 말했지.

"어이 친구, 오늘은 걸어가게 해 줄게."

"걸어간다고? 아니 어디로?"

"늘 가는 곳으로." 놈이 대답했지. "맞아, 맞다니까, 너무 놀라지 마. 넌 영화관으로 걸어가는 거야, 물론 나와 함께지. 너는 더 이상 휠체어에 실려 다니지 않을 거야."

"그러면 아침에 맞는 끔찍한 주사는?" 내가 되물었지. 왜냐하면 놈의 말을 듣고 진짜 놀랐기 때문이야, 형제 여러분. 놈들은 자기들 말마따나 지금까지 루도비코 약물을 내 몸에 집어넣으려고 별의별 애를 써 왔으니까. "고통을 받아 온 불쌍한 내 팔에 더 이상 사람을 아프게 만드는 그 거지 같은 약을 맞지 않아도 된다는 말이야?"

"다 끝났어." 놈이 웃는 듯한 표정을 짓고 대답했지. "완전히, 완전히 끝났어. 넌 이제 혼자 알아서 하는 거다, 애야. 공포의 방으로 걸어도 가고 말이야. 하지만 아직까지는 묶여서 영화를 봐야 할 거야. 자, 가자, 요 꼬마 호랑이야." 그래서 난 외투를 입고 실내화를 신고 복도를 지나 영화관으로 걸어가야 했지.

그런데 그때, 여러분, 속이 아주 메스꺼웠을 뿐만 아니라 아주 당황하게 됐어. 같은 영화를 보여 주더군, 아주 낯익은 초강력 폭력, 대갈통이 깨진 녀석들, 옷이 찢겨 애원하며 피를 흘리는 계집애들, 그러니까 그건 개인이 사적으로 서로 치고받으며 고약하게 구는 것이었지. 그러고는 포로수용소와 유태인들, 그리고 탱크와 제복을 입은 군인들로 가득 찬 이국적인 잿빛 거리들, 생명을 앗아 가는 소총에 쓰러지는 놈들이 나왔는데, 이런 것들은 그 영화가 보여 주는 사회적인 측면이었지. 그런데 그때 내가 느낀 메스꺼움과 갈증과 통증의 원인은 그 영화를 강압적으로 보았다는 것뿐이었어. 눈이 집게로 집혀 열려 있었고 발과 몸이 의자에 고정되어 있었지만 전선은 더 이상 몸뚱어리와 대갈통에 연결되지 않았어. 그러니 날 그렇게 괴롭힌 게 내가 보고 있던 바로 그 영화겠지 뭐겠어? 물론, 여러분, 이 루도비코 약물이 면역 접종약처럼 핏속을 돌아다닌다는 사실을 제외하고는 말이야. 그래서 내가 그런 초강력 폭력을 조금이라도 보게 되면 항상 아프게 될 거라는 말이지. 주둥이를 모아 흑흑 울기 시작했더니, 눈물이 마치 축복을 받아 흘러내리는 은빛 이슬방울처럼 내가 강제로 보아야만 했던 것을 지워 버리더군. 그러자 흰 가운을 입은 조수 놈들이 손수건으로 내 눈물을 잽싸게 닦으면서 혀 짧은 소리로 말했어. "저런, 저런, 맘이 상해쩌요, 울보야." 다시 눈앞의 모든 것들이 뚜렷이 보였는데, 독일군들이 울부짖는 유태인들, 남자, 여자, 젊은이들, 계집애들 등 모두를 들볶으며 독가스를 마시게 될 장소로 다 몰아넣었지. 난 흑흑 하고 다시 울음을 터뜨려야 했고, 놈들이 와서 재빨리 눈물을 닦았어. 그래서 놈들이 보여 주는 것들 중 한 장면도 놓칠 수가 없게 만들더군. 엄청 끔찍한 날이었지, 형제 여러분과 단순히 친구인 여러분.

그날 밤 기름지고 두툼한 양고기 스튜와 과일 파이와 아이스크림을 먹은 후 침대에 홀로 누워서 속으로 생각했지. "염병할, 지금 밖으로 빠져나갈 기회가 있을지 몰라." 그때 내 수

중에 무기는 없었지만 말이야. 그곳에서는 면도칼이 허용되지 않아서 아침 식사 전에 내 침대로 오는 뚱뚱한 대머리가 하루 걸러서 면도를 해 주었지. 흰 가운을 입은 두 놈이 내가 폭력을 휘두르지 않는 착한 녀석인지 감시하느라 옆에 지켜 서 있더군. 손톱도 가위로 깎이고 줄로 다듬어져 아주 짧았어. 내가 할퀼 수 없게 하느라고 말이야. 그때도 난 공격할 때는 잽싼 편이었지. 놈들이 나를 허약하게 만들어서 자유롭던 시절의 내 모습은 거의 찾아볼 수 없게 되었지만. 그래서 침대에서 일어나 잠긴 문으로 간 다음 주먹으로 마구 치면서 소리쳤어. "도와줘요, 아파요. 죽겠어요. 의사 선생님, 서둘러 주세요, 제발. 죽을 것 같아요." 한 놈이라도 미처 나타나기 전임에도, 목이 마르고 아파 왔어. 그러다가 복도를 걸어오는 발소리와 투덜거리는 듯한 말소리를 듣고서는 그게 나한테 음식을 가져다주고 나를 매일 되풀이되는 운명으로 데려가는 흰 가운 놈이라는 것을 알아챘지. 놈이 볼멘소리로 묻더군.

"뭐야? 무슨 일이야? 무슨 더러운 수작이야?"

"아, 죽겠어요." 내가 신음하는 소리를 냈지. "옆구리가 무지 무지 아파요. 맹장이에요, 아야."

"빌어먹을 맹장." 놈이 툴툴대며 말했는데, 그때 기쁘게도 열쇠가 찰랑거리는 소리가 났지. "만약 꾀병이라면, 꼬마야, 내 동료들과 함께 밤새 널 때리고 발로 차 버릴 테다." 놈이 문을 열고 내 자유를 약속하는 달콤한 공기를 몰고 들어왔지. 놈이 문을 열었을 때 나는 바로 문 뒤에 서 있었는데, 어리둥절해하면서 날 찾는 놈이 복도 불빛 아래서 보였어. 그때 두 손을 들어 녀석의 목 부근을 갈기려는 순간, 녀석이 바닥에 나뒹굴어 신음하고 있고 나는 탈옥하는 장면이 눈앞에 그려지면서 기쁨이 속에서 솟아오르는 것을 느꼈는데, 그런데 바로 그때, 맹세하건대, 마치 파도처럼 고통이 몰려왔고, 내가 진짜로 죽을지 모른다고 겁이 덜컥 나더군. 욱욱 신음을 하며 침대로 비틀거리며 다가가자, 흰 가운이 아닌 나이트가운을 입은 그놈은 내가 무슨 꿍꿍이속을 가지고 있는지 훤하게 알아차리고서 말했지.

"자, 모든 게 교훈이 되지, 그렇지? 항상 배우는 거야, 그렇게 말할 수 있지. 덤벼 봐, 꼬마야, 침대에서 일어나 날 쳐 보라고. 그래, 진짜 한번 해 보라니까. 턱주가리를 세게 한 방 먹여 보라고. 진짜로 해 달라니까." 그러나 여러분, 난 그냥 누워서 흑흑 울 수밖에 없었어. "쓰레기." 놈이 내뱉듯이 말했지. "더러운 놈." 그러더니 녀석은 잠옷 입은 내 멱살을 잡아 올리더라고. 난 아주 약해져서 힘이 다 빠져 있었던 거야. 놈은 오른쪽 주먹을 들어서 내 얼굴에 한 방을 먹였지. "날 침대에서 불러낸 벌이야, 이 더러운 어린놈아." 놈은 손을 쓱쓱 비벼 대더니 나가 버렸어. 열쇠로 철컥철컥 문을 잠그는 소리가 들렸지.

여러분, 나로서는 맞는 게 때리는 것보다 낫다는, 끔찍하고 말도 안 되는 생각을 떨쳐 버리기 위해서라도 잠을 자야만 했어. 녀석이 더 머물렀다면 난 아마 다른 뺨도 내밀었을지 모른다니까.

7

도대체 믿을 수가 없었어, 형제 여러분, 내가 그때 들은 말을. 그 구린내 나는 곳에서 보낸 시간이 거의 영원 같았고, 앞으로도 더 머물 것 같았지. 그렇지만 그건 두 주 정도였고, 놈들은 이제 다 끝나 간다고 말하는 거야.

"내일이면, 꼬마 친구야, 석방이야, 석방이라고." 그리고 놈들은 자유를 가리키는 것처럼 엄지를 세워 보였지. 전날 나를 때리기는 했지만 그때까지도 음식을 쟁반에 담아 날라 주고 또 매일 고문받는 곳으로 데려가 준 흰 가운을 입은 놈이 말했지. "그렇지만 아직도 아주 중요한 날이 하루 남아 있어. 네 제삿날이지." 놈이 징글맞게 웃으며 말하더군.

나는 그날 아침에도 파자마와 실내화와 나이트가운 차림으로 평소처럼 영화관으로 가겠구나 하고 생각했지. 그게 아니더군. 그날 아침에 난 셔츠와 속옷을 받았고, 잡혀 온 날 입고 있던 옷과 기찬 부츠를 돌려받았는데, 전부 다 깨끗하게 세탁된 데다가 다림질되었고 또 광이 났어. 심지어는 행복했던 그 옛날 싸움질할 때 쓰던 먹따는 면도칼도 돌려받았지. 어리둥절한 채 옷을 입으면서 그걸 보고는 인상을 썼지만, 흰 가운의 조수 놈은 비웃기만 하고 아무 말도 하지 않았어, 여러분.

늘 가던 곳으로 아주 친절히 인도되었지만, 그곳엔 변화가 있더군. 화면을 커튼으로 가려 놓았고 영사기 아래 있던 반투명 유리 벽도 없었지. 아마 차양이나 셔터처럼 한쪽으로 밀거나 접을 수가 있었을 거야. 그리고 콜록콜록하는 기침 소리가 나고 사람 그림자가 비치던 곳에는 진짜 관중들이 있었고, 그 중에는 내가 아는 낯짝도 있었지. 국교소장과 성자, 즉 신부 놈이라고 불리는 사람, 경비대장, 그리고 내무부인지 무슨 열등부인지의 장관 등이 있었어.[21] 나머지는 모르는 사람들이었지. 브로드스키 박사와 브래넘 박사도 거기에 있었는데, 흰 가운 대신에 첨단 유행에 따라 치장하는 거물 의사들처럼 차려입고 있더군. 브래넘 박사는 잠자코 서 있기만 했는데, 브로드스키 박사는 배운 놈답게 모여 있는 녀석들에게 지껄이고 있었지. 내가 들어오는 것을 보고서 놈이 말했어. "아, 여러분, 이 무대 위에 있는 임상 대상을 소개합니다. 여러분이 보시는 바

---

21) 알렉스는 'interior(내부의)'를 'inferior(열등한)'로 바꿔 읽는 말장난을 하고 있다.

와 같이, 저 애는 건강하고 영양 상태도 좋습니다. 밤새 잘 자고 맛있는 아침을 먹은 후, 주사도 맞지 않고 최면에 걸리지도 않은 채 여기에 왔지요. 내일 우리는 확신을 가지고 저 아이를 세상으로 내보내게 됩니다. 여러분이 아름다운 5월 어느 날 마주치곤 하는, 친절한 말과 선행을 아끼지 않는 젊은이로서 말이지요. 여러분, 국가가 몇 년 전에 아무 소용도 없는 처벌을 내렸지만 이 년 후에도 달라진 것이 없던 이 불쌍한 불량소년에게 생긴 변화를 보십시오. 달라지지 않았다고 제가 말했습니까? 꼭 그런 것은 아닙니다. 교도소는 저 애에게 거짓 미소, 위선적인 아첨, 순종을 가장한 알랑거리고 능청맞은 웃음 등을 가르쳤지요. 또 다른 사악한 짓도 가르쳤습니다, 저 애가 그전부터 저질러 온 악행에 대해 자신감을 준 것은 물론이고요. 자, 여러분, 이제 말은 그만하지요. 백문이 불여일견이니까요. 이제 보여 드리겠습니다. 잘 관찰하십시오."

이런 말에 약간 어리둥절해졌지만 모든 게 바로 나를 두고 한 말이란 것을 이해하려고 노력했어. 그때 불이 다 꺼지면서 영상을 내보내는 구멍에서 두 개의 조명 같은 게 나와서, 그중 하나가 여러분의 '겸손하고 수난당하는' 화자를 비추었지. 다른 조명 속으로는 내가 본 적이 없는 엄청 큰 덩치 하나가 걸어 들어왔어. 녀석은 개기름이 번질거리는 낯짝에 콧수염을 기르고 대머리가 다 된 대갈통에는 붙여 놓은 것 같은 머리카락 몇 줌이 달려 있었지. 놈은 삼사십 대 아니면 오십 대, 뭐 그 정도 나이로 보이는 늙은이였지. 녀석이 내 쪽으로 오자 조명도 따라와서, 곧 두 개의 조명이 만나 커다란 원을 만들었어. 녀석이 조롱하는 투로 말하더군. "이것 봐, 쓰레기 더미. 아이쿠, 끔직한 냄새가 나는 걸 보니 잘 씻지 않는군." 그러고는 마치 춤을 추듯이 내 발을 오른쪽 왼쪽으로 짓밟고, 내 코를 손가락으로 튕겼는데 미치도록 아파서 눈물이 나올 정도였지. 그리고 이어 내 왼쪽 귀를 무슨 라디오의 다이얼이라도 되는 듯이 비틀었어. 그때 관중들로부터 계집애들처럼 킥킥거리는 소리와 몇몇이 터뜨리는 폭소가 들리더군. 코와 발과 귀가 무지 아파서 내가 말했지.

"왜 이러는 거요? 형씨, 난 댁한테 아무 잘못도 안 했어."

"아, 그래, 그럼 이건 어때." 놈이 다시 코를 때리더군. "요건 어때." 이어서 얼얼한 내 귀를 비틀었지. "또 이건." 놈은 치사하게 내 오른발을 밟으며 말했어. "왜냐하면 네놈 같은 끔찍한 축들에게 겁도 나지 않기 때문이지. 억울하면 덤벼 봐, 덤벼, 한번 해 보라고." 그 순간 난 아주 잽싸게 먹따는 면도칼을 꺼내야 한다는 것을 알았어. 갑자기 밀려오는 사람 잡는 진통 때문에 싸움의 즐거움이 고통을 맛보게 되리라는 공포로 바뀌기 전에 말이야. 그런데 여러분, 안쪽 주머니에 있는 면도칼에 손을 뻗쳤을 때, 내 마음속에는 놈의 입에서 붉은 피를 줄줄 흘리면서 자비를 베풀어 달라고 울부짖는 모습이 떠오르는 거야. 그와 동시에 바로 이어서 몰려오는 메스꺼움과 갈증과 고통이 나를 압도했어. 그때 난 이 썩을 놈에 대한 생각을 아주 잽싸게 바꿔야만 한다는 걸 깨닫고 호주머니에서 담배나 이쁜 쩐을 더듬어 찾았지. 그런데, 형제들, 그런 것이 없더군. 소리치고 울면서 내가 애원했지.

"담배를 주고 싶지만, 형씨, 하나도 없는 것 같네요."

"하하. 우하하. 울어 봐, 아가야." 녀석은 손톱이 긴 손가락으로 다시 내 코끝을 쳤고, 컴컴해서 안 보이는 관중들 쪽에서 나는 유쾌한 웃음소리를 들을 수 있었지. 치솟는 고통과 메스꺼움을 피하기 위해 모욕과 아픔을 주는 그놈에게 착하게 굴려고 진짜 필사적으로 노력하면서 말했어.

"제발 댁을 위해 뭐라도 하게 해 주세요." 그러고는 주머니를 더듬었는데, 먹따는 면도칼밖에 없었지. 그래서 그걸 꺼내 놈에게 주면서 말했어. "제발 이걸 받아 주세요. 조그만 선물이에요. 가지라고요." 그런데 놈이 이렇게 말하더군.

"더러운 뇌물은 너나 가져. 그런 식으로 나를 피할 수는 없지." 놈은 내 손을 후려쳤고 먹따는 면도칼이 바닥에 떨어졌지. 그래서 내가 소리쳤어.

"제발, 댁을 위해서 무슨 일이라도 해야 돼요. 부츠를 닦아 드릴까요? 보세요, 꿇어앉아 신발을 핥아 드릴게요." 여러분이 이 말을 믿지 않는다면 엿이나 먹으라지. 난 무릎을 꿇고 혀를 한 자쯤 내밀어서 놈의 더럽고 냄새나는 신발을 핥았다니까. 그런데 놈은 내 입 근처를 그다지 세게는 아니었지만 걷어찼지. 그때 이런 생각이 든 거야. 비록 손으로 놈의 발목을 꽉 잡아서 바닥에 쓰러뜨린다 해도 그것 때문에 메스꺼움이나 고통을 느끼지 않을 것 같았어. 그래서 그대로 했더니 녀석이 화들짝 놀라서 바닥으로 꽝 하고 넘어졌는데, 구린내 나는 관중들은 웃더군. 그런데 녀석이 바닥에 누운 것을 보니 그 끔찍한 느낌이 덮쳐 왔고, 난 놈을 일으켜 세우기 위해서 잽싸게 손을 내밀었고 놈이 일어났지. 놈이 내 낯짝을 진짜 심술궂고 세게 때리려는 순간, 브로드스키 박사가 말했어.

"그만 됐어, 충분해." 그랬더니 그 끔찍한 놈이 절 비슷한 것을 하고 배우처럼 춤을 추며 사라졌지. 나는 조명 때문에 눈을 깜빡거리고 주둥이를 모아 울고 있었는데 말이야. 브로드스키 박사가 관중에게 말했지. "우리의 임상 대상은, 여러분도 보다시피, 강제적으로 착한 일을 하게끔 되었습니다. 역설적이게도 나쁜 일을 하도록 강요당해서 말입니다. 폭력적으로 행동하려는 의도에 동반해서 육체적 괴로움을 강하게 느끼게 됩니다. 이 고통을 물리치기 위해서 임상 대상은 극적으로 정반대되는 태도를 취하게 되는 것입니다. 질문 있습니까?"

"선택은 말이오." 어떤 굵은 목소리가 울려 나왔지. 난 그게 신부 놈의 목소리란 것을 알았어. "저 애에게는 진정한 선택의 여지가 없어요, 그렇지 않나요? 자기 이익, 육체적 고통에 대한 두려움 때문에 자신을 모독하는 괴이한 행동을 하게 된 거죠. 그게 진심에서 한 행동이 아니라는 걸 확실히 알 수 있어요. 쟤는 더 이상 나쁜 짓을 하지 않겠지요. 그러나 또한 더 이상은 도덕적 판단을 내릴 수 있는 신의 피조물도 아닌 겁니다."

"그건 아주 사소한 부분이에요." 브로드스키 박사가 웃으며 말했지. "우리는 동기라든가 고차원적인 윤리에는 관심이 없습니다. 우리는 범죄를 줄이는 것에만 관심이 있지요……."

옷을 멋지게 차려입은 장관이 끼어들더군. "그리고 교도소의 엄청난 적체를 해소하기 위해서지요."

"옳은 말이오, 옳은 말이야." 누군가 외쳤지.

그러자 말싸움과 토론이 벌어졌고, 여러분, 난 거기 서서 이 무식한 놈들 모두에게 완전히 무시를 당하고 있었지. 그래서 내가 소리쳤어.

　"나, 나, 나. 도대체 나는 어쩌라고요? 난 여기서 뭐란 말이야? 내가 무슨 짐승이나 개란 말이야?" 이 말에 놈들은 큰 소리로 떠들면서 나에게 소리치기 시작했지. 그래서 더 큰 소리로 내가 외쳤어. "내가 무슨 태엽으로 움직이는 오렌지란 말이야?" 왜 그런 말을 사용했는지 모르겠어, 여러분. 대갈통을 쓰지 않고 그냥 튀어나온 말이었지. 그리고 무슨 이유인지 내 말에 놈들은 1, 2분 정도 아무 말도 못 하더군. 그때 교수 타입의 어떤 여윈 늙은이가 일어섰는데, 놈의 목은 대갈통과 몸통을 연결하는 전선 같았지. 놈이 말했어.

　"너는 불평할 명분이 없다, 애야. 넌 선택을 한 것이고, 이 모든 게 네가 선택한 결과야. 어떤 일이 벌어지든 그건 네가 선택한 일이야." 그때 교도소 신부 놈이 외쳤지.

　"저런, 그 말을 내가 믿을 수만 있다면." 그때 소장이 신부 놈에게 '교도소 종교계'에서 그가 원하는 만큼 승진하지 못하리라는 눈빛을 던지는 것을 볼 수 있었어. 목청을 높인 논쟁이 다시 시작되었는데, '사랑'이라는 단어가 튀어나왔고 교도소 신부 놈은 누구보다 더 큰 소리로 **"완전한 사랑은 두려움을 물리치나니."**라며 개똥 같은 소리를 외쳤지. 그때 브로드스키 박사가 만면에 웃음을 띠고 말하더군.

　"기쁘군요. 여러분, '사랑'이라는 문제가 제기되다니요. 우리는 이제 중세와 함께 사멸했다고 믿어 온 '사랑'의 예절이 살아 있는 모습을 보게 될 것입니다." 그때 불이 꺼지고 조명이 다시 켜졌는데, 하나는 여러분의 불쌍하고 수난을 당하는 친구이자 화자에게, 그리고 또 하나는 일생에서 한 번쯤 보았으면 하는 진짜로 예쁜 계집애를 천천히 비추기 시작했지. 어깨를 거의 드러낸 옷을 입고 진짜 삼삼한 젖가슴을 가진 여자였어. 또 다리는 천상의 하날님만큼이나 완벽했는데, 걸음걸이는 속으로 신음을 흘리게 만들 정도였지만 낯짝에는 달콤한 미소를 짓고 있는 것이 청순하고 어려 보였어. 걔는 내 쪽으로 조명과 함께 다가왔는데, 마치 천상의 우아함, 뭐 그런 것 같았지. 그때 내 대갈통을 스친 생각은 이 계집애를 마룻바닥에 눕혀 놓고 그 짓거리를 야만스럽고도 잽싸게 해 대는 거였어. 메스꺼움이 마치 길모퉁이에서 감시하고 있다가 뒤쫓아 와서는 체포를 하는 염병할 형사처럼 등장하기 전에 말이지. 그리고 그때 개한테서 나는 좋은 향수 냄새가 나를 흥분한다고 생각하게끔 유도했고, 그래서 그 계집애에게 품은 생각을 바꾸어야만 했지. 고통, 갈증 그리고 끔찍한 메스꺼움 등이 나를 순식간에 제대로 덮치기 전에 말이야. 그래서 이렇게 소리쳤어.

"아, 모든 계집애들 중 가장 예쁜 그대여, 난 내 마음을 당신이 밟고 가도록 발치에 던지겠어요. 비가 내려 땅바닥이 엉망이면 내 옷을 깔아 그대의 발에 오물이 묻지 않게 하겠어요." 이렇게 말을 하니까, 여러분, 메스꺼움이 물러가는 것이 느껴지더군. "당신을 숭배하게 해 주오, 그러면 이 세상의 사악한 놈들로부터 당신을 보호하고 도와주겠소." 그때 난 적절한 말이 생각났고 그 말이 더 좋다고 느끼면서 말했지. "내가 당신의 진정한 기사가 되게 해 주시오." 그리고 무릎을 꿇은 다음 한 발을 빼서 절을 했지.

그런데 문득 내가 바보 멍청이 같다는 느낌이 들었어. 왜냐하면 이 모든 게 연기였으니까. 그 계집애가 웃으며 관중에게 인사를 했고 박수 소리와 함께 불이 들어오더군. 그리고 여러분, 관중 속에 있던 몇몇 늙은이들의 눈은 그 계집애를 보고 추잡하고 성스럽지 못한 욕망으로 튀어나올 것 같았어.

"이 아이는 진정한 기독교인이 될 것입니다." 브로드스키 박사가 외쳤지. "다른 쪽 뺨을 내밀 준비가 되어 있고, 십자가에 못 박기보다 못 박힐 준비가 된 데다가, 파리 한 마리 죽일 생각만으로도 진정한 고통을 느낄 것입니다." 그 말이 맞아, 여러분. 왜냐하면 놈이 그렇게 말했을 때 난 파리 한 마리를 죽이려고 생각했고, 곧장 속이 아주 조금 메스꺼워지는 것을 느꼈거든. 그러나 바로 파리에게 설탕을 먹이고 애지중지하는 애완동물처럼 돌보는 생각을 함으로써 메스꺼움과 고통을 억눌렀어. "구원입니다." 놈이 소리치더군. **신의 천사 앞에서 환희를."**

이때 그놈의 열등성 장관이 진짜 크게 외쳤지. "요점은 그게 효과가 있다는 거지요."

"아." 교도소 신부 놈이 한숨 쉬듯이 말했지. "효과가 있군요. 신의 가호가 있길."

3부

1

"자, 이제 어떻게 될까?"

그건, 여러분, 다음 날 아침 내가 스스로에게 물어본 말이야. 국교에 붙어 있는 그 흰 건물 밖에 서서, 해 뜰 무렵의 어스름 속에 이 년 전 그날 밤에 입고 있던 옷을 입고 얼마 되지 않는 개인 물품이 든 조그만 가방과 염병할 '당국'이 새 삶을 시작하라고 친절하게도 기부한 약간의 쩐을 가지고 말이지.

그 전날의 나머지 일은 사람을 피곤하게 만들었지. 무슨 텔레비전 뉴스를 위해서 인터뷰를 하느라 녹음을 하고, 찰칵찰칵 사진을 찍고, 초강력 폭력과 낯 뜨거운 짓거리를 보다가 갑자기 아파하는 모습을 더 보여 주기도 했어. 그러고는 곯아떨어졌는데, 집으로 가라고, 즉 꺼져 버리라고 말하려는 듯이 날 잠에서 깨우더군. 놈들은 여러분의 이 겸손한 화자를 더 이상

보고 싶어 하지 않았던 거지. 자, 그래서 내가 그곳에 나와 있게 되었어. 아주 이른 아침에 왼쪽 호주머니에 든 약간의 이쁜 쩐을 짤랑거리며 생각에 잠겨서 말이야.

"자, 이제 어떻게 될까?"

어디 가서 아침이나 먹을까 생각했지, 그날 아침에는 아무것도 먹지 않았거든. 모든 녀석들이 날 쫓아내듯이 석방하느라 정신이 없었지. 차 한 잔, 그게 내가 먹은 전부였어. 이 국교가 있는 곳은 후진 동네였지만, 그래도 주변에는 노동자들이 가는 간이식당들이 몇 개 있었고 난 그중 하나를 곧 찾아냈지. 냄새나고 지저분한 곳이더군. 천장에 등이 하나 달려 있었지만 파리똥 같은 것이 끼어 흐릿했고, 새벽부터 일하는 막노동꾼들이 차와 끔찍하게 보이는 소시지를 우걱우걱 먹어치우고 있었고, 또 빵도 우걱우걱 게걸스럽게 먹으면서 더 달라고 소리치더군. 생긴 건 별로지만 그래도 풍만한 가슴을 가진 계집애가 음식을 날랐는데, 밥을 먹던 몇 놈이 만지려고 하면서 하하 웃고 그 계집애도 헤헤 웃어 대더군. 그 장면을 보자 내 속이 메스꺼워졌지. 난 아주 점잖고 신사다운 목소리로 토스트와 잼, 차를 달라 했고, 어두운 구석에 가 앉아 먹고 마셨지.

이러는 동안 아주 쪼끄만 난쟁이 같은 놈이 들어와서는 조간신문을 팔았어. 놈은 뒤틀리고 더러운 죄수 타입이었는데, 테가 철로 된 두꺼운 안경을 끼고 오래돼서 상한 까치밥나무 열매로 만든 검붉은 푸딩 색깔의 옷을 입고 있었지. 나는 신문을 샀어. 세상에 어떤 일이 일어나는지를 알고 정상적인 삶으로 뛰어들 준비를 하자는 생각에서 말이야. 내가 산 신문은 무슨 정부 기관지처럼 보였는데, 전면에 나온 유일한 기사는 현 정부가 이삼 주 후인 것으로 보이는 총선거에서 다시 집권하게 해야 한다는 이야기뿐이더군. 또 지난해나 그 전해에 정부의 성취라며 늘어난 수출과 진짜로 삼삼한 외교 정책 그리고 개선된 공공 서비스 등에 대해 자랑을 늘어놓았지. 그러나 현 정부가 진짜 가장 자랑스러워한 것은, 자기들 생각으로 지난 여섯 달 동안 평화를 사랑하고 밤 산책을 좋아하는 인간들에게 거리가 아주 안전해졌다는 거였지. 경찰의 월급을 올려 줘서 놈들이 어린 깡패들, 변태들, 도둑놈들, 뭐 그런 것들을 더 엄하게 다루도록 지원했다는 거야. 이 말은 여러분의 화자에게 흥미를 꽤 일으켰지. 신문 2면에는 퍽이나 낯익은 누군가의 흐릿한 사진이 실렸는데, 다름 아닌 바로 나, 나였어. 아주 불쌍하고 겁먹은 것처럼 보였는데, 사실 그건 사진 조명이 내내 펑펑 터졌기 때문이야. 내 사진 아래에는 이 사람은 새로 생긴 범죄자 갱생 국립 연구소의 첫 수료자로서, 불과 이 주 만에 범죄 심리가 치료되었고, 지금은 법을 두려워하는 시민이 됐다는 설명이 붙어 있었지. 또 루도비코 요법에 대해 자랑을 늘어놓고 정부가 아주 현명하게 일 처리를 하고 있다는 등의 기사가 있었어. 거기에는 또 내가 알 것 같은 어떤 놈의 사진이 실렸는데, 그놈의 열등부인지 내무부인지의 장관이더군. 놈이 자랑을 좀 늘어놓는 것 같았지. 더 이상 어린 깡패들, 변태들, 도둑놈들, 그런 것들로부터 비겁한 공격을 받을 걱정이 없는, 범죄가 없는 시대를 고대한다는 뭐 그런 말이더군.

그래서 난 으아아 소리를 지르면서 신문을 바닥에 집어 던졌지. 신문은 그 간이식당을 이용하던 구린내 지독한 짐승 같은 놈들이 흘린 차 자국과 침 뱉은 자국을 덮었어.

"자, 이제 어떻게 될까?"

남은 일은 집으로 가는 것이지, 여러분. 당신의 외아들이자 후계자가 가족의 품으로 돌아왔다며 아빠와 엄마를 놀라게 해 드리는 것이었어. 그런 다음 내 조그만 소굴로 들어가 침대에 누워 아름다운 음악을 들으면서 앞으로 무엇을 할 것인지 곰곰이 생각할 수도 있겠지. 석방 담당관이 그 전날 내가 시도해 볼 수 있는 직업이 적힌 긴 목록을 주었고, 다른 놈들에게 소개 전화도 돌려 주었거든. 그런데 여러분, 난 즉시 일을 시작할 맘이 전혀 없었어. 우선 짧은 휴식부터, 그래 그거지, 그러고 나서 아름다운 음악을 들으며 침대에 누워 조용히 생각하는 거야.

그래서 시내로 가는 버스를 탔고, 거기서 킹슬리가로 가는 버스를 갈아탔지. 18A동은 바로 그 근처였으니까. 내 말을 믿으라고, 여러분, 내가 그 건물을 보았을 때 흥분으로 가슴이 쿵쿵 뛰었다는 걸. 이른 아침이라 사방이 조용했지. 아파트 현관으로 들어가니 아무도 없었고, 벌거벗은 남녀가 그려진 '존엄한 노동자'뿐이었어. 그런데 놀랍게도, 여러분, 이 그림에 있던 낙서가 깨끗하게 지워져 있는 거야. 그 어디에도 애들이 '존엄한 노동자'의 주둥이에 써넣은 지저분한 말도 없었고, 또 음탕한 마음으로 그림의 벌거벗은 몸에다 연필로 그려 넣은 신체의 추잡한 부분들도 없었지. 게다가 또 놀라운 일은 승강기가 작동했다는 거야. 버튼을 누르자 조용히 소리를 내며 내려 왔고, 타 보니 무슨 새장 같은 내부가 아주 깨끗해서 다시 한 번 놀랐지.

그렇게 10층으로 올라갔더니 바로 그 자리에 예전처럼 10-8호가 있었지. 문을 열기 위해 호주머니에서 열쇠를 꺼낼 때 손짝이 떨리더군. 그래도 아주 단호하게 열쇠를 자물쇠에 꽂아 돌린 다음, 문을 열고 들어갔지. 그랬더니 나를 쳐다보며 놀란, 거의 겁에 질린 세 쌍의 눈과 마주쳤는데, 아빠와 엄마 가 아침을 먹고 있군. 그런데 전에 보지 못한 놈이 하나 있 었지. 웬 뚱뚱한 놈이 셔츠 바람으로 멜빵만 멘 채 아주 편안 하게 차를 꿀꺽꿀꺽 마시며 계란과 토스트를 씹고 있었어. 이 놈이 먼저 입을 열더군.

"댁은 누구요? 어디서 열쇠가 났소? 꺼져, 얼굴을 뭉개기 전 에. 다시 나가서 노크를 해. 용무가 뭔지 빨리 말해."

아빠와 엄마는 굳은 듯 앉아 있었지. 그때 난 알았어, 그들 이 아직 신문을 읽지 않았다는 것을. 그제야 기억이 나더군. 아빠가 일하러 갈 때까지 신문이 오는 법은 없었지. 그때 엄마 가 말했어. "아, 너 탈옥했구나. 도망을 쳤어. 어쩌면 좋아? 곧 이리로 경찰이 올 거야, 아, 저런, 나쁜 녀석, 네가 우리를 이렇 게 창피하게 만드는구나." 내 말을 믿든 엿이나 처먹든, 엄마는 울기 시작했어. 그래서 내가 설명을 하려고 애썼지. 만약 원한 다면 국교로 전화를 해 보면 된다고. 그동안 내내 인상을 쓰 고 앉았던 그 처음 보는 놈은 커다란 털투성이 팔로 내 낯짝 을 거의 후려칠 기색이었지. 그래서 내가 말했어.

"대답 좀 해 보라고, 형씨. 여기서 뭘 하는 거고 언제부터 있었는데? 금방 말투가 맘에 들지 않더군. 조심하라고. 자, 말 좀 해 보라니까." 녀석은 노동자 타입이었고, 아주 못생긴 삼 사십 대 정도였는데, 주둥이를 쩍 벌리고 앉아서는 한마디도 못 했지. 그때 아빠가 이렇게 말하더군.

"좀 당황스럽구나, 애야. 온다고 미리 알려 주었으면 좋았을 걸. 우리는 적어도 한 오륙 년이나 되어야 네가 석방되는 줄 알았지." 그리고 이렇게 말했지. "그렇지만 다시 너를, 특히나 자유인으로 보게 된 게 기쁘지 않다는 말은 아니야." 말은 그렇게 했지만 아주 침통한 목소리더군.

"이게 누구예요?" 내가 물었지. "왜 저 스스로 말을 못 하는 거죠? 이게 다 무슨 일이죠?"

"이 사람 이름은 조다." 엄마가 대답했어. "여기 살아. 말하자면 하숙하는 사람이지. 아, 저런, 저런."

"야, 너." 조란 놈이 소리치더군. "네 얘기 다 들었어. 어떤 일을 저질렀는지 알아, 불쌍한 부모 가슴을 찢어 놓았다는 것 말이야. 그래, 돌아왔군. 다시 한번 부모님 삶을 비참하게 만들려고 돌아왔단 말이지? 내 눈에 흙이 들어가기 전에는 그럴 수 없지. 왜냐하면 저분들은 날 하숙인이라기보다는 아들로 대접해 주시니까." 이 말을 듣고 속에서 화가 치밀어 나는 메스꺼움만 느끼지 않았다면 큰 소리로 웃었을 거야. 왜냐하면 놈은 거의 아빠나 엄마 정도의 나이였는데도 아들로서 보호라도 하겠다는 듯이, 울고 있는 엄마에게 손짝을 얹고 있었단 말이야, 여러분.

"그렇군." 난 눈물범벅이 되어 쓰러지고 싶은 지경이었지. "일이 그렇게 됐군. 자, 내 방에서 네 더러운 물건들을 치우게 장장 오 분씩이나 주지." 그러고는 방을 향해서 갔는데, 놈은 행동이 굼떠서 나를 막지도 못했어. 방문을 열었을 때 내 가슴은 산산조각이 나서 바닥에 흩어졌지. 왜냐하면 도저히 내 방 같아 보이지 않았기 때문이야, 여러분. 벽에 걸렸던 내 깃발들이 사라져 버렸고 그 대신 권투 선수들의 사진들과 팔짱을 낀 채 웃으며 은빛 상패 같은 것을 앞에 두고 있는 장식의 사진이 있더라고. 바로 그때 뭐가 없어졌는지 알았지. 내 스테레오와 디스크를 넣은 장이 사라졌고, 또 병과 마약과 반짝이고 깨끗한 주사기 두 개를 넣어 놓은 보물 상자가 없어졌던 거야. "아주 더럽고 구린 일이 여기에서 벌어지고 있잖아." 내가 소리쳤지. "내 개인 물건을 어떻게 한 거야, 이 끔찍한 자식아?" 조에게 한 말이었는데 대답한 건 아빠였어.

"모든 걸 경찰이 가져가 버렸다, 애야. 새로운 규정이란다, 피해자 보상을 위해서지."

아프지 않으려고 애를 썼지만, 대갈통이 너무 아프고 주둥이가 바짝 말라서, 나는 식탁에 놓인 우유를 잽싸게 병째 들이켜야 했지. 그랬더니 조라는 놈이 말했어. "돼지 새끼처럼 예절이 엉망이군." 내가 외쳤지.

"그렇지만 그 할멈은 죽었어. 그 사람은 죽었단 말이야." 아빠가 슬픈 표정으로 말하더군.

"애야, 그건 고양이들 때문이었단다. 유언이 발표될 때까지는 돌봐 주는 사람이 없어서 먹이를 줄 사람을 불러야 했지.

그래서 경찰이 네 물건과 옷가지를 팔았어. 고양이 돌보는 것을 돕기 위해서 말이야. 그게 법이란다, 얘야. 넌 법을 지킬 사람이 절대 아니다만."

난 앉아야만 했는데 조가 끼어들었지. "앉기 전에 허락을 받아, 이 버르장머리 없는 어린놈아." 그래서 내가 잽싸게 쏘아 댔지. "입 닥쳐, 이 뚱보 놈아." 속이 메스꺼워지더군. 그래서 아주 이성적으로 행동하려고 애쓰고 또 내 건강을 위해 웃기까지 했어. "그런데 저건 내 방이야, 그걸 부정할 순 없다고. 그리고 여기는 내 집이지. 아빠, 엄마, 무슨 생각이 있나요?" 그러나 두 분 모두 아주 침통해했고, 엄마는 눈물에 젖은 찌푸린 낯짝으로 약간 떨기까지 하더군. 아빠가 말했지.

"생각을 해 봐야겠구나, 얘야. 우리는 조를 쫓아낼 수 없어, 그럴 수는 없잖니? 내 말은, 조는 여기서 직장을 다닌다. 이 년 짜리 고용이지. 그리고 우리는 계약 같은 걸 했다고, 그렇지? 내 말은, 얘야, 네가 교도소에 아주 오랫동안 머물게 될 거니까 저 방에 주인이 필요하겠다고 생각했단다." 아빠가 좀 부끄러워하는 게 낯짝에서 고스란히 드러났어. 그래서 난 그냥 웃으며 그 말을 받아들이듯 대답했지.

"잘 알았어요. 두 분은 조용한 생활에다 추가로 들어오는 이쁜 쩐에 익숙해졌다는 말이죠. 그게 사는 거겠지요. 그리고 당신네 아들은 아주 귀찮은 존재일 뿐이고요." 그러고는 여러분이 믿든지 엿을 먹든지 간에 난 울기 시작했어. 나 스스로가 너무 안쓰러웠거든. 아빠가 이렇게 말하더군.

"얘야, 조는 이미 다음 달 세를 냈다. 내 말은, 우리가 무얼 하든지 조에게 나가라는 말을 할 수 없다는 거야, 그렇지, 조?" 그러자 놈이 대답했지.

"제가 걱정하는 건 부모처럼 돌봐 주신 두 분이죠. 아들 같지도 않았던 이 괴물 같은 어린놈에게 두 분을 맡겨 둔다는 건 도리가 아니라고요. 지금은 녀석이 울지만 저건 계략이고 꾸며 낸 것이에요. 내보내서 다른 방을 찾아 보라 하세요. 자기가 무슨 잘못을 했는지 배우게 하세요. 저렇게 나쁜 일을 저질러 온 녀석은 이렇게 좋은 부모님을 모실 자격이 없어요."

"좋아." 난 눈물에 젖은 채 서서 외쳤지. "사정이 어떤지 알았다고. 날 원하거나 사랑해 주는 사람은 하나도 없어. 이제껏, 계속, 쭉, 고통받아 왔는데도 모두들 내가 더 고통받았으면 하는 거지. 알았어."

"넌 다른 사람들을 고통받게 만들었어." 조가 말했지. "네가 제대로 고통받는 건 당연한 일이야. 난 밤마다 단란한 식탁에 앉아 네가 한 일을 다 들었어. 듣기만 해도 충격적인 이야기였지. 많은 이야기들이 구역질을 나게 할 정도였어."

"감옥으로 돌아가는 게 좋겠군. 국교라는 곳 말이야. 나 지금 가요. 다시는 보지 못할 거예요. 내 살길을 찾지요, 고마워요. 양심에 가책이나 받으시라고요." 아빠가 말했어.

"그런 식으로 받아들이지 마, 애야." 엄마는 흑흑 울더군, 인상을 찌푸려서 추한 낯짝을 한 채로. 조 녀석은 다시 팔을 엄마에게 얹더니 도닥거리면서, '뚝, 그만 뚝.' 하고 미친놈처럼 말했지. 그래서 난 문으로 비칠거리며 걸어서 밖으로 나갔어. 모두가 엄청난 양심의 가책을 받게 남겨 놓고 말이야, 여러분.

2

아무 목적 없는 것처럼 거리를 걸어가고 있었지. 밤에나 입는 옷을 입고 있어서 사람들이 지나가는 날 쳐다보았어. 게다가 엄청 추운 지랄 같은 겨울날이었지. 이 모든 것으로부터 도망가고 싶었어. 아무것도 생각할 필요가 없게 말이야. 그래서 버스를 타고 시내에서 내려 테일러 광장으로 걸어갔는데 거기에는 내가 예전에 굉장한 고객으로 아꼈던 레코드 가게 '멜로디아'가 있었지. 여러분, 그곳은 내가 단골이던 옛날의 모습을 많이 간직하고 있더군. 걸어 들어가면서 앤디를 보겠구나 생각했어. 그는 옛날에 내가 음반을 샀던, 대머리에다 빼빼 마르고 쓸모 있는 녀석이었지. 그러나 그곳에 앤디는 없었어, 여러분. 그 대신 나드샷, 즉 십 대의 사내놈들과 계집애들이 소리를 지르면서 형편없는 새 팝송에 맞춰 춤을 추고 있을 뿐이었지. 계산대 너머에 있는 놈도 십 대 이상으로 보이지 않았는데, 손마디를 꺾어 소리를 내면서 미친놈처럼 웃고 있더군. 난 다가가서 황송하게도 놈이 주의를 돌릴 때까지 기다렸지. 그리고 말했어.

"모차르트 40번을 듣고 싶군요." 왜 그런 생각이 대갈통에서 떠올랐는지는 모르지만 그렇게 되었어. 계산대 놈이 말했지.

"40 뭐라고, 친구?" 내가 대답했어.

"교향곡. 교향곡 40번 G 단조."

"우후." 춤추던 십 대 녀석 중에 하나가 이렇게 야유했는데, 놈의 앞머리가 눈을 덮고 있었지. "교향곡이래, 웃기지 않냐? 얘가 교향곡을 원한대."[22]

속에서 화가 치미는 것을 느낄 수 있었지만, 아주 조심해야 했지. 난 앤디를 대체한 놈과 춤추며 소리 지르는 십 대 것들을 향해 미소 비슷한 걸 보냈어. 그 계산대 지키는 놈이 말하는 거야. "저기 있는 감상실로 들어가, 친구. 그러면 무언가를 틀어 줄 테니."

그래서 나는 사고 싶은 음반을 미리 들을 수가 있는 조그만 부스로 들어갔지. 그런데 놈이 틀어 주는 판은 모차르트의 「프라하」였어.[23] 놈은 선반에 있는 모차르트의 아무 판이나 집어 들어 튼 것 같았는데, 나를 진짜 열 받게 만들어야 했지만 고통과 메스꺼움이 두려웠기 때문에 조심해야 했지. 그런데

22) 'symphony(교향악)'를 'seem funny(웃겨 보이는)'를 연상시키는 'seem-funnah'로 표현하고 있다.
23) 모차르트 교향곡 38번.

잊지 말아야 할 것을 잊어버린 바람에 음악이 듣고 싶었던 거야. 그 박사 놈들이 술수를 부린 탓에 감정에 호소하는 음악을 들으면 폭력을 보거나 폭력을 저지르고 싶을 때처럼 아파졌으니까. 그때 본 폭력이 가득 찬 영화에 음악이 같이 나왔기 때문이었어. 특히 난 베토벤 5번의 마지막 악장이 그 끔찍한 나치 영화 속에 나왔다는 걸 기억했지. 그런데 지금은 아름다운 모차르트가 끔찍하게 변해 버린 거야. 난 다가오는 메스꺼움과 고통을 피해 부스에서 달려 나갔는데, 그 십 대 놈들은 가게 밖으로 뛰쳐나가는 나를 비웃었고, 계산대 지키는 놈은 "어이!" 하고 소리쳤지. 그러나 난 신경도 쓰지 않고 주위를 살필 새도 없이 비틀거리면서 길을 건너 길모퉁이를 돌아 코로바 밀크 바로 갔지. 내가 뭘 원하는지 잘 알고 있었으니까.

그곳은 거의 텅 비어 있었어, 아침이었으니까. 또 낯설게 보이더군. 온통 빨간 젖소 그림으로 도배를 했고, 계산대 뒤에 있는 놈도 내가 모르는 녀석이었지. "약 탄 우유, 큰 걸로." 그래도 내가 이렇게 주문하니까 갸름한 낯짝에 막 면도를 한 듯한 그 녀석은 뭘 원하는지 알더군. 나는 약 탄 우유가 든 큰 잔을 가지고 옆으로 죽 늘어서 있는 조그만 방들 중 하나로 들어갔는데, 커튼 같은 것을 쳐 놓아 홀과는 분리돼 있었지. 난 벨벳 의자에 앉아 우유를 홀짝홀짝 마셨어. 그걸 전부 다 마시자 약 기운이 퍼지기 시작하는 게 느껴지더군. 나는 바닥에 버려진 조그만 담뱃갑 은박지 조각을 응시하고 있었어. 청소가 제대로 안 되었던 거야, 여러분. 그런데 그 은박지 조각이 점점 커지더니 똑바로 쳐다볼 수도 없을 정도로 밝고 눈부시게 변해서 눈을 가늘게 떠야만 했지. 그게 커져서는 내가 늘어져 있던 방만 해졌을 뿐 아니라, 더욱더 커져서 코로바 바 전체, 거리 전체, 도시 전체만 해졌어. 그런 다음 그것은 전 세계, 또 모든 것들이 되어서는 이제껏 만들어졌거나 또는 심지어 상상되어 온 것조차 덮쳐 버리는 바다 같아졌지. 그리고 난 나 스스로가 괴상한 소리를 내면서 이렇게 떠들어 대는 걸 들었지. **"죽어 버린 방랑자여, 다양하게 변하는 모습 속에서 사라지지 마."** 그리고 난 은박지 안에 어떤 환영이 나타나는 것을 보았는데, 아무도 이제껏 보지 못한 색깔이더군. 그리고 아주 멀리멀리 떨어져 있는 조각상들이 점점 더 가까이 떠밀려 오는 것 같은 느낌을 받았는데, 위아래로 모두 조명을 받고 있었지, 여러분. 이 조각상들은 하날님과 그의 '천사'들과 '성자'들이었는데, 청동빛으로 번쩍이고 수염이 달리고 바람 같은 것을 저어 대는 날개도 있었지. 그러니까 그것들이 진짜 돌이나 황동은 아니었던 거야. 눈깔을 움직이면서 살아 있었다니까. 이 커다란 조각상들은 점점 가까이 다가오더니 나를 뭉개 버릴 기세였고, 나는 어어 하는 내 목소리를 들었지. 그리고 나의 모든 것, 옷, 몸통, 뇌, 이름 등이 다 사라져 버렸다고 느꼈는데, 마치 하늘나라에 있는 것처럼 기분이 째졌지. 그런데 뭔가 부서지고 무너지는 소리가 나더니, 하날님과 천사들과 성자들이 나를 향해 대갈통을 좌우로 젓더군. 마치 아직 때가 되지 않았으니 더 노력을 해야 한다는 것 같았지. 그 모든 것들은 짓궂은 눈길로 나를 쳐다보고 웃더니 무너져 내렸고, 따뜻하고 큰 빛이 점점 차갑게 변하더군. 거기엔 전과 마찬가지로 탁자 위에 빈 잔을 앞에 둔 채 앉아 있는 내가 있었지. 울고 싶었고, 또 죽는 게 모든 걸 해결하는 일이라는 생각이 들었어.

그래, 바로 그거였어. 그게 바로 내가 해야 할 일임을 분명히 깨달았지. 그러나 어떻게 해야 하는지는 잘 몰랐어. 전에는 그런 생각을 한 번도 한 적이 없었거든, 여러분. 내 소지품이 든 가방에 먹따는 면도칼을 넣어 가지고 있었지만, 나 자신이 칼질을 해서 피가 줄줄 흘러나오는 걸 생각하자 당장 속이 메스꺼워졌지. 내가 원한 건 폭력적인 게 아니라 그냥 날 잠재우듯이 보내 버릴 수 있는 것이었어. 그게 이 겸손한 화자의 끝일 테고, 더 이상 다른 누구에게 폐를 끼치지 않는 일일 테니까. 그래서 생각했어. 공공 도서관에 가면 고통 없이 끝장낼 수 있는 최상의 방법을 알려 주는 책이 있을 거라고. 내가 죽는다면 모든 이들이 얼마나 미안해할까 생각해 보았지. 아빠와 엄마, 그리고 내 자리를 뺏은 찬탈자 같은 그 구린내 나는 조란 놈, 또 브로드스키 박사나 브래넘 박사 그리고 그 열등한 내무부 장관과 다른 모든 놈들 말이야. 특히나 뻐기기만 하는 구린내 나는 정부도 말이지. 그래서 찬 겨울 거리로 걸어 나왔고, 시내 광장의 큰 시계를 볼 수 있었는데 오후 2시 가까이 되었더군. 그러니까 그 약 탄 우유를 마시고 황홀경에 빠진 시간이 내 생각보다는 좀 길었던 것이 틀림없었지. 마가니타 대로를 따라가다가 부스비가로 접어들고, 다시 모퉁이를 한 번 돌았더니 공공 도서관이 나오더군.

아주 낡고 거지 같은 곳이어서 어렸을 때, 그러니까 여섯 살이 채 되기 전 이래로 가 본 기억이 없었어. 그곳은 두 부분으로 나뉘어 있는데, 한쪽은 책을 빌리는 곳이고, 다른 쪽은 책을 읽는 곳이었어. 신문과 잡지, 그리고 몸에서 가난과 늙은이 냄새가 나는 노인들로 가득 차 있었지. 이 늙다리들은 벽을 따라 놓여 있는 신문 독서대에 서서 코를 킁킁거리거나 트림을 하거나 혼잣말을 중얼거리며 불쌍하게 신문을 넘겨 뉴스를 읽고 있더군. 또는 책상에 앉아 잡지를 보거나 아니면 보는 척을 했어. 몇몇은 졸거나 아예 코를 크게 골기도 했다니까. 처음엔 내가 뭘 원하는지 기억할 수 없었지만, 좀 지나자 충격과 함께 내가 여기 들어온 이유가 고통 없이 끝장내는 방법을 알아보기 위해서라는 게 생각났어. 그래서 참고 서적으로 가득 찬 서가로 걸어갔지. 많은 책이 있었지만, 제목으로 보아서는 적당한 것이 없었어, 여러분. 의학서가 있어서 꺼내 보기는 했지만, 펼쳐 보았더니 끔찍한 상처와 질병을 보여 주는 사진만 가득 있었고, 그것 때문에 내 속만 좀 메스껍게 되었지. 그래서 다시 가져다 놓고 아주 큰 책, 소위 성경이란 걸 꺼냈는데, 혹시 옛날 국교 시절처럼 위안을 주지 않을까 생각했기 때문이었어. 사실 그리 옛날도 아니었지만, 그렇게 느껴지더군. 그걸 들고 비칠거리며 의자로 가 앉아 읽었지. 그런데 내용이라고는 일흔 번에 일곱을 곱해서 때리는 것과 서로 때리고 욕하고 두들겨 패는 유태인들 이야기뿐이라 또다시 속이 메스꺼워졌어.[24] 그때 나는 거의 울 뻔했는데, 앞에 앉아 있던

---

24) 신약 성서 「마태복음」 18장 22절의 '적을 일곱 번만 아니라 일곱 번을

초라한 차림의 늙은이가 말을 걸더군.

"무슨 일이냐, 애야? 뭐가 문제니?"

"끝을 내고 싶어요. 이 삶이 지겨워요, 그게 바로 문제죠. 사는 게 너무 힘들어져 가요."

내 옆에 앉아 책을 읽던 늙은이가 쉿 하고 외쳤지. 커다란 기하학적 그림이 가득 있는 무슨 미친 잡지에서 눈도 떼지 않은 채 말이야. 그걸 보고 있자니 왠지 무슨 생각이 날 듯했어. 앞의 늙은이가 말했지.

"넌 죽기엔 아직 어리다, 애야. 앞길이 창창하지 않니."

"글쎄요." 내가 씁쓸히 말했지. "가짜 젖가슴 정도겠죠." 그때 잡지를 읽던 늙은이가 쉿 하고 다시 소리 질렀는데, 그때는 눈을 들어 내 쪽을 쳐다보더군. 그 순간 우리는 서로 뭔가를 갑자기 떠올렸지. 나는 그 늙은이가 누군지 알았어. 그 늙은이가 진짜 크게 소리치더군.

"난 형태를 절대로 잊지 않아, 맙소사. 어떤 것의 형태도 잊지 않는다고. 아, 맙소사, 너, 이 못된 놈, 이제 잡았다." 결정학, 바로 그거였지. 그게 바로 그때 늙은이가 도서관에서 빌렸던 책이었어. 왕창 세게 짓밟힌 틀니. 찢어진 옷. 갈가리 찢어진 책, 모두가 결정학에 관한 것이었지. 난 재빨리 최선을 다해 거기를 빠져나가야 한다고 생각했어, 여러분. 그러나 그 늙은이가 일어서서 마치 미친 사람처럼 소리를 치는 거야. 벽을 둘러

일흔 번까지도 용서하라'라는 예수의 설교에 알렉스가 자신의 피해 의식을 투영하여 왜곡한 표현이다.

싼 신문 독서대에 있는 콜록거리는 늙은이들과 책상 위에서 잡지를 보며 졸던 늙은이들에게 말이야. "놈을 잡았어." 그 늙은이가 외쳤지. "결정학 책, 어느 곳에서도 다시는 구할 수 없는 그 희귀한 책을 망가뜨린 독소같이 못된 젊은 놈이오." 목청을 너무 높여서 늙은이의 대갈통이 떨어져 나갈 것 같았어. 놈이 소리치더군. "비겁하고 잔혹한 어린것들의 대표적인 본보기가 바로 우리에게 둘러싸여 처분을 기다리고 있소. 이놈 패거리가 날 때리고 발로 차고 픽픽 쳤다고. 날 발가벗기고 내 이빨을 망가뜨렸어. 내가 피 흘리고 신음하는 걸 보고 웃었다고. 저들은 넋이 나가고 벌거벗은 날 발로 차서 집으로 쫓았지." 이 모든 게 전부 사실은 아니야, 여러분도 알겠지만. 이 늙은이는 옷 쪼가리를 걸치고 있었다고. 완전히 발가벗은 건 아니었어. 내가 받아 소리쳤지.

"그건 이 년도 지난 일이에요. 난 그 이후 죽 벌을 받았단 말이에요. 교훈을 얻었다니까요. 자, 여기 봐요. 내 사진이 신문에 났잖아요."

"벌이라고, 응?" 전직 군인 타입의 늙은이가 소리쳤지. "너희 놈들은 다 박멸시켜야 해. 다른 나쁜 질병 같은 놈들과 함께 말이야. 벌을 받아야지, 암."

"됐어요, 됐다고요, 누구라도 의견을 말할 권리가 있죠. 다들 절 용서하세요. 그만 갑니다." 그리고 미친 늙은이들로 가득 찬 곳을 빠져나가기 시작했지. 아스피린, 바로 그거야. **백 개 정도 아스피린을 털어 넣으면 끝이 난다니까.** 약국에서 구할 수 있는 아스피린 말이야. 그런데 그 결정학 늙은이가 소리를 질러 댔어.

"놈을 놓치지 마. 이 잔혹한 놈에게 벌이 뭔지 가르치자고. 놈을 잡아." 그런데 여러분, 믿거나 말거나 아흔 살은 된 것 같은 늙은이들 두셋이 떨리는 손으로 날 움켜잡는 거야. 이 반송장 같은 늙다리들에게서 나는 병들고 늙은 냄새 때문에 속이 메스꺼워졌지. 그러자 결정학 늙은이가 달려들어서 아주 가냘픈 주먹으로 내 낯짝을 때리기 시작했고, 난 벗어나려고 애를 썼지만, 날 잡고 있던 늙은이들의 팔 힘이 생각보다 셌어. 그리고 신문을 뒤적이던 다른 늙은이들도 여러분의 이 겸손한 화자와 한판 해 보자고 절룩거리며 모여들더군. 놈들은 이렇게 외쳤지. "죽여라, 짓밟아, 살인하자, 이빨을 차 버려." 난 이게 무엇을 의미하는지 분명하게 알았어. 늙은이들이 젊은이와 한판 해 보자는 거였어, 바로 그거였지. 몇몇은 이런 소리도 외치더군. "불쌍한 늙은이 잭, 이놈이 불쌍한 잭을 거의 죽일 뻔했다고, 이 못된 어린놈이 말이야." 마치 그게 바로 지난밤 일이란 듯이 말하더군. 이 늙은이들한테는 그렇겠다는 생각을 했어. 그때 구린내 나고 콧물을 훌쩍이는 더러운 늙은이들이 가는 팔과 앙상한 손가락으로 나를 잡으려고 바다처럼 둘러싸면서 소리치다가 나한테 기대어 숨을 헐떡였는데, 우리의 결정학 늙은이는 맨 앞에 서서 계속 주먹질을 해 댔지. 여러분, 난 한 놈도 처리할 엄두를 내지 않았어. 차라리 이렇게 맞는 것이 메스꺼운 속으로 끔찍하게 고통받는 것보다 나았거든. 그러나 물론 폭력이 벌어지고 있다는 사실 때문에 구역질이 마치 모퉁이에 숨어 있다가 혼쭐을 내려고 나타날 때를 살

피는 중이란 생각이 들더군.

　그때 도서관 직원 놈이 나타났는데, 아주 젊은 놈이었지. "무슨 일입니까? 즉시 멈추세요. 여긴 열람실입니다." 그러나 아무도 주의를 기울이지 않았어. 그랬더니 그 직원 놈이 외쳤지. "좋아요, 그럼 경찰을 부르겠소." 그래서 내가 소리쳤는데, 일생 동안 그런 말을 하리라고는 생각도 못 해 본 일이었지.

　"예, 예, 그러세요. 제발 절 이 미친 노인들로부터 보호해 주세요." 그런데 난 직원 놈이 싸움에 끼어들어서 미친 늙은이들의 손아귀로부터 날 구해 줄 마음이 없다는 걸 알아챘지. 놈은 그냥 사무실이나 뭐 전화기가 있는 곳으로 가 버렸던 거야. 늙은이들의 숨이 훨씬 가빠져서 내가 뿌리치면 다들 나가떨어질 것 같더군. 그래도 그냥 인내심을 가지고 이 늙은이들 손에 붙잡혀 있기로 했어. 눈을 감고 낯짝에 쏟아지는 약한 주먹질을 참으면서, 가쁜 숨을 헉헉대고 쉬는 늙은이들의 외침을 들었지. "못된 어린놈, 살인자, 깡패, 어깨, 죽여 버리자고." 그때 코를 한 방 엄청 아프게 맞은 탓에 나는 속으로 이판사판이라고 생각하면서, 눈을 떠 도망가려고 했지. 그건 힘들지 않았어, 여러분. 그리고 소리치면서 열람실 밖에 있는 복도로 도망쳤지. 그런데 그때까지도 복수하려는 늙은이들이 내 뒤를 쫓아왔어. 죽을 듯이 숨을 몰아쉬면서도 여러분의 친구이자 이 겸손한 화자를 붙잡기 위해 짐승 같은 손을 뻗치더군. 그런데 그때 나는 발에 걸려 마룻바닥에 넘어졌고 나동그라진 채로 발길질을 당했어. "그만 됐소, 멈추시오." 그러던 중 들려오는 젊은 놈의 목소리로 경찰이 왔다는 걸 알았어.

3

경황이 없어서 아주 분명하게 알 수는 없었지만, 여러분, 난 이 짭새 놈들을 전에 어디선가 보았다고 확신했지. 날 붙잡은 녀석은 공공 도서관 정문 옆에 서서 중얼거리더군. "저런, 저런." 전혀 모르는 놈이었고 짭새 놈치고는 너무 어리다는 생각이 들었지. 반면에 다른 두 놈들의 뒷모습은 내가 전에 확실히 본 적이 있었어. 놈들은 째지게 기뻐하면서 늙은이들에게로 달려가더니 쪼그만 채찍을 휘두르면서 소리치더군. "저런, 이 못된 놈들. 이게 너희들의 소란과 '공공질서' 파괴 행위를 멈추게 할 거야, 이 사악한 놈들아." 그렇게 녀석들은 숨이 차서 헐떡이는 거의 반송장이 된 늙은이들을 몰아대서 열람실로 돌려보내더군. 그리고 재미있었다고 웃으면서 나를 살펴보기 위해 돌아왔어. 둘 중 나이가 더 많은 녀석이 말했지.

"이런, 이런, 이런. 꼬마 알렉스 아니신가? 오랫동안 보지 못했어, 동무. 잘 지내?" 난 어리둥절해졌지. 제복과 헬멧 때문에 누군지 몰랐던 거야, 비록 낯짝과 목소리는 낯이 익어도 말이야. 그때 다른 놈을 쳐다보았는데 놈의 비웃는 멍청한 낯짝을 보니 의심할 여지가 없었지. 멍해졌고 더욱더 멍해졌지. "이런, 이런."이라고 말한 놈을 쳐다보았어. 놈은 바로 뚱뚱보 빌리보이, 내 오랜 적수였지. 다른 한 놈은, 물론, 딤이었어. 한때 내 옛날 동무이자 염소수염을 기른 뚱보 빌리보이의 적이었지. 그러나 그때는 제복과 헬멧 차림을 하고 질서를 지키기 위해 채찍을 휘두르는 짭새가 되어 있던 거야. 내가 외쳤지.

"아니, 그럴 수 없어."

"놀랐지, 응?" 그리고 딤이 낯익은 웃음을 터뜨렸지. 내가 또렷하게 기억하는 웃음소리였어. "후후후."

"불가능해," 내가 소리쳤어. "그럴 수 없어. 믿을 수가 없다고."

"네 눈깔로 보고 있잖아." 딤이 비웃으며 말했지. "아무 속임수도 없어. 마술도 아니고, 동무. 취업할 나이가 된 우리들에게 적합한 일이지. 경찰이란 거 말이야."

"그러기에는 너무 어리잖아, 너무 어리다고. 네 또래 놈들을 짭새로 뽑지는 않아."

"그때는 어렸지." 짭새 놈 딤이 말했지.

난 도저히 적응할 수 없었어, 여러분, 진짜로 그럴 수가 없었다니까.

"그때는 어렸지, 어린 동무. 그리고 네가 항상 제일 어린 축이었잖아. 그런데 자, 이렇게 만났구나."

"아직도 믿을 수가 없군." 내가 말했지. 그때 빌리보이, 짭새가 됐다는 사실을 도저히 받아들일 수 없는 그놈이 날 붙잡고 있던, 내가 모르는 어린 짭새 놈에게 말하더군.

"내 생각에는 렉스, 우리가 약식으로 처벌하는 게 더 나을 것 같군. 제 버릇 개 못 준다지, 언제나 그렇듯이. 고리타분한 경찰서 절차를 따를 필요는 없겠어. 여기 있는 이 녀석에게 옛날 버릇이 되살아난 거야. 우리 모두 다 잘 아는 일이야, 너는 모르겠지만. 녀석이 힘없는 늙은이들을 때렸을 거고, 그래서 그 늙은이들이 한번 제대로 복수를 하려고 했던 거지. 그렇지만 '국가'를 대표해서 우리 입장을 밝혀야겠어."

"그게 다 무슨 소리야?" 내 귀때기를 거의 믿을 수가 없었다니까. "먼저 덤빈 건 저치들이야, 여러분. 저놈들 편은 아니겠지, 그럴 수는 없어. 네가 그럴 수는 없다고, 딤. 바로 예전에 우리가 주물러 준 적이 있는 놈이었어. 그 오랜 시간이 지났는데 놈이 복수하려고 한 거란 말이야."

"오래전이란 말이 옳아." 딤이 대답했지. "그 옛날은 잘 기억나지 않는군. 더 이상 딤이라고 부르지 마. 경찰이라고 불러."

"그래도 기억할 거리는 충분하지." 빌리보이가 고개를 주억거리며 말했지. 놈은 예전처럼 뚱뚱하지 않더군. "네가 먹따는 면도칼을 잘 쓰던 고약한 어린놈이란 거, 이 사실은 잊지 말아야지." 그러고는 놈들이 나를 세게 움켜잡더니 도서관 밖으로 끌고 나가더군. 밖에는 짭새 순찰차가 기다리고 있었고, 렉스라는 놈이 운전을 했지. 놈들은 날 차 뒷좌석에 때려 넣었는데, 나는 모든 게 농담이라고 생각할 수밖에 없었어. 딤이 언제라도 대갈통에서 헬멧을 벗으면서 하하 웃을 것 같았던 거야. 그런데 놈은 그러질 않았지. 난 속으로 두려움과 싸우면서 말했어.

"그런데 우리 피트는, 피트는 어떻게 되었어? 조지는 정말 안됐어. 소식 다 들었어."

"피트라고, 아아 피트." 딤이 대답했지. "그런 이름이 기억나는 것 같군." 그때 난 우리가 시내를 벗어나는 것을 알 수 있었지. 내가 물었어.

"어디로 가는 거야?"

빌리보이가 앞을 보다가 돌아앉더니 말했지. "아직은 밝잖아. 시골로 좀 들어가면, 겨울철이라 텅 비었지만 한적하고 아름다워. 도시 놈들이 우리의 약식 처벌을 구경하는 게 그리 좋은 일은 아니지. 거리란 양쪽 모두 깨끗해야만 하는 법이니까." 그러고는 다시 앞을 보고 앉더군.

"이것 봐, 난 무슨 일인지 하나도 모르겠어. 옛날 일은 끝났어, 모두 지나간 거야. 난 과거 때문에 이미 벌을 받았어. 치료가 되었다니까."

"그건 우리도 들었어." 딤이 대답했지. "경감이 그 기사를 우리에게 모두 읽어 주었어. 그게 아주 잘된 일이라 하더군."

"너한테 읽어 주었다고." 심술이 좀 나서 내가 말했지. "아직도 너 스스로 글을 못 읽을 만큼 멍청하냐, 동무?"

"아, 저런." 딤이 아주 점잖게 슬픈 어조로 말했지. "그딴 식으로 말하지 마. 더 이상은 안 돼, 동무." 그러고는 내 주둥아리를 정통으로 한 방 갈기더군. 그러자 붉은 피가 뚝뚝 흐르기 시작했지.

"믿을 놈 하나 없다니까." 내가 씁쓸히 손으로 피를 닦으면서 말했지. "옛날에도 항상 나 혼자였어."

"여기면 되겠어." 빌리보이가 말했어. 시골이었는데 앙상한 나무들만 있고 얼마 떨어진 곳에서는 뭔가 쩍쩍거렸지. 멀리서는 농장 기계가 부르릉거리는 소리를 내고 있었어. 이미 날이 저물고 있었지, 한겨울이었으니까. 사람도 동물도 없었지. 우리 넷뿐이었어. "내려, 알렉스 녀석아." 딤이 말했지. "약식 처벌의 맛보기야."

놈들이 일을 벌이는 내내 운전하던 놈은 운전대에 앉아 담배를 피우고 책을 좀 보고 있을 뿐이었지. 놈은 책을 읽으려고 등을 켜 놓더군. 놈은 빌리보이와 딤이 여러분의 겸손한 화자에게 무슨 짓을 하든 관심도 없었지. 나는 그놈들이 뭘 했는지 세세히 밝히지는 않겠어. 그냥 부르릉거리는 농장 기계 소리나 입이 떨어진 또는 홀딱 벗은 나뭇가지들에서 나는 탁탁 가지 부딪치는 소리처럼 배경음악같이 숨을 헐떡이는 소리거나 퍽퍽 때리는 소리 같을 거야. 차 전조등 불빛에 비쳐 피어나는 입김과 운전하는 놈이 책장을 조용히 넘기는 것을 볼 수 있었지. 아, 여러분, 놈들은 계속 나를 팼는데 조금 뒤에 빌리보이인지 딤인지, 어느 놈인지는 모르겠지만 이렇게 말하더군. "충분한 것 같아, 동무. 머리를 써야지, 그렇지?" 그리고 놈들은 내 낯짝을 마지막으로 각각 한 방씩 갈겼고 난 쓰러져서 그냥 풀밭 위에 뻗었지. 날이 추웠는데 추운지도 몰랐어. 그때 놈들이 손짝들을 털더니 벗어 놓은 헬멧을 쓰고 제복을 입은 다음 차를 타더군. "널 좀 더 보게 되겠지, 알렉스." 빌리보이의 말을 듣고 딤 녀석이 옛날의 그 멍청한 웃음을 터뜨렸지. 운전하는 놈은 읽던 쪽을 마치더니 책을 치웠고, 시동을 걸었어. 놈들은 시내를 향해 떠났지. 내 옛 동무와 적수가 동시에 손을 흔들더군. 그러나 난 지치고 힘이 빠져서 그냥 거기에 누워 있었어.

시간이 좀 지나고 나니 온몸이 몹시 아팠고, 비까지 내려서 정말 얼음장처럼 춥더군. 근처에는 아무도 없었고, 인가에서 나오는 불빛조차 없었지. 어디로 가야 할까? 집도 없고 빈털터리인 내가 말이야. 나 자신이 불쌍해서 흑흑 울었지. 그러고는 일어서서 걷기 시작했어.

4

집, 집, 집, 내가 원한 건 바로 집이었는데, 그래서 난 '집'으로 가게 되었지, 여러분. 어둠 속을 걸어갔는데, 시내 쪽이 아니라 농장의 기계 소리가 나는 곳을 향해 걸었어. 그랬더니 전에 본 적이 있는 것 같은 마을에 도착했는데, 아마 그건 마을이 다 비슷비슷해서 그럴지 몰라. 특히 어둠 속에서는 그렇지. 거기에는 주택가와 술집이 있었고, 마을의 제일 끝자락에는 쪼끄마한 독립가옥이 홀로 떨어져 있었는데, 그 집 대문에 '집'이라는 이름의 문패가 반짝이더군. 차가운 눈비에 젖어 물이 뚝뚝 흐르는 내 옷은 더 이상 최첨단 유행이 아니라 진짜 비참했고 볼품없었지. 빛나던 멋진 내 머리는 젖어 대갈통에 엉망으로 헝클어진 채였고, 물론 온 낯짝도 상처와 멍투성이였을 거야. 혀, 그러니까 혓바닥을 대 봤더니 이빨 몇 개도 흔들거리더군. 온몸이 아프고 갈증을 느껴서 차가운 빗줄기를 향해 주둥이를 벌렸지. 아침도 변변히 먹지 못한 데다가 그 후부터는 아무것도 먹지 못해 배에서 꼬르륵하는 소리가 나더군, 여러분.

'집'이라고 쓰여 있으니까 아마 누군가가 도와줄지도 몰라. 그렇게 생각하며 대문을 열고 길을 따라 뱀처럼 미끄러지듯 걸어갔는데, 비는 눈으로 변하는 것 같았지. 문을 점잖게 살살 두드렸어. 아무도 나타나지 않았고, 조금 더 길고 세게 문을 두드렸더니, 그제야 문을 향해 오는 발소리를 들었지. 문이 열리더니 한 남자 목소리가 흘러나왔어. "예, 무슨 일이죠?"

"아, 제발 도와주세요. 경찰에게 두들겨 맞고는 길가에서 죽게 내버려졌어요. 아, 제발, 마실 것 좀 주시고 불을 좀 쬐게 해 주세요, 제발."

문이 활짝 열렸고, 집 안에 따뜻한 빛과 탁탁 타는 장작불이 보였어. 녀석이 말했어. "들어와요, 댁이 누구든지. 하느님의 가호가 계시길, 불쌍한 희생양 같으니라고. 들어오세요, 한번 봅시다." 그래서 나는 비틀거리며 안으로 들어갔는데, 일부러 애써 티를 낼 필요도 없었지, 여러분. 진짜 힘이 다 빠져서 죽을 것 같았거든. 이 친절한 녀석이 내 어깨짝에 손짝을 올리더니 장작불이 있는 방으로 날 이끌었지. 물론 그 즉시 난 여기가 어디고 왜 대문에 쓰인 '집'이란 이름이 낯익었는지 알았어. 녀석을 쳐다봤더니 동정심 가득한 얼굴로 날 보고 있었고, 나는 그때 녀석이 누군지를 또렷이 기억하게 되었지. 물론 놈은 날 알아보지 못했어. 거칠 것 없이 행동하던 그 시절 내가 소위 동무라는 놈들과 싸움질을 벌이거나 누구를 주물러 줄 때, 그리고 집을 털 때는 가면을 썼는데, 그게 기똥찬 변장이 되었던 것이지. 놈은 작달막한 키의 중년이었는데, 삼사십 대나 또는 쉰 살 정도 되어 보였고 안경을 끼고 있더군. 놈이 말했지. "불 가에 앉아요, 위스키와 따뜻한 물을 가져다주겠소. 맙소사, 누군가 정말 심하게 때렸군." 그러고는 인자하게 내 대갈통과 낯짝을 바라보았지.

"경찰이에요." 내가 대답했지. "끔찍하고 소름 끼치는 경찰요."

"또 다른 희생양이군." 한숨을 쉬면서 놈이 말했지. "우리 시대의 희생양이야. 내 가서 위스키를 가지고 오지요. 그리고 상처를 좀 닦아야 할 것 같소." 놈이 나간 후에 난 이 쪼끄맣고 안락한 방을 둘러보았지. 그 방은 책이 거의 대부분을 차지했고 장작불과 의자 몇 개 정도가 있었지. 그런데 여자는 살지 않는 것 같더군. 탁자 위에는 타자기가 있었고 흐트러진 종이 뭉치가 놓여 있었는데, 난 놈이 바로 작가 놈이란 걸 기억해 냈지. 『시계태엽 오렌지』, 바로 그것이었어. 그게 아직 내 기억에 남아 있다는 게 웃기더군. 그렇지만 사실을 밝힐 수는 없었어. 왜냐하면 그때 난 그의 도움이 필요했기 때문이야. 그무시무시한 하얀 방에 있던 더러운 놈들이 날 이렇게 만든 거였어. 내가 도움과 친절이 필요하게 만들었고, 나 스스로도 도움과 친절을 베풀 수밖에 없도록 만든 거야, 만약 누구라도 그걸 받아들이려고 한다면 말이야.

"자, 여기 있소." 놈이 돌아와서 말했지. 놈은 속을 뜨끈하게 덥혀 주는 위스키를 한 잔 가득 가져왔는데, 그걸 마셨더니 기운이 좀 났어. 놈은 내 낯짝의 상처를 닦아 주더군. 그리고 말했지. "목욕을 해요, 내가 준비해 줄 테니까. 그다음에 따뜻한 저녁을 먹으면서 다 이야기해 주시오. 목욕을 할 동안 저녁을 준비할 테니까." 아, 여러분, 놈이 베푼 친절에 난 거의 울뻔했어. 보니까 놈도 내 눈에 고인 눈물을 본 것 같더군. 왜냐하면 놈이 내 어깨짝을 토닥거렸으니까. "저런, 저런."

하여튼 난 위층으로 올라가서 뜨거운 물에 목욕을 했고, 녀석은 내가 걸칠 잠옷과 나이트가운을 가져다주었는데 모두 불 가에서 덥힌 듯 따뜻했어. 그리고 낡은 실내화도 가져다주더군. 온몸이 아프고 고통이 심했지만, 난 아래층으로 내려가 녀석이 부엌에 차려 놓은 식탁을 보았지. 칼과 포크, 맛있는 커다란 빵 한 덩어리에다 프리마 소스도 있었지. 그리고 녀석은 곧 잘 익은 계란 프라이, 햄 조각, 잘 구운 소시지, 그리고 아주 달콤한 밀크티를 기똥차게 큰 잔으로 내놓았어. 따뜻한 곳에 앉아 음식을 먹으니 기분이 좋아지더군. 난 배가 많이 고프다는 걸 깨닫고는 프라이를 먹은 다음, 빵에 버터와 큰 병에 담긴 딸기 잼을 발라서 먹어 치웠지. "훨씬 나아졌어요. 정말 이 은혜를 어떻게 갚아야 하지요?"

"자네가 누군지 알 것 같군." 녀석이 말했지. "내가 생각하고 있는 사람이 맞다면 여기에 잘 온 거네. 오늘 조간신문에 난 것이 자네 얼굴 아닌가? 자네가 그 끔찍한 새 치료법의 불쌍한 희생양 아닌가? 그게 사실이라면, 자네가 여기에 온 것은 신의 섭리야. 교도소에서는 고문당하고, 밖으로 내팽개쳐져서는 경찰에게 고통받다니. 마음이 너무 아프네, 불쌍한 아이 같으니라고." 여러분, 난 한마디도 지껄일 수가 없었지, 질문에 대답하려고 주둥이를 크게 벌리고는 있었지만 말이야. "이렇게 비참한 상태로 여기에 온 사람이 자네가 처음이 아니네." 녀석이 말했지. "경찰들은 자신들에게 희생당한 사람들을 이 마을 주변으로 데려오기 좋아하지. 그러나 다른 차원의 희생자인 네가 여기 오게 된 것은 신의 섭리야. 아마, 너도 내 이름을 들어 보았을지 모르겠는데?"

아주 조심해야 했지, 여러분. 내가 대답했어. "난 『시계태엽 오렌지』라는 책을 들어 본 적이 있어요. 읽지는 않았지만, 들은 적은 있지요."

"그렇군." 녀석의 얼굴이 타오르는 아침 해처럼 빛나더군. "자, 그럼 너에 대해 얘기를 해 보렴."

"말씀드릴 것이 별로 없어요." 내가 겸손하게 말했지. "옛날에 멍청하고 철없던 일당, 그러니까 소위 제 친구란 놈들이 저를 꼬드겨서, 아니 강요해서는 어떤 늙은 계집애, 제 말은 노처녀란 의미지요, 그 집에 침입하게 만들었죠. 해칠 생각은 없었어요. 불행히도 그 노처녀는 저를 내쫓다가 선량한 늙은 심장에 무리가 갔던 거죠. 난 스스로 나가려고 했는데요. 그래서 돌아가셨지요. 제가 그 죽음에 책임이 있다고 해서 고소되었어요. 그래서 교도소로 보내지게 되었어요, 선생님."

"그래, 그래, 계속해."

"그 후 저는 열등부인지 내무부인지 장관에 의해 그 루도비코인가 뭔가를 실험할 대상으로 뽑혔어요."

"그것에 대해 빠짐없이 얘기해 보렴." 녀석이 열성을 가지고 귀를 기울이더군. 내가 한쪽으로 밀어 둔 접시에 놓인 딸기 잼에 걸어 올린 옷소매가 닿는 것도 모른 채 말이야. 난 이야기를 해 주었지. 전부 다, 빠짐없이 이야기를 했다니까, 여러분. 녀석은 이야기 전부를 열성적으로 들었지, 눈깔은 반짝이고 주둥이는 벌린 채로. 그동안 접시의 기름기는 점점 딱딱하게 굳어 갔지. 이야기를 끝내자 녀석이 식탁에서 일어났지. 고개를 몇 번씩 끄덕이면서 흠흠 하고 소리를 내더군. 그리고 식탁에서 접시와 다른 것들을 집어서는 설거지를 하려는지 싱크대로 가져갔지. 내가 말했어.

"제가 할게요, 즐겁게요."

"쉬게나, 쉬어, 가엾은 청년." 녀석이 수도꼭지를 틀어 물이 쏟아져 나왔지. "자네는, 내 생각에도, 죄를 저질렀어. 그렇지만 그에 대한 처벌이 너무 심했어. 저들은 자네를 인간이 아닌 다른 어떤 것으로 만들었어. 자네에겐 선택할 권리가 더 이상 없는 거지. 자네는 사회가 용납하는 행동만 하게 되었어. 착한 일만 할 수 있는 작은 기계지. 이제 똑똑히 알겠구나, 조건 반사 기법이라는 것에 대해서 말이다. 음악이나 성적인 행동, 문학과 예술, 이 모든 것들이 지금은 즐거움이 아니라 고통을 주는 근원인 게 분명해."

"예, 맞아요." 이 친절한 사람이 준 필터 담배를 피우면서 내가 대답했지.

"저들은 항상 도가 지나치게 일을 벌이지." 남자는 마른 행주로 접시를 닦으면서 멍청히 말하더군. "그러나 저들의 본질적인 동기는 죄 그 자체야. 선택할 수 없는 인간은 인간이 아닌 거야."

"그게 신부 놈이 말한 거지요. 제 말은 교도소 담당 신부님요."

"그렇게 말했나? 그래, 그렇게 말했겠지. 그래야만 해, 그렇지, 기독교인이니까 말이야, 그렇지?" 녀석이 십 분 전부터 닦고 있던 같은 접시를 계속 닦으면서 말했지. "자, 그러면 말이네, 들어 보게. 내일 자네를 보러 올 사람이 몇 명 있을 거네. 내 생각으로는 자네를 이용할 수 있을 것 같아, 이 불쌍한 애야. 내 생각으로는 이 고압적인 정부를 몰아내는 일을 네가 도와줄 수 있을 것 같아. 어떤 정부라도 버젓한 젊은이를 태엽으로 돌아가는 기계로 만드는 것을 승리라고 생각해서는 안 되지. 그건 탄압을 자랑스레 여기는 정부나 하는 짓이야." 녀석은 그때까지 같은 접시를 닦고 있었지. 내가 말했어.

"선생님, 아직도 같은 접시를 닦고 계시네요. 저도 오만하다는 점에 대해서는 선생님께 동의해요. 이 정부는 정말 오만해요."

"아." 그제야 녀석은 닦고 있던 접시를 처음으로 본 듯 내려놓더군. 그가 말했지. "난 아직 집안일에 익숙하지 않다네. 아내가 모든 일을 하고 나를 글쓰기에 전념하게 해 주었지."

"부인이라고요, 선생님?" 내가 물었지. "그분이 떠나 버렸나요?" 난 진짜 이 사람의 아내가 어떻게 되었는지 알고 싶었어, 그 모든 일을 다 기억하고 있었으니까.

"그래, 날 떠났지." 녀석이 큰 소리로 쓸쓸하게 말하더군.

"그 여자는 죽었지. 잔혹하게 강간당하고 맞아서. 그 충격은 엄청났어. 바로 이 집에서 벌어진 일이야, 바로 문간에 있는 저 방에서 말이야." 놈의 손짝이 떨렸고, 행주를 움켜잡았지. "여기서 계속 살아가기 위해서는 마음을 굳게 먹어야 했지. 그렇지만 그 사람은 자신의 향기가 감도는 기억이 아직 머물고 있는 이곳에 내가 살기를 바랐을 거야. 그래, 그래. 아 가엾은 사람." 난 그 먼 과거의 밤에 무슨 일이 일어났는지 똑똑히 보았지. 나 자신이 저지르는 짓을 말이야. 그래서 속이 메스꺼워졌고 대갈통에 통증이 시작되었어. 녀석이 이 모습을 보았어. 내 얼굴에서 핏기가 사라져서 창백해졌으니 잘 볼 수 있었겠지. "잠을 자야겠네." 그가 친절하게 말했지. "빈방에 준비를 해 두었다네. 가엾은 아이, 끔찍한 시간을 보낸 게 틀림없네. 우리 시대의 희생양이야, 그 사람과 마찬가지로. 가엾은 사람."

5

여러분, 난 밤새 아주 잘 잤어, 꿈도 꾸지 않고 말이야. 아주
맑고 서리가 낀 것 같은 아침이었고, 아래층에서 아침 식사를
위해 프라이를 하는 기분 좋은 냄새가 났지. 여기가 어딘지
생각해 내는 데 시간이 좀 걸렸어, 언제라도 그렇듯이. 그러
나 곧 기억이 나면서 따뜻하고 보호받고 있다는 느낌이 들었
지. 침대에 누워 아침 먹으러 내려오라는 소리를 기다리다 보
니 이렇게 날 보살펴 주고 어머니처럼 자상하게 대해 주는 녀
석의 이름을 알아야 한다는 생각이 문득 들더군. 그래서 『시
계태엽 오렌지』를 찾으려고 맨발로 어슬렁거렸어. 녀석이 저자
니까 책에 이름이 들어가 있을 테잖아. 내 침실에는 침대와 의
자와 전등을 빼놓고는 아무것도 없어서 내 방 옆에 있는 녀석
의 방으로 들어갔는데, 거기에는 된통 크게 확대된 녀석의 아

내 사진이 벽에 걸려 있었고, 나는 옛날 기억 때문에 속이 조금 메스꺼워졌지. 또 거기에는 책장이 두서너 개 있었는데, 내가 확신했던 것처럼 『시계태엽 오렌지』 한 권이 꽂혀 있었고, 책의 등짝, 그러니까 책등에는 작가의 이름, 'F. 알렉산더'가 찍혀 있었지. 하날님 맙소사, 녀석의 이름이 나와 같은 알렉스였어. 책장을 넘겨 보았지. 녀석의 잠옷을 입고 맨발 차림이었지만 조금도 춥게 느껴지지 않더군. 집 전체가 따뜻했으니까. 그런데 그 책을 읽고서도 무슨 내용인지 도통 모르겠는 거야. 그것은 '아', '오' 같은 말들로 가득 찬, 잔뜩 화가 난 어조로 쓰인 것 같았는데, 내용인즉, 요즘 세상의 모든 놈들은 기계로 변해 버렸지만, 사실은 우리 모두가 너나없이 과일처럼 자연스럽게 자란다는 거지. 내가 보기에 F. 알렉산더의 생각은 하날님, 즉 신이 이 세상 과수원에 심은 세상이라는 나무에서 우리 모두가 자라고, 하날님, 즉 신이 자신의 채워지지 않는 사랑인지 뭔지 때문에 우리를 필요로 한다는 거야. 난 이런 소리가 전혀 마음에 들지 않았지, 여러분. 그리고 이 F. 알렉산더는 아마 아내가 명줄을 끊은 것 때문에 돌아 버렸다고 생각했어. 그때 녀석이 기쁨과 사랑, 뭐 그딴 것으로 가득 찬 말짱한 목소리로 내려오라 부르더군. 그래서 여러분의 겸손한 화자는 내려갔지.

"아주 오랫동안 잤군." 삶은 계란을 국자로 건져 내고 그릴에서 검게 탄 토스트를 꺼내면서 그가 말했지. "벌써 10시 가까이 되었네. 난 몇 시간 전부터 일어나서 일을 하고 있었지."

"다른 책을 쓰고 계시나요?" 내가 물어보았지.

"아니, 아니, 지금은 아니네." 그가 말했지. 그리고 우리는 기분 좋게 동무처럼 앉아서 계란과 토스트, 그리고 우유가 듬뿍 들어간 차를 큰 잔으로 후르르 짭짭 먹고 마셨어. "아냐, 난 여러 사람들에게 전화를 하고 있었네."

"저는 여기에 전화가 없는 줄 알았어요." 숟가락으로 계란을 떠먹으면서 조심성 없이 말했지.

"왜?" 놈은 계란 먹는 숟가락을 손에 들고 아주 잽싼 동물처럼 긴장해서 물어보았지. "왜 내가 전화가 없다고 생각한 거지?"

"아니요, 아무것도 아니에요." 난 녀석이 먼 옛날의 그 초저녁을 얼마나 기억하고 있는지 궁금했지, 여러분. 내가 그 집 문에 다가가서 의사에게 전화를 걸어야 한다며 거짓말을 늘어놓고, 그러자 녀석의 아내는 전화가 없다고 했던 일을 말이야. 녀석이 날 찬찬히 살펴보았지만 곧 다시 친절하고 유쾌한 분위기로 돌아와 계란을 퍼먹었지. 음식을 씹으면서 녀석이 말하더군.

"그래, 자네 일에 관심을 가질 만한 사람들에게 전화를 했네. 자네는 아주 강력한 무기가 될 수 있어. 이 사악하고 교활한 현 정부가 다음번 선거에서 다시는 복귀하지 못하게 만들기 위해서 말이야. 현 정부의 제일 큰 자랑은 지난 몇 달 동안 시행한 범죄 통제 정책이지." 녀석은 김이 모락모락 나는 계란을 먹으면서 나를 뚫어지게 쳐다보았는데, 난 녀석이 이제껏 자신의 삶에서 내가 어떤 역할을 했는지 알고 있을까 궁금했어. 그런데 녀석이 계속 말을 하더군. "야만적인 어린 깡패들을 경찰로 모집한 것, 사람을 무력하게 만들고 의지력을 갉아 먹는 조건 반사 기법을 도입하는 것 말이야." 녀석은 이런 어려운 말들을 미친 것 같은 눈빛으로 내뱉었어, 여러분. 녀석은 또 이렇게 말하더군. "이런 것을 본 적이 있지, 다른 나라에서 말이야. 중차대한 고비야. 우리가 상황을 파악하기도 전에 완전히 전체주의적인 체제가 들어설 거야." "오, 저런, 저런." 난 계란과 토스트를 씹어 먹으면서 생각했지. 내가 물어보았어.

"이 일이 저랑 무슨 상관 있나요?"

녀석이 아직도 미친 것 같은 표정으로 말을 이었지. "자네는 말이지, 이 극악무도한 정책을 다 경험한 산증인일세. 사람들, 즉, 일반 시민들이 이 사실을 알아야만 해." 아침을 먹다 일어나더니 녀석은 부엌에서 싱크대로부터 식료품 저장실까지 위아래로 왔다 갔다 하면서 큰 목소리로 외치더군. "저들은 자신의 아들들이 자네처럼 불쌍한 희생양이 되기를 원할까? 현 정부는 무엇이 범죄인지 자의적으로 결정하고 자기들 맘에 들지 않는 사람이면 누구든 생명력과 용기와 의지력을 빼앗아 버리려고 하는가?" 녀석 말수가 줄어들었지만 먹던 계란을 다시 먹지는 않았지. 녀석이 말을 잇더군. "기고문을 하나 썼네, 자네가 자고 있던 아침에 말이네. 이 글은 하루나 이틀 후에 불행한 자네 사진과 함께 신문에 날 걸세. 가엾은 아이, 자넨 저들이 자네에게 무슨 일을 저질렀는지 기록한 그 글에 서명하게 될 거야."

"이런 일을 해서 무슨 득을 보시죠? 내 말은, 그 기고문이라고 부르는 것을 써서 받게 되는 이쁜 쩐을 빼면 말이에요. 내 말은, 왜 정부에 대해서 열나게 반대하냐는 거죠. 감히 여쭤보자면요."

녀석이 식탁의 모서리를 꽉 잡더니 이빨을 앙다물고 말했는데, 녀석의 이빨은 볼품없었고 담뱃진으로 더러웠지. "우리 중 누군가는 싸워야만 해. 지켜야 할 위대한 자유의 전통이 있다네. 난 투쟁적인 사람은 아니네. **불의를 보면 지워 없애려고 하지.** 정당의 이름들은 아무 의미가 없어. 자유의 전통이 무엇보다 중요해. 하지만 보통 사람들은 이게 사라지게 내버려 둘 거야, 암 그렇고말고. 사람들은 보다 더 평안한 삶을 위해서라면 자유를 팔아 버릴 거야. 그게 바로 사람들이 충격을 받아야 하는 이유지, 충격을 받아야 한다고." 이렇게 말하면서, 여러분, 녀석은 포크를 빼 들어서 벽에 대고 두세 번 찔렀고 포크는 구부러졌어. 그러고는 바닥에 내던졌지. 녀석은 아주 친절하게 말하더군. "먹게, 잘 먹게, 우리 시대의 희생양." 이때 녀석의 대갈통이 장차 터질 것을 분명히 알겠더군. "먹어, 먹게. 내 계란도 먹게." 그때 내가 물었지.

"그러면 나는 이 일로 무슨 득을 보나요? 지금의 상태가 치료가 되나요? 내가 다시는 속이 메스껍지 않고도 「합창」을 들을 수 있는 날이 오나요? 다시 정상적인 삶을 살 수 있나요? 선생님, 저한테는 어떤 일이 생기나요?"

여러분, 녀석은 거기에 대해서는 한 번도 생각해 보지 못한 것처럼 나를 바라보더군. 뭐 하여튼 그건 자유니 뭐니 그런 것들과 비교해서 별게 아니었겠지. 내 말을 듣고 녀석은 마치 스스로를 위해 뭘 원한다는 게 이기적이라고 생각하는 듯 놀란 것처럼 보였어. 그런 다음 녀석이 이렇게 말하더군. "아, 내 말대로 자네는 산증인이야, 가엾은 아이. 아침을 다 먹고 내가 쓴 글을 읽게. 그 글은 《주간 뉴스》에 자네 이름으로 나갈 테니까, 이 불행한 희생양."

그런데 여러분, 녀석의 글은 아주 길었고 눈물을 자아낼 정도였지. 그 글을 읽으면서 나는 자신이 어떤 고통을 받았고 정부가 자신의 의지력을 어떻게 빨아먹었는지, 그리고 이렇게 썩어 빠지고 사악한 정부가 다시 들어서지 못하게 하는 것은 사람들에게 달렸다고 이야기하는 이 불쌍한 녀석이 참 안됐다고 느꼈지. 물론 그때 나는 이 끔찍한 수난을 당하는 녀석이 다름 아닌 여러분의 화자라는 사실을 깨달았어. "아주 훌륭해요." 내가 칭찬했지. "진짜 기똥차요. 참 잘 쓰셨네요, 선생님." 녀석은 날 찬찬히 보더니 물었지.

"뭐라고?"

"아, 제 말투요? 그건 우리가 십 대 은어라고 부르는 거예요. 우리 십 대들은 다 쓴다고요." 그러자 녀석은 설거지를 하러 부엌으로 갔고, 난 빌린 나이트가운과 슬리퍼 차림으로 앞으로 다가올 일을 기다렸어. 왜냐하면 나 스스로는 아무 계획이 없었으니까, 여러분.

위대한 F. 알렉산더[25]가 부엌에 있는 동안 문에서 딩동딩동 소리가 났지. 녀석이 손짝을 닦으며 나오면서 외치더군. "아,

---

25) 알렉스는 F. 알렉산더를 알렉산더 대왕(Alexander the Great)에 비유하고 있다.

그 사람들일 거야. 내가 가겠네." 그러고는 가서 그들을 맞았고, 복도에서는 하하 웃음이 섞인 말소리와 인사를 주고받는 소리, 날씨가 나쁘네 어쩌네 하는 소리가 웅얼웅얼 들리더군. 놈들은 곧 장작불과 책과 내가 받은 고통에 대해 적어 놓은 글이 있는 방으로 들어오더니 나를 보고 아아, 하며 탄성을 질렀어. 모두 세 녀석이었는데, 알렉산더가 놈들의 이름을 알려 주더군. Z. 돌린은 숨을 씨근거리고 담배 연기를 뿜어 대는 놈이었는데, 담배의 한쪽 끝을 물고서 콜록거리다가 옷에 담뱃재를 떨어뜨리고서는 신경질적인 손놀림으로 떨어 내더군. 놈은 좀 둥그렇고 뚱뚱한 몸집에 두꺼운 안경을 끼고 있었지. 또 무슨 무슨 **루빈슈타인**이란 놈도 있었는데, 키가 아주 크고 진짜 신사다운 목소리를 가진 점잖고 턱수염을 기른 늙은이였지. 마지막으로 D. B. 다 실바라는, 동작이 재빠른 놈이 있었는데, 아주 강한 향수 구린내를 풍기더군. 놈들은 모두 나를 아주 기똥차게 살펴보았고 자신들이 본 것에 흥분한 것 같았어. 돌린이 말했지.

"좋아요, 좋아요, 그렇지요? 아주 환상적인 도구가 될 수 있을 것 같군요, 이 아이는. 물론 얘가 지금보다 더 아프고 더 산송장처럼 보인다면 훨씬 더 나을 텐데 말입니다. 대의를 위해서라면 무슨 짓이라도 해야겠지요. 무슨 수가 분명히 있을 거요."

난 느닷없이 산송장 어쩌고 하는 말이 싫어졌어, 여러분. 그래서 말했지. "무슨 말을 하는 거요, 형씨들? 이 어린 동무에 대해 무슨 생각을 품고 있는 거요?" 바로 그때 알렉산더가 갑자기 끼어들었지.

"이상해, 이상해, **저 말투가 날 괴롭히는군.** 언제 접한 적이 있어, 확실해." 그러고는 인상을 쓰면서 깊은 생각에 빠졌지. 난 조심해야겠다고 생각했어, 여러분. 다 실바가 이렇게 말하더군.

"대중과의 만남이네, 주로. 자네를 대중들 앞에 세우면 아주 큰 도움이 될 걸세. 그리고 물론 신문사의 입장도 다 결정이 되었어. 파괴당한 어떤 삶, 이것이 주제지. **우리들은 마음을 태워 정화해야 하지.**[26] 놈은 서른 개가 넘는 이빨을 보였는데, 검은 낯짝에 비해 너무 하얘서 좀 외국인 같았지. 내가 말했어.

"아무도 이 일로 내가 무슨 득을 볼지는 말하지 않는군요. 감옥에서 고문받고, 부모에게, 그리고 같이 사는 더럽게도 거만한 하숙인에게 쫓겨나고, 노인들에 두들겨 맞고, 짭새 놈들때문에 거의 죽을 뻔하고, 난 도대체 어떻게 되는 거냐고요?" 루빈슈타인이라는 놈이 이렇게 말하면서 끼어들더군.

"이보게, '당'이 자네 도움을 잊어버리지 않는다는 것을 알게 될 거야. 그럼, 아니지. 이 모든 일이 다 끝난 후에는 조그맣지만 네 마음에 드는 깜짝 놀랄 선물이 기다리고 있을 거다. 기다려 보기만 하렴."

"내가 원하는 건 단 하나죠." 내가 소리쳤지. "그건 옛날처럼 정상적이고 건강해지는 거예요. 진짜 동무 놈들과 재미도

---

26) 가톨릭 찬송가 「생명의 나무(Tree of Life)」 가사의 일부이다.

좀 보고요. 말로는 동무라지만 실제는 배신자들인 놈들이 아니라. 그렇게 해 줄 수 있어요? 누가 날 과거처럼 만들 수가 있나요? 그게 내가 원하는 것이고 또 알고 싶은 거예요."

콜록콜록, 돌린이란 놈이 기침했지. "자유라는 대의를 위한 순교자." 이렇게 놈이 외치더군. "자네가 할 역할이 있으니 잊지 말도록 하게. 그동안에는 우리가 자네를 돌보지." 그러고는 내 왼손짝을 쓰다듬는 거야, 마치 내가 미쳐서 웃기만 하는 백치인 것처럼 말이지. 내가 소리쳤어.

"날 써먹어야 하는 어떤 것으로 취급하는 짓을 그만두란 말이야. 난 네놈들이 맘대로 할 수 있는 백치가 아니야, 이 명청한 자식들아. 평범한 죄수들은 멍청해, 하지만 난 평범하지도 않고 멍청하지도 않단 말이야. 알아먹었어?"

"멍청?" 알렉산더가 곰곰이 생각하면서 말했지.[27] "멍청한 딤, 그건 누군가의 이름이야, 딤."

"응? 딤이 무슨 상관이 있어? 딤에 대해 무엇을 알죠?" 그러다가 난 놀랐지. "오, 하날님 맙소사." 알렉산더의 눈빛이 마음에 들지 않았어. 난 문 쪽으로 갔지. 위층으로 올라가 내 옷을 챙기고 도망가고 싶어서였어.

"난 거의 믿을 뻔했어." 알렉산더가 더러운 이빨과 미친놈 같은 눈빛으로 말했지. "그러나 그런 일은 불가능해. 왜냐하면, 이게 그놈이라면 찢어 죽일 테니까. 놈을 두 쪽 내어 버릴

---

27) 알렉스의 '멍청한(dim)'이라는 말이 알렉산더에게 '딤(Dim)'의 이름을 연상시키고 있다.

거야, 그럼 그렇고말고."

"저런." 다 실바가 녀석을 마치 강아지나 되듯이 가슴을 쓰다듬어 진정시키더군. "그건 다 과거의 일이네. 다른 사람들도 마찬가지야. 우리는 이 가엾은 희생양을 도와주어야 하네. 그게 우리가 해야 할 일이라고. '미래'와 우리의 '대의'를 잊지 말게."

"제 옷을 챙기기만 할게요." 난 계단 발치에 서서 말했지. "그러고는 혼자 가겠어요. 무슨 말이냐 하면, 지금까지 잘 대해 준 것에 감사하지만 나도 내 삶을 살아야지요." 그런 말을 한 건, 여러분, 잽싸게 거기를 빠져나가고 싶었기 때문이었어. 그런데 돌린이 이렇게 말하는 거야.

"아, 안 되지. 우리가 자네를 데리고 있으니까, 친구, 우리가 자네를 돌볼 거야. 우리와 같이 가는 거야. 모든 게 잘될 거야, 알겠지." 그러고는 다가와서 내 손짝을 다시 꼭 잡았지. 여러분, 그때 싸울 생각도 했지만, 그런 생각만 품어도 쓰러져서 속만 메스껍게 될 거라는 걱정이 들어서 가만히 서 있었어. 미친놈 같은 알렉산더의 눈빛을 보면서 내가 말했지.

"하고 싶은 대로 하시든가. 난 당신네들 손아귀 안에 있으니까. 그러나 빨리 움직이기나 하자고요, 형씨들." 왜냐하면 난 그 '집'이라고 불리는 곳을 벗어나고 싶은 생각뿐이었거든. F. 알렉산더의 눈빛이 싫어지기 시작했어.

"좋아, 옷을 입게. 그리고 움직이자." 루빈슈타인이 말했지.

"딤이라, 딤이라, 딤이라." 알렉산더가 낮은 소리로 계속 중얼거리고 있었지. "이 딤이란 뭐지, 아니 누구지?" 난 위층으로 잽싸게 올라가서 단 이 분도 걸리지 않아 옷을 갖춰 입었지. 그 후에 난 그 세 놈들과 함께 밖으로 나와서 자동차를 탔는데, 루빈슈타인과 콜록콜록 기침을 하는 돌린이 내 양옆으로 앉았고, 다 실바가 운전을 해서 시내에 있는 아파트 단지로 향했어. 그곳은 내가 살던 아파트 단지, 즉 우리 집에서 멀지 않았지. "자, 애야, 나오너라." 돌린이 말하면서 기침을 하자 입에 물려 있던 담배가 조그만 용광로처럼 빨갛게 빛을 내더군. "네가 배치될 곳은 여기다." 그리고 우리는 안으로 들어갔는데, 현관 벽에는 '존엄한 노동자'와 비슷한 그림이 있었지. 승강기를 타고 올라가자, 여러분, 그곳은 여느 변두리 아파트 단지의 아파트와 똑같았어. 아주, 아주 조그만 곳이었는데, 침실이 두 개에다 식당 겸 거실, 그리고 책과 종이, 잉크, 병 같은 것들로 뒤덮인 탁자 하나가 전부였지. "여기가 너의 새 집이다." 다 실바가 말했지. "여기에 정착하거라, 애야. 음식은 저장고에 있고, 잠옷은 장롱 안에 있다. **쉬어라, 쉬어, 고통받은 영혼아.**"

"뭐라고요?" 난 놈이 한 말을 잘 이해할 수 없었지.

"좋아." 루빈슈타인이 늙은이의 목소리로 말했지. "우리는 지금 간다. 할 일이 있어. 나중에 다시 오겠다. 시간을 잘 보내고 있으렴."

"한 가지만." 돌린이 콜록콜록 기침하더니 이렇게 묻더군. "무엇이 우리의 친구 알렉산더의 고통으로 가득 찬 기억을 헤집어 놓았는지 알고 있니? 그게 혹시나……? 그러니까 네가 바로……? 무슨 말인지 짐작하리라고 생각이 든다만. 더 이상

캐묻지는 않겠다."

"난 이미 죗값을 치렀어요. 하날님은 아실 거예요, 내가 어떤 벌을 받았는지. 난 나 자신뿐 아니라 동무라고 부르는 새끼들의 죗값도 치렀다고요." 난 감정이 격해져서 메스꺼움을 느끼게 되었지. "누워야겠어요. 아주 고통스러운 시간을 보냈다고요."

"그랬지." 다 실바가 서른 개나 되는 이빨을 전부 드러내고 말했어. "지금도 그렇고."

그렇게 놈들은 가 버렸지, 형제들. 놈들은 자신들의 볼일을 보러 갔어. 정치나 뭐 그런 거였겠지. 주변은 조용했고, 난 침대에 혼자 누워 있었어. 신발을 차서 벗고 넥타이를 푼 채로 침대에서 뒹굴었지. 앞으로 내 삶이 어떻게 될지 몰라서 어리둥절한 채로 말이야. 그런데 무슨 그림 같은 것들이 내 대갈통을 계속 스치고 지나가더군. 학교나 교도소에서 만난 놈들, 나한테 벌어진 그 모든 일들, 그리고 이 된통 큰 세상에 믿을 놈이 하나도 없다는 사실 같은 것들. 그때 난 졸기 시작했지, 여러분.

잠에서 깨었을 때 벽 너머로 음악이 흘러나오는 것을 들었는데, 아주 시끄러운 이 음악 때문에 나는 잠에서 끄집어내진 거야. 그건 내가 아주 기차게 알지만 몇 년 동안 들어 보지 못한 교향곡, 즉 덴마크 출신 오토 스카델릭[28]의 교향곡 3번이었지. 그건 아주 시끄럽고 격렬한 곡이었는데, 특히 지금 들

---

28) 허구의 인물로, '스카델릭(skadelig)'은 해롭다는 뜻의 네덜란드어다.

리고 있는 1악장이 그랬어. 2초 정도는 흥미와 즐거움을 가지고 들었지만 갑자기 그게 날 덮쳐 왔지. 고통과 메스꺼움이 시작되었단 말이야. 그리고 속으로부터 고통을 느끼면서 신음했지. 그러니까 바로 거기에 내가, 음악을 그렇게 사랑했던 내가 침대에서 기어 나와 소리를 지르면서 벽을 쿵쿵 두드렸어. "멈춰, 멈추라고, 소리를 낮춰!" 그러나 음악은 계속되었고 오히려 더 커진 것 같았지. 그래서 주먹이 붉게 피범벅이 되어 피부가 찢겨 나가도록 벽을 때리고 치며 소리를 질렀어. 그래도 음악은 멈추지 않았어. 그때 난 거기로부터 벗어나야 한다고 생각했지. 그래서 작은 침실을 뛰쳐나가 아파트의 현관문으로 갔지만 그 문은 밖에서 잠겨 있었기 때문에 나갈 수가 없었어. 그러는 동안 음악 소리는 점점 커졌는데, 마치 무슨 의도적인 고문 같았어, 여러분. 그래서 손가락을 귓속 깊이 집어넣어 막아 보았지만 트롬본과 팀파니 소리는 귓속을 파고들 정도로 아주 컸어. 난 소리치면서 벽을 쾅쾅 두드렸는데도 아무 소용이 없더군. "어쩌면 좋지?" 울면서 스스로에게 물었어. "아, 하느님 제발 도와주세요." 난 고통과 메스꺼움 때문에 아파트 안을 헤매며 음악을 듣지 않으려고 애쓰면서 속 깊은 곳에서부터 신음했지. 그런데 거실 탁자 위에 널려진 책과 신문 같은 것을 보고는 내가 무엇을 해야 하는지, 그리고 공립 도서관에서 늙은이들을 만나기 전에, 또 딤과 빌리보이 놈이 짭새로 변장해서 나를 검문하기 전에 내가 뭘 원하고 있었는지 기억해 냈어. 그건 나 자신을 포기해 버리는 것, 끝장을 보는 것, 이 사악하고 잔인한 세상을 아주 떠나 버리는 것이었지. 난 무슨

244

팸플릿 표지에 쓰인 '죽음'이란 말을 보았거든. 비록 그게 '현 정부에 죽음을'이라는 말이었지만. 그런데 무슨 운명처럼 또 다른 조그만 책자 표지에 열린 창문 그림이 있었고, 다음과 같은 말이 쓰여 있었지. "신선한 공기, 신선한 사고, 새로운 방식의 삶에 창문을 열어라." 그건 마치 나한테 뛰어내려서 모든 걸 끝내라는 말로 들렸어. 한순간의 고통, 아마도, 그리고는 영원한 잠.

금관 악기와 드럼과 바이올린으로 이루어진 음악 소리가 계속 벽 너머에서 몰려오더군. 그런데 내가 누웠던 방의 창문이 열려 있었어. 거기로 가서 내려다보니 자동차와 버스, 걸어다니는 놈들이 저 아래 있어서 뛰어내리기 적당하다는 걸 깨달았지. 난 세상을 향해 소리쳤어. "안녕, 안녕, 하날님이 내 삶을 파괴한 너희들을 용서하시기를." 그러고는 창틀로 가서, 내 오른쪽에서 울려 퍼지는 음악을 들으며 눈을 감고, 찬 공기를 낯짝에 느끼며 뛰어내렸어.

6

여러분, 난 인도로 세게 떨어졌지만, 끝장을 볼 수가 없었지, 그럴 수가 없었어. 그때 끝장을 보았더라면 여기에 하고 있는 말을 쓸 수도 없었겠지. 아마 내가 뛰어내린 높이가 사람이 죽을 정도는 아니었나 봐. 그래도 등뼈와 손목과 발이 부러진 나는 너무 아파서 결국엔 기절하게 되었어. 나를 내려다보는 놈들의 놀란 낯짝에 둘러싸여서 말이야. 기절하기 바로 직전 난 깨달았지. 이 끔찍한 세상에서 나를 위해 줄 놈이 하나 없고, 벽 너머로 들리던 음악도 나의 새 동무라는 놈들에 의해 계획된 거고, 그런 일이 벌어진 이유가 놈들의 더럽게도 이기적이고 오만한 정치 때문이라는 사실을. 이런 모든 생각이 일분의 백만분의 수백만분의 일 초인 순간에 일어났지. 내가 이 세상과 하늘, 그리고 나를 내려다보고 있는 놈들의 얼굴 위로 뛰어내리기 전에 말이야.

수백만 년이나 되는 듯 길고 아무것도 기억나지 않는 공백 끝에 정신이 든 곳은 병원이더군. 온통 흰색에 뭔가 시큼하고 말쑥하고 깨끗한 병원 냄새가 나는 곳이었어. 병원에서 풍기는 소독약 냄새는 양파 튀기는 냄새나 꽃향기처럼 정말 기똥찬 냄새여야 하는데 말이야. 나는 내가 누구인지 천천히 깨달으면서 내 몸뚱어리가 흰 붕대로 감겨 있고, 어떤 고통이나 감각도 느껴지지 않는다는 사실을 알게 되었지. 내 대갈통은 온통 붕대로 둘리고 낯짝에도 뭔가 붙어 있었지. 팔짝도 붕대로 감겨 있었고, 막대기 같은 것에 손가락이 고정되어 있었는데, 마치 꽃이 똑바로 자라게 만들기 위한 것 같더군. 가엾은 내 다리도 쭉 펴져서 붕대와 끈으로 묶여 있었고, 어깨짝 근처 오른쪽 팔짝에는 거꾸로 매달린 병에서 붉은 피가 똑똑 떨어져 들어가고 있었지. 그런데 아무것도 느낄 수가 없었어, 여러분. 침대 가엔 간호사가 앉아 무슨 아주 멍청한 책을 읽고 있었는데, 인용 부호가 많은 걸 보니 그게 소설인 것 같더군. 그리고 책을 읽으면서 숨을 거칠게 쉬는 걸 보면 아마 남녀 간의 그 짓거리에 대한 내용임이 틀림없었어. 진짜 삼삼한 계집애였어, 그 간호사 말이야. 아주 빨간 주둥이에 눈을 덮을 만큼 눈썹이 길었고, 아주 딱딱한 제복 속에 진짜 기똥찬 젖가슴을 가지고 있다는 걸 알 수 있었지. 그래서 내가 물었어. "무슨 일이야, 동생? 침대로 와서 이 어린 동무와 한번 놀아 보지 않을래?" 그러나 목소리가 전혀 나오지 않더군. 마치 주둥이가 굳어 버린 것 같았고, 혀로 잇몸을 더듬어 보았더니 이빨 몇 개가 없어졌다는 걸 알았지. 그러자 그 간호사는 벌떡 일어서서 책을 바닥에 떨어뜨리고는 외치더군.

"어머, 의식을 회복했군요."

조그만 계집애 목소리치고는 아주 커서 그렇게 말해 주려고 했지만 "어." 소리밖에 나지 않았어. 간호사는 나를 혼자 남겨 놓고 가 버렸는데, 그때 내가 조그만 독방에 있다는 사실을 알게 되었지. 여러 사람이 쓰는 큰 병실이 아니었어. 어렸을 때 그런 곳에 묵은 적이 있는데, 기침을 해 대는 주변의 깡마른 늙은이들 때문에 빨리 병이 나아 건강해지고 싶었지. 난 옛날에 디프테리아를 앓았었거든, 여러분.

그때도 지금처럼 오랫동안 의식을 유지할 수 없었어. 왜냐하면 난 거의 곧바로, 아주 잽싸게 졸리기 시작했기 때문이야. 그러나 분명한 건 일이 분 후에 간호사 계집애가 흰 가운을 입은 녀석들을 데리고 돌아왔고, 놈들이 여러분의 겸손한 화자를 살펴보면서 인상을 쓰며 흠흠 하는 소리를 냈다는 거야. 그리고 또 확실한 건 국교 시절의 옛 신부 놈이 놈들 사이에 섞여 떠들어 댔다는 거야. 썩은 위스키 냄새를 풍기면서 "아이고, 얘야, 얘야."라고 날 향해 말하더군. "난 가만히 있지 않을 거야, 물론 아니지. 난 이 자식들이 다른 죄수 놈들에게 저지를 일에 대해 멍청하게 동의만 할 수는 없어. 난 나가서 이 모든 일에 대해 설교하겠어, 주 예수님 품 안에 있는 사랑하는 애야."

나중에 다시 깨어났더니, 글쎄 침대 주위에 내가 뛰어내린 아파트의 주인들, 다 실바와 무슨 무슨 루빈슈타인과 돌린, 이

248

세 놈들이 있더라고. "친구여." 놈들 중 하나가 날 이렇게 불렀지만 어떤 놈인지 잘 볼 수도 들을 수도 없더군. 같은 목소리가 계속 말했지. "친구, 어린 친구여, 대중들은 분노로 활활 타고 있단다. 넌 저 오만한 악당 놈들이 재집권할 가능성을 없애 버렸다. 놈들은 영원히 사라져 버릴 거야. 넌 '자유'를 위해서 아주 훌륭한 일을 했다." 난 이렇게 말하려고 애를 썼지.

"만약 내가 죽어 버렸다면 너희 정치하는 자식들에게는 훨씬 더 좋았겠지. 그렇지 않냐, 이 가식적인 배신자 동무들아." 그러나 튀어나온 말은 "어어." 하는 소리뿐이었지. 그때 셋 중의 하나가 신문에서 오려 낸 기사들을 내미는 것처럼 보였는데 내가 볼 수 있던 거라곤 피투성이가 되어 들것에 실려 가는 끔찍한 내 사진이었어. 카메라 플래시가 펑펑 터졌던 것을 얼핏 기억하는데 틀림없이 사진 기자 놈들 짓일 거야. 한쪽 눈으로나마 기사 머리말 같은 걸 읽을 수 있었지. 그걸 쥔 녀석이 손을 떠는 바람에 흔들리긴 했지만. '범죄자 교정 정책의 소년 희생자', '살인 정부'라는 제목과 낯익은 어떤 놈의 사진 밑에 "물러가라, 물러가라, 물러가라!"라는 말이 붙어 있었는데, 그건 열등인지 내무인지 장관이었어. 그러자 간호사 계집이 항의하더군.

"환자를 그렇게 흥분시키면 안 됩니다. 기분 상하게 할 일을 하면 안 돼요. 자, 이젠 나가셔야 합니다." 난 이렇게 말하고 싶더라고.

"물러가, 물러가, 물러가." 그러나 그건 다시 "어어."일 뿐이었지. 하여튼 정치하는 세 놈들은 나갔어. 나도 또한 망각의 나라로 빠져들었는데, 그 어둠의 나라에서는 꿈인지 생시인지 모르는 이상한 꿈 비슷한 것만 보였어, 여러분. 예를 들자면, 내 몸통 속에 있던 더러운 물 같은 것이 비워지고 깨끗한 물로 다시 채워진 것 같은 느낌이 들었지. 그리고 내가 어떤 놈의 차를 훔쳐 타고 혼자서 운전을 하다가 사람들을 치어 죽이면서 나는 소리를 들었지만 어떤 고통이나 메스꺼움도 없더라고. 게다가 계집애들과 그 짓거리를 하는 꿈도 꾸었어. 고것들을 강제로 땅바닥에 눕힌 다음 그 짓을 하고 있었는데, 주변에 서 있던 모든 놈들이 박수를 치면서 미친 듯이 환호성을 질러 대더군. 그러다가 깨어났더니 아빠와 엄마가 아들을 보러 와 있었고 엄마는 된통 울고 있었어. 전보다는 말을 더 잘할 수 있었기 때문에 이렇게 말했지.

"자, 자, 자, 무슨 일이신가요? 여기서 환영받을 거라고 생각했나요?" 아빠가 부끄러운 듯 대답하더군.

"네가 신문에 나왔다, 얘야. 저들이 네게 아주 못된 짓을 했다더구나. 현 정부가 어떻게 너한테 실험 대상이 되도록 강요했는지 보도되었다. 그건 어떤 의미로는 우리 잘못이기도 하다, 아들아. 남들이 뭐라고 하든지 무슨 일을 하든지, 가족은 가족인데. 얘야." 엄마는 계속 울고 있었고 믿지 못할 정도로 추하게 보였어. 그래서 말했지.

"그런데 당신들의 새 아들 조는 어떠신가요? 별일 없이 건강하고 잘나가고 있으리라 믿고 그러길 바라요." 아빠가 대답했지.

"아, 알렉스야, 알렉스야. 아아." 아빠가 계속 말하더군.

"아주 이상한 일이다, 얘야. 조는 경찰과 문제가 생겨서 처벌을 받았단다."

"정말요?" 내가 되물었지. "정말요? 아주 좋은 자식이었는데요. 진짜 놀랍군요."

"제 일을 묵묵히 하는 사람이었지." 아빠가 말했어. "경찰이 그에게 길을 비키라고 명령했단다. 조는 데이트할 여자를 만나려고 길모퉁이에서 기다리고 있었어. 그런데 경찰이 저리 가라고 하자 조는 자신도 다른 사람들과 마찬가지로 권리가 있다며 항의했고, 그러자 경찰이 그를 덮쳐서 잔인하게 팼단다."

"끔찍하군." 내가 대답했지. "정말 끔찍한 일이야. 그래, 지금 걔는 어디 있는데요?"

"엉엉." 엄마가 울면서 대답했지. "돌아가 버렸어, 엉엉."

"그래." 아빠가 말했지. "치료받으려고 고향 집으로 돌아갔단다. 여기 일자리는 다른 사람에게 돌아갔고."

"그러니까 두 분은 내가 다시 집으로 들어가서 모든 일이 옛날로 되돌아가기를 원한다는 거죠?" 내가 물었지.

"그렇다, 얘야." 아버지가 대답했어. "부탁이다, 아들아."

"생각해 보죠." 내가 대꾸했지. "잘 생각해 보지요. 엄마가 엉엉 울더군.

"아, 그만해요." 내가 소리쳤지. "안 그러면 진짜로 울부짖고 소리를 치게 만들어 버릴 거야. 이빨을 차 버릴까 보다." 그런데 여러분, 이 말을 했더니 기분이 좀 나아지는 거야, 마치 붉은 새 피가 몸속을 흐르는 것처럼 말이야. 그건 생각해 볼 문제였지. 몸이 나아지기 위해서는 더 못된 짓을 해야 할 것 같더라고.

"어머니께 무슨 말버릇이니." 아빠가 말했지. "너를 이 세상에 낳아 준 분이잖아."

"그래요, 이 더럽고 구린 세상에 말이죠." 통증 때문에 눈을 감고 소리쳤어. "가세요. 돌아가는 걸 생각해 보죠. 하지만 앞으로는 뭔가 달라져야 할걸요."

"좋다, 얘야." 아빠가 답했지. "네가 원하는 것이면 뭐든지."

"누가 왕초 노릇을 할지 결정하셔야 할 거예요." 내가 말했지. 엄마는 계속 엉엉 울더군.

"좋다, 아들아." 아빠가 대답했지. "네가 원하는 대로 하지. 낫기만 하렴."

엄마와 아빠가 가고 나자 난 누워서 다른 것들에 대해 생각했어. 대갈통 속을 스쳐 지나가는 전혀 다른 그림들 같은 거 말이야. 간호사 계집애가 다시 돌아와서 침대를 정리할 때 내가 물어보았지.

"내가 얼마 동안 여기에 있었죠?"

"일주일쯤 됐어요."

"내가 어떤 치료를 받았나요?"

"아, 온몸이 부러지고 멍들고 심한 뇌진탕 증세에다 출혈이 심했어요. 그래서 그걸 다 고친 거죠, 그래요."

"그런데 누가 내 대갈통에 무슨 짓을 한 건 아니에요? 내 말은 뇌를 어떻게 한 거 아니냐고요."

"무엇을 했든, 그건 최선의 결과를 위해서였어요."

그리고 며칠 후에 의사 같은 놈들 두어 명이 들어왔어. 모두 젊고 아주 다정하게 웃는 놈들이었는데 무슨 그림책을 가지고 있더군. 한 놈이 말했지. "이 책을 보고 무엇이 생각나는지 말해 주었으면 좋겠어. 알겠나?"

"무슨 일인데, 형씨들?" 내가 물었지. "무슨 미친 생각을 하고 있는 거야?" 이 말을 듣고 놈들은 당황해서 어색하게 웃었지만 그래도 침대 양쪽에 앉더니 책을 열어 보이더군. 첫 장에는 알이 가득 담긴 새 둥우리가 있었지.

"어때?" 한 의사 놈이 물었지.

"새 둥우리군." 내가 대답했지. "알이 가득하네. 아주 좋아."

"어떻게 했으면 좋겠어?" 다른 놈이 물었지.

"아, 부숴 버려야지. 통째로 들어 올려 벽에다 집어 던지든지 벼랑 같은 데서 떨어뜨려야지, 그러고는 기똥차게 부서지는 걸 봐야겠지."

"좋아, 좋아." 두 놈이 동시에 말을 했고, 책장을 넘기더군. 다음에는 공작이라 불리는 아주 된통 큰 새 그림이 나왔는데 아주 오만하게 온갖 색깔의 꼬리를 펼치고 있었지. "어때?" 한 놈이 묻더군.

"꼬리털을 다 뽑아서 죽겠다고 소리 지르는 걸 보고 싶군. 이렇게 뽐내고 있으니까 말이야."

"좋아." 두 놈이 똑같이 말했어. "좋아, 좋아, 좋아." 계속 책장이 넘어갔지. 그다음에는 진짜 기차게 이쁜 계집애의 사진이었는데, 난 초강력 폭력과 함께 그 짓거리를 하고 싶다고 말했어. 또 얼굴이 발길에 차여 온통 피투성이가 된 자식들의 사진이 나왔는데, 나도 같이 차 주고 싶다 말했지. 그리고 교도소 신부 놈의 벌거벗은 동무가 십자가를 지고 언덕을 오르는 그림을 보자, 난 망치와 못이 있었으면 좋겠다고 대답했어. 기분이 좋았고, 이번에는 내가 물었지.

"이게 다 뭐야?"

"심층 수면 학습." 한 놈이 뭐 그 비슷한 말을 대답이라고 하더군. "자네는 치료가 된 것 같아."

"치료되었다고?" 내가 따졌지. "이렇게 침대에 묶여 있는데 치료가 되었다고? 엿 먹으란 말밖에 할 수가 없군."

"기다려." 다른 놈이 말했지. "얼마 걸리지 않을 거야."

그래서 기다려 주었지, 여러분. 그랬더니 훨씬 많이 나았어. 계란과 토스트 조각을 썰어 먹고 밀크티를 큰 컵으로 마시는 동안 말이야. 그런데 하루는 놈들이 내가 아주 특별한 손님을 맞게 될 거라고 말해 주더군.

"누군데?" 놈들이 침대를 정돈해 주고 머리털도 빗어 주는 동안 물어보았지. 대갈통에서 붕대를 떼어 냈기 때문에 머리털이 자라고 있었어.

"알게 될 거야." 놈들이 대답했어. 그래, 알게 되었지. 그날 오후 2시 30분에 사진 기자들과 함께 공책과 연필 같은 것들을 들고 신문 기자들이 나타났거든. 여러분, 이 겸손한 화자를 보러 오는 위대하고 중요한 놈을 위해서는 요란한 팡파르를 불어야 할 판이었어. 그러자 놈이 들어왔지. 물론 그건 다름 아닌 내무부인지 열등부인지의 장관이었어. 최첨단 유행에 따라 옷을 입고 상류층 말투를 쓰면서 말이야. 놈이 손을 내밀어 악수하자고 했을 때 카메라 플래시가 펑펑 터지는 소리가 들리더군. 내가 이죽거렸지.

"아, 아, 아. 무슨 행차신가, 오랜 동무?" 아무도 내 말을 잘 이해하지 못했지만, 누군가 거친 목소리로 말했지.

"예의를 좀 갖추렴, 애야, 장관님께 말씀드릴 때는 말이야."

"개소리." 개처럼 으르렁대며 내가 외쳤지. "네놈과 너희 상관에게 개소리 작작 하라고 말하고 싶군."

"그만, 그만." 내무 열등 장관 놈이 잽싸게 말하더군. "얘는 나를 친구로 생각해 말하고 있는 거요, 그렇지 애야?"

"난 모든 사람의 친구야. 적들을 빼고는 말이야."

"그럼 누가 적이지?" 장관이 물었지. 기자들은 뭔가를 계속 받아 적고 있었어. "우리에게 말해 주렴, 애야."

"나한테 해를 주는 것들은 모두 적이야." 내가 답했지.

"그래." 내무 열등 장관이 내 침대 가에 앉아서 말했지. "나와 내가 각료로 있는 현 정부는 네가 우리를 친구로 생각했으면 좋겠다. 그래, 친구지. 우리가 너를 원래대로 돌려놓았잖니. 넌 최고의 치료를 받고 있단다. 우리는 네게 해를 줄 생각은 전혀 없단다. 그런데 과거에도 그랬고 현재도 그런 자들이 있지. 그들이 누군지 네가 이미 알고 있다는 생각이 드는구나."

"나한테 해를 주는 것들은 모두 적이야."

"그래, 그래, 그래." 장관이 말했어. "세상에는 너를 이용, 그래 정치적 목적을 위해 이용하고 싶어 하는 어떤 사람들이 있어. 그 사람들은 네가 죽었다면 진짜 기뻐했을 거네. 그래야 모든 것을 정부 탓이라 비난할 수 있다고 생각했을 테니까. 나는 그들이 누구인지 알고 있다."

내가 말했어. "나는 그놈들 모습이 마음에 들지 않았지."

"F. 알렉산더라는 이름의 불온한 책을 쓰는 작가가 있단다. 네 피를 보겠다고 떠들어 대고 있지. 칼로 너를 찌르고 싶어서 제정신이 아니란다. 그러나 넌 지금 그 사람으로부터 안전해. 그자를 격리시켰으니까." 내무 열등이 말하더군.

"그 사람을 내 동무처럼 느꼈는데. 마치 엄마처럼 대해 주었어."

"그자는 네가 자신에게 나쁜 짓을 했다는 걸 알게 되었거든." 그러곤 장관 놈은 아주 잽싸게 덧붙였지. "적어도 그자는 네가 나쁜 짓을 했다고 믿고 있어. 그자는 아주 가깝고 사랑했던 사람이 죽게 된 것이 네 책임이라는 생각을 하게 됐지."

"지금 그 말은, 그 사람이 누구에게 그 이야기를 들었다는 거군." 내가 말했지.

"그자가 그런 생각을 한 거야." 장관이 말하더군. "그자는 위험인물이다. 우리는 그자 자신을 위해 격리시켰어. 그리고 너를 위한 일이기도 했지."

"친절도 하시지." 내가 이죽거렸어. "참 친절도 하셔."

"네가 여기를 떠날 때는 아무 걱정도 없을 거다. 우리가 모든 것을 보살펴 줄 테니까. 월급을 후하게 주는 좋은 직장 같은 것 말이다. 왜냐하면 네가 우리를 도와주고 있으니까."

"그런가요?" 내가 물었지.

"우리는 친구를 항상 도와주지, 그렇지 않나?" 그러고는 놈이 내 손짝을 잡자 어떤 놈이 소리쳤지. "웃으세요." 그래서 아무 생각 없이 미친놈처럼 웃었더니 플래시가 펑펑 터졌고 내가 내무 열등과 함께 동무처럼 사진이 찍혔어. "말 잘 듣는 아이로군." 그 거물 자식이 칭찬하더군. "말 잘 듣는 아이야. 자, 여기 보렴, 선물이다."

여러분, 들려 들어온 것은 반짝이는 아주 큰 상자였는데, 난 그게 어떤 종류의 물건인지 똑똑히 알았지. 그건 스테레오였어. 선물은 침대 옆에 놓여 포장이 벗겨졌고 누군가 플러그를 벽의 전원에 연결시켰지. "무얼 틀까?" 안경을 코에다 걸친 어떤 놈이 물어보았는데 놈의 손짝에는 음반이 가득 들려 있더군. "모차르트? 베토벤? 쇤베르크? 카를 오르프?"

"9번." 내가 대답했지. "황홀한 9번."

그래, 바로 9번이었지, 여러분. 모든 사람들이 조용히 떠나갔어, 내가 누워 눈깔을 감고 아름다운 음악을 듣는 동안에 말이야. "좋다, 좋아, 착한 아이구나." 장관 놈이 내 어깨짝을 두드리고는 나갔지. 혼자 남아 있던 어떤 놈이 이렇게 부탁하더군. "여기 서명하세요." 서명하려고 눈깔을 떴지만, 여러분, 내가 뭘 서명하는지도 몰랐고 신경도 쓰지 않았지. 그리고는 혼자 남겨져 루트비히 판의 9번을 들었지.

아, 그건 황홀했고 맛깔스러웠어. 3악장인 스케르초 부분에 이르렀을 때, 나는 아주 날렵하고 신비한 발길로 뛰어다니면서 먹따는 면도칼로 신음하는 이 세상의 낯짝 전부에 조각하는 내 모습을 보았지. 그리고는 느린 악장으로 이어졌고, 마지막으로는 합창이 나오는 아름다운 악장이 기다리고 있었어. **난 제대로 치료가 된 것이야.**

7

"자, 그럼 이젠 어떻게 될까?"

거기엔 나, 그러니까 여러분의 겸손한 화자와 내 동무 세 놈이 함께 있었는데, 렌과 릭 그리고 '황소'였지. '황소'는 목이 아주 굵고 목소리가 커다란 황소가 음매 우는 듯이 컸기 때문에 붙은 이름이었어. 우리들은 코로바 바에 앉아서 하늘은 맑지만 춥고 깜깜한 이 지랄 같은 겨울 저녁에 무엇을 할지 머리통을 굴리고 있었어. 사방에는 벨로쳇이나 신세메시나 드렌크롬을 탄 우유를 마셔 맛이 간 놈들이 있었는데, 이런 약들은 우리가 이 사악한 진짜 세상으로부터 멀리멀리 멀어져 환각의 나라에 빠지게 만들지. 여기서 우리는 왼쪽 신발 속에서 하날님과 성스러운 천사들과 성자들을 보게 되고, 뇌에서는 불꽃이 탁탁 튀어 타오르는 느낌을 받게 되거든. 우리가 마신 건, 우리끼리 '칼을 탄 우유'라고 부르는 것이었는데, 정신을 번쩍 들게 만들어서 그 익숙한 깡패 짓거리를 할 준비를 해 주지. 이 모든 것은 내가 이미 여러분들에게 이야기해 주었어.

우리는 최첨단 유행에 따라 옷을 입고 있었는데, 그 당시에는 통이 넓은 바지와 목이 파인 셔츠에 머플러를 감고서는 그 위에 검고 반짝이는 가죽으로 만든 헐렁한 조끼 같은 걸 입는 게 유행이었지. 또 당시에는 대갈통 위에다 면도칼을 대는 게 최고 유행이었는데, 그래서 대갈통에는 머리털이 거의 없고 옆 머리만 있을 뿐이었어. 그러나 언제나 발에는 똑같은 걸 신고 다녔지. 낯짝을 차 버릴 된통 큰 부츠 말이야.

"자, 그럼 이젠 어떻게 될까?"

우리 넷 중 내가 제일 나이가 많아서 애들이 날 지도자로 우러러보았지만, 난 황소가 대갈통 속에 내 자리를 뺏고 싶어 하는 생각을 가진 걸 알고 있었지. 왜냐하면 놈은 몸집이 커다랗고 싸울 때면 엄청나게 큰 소리가 울려 나왔기 때문이야. 그러나 모든 계획은 여러분의 겸손한 화자가 짰지. 유명하기도 하고, 또 신문에 내 사진과 기사 뭐 그딴 것들이 나기도 했으니까. 그리고 우리 넷 중에서는 내가 제일 좋은 직업을 가지고 있었는데, 나는 국립 음반 보관소에서 음악에 관련된 일을 했어. 난 주말이면 주급으로 주머니에 쩐이 두둑해졌고 부수입으로 공짜 음반도 많이 챙겼거든.

그날 저녁 코로바 바에는 꽤 많은 남자와 여자 그리고 계집애들과 어린놈들이 웃고 마시고 있었어. 그것들이 지껄여 대는 소리와 환각의 나라에 빠진 놈들이 "머찐 냐석이 골려 벌레가 갈통에 퍼져 살인 바람이네."라고 지껄이는 헛소리를 찢고 들리는 음악이라고는 스테레오에서 들리는 팝송 음반뿐이었는데, 그때 들린 건 네드 아치모타의 「그날, 바로 그날」이란 노래였지. 바 부근에는 10대들의 최신 유행에 따라 차려 입은 계집애 셋이 있었어. 빗질하지 않은 긴 머리를 하얗게 염색하고, 뭔가를 집어넣은 젖가슴은 일 미터 정도 불쑥 튀어나왔고, 아주 짧은 치마에 거의 실오라기 같은 흰 속옷을 입고 있었지. 황소 녀석이 계속 우기더군. "야, 우리 셋이라도 쟤들하고 한번 하자. 렌은 관심이 없어. 렌은 약이나 하면서 신이나 모시고 있으라지." 렌 녀석이 그 말을 받아 계속 지껄였지. "개소리야, 개소리. 하나를 위한 모두, 또 모두를 위한 하나라는 정신은 어디 갔어, 인마?" 그때 난 갑자기 아주 지겨워지면서도 동시에 온몸에 근질근질 힘이 도는 느낌을 받았어. 내가 외쳤어.

"나가, 나가, 나가."

"어디로?" 개구리 같은 낯짝을 가진 릭이 묻더군.

"아, 그냥 저 위대한 바깥세상이 어떻게 돌아가는지 보기 위해서 밖으로 가자." 내가 답했지. 그런데 여러분, 난 아주 지겨웠고 좀 절망적인 기분이었는데, 그 시절에는 그런 기분을 자주 느꼈어. 그래서 바로 내 옆에 앉아 있던 놈을 향해 돌아앉아 보니, 놈은 그 장소에 죽 둘러져 있는 커다란 융단 의자에 앉아 약 기운으로 주절거리고 있더군. 난 놈의 배에 진짜 잽싸게 주먹을 퍽, 퍽, 퍽 먹였지. 그러나 놈은 그걸 느끼지도 못했고 단지 헛소리만 할 뿐이었어. "올라, 올라, 미덕이여, 팝-

팝유니콘이 제일 꼭대기에 있는 곳으로." 그렇게 우리는 아주 컴컴한 겨울밤으로 걸어 나왔지.

우리는 마가니타 대로를 따라 내려갔는데, 순찰 중인 짭새들이 그쪽으로는 없더군. 그래서 가판대에서 신문을 사 들고 오는 한 늙은이를 만났을 때 난 황소에게 명령을 내렸지. "좋아, 황소야, 네가 원하면 뭐든 해도 돼." 그즈음에 난 점점 더 명령만 내리게 되었고 명령이 실행되는 걸 서서 보는 일이 흔했어. 그래서 황소는 녀석을 이리저리 패 댔고 다른 두 놈은 녀석을 넘어뜨린 다음 발로 걸어찼지. 그 늙은이가 뻗어 버리자 우리는 녀석이 집으로 훌쩍거리면서 기어가게 내버려 두었어, 낄낄 웃으면서 말이야. 황소가 말했지.

"추위를 쫓아 버리게 뭔가 맛깔나는 걸 한잔하는 게 어때, 알렉스?" 이 말이 나온 건 우리가 '뉴욕 공작'에서 멀리 떨어져 있지 않았기 때문이지. 다른 두 놈도 고개를 끄덕였고 모두 그래도 괜찮은지 나를 쳐다보더군. 내가 고개를 끄덕였고, 우리는 움직였지. 아늑한 그곳에는 내 이야기의 초반부에서 여러분에게 소개된 늙은 여자, 할멈 또는 할망구들이 몇 있었는데 모두들 인사를 하더군. "안녕, 젊은이들. 신의 가호가 함께하시길. 자네들은 이 세상에서 가장 훌륭한 젊은이들이야, 암 그렇지." 그러고는 우리가 입을 열기를 기다렸어. "어떻게 지내시나, 언니들?" 황소가 벨을 울리자 웨이터가 기름때 묻은 앞치마에 손짝을 닦으면서 들어왔어. "쩐들을 탁자에 내놓아, 동무들." 황소가 자기 돈을 딸랑거리며 수북이 쏟아 놓으면서 말했어. "우리는 위스키, 그리고 저 할멈들에게도 똑같은 걸로, 알았수?" 그때 내가 말했지.

"아, 염병할. 술은 지들이 사게 놔두자고." 왜 그랬는지 몰라. 그러나 그 며칠 사이 난 야비해졌지. 무슨 이유에서인지 내 이쁜 쩐들을 긁어모아 혼자 쌓아 둬야 한다는 충동이 대갈통 속에 생긴 거야. 황소가 물었지.

"무슨 일이야, 인마? 우리 알렉스 님한테 무슨 일이 벌어지고 있는 거야?"

"아, 염병할. 나도 몰라. 모른다고. 그냥 내가 열심히 번 이쁜 쩐을 헛되이 쓰고 싶지 않을 뿐이야, 그것뿐이야."

"벌었다고?" 릭이 외쳤지. "벌었다고? 너도 알다시피 벌면 안 되지. 빼앗는 거야, 그래, 그냥 빼앗는 거라고." 그러고는 녀석이 진짜 큰 소리로 웃었는데 난 놈의 이빨 한두 개가 성하지 않다는 것을 알았어.

"아, 좀 생각할 게 있어." 내가 말했지. 그러나 공짜 술을 고대하는 할멈들을 보고서는 어깨를 으쓱하며 지폐와 동전이 섞여 있는 쩐을 바지 주머니에서 끄집어내 탁자에 쩽그랑쩽그랑 쏟아 냈지.

"모두 위스키, 맞죠?" 웨이터가 물었지. 그러나 무슨 이유에선지 난 이렇게 말했어.

"아니, 난 맥주 작은 거면 돼." 그랬더니 렌이 끼어들었어.

"별로 마음에 안 드는군." 그러고는 손을 내 대갈통에 올려놓았는데, 마치 내가 열이라도 있다고 놀리는 것 같더군. 놈에게 관두라고 개처럼 잽싸게 으르렁댔지. "알았어, 알았다고, 동무. 네가 말한 대로 하지." 녀석이 대답했어. 그런데 탁자에 꺼내 놓은 내 쩐과 함께 주머니에서 딸려 나온 것을 보고 황소의 입이 벌어졌지. 녀석이 소리치더군.

"이런, 이런. 세상일이란 모른다니까."

"그거 이리 내." 내가 소리치면서 잽싸게 가로챘지. 그게 어쩌다 거기에 들어갔는지는 설명할 수가 없어, 여러분. 그건 오래된 신문에서 오려 낸 아기 사진이었어. 입에서 우유를 줄줄 흘리며 뭐라고 옹알거리고 위를 올려다보면서 모든 사람들을 향해 웃는 아기 사진이었지. 벌거벗은 몸이 아주 토실토실했기 때문에 살이 무슨 주름처럼 접혀 있었어. 그때 놈들이 킥킥거리면서 사진을 빼앗으려 했기 때문에 난 소리를 치지 않을 수 없었고 그 사진을 움켜쥐자마자 갈가리 찢어서 바닥에 눈발처럼 뿌려 버렸지. 위스키가 왔고 할멈들이 인사했어. "건강을 위해서, 젊은이들, 신의 가호가 있기를, 이 세상에서 가장 훌륭한 젊은이들이야, 그래 그렇지." 뭐 그런 허접쓰레기였지. 그중에 온통 주름투성이고 쭈그러진 입에 이빨은 하나도 없는 할멈이 말했어. "돈을 찢지 마, 애야. 필요 없으면 다른 사람에게나 줘." 아주 간 크고 건방진 말이었지. 릭이 대답했어.

"그건 돈이 아니었수, 할멈. 도리도리 사랑스러운 작은 아기 사진이었어." 그래서 내가 말했지.

"점점 싫증 나는군, 정말이야. 진짜 아기는 너희들이야. 네 깟 것들이 할 수 있는 일이라곤 건방을 떨고 남을 조롱하면서 비웃거나 상대가 되지 않는 사람들을 아주 비겁하게 두들겨 패는 일이지." 황소가 대답했어.

"아, 저런, 우린 항상 네가 그 분야의 왕초고 우리 스승이라고 생각해 왔는데. 넌 몸이 안 좋아서 그런 것뿐이야, 동무."

내 앞에 놓인 맛대가리 없는 맥주를 보자 속이 메스꺼워졌어. 그래서 웩 하고는 바닥에 구린내 나는 거품 같은 걸 토해 버렸지. 할멈 중에 하나가 말했어.

"낭비하지 않으면 부족하지도 않아."

"이것 봐, 동무들. 내 말 들어. 오늘 저녁 난 어쩐지 기분이 내키지 않아. 이유는 잘 모르겠어. 그렇지만 기분이 그래. 너희 셋은 오늘 밤 하고 싶은 대로 해, 난 빼놓고. 내일 같은 장소 같은 시간에 만나자. 그때는 나아 있을 거야."

"아, 정말 안됐군." 황소가 대답했지. 그러나 녀석의 눈깔에서는 빛이 났어. 왜냐하면 그날 밤에는 놈이 대장이 될 수 있으니까. 권력, 권력, 모든 놈들이 권력을 원하지. 황소가 말했어. "우리는 마음먹었던 걸 내일로 미룰 수도 있어. 그 가가린가에 있는 상점 터는 일 말이야. 규모치고는 빼앗을 게 된통 많을 텐데, 동무."

"아니, 아무것도 미루지 마." 내가 대답했지. 그냥 너희들 방식대로 진행하라고. 자, 그럼 난 간다." 그리고 의자에서 일어났어.

"어디로 가는데?" 릭이 물었지.

"몰라. 그냥 혼자서 정리할 일이 좀 있어." 내가 대답했지. 여러분도 기억하듯이 늘 밝고 잘 웃는 녀석이 그렇게 무뚝뚝하게 나가는 걸 보고 할멈들이 놀라는 걸 알 수 있었어. 그러나 난 외쳤지. "아, 염병할, 염병할." 그러고는 거리로 혼자 걸어 나갔어.

주변은 어둡고 마치 칼날처럼 날카로운 바람이 불어서 사람들도 별로 없더군. 야만적인 짭새 놈들을 태운 순찰차가 돌아다녔고, 가끔씩 아주 어린 짭새들이 더럽게 추운 날씨를 이기려고 발을 구르며 겨울 공기 속으로 김을 내뿜는 걸 볼 수 있었지, 여러분. 그때는 이미 진짜 초강력 폭력이나 도둑질이 많이 줄어드는 중이었다고 생각해. 왜냐하면 짭새들이 체포한 놈들에게 아주 야만적으로 굴었거든. 고약한 십 대 비행 소년들과 경찰 간의 싸움처럼 되어 버렸는데, 오히려 경찰 놈들이 칼이나 면도칼이나 몽둥이, 심지어는 총을 쓰는 게 더 빨랐어. 하지만 중요한 것은 내가 그런 데 신경을 쓰지 않았다는 점이지. 마치 뭔가 부드러운 것이 내 속에 들어온 듯했는데, 그게 뭔지 이해할 수조차 없었거든. 그때는 내가 뭘 원했는지 나도 모른다고. 심지어 조그만 내 방에서 듣고 싶은 음악도 전에는 비웃기만 했던 종류였어, 여러분. 사람들이 '리트'라고 부르는, 하나의 목소리와 하나의 피아노 소리로 이루어진 훨씬 낭만적인 가곡을 들었던 거야. 그 음악은 아주 조용하고 누군가에게 하소연하는 것 같았는데, 옛날에 침대에 누워 바이올린과 트롬본, 팀파니 속에 파묻혀 듣던 엄청 큰 교향악단 연주들과는 달랐지. 뭔가가 내 몸속에서 벌어지고 있었는데, 난 무슨 병이 났거나 아니면 옛날에 놈들이 나한테 저질렀던 일 때문에 내 대갈통이 뒤집혀서 진짜로 미치게 된 건 아닐까 걱정했어.

대갈통을 처박고 손짝을 바지 주머니에 찌른 채 이런 생각을 하면서 거리를 걸어 내려갔던 것이지, 여러분. 그러고는 마침내 지치기 시작했고, 따뜻한 밀크티를 큰 잔으로 마시고 싶다는 마음이 간절했어. 이놈의 차에 대해 생각하고 있자니 갑자기 삼삼하게 잘 타는 난로 옆에 놓인 팔걸이의자에 앉아 차를 마시고 있는 나의 모습이 영화처럼 보이더군. 웃기면서도 아주 이상한 일은 내가 한 일흔 살 정도의 늙은이로 변해 있었다는 것이었지. 흰머리가 났고, 구레나룻을 길렀는데 그것도 흰 털인 거야. 내가 노인이 되어 난롯가에 앉아 있는 모습을 볼 수 있었던 건데, 무슨 영화 장면처럼 금방 사라져 버린 거지. 그러나 기분이 아주 이상했어.

여러분, 난 차와 커피를 파는 흔한 가게들 중 하나로 다가갔어. 커다란 창문을 통해 그 안에 가득 찬 아주 재미없는 놈들, 그러니까 평범하고 인내심이 많고 표정이 없는 낯짝에 아무에게도 해를 끼칠 것 같지 않은 인간들이 모두 앉아 조용히 지껄이면서 해롭지 않은 차와 커피를 마시고 있는 걸 보았지. 나는 안으로 들어가 카운터에서 우유를 듬뿍 집어넣은 아주 따뜻한 차 한 잔을 사서 탁자 중 하나로 가서 앉아 마시려고 했어. 그 탁자에는 젊은 남녀 한 쌍이 있었는데, 차를 마시고 필터 담배를 피우면서 자기들끼리 아주 조용히 지껄이며 웃고 있었지. 그러나 난 주의를 기울이지 않았고, 차를 마시면서 마치 꿈을 꾸듯이 내 속에서 무엇이 변하고 있는지, 앞으로 내게 어떤 일이 일어날지 생각하고 있었어. 그런데 옆자리의 녀석과 같이 앉아 있는 계집애가 진짜 삼삼하더군. 바닥에 눕혀서 그 짓거리를 하고 싶은 그런 종류는 아니지만, 몸매와 낯짝, 웃고 있는 주둥이가 괜찮았고 금발이었지. 바로 그때

이 계집애와 같이 있던, 대갈통에는 모자를 쓰고 낯짝을 내내 돌리고 있던 녀석이 그곳 벽에 걸린 된통 큰 시계를 보기 위해 고개를 내 쪽으로 돌리는 거야. 그때 난 녀석이 누군지 알았고, 녀석도 나를 알아보았지. 그건 피트였어. 조지와 딤과 내가 함께했던 그 옛날의 세 동무들 중 하나 말이야. 열아홉을 갓 넘겼을 텐데 피트는 훨씬 나이 들어 보였지. 콧수염을 기르고 평범한 일상복에다 모자를 쓰고 말이야. 내가 인사했어.

"이런, 이런, 동무, 이게 무슨 일이야? 오랫동안 보지 못했잖아." 녀석이 대답하더군.

"이거 꼬마 알렉스구나, 그렇지?"

"바로 그렇지." 내가 대답했지. "지나가 버린 좋은 시절로부터 오랜 시간이 지났네. 가엾은 조지는 땅 아래로 들어갔다고 하더군. 딤 녀석은 야만적인 짭새 놈이 되었고. 너하고 난 여기서 다 만나는군그래. 무슨 소식 없어, 동무?"

"아주 우스꽝스럽게 말하네, 그렇지?" 계집애가 낄낄거리며 말했어.

"여긴 옛 친구야. 이름이 알렉스지." 피트가 계집애에게 소개했어. 녀석이 내게 말했지. "내 아내를 소개할게."

내 주둥이가 쩍 벌어지더군. "아내라고?" 멍해진 나는 되물었지. "아내, 아내, 아내라고? 아, 저런, 그럴 수 없어. 결혼하기엔 아직 어리잖아, 동무. 말도 안 돼, 말도 안 돼."

피트의 아내(말도 안 돼, 말도 안 돼.)라는 그 계집애는 다시 낄낄대면서 피트에게 물었지. "당신도 저런 식으로 말을 했어?"

"뭐, 그랬지." 피트가 대답하면서 웃는 것 같았어. "난 거의 스무 살이 다 되었어. 짝 찾기에 충분한 나이지. 결혼한 지는 벌써 두 달이나 돼. 넌 참 어렸고 아주 대담했지."

"저런." 아직도 멍해서 말했지. "이해가 되지 않는군, 동무. 피트가 결혼을 했다니. 저런, 저런, 저런."

"우린 조그만 아파트에 살아." 피트가 대답했지. "국립 해운 보험사에서 돈을 아주 조금 벌고 있지만, 사정이 나아질 거야. 확신해. 그리고 여기 있는 조지나가……."

"다시, 이름이 뭐라고?" 내가 미친놈처럼 주둥이가 벌어져서 물었지. 피트의 아내(아내라니, 여러분.)가 다시 낄낄거렸어.

"조지나야." 피트가 대답했지. "조지나도 일을 해. 타자 치는 일이야. 우리는 그런대로 잘 지내, 잘 지낸다고." 여러분, 난 녀석에게서 눈을 뗄 수 없었어, 진짜로. 녀석은 이제 다 자란 어른 같았지, 어른 같은 말투와 뭐, 그런 것들 말이야. 피트가 말했어. "언제 꼭 한번 들러. 넌 아직도 어려 보이는구나. 그 끔찍한 일을 치른 뒤에도 말이야. 그래, 그래, 우리도 그것에 대한 기사를 다 읽었어. 그렇지만 물론 넌 실제로 아직 매우 어리지."

"열여덟이야. 막 지났지." 내가 대답했어.

"열여덟이라고, 응? 그래, 그렇구나. 그래, 그래, 그래. 그런데 자, 우린 가야 해." 피트가 말했지. 그리고는 녀석이 조지나를 사랑스럽게 쳐다보면서 두 손짝 중 하나를 꼭 쥐었고 조지나 또한 녀석을 사랑스럽게 쳐다보는 거야, 여러분. 피트가 내 말에 대답하더군. "그래, 우리는 그렉의 집으로 간단한 파티를 하러 가."

"그렉이라고?" 내가 물었지.

"아, 넌 참 물론 그렉을 모를 거야, 그렇지? 그렉은 네가 들어간 후에 만났어. 네가 없는 동안 그렉이 우리 속에 끼게 되었지. 걔가 조촐한 파티를 열어. 대개는 포도주를 마시며 낱말 맞추기 놀이를 하지. 그렇지만 아주 좋아, 유쾌하고. 해롭지가 않아, 무슨 말인지 알잖아."

"응, 알아. 해롭지 않다는 말이지. 그래, 그래, 나도 아주 된통 잘 알아." 내가 대답했지. 그런데 이 조지나라는 계집애가 내 말투에 낄낄대는 거야. 그러고는 둘이서 그렉이라는 놈의 집으로 그 구린내 나는 낱말 맞추기 놀이를 하러 갔지. 그놈이 누군지 간에 말이야. 난 우유를 탄 차와 함께 혼자 남겨졌는데, 이리저리 생각하는 동안 차가 식어 버렸어.

아마 그걸 거야, 난 계속 생각했지. 아마 나도 이때껏 살아온 삶을 살기엔 너무 늙었는지 몰라, 여러분. 난 열여덟이야, 이제 막. 열여덟이란 어린 나이가 아니지. 열여덟에 볼프강 아마데우스는 콘체르토와 교향곡과 오페라와 오라토리오 같은 아름다운 음악을 만들었지. 그리고 또 **펠릭스 M.**은 「한여름 밤의 꿈」의 서곡을 썼어. 그리고 다른 사람들도 있지. **벤지 브리트**가 곡을 붙인 시를 쓴 프랑스 시인은 열다섯이 되기까지 일생에서 최고의 시들을 다 썼다고. 아르튀르가 놈의 이름이지. 그러니까 열여덟은 하나도 어린 나이가 아니야. 그럼 난 무얼 해야 하지?

가게에서 나와 염병하게 어둡고 추운 겨울 거리를 걸어가면서 난 무슨 신문에 나오는 만화 같은 환영을 계속 보았지. 거기서는 여러분의 겸손한 화자인 알렉스가 일을 마친 후 뜨끈뜨끈한 저녁 식사가 차려진 집으로 돌아오고, 어떤 계집애가 아주 사랑스럽게 반기며 인사를 하는 거야. 그러나 그게 누군지는 잘 보이지 않았어, 여러분. 도대체 누군지 생각을 할 수가 없었지. 그런데 갑자기 난롯불이 타오르고 따뜻한 저녁이 차려진 곳의 옆방으로 들어가면 진짜 내가 원하는 것이 무엇인지 알게 될 거라는 생각이 확 드는 거야. 이제는 확실해졌어. 신문에서 오려 낸 사진이나 피트를 그렇게 만났던 일 등등 모든 게 다 연결되어 있다고 말이야. 즉, 그 집의 옆방에는 옹알거리는 내 아들이 누워 있는 거야. 그래, 그래, 여러분, 내 아들이야. 그때 난 몸뚱이 속에 텅 빈 자리를 느꼈고 스스로도 놀랐어. 난 무슨 일이 일어나는지 알게 된 거야, 형제 여러분. 철이 든다는 것이겠지.

그래, 그래, 바로 그거지. 청춘은 가 버려야만 해, 암 그렇지. 그러나 청춘이란 어떤 의미로는 짐승 같은 것이라고도 볼 수 있어. 아니, 그건 딱히 짐승이라기보다는 길거리에서 파는 쪼끄만 인형과도 같은 거야. 양철과 스프링 장치로 만들어지고 바깥에 태엽 감는 손잡이가 있어서 태엽을 드르륵드르륵 감았다 놓으면 걸어가는 그런 인형. 일직선으로 걸어가다가 주변의 것들에 꽝꽝 부딪히지만, 그건 어쩔 수가 없는 일이지. 청춘이라는 건 그런 쪼끄만 기계 중의 하나와 같은 거야.

내 아들이라, 아들이라. 아들을 낳아 녀석이 말귀를 알아들을 정도의 나이가 들면 이걸 설명해 줄 거야. 그러나 그때도 녀석이 이해하지 못하든지 또는 듣고 싶어 하지 않든지 해서, 내가 저지른 짓거리, 즉 야옹거리는 암수 고양이에 둘러싸인 못생긴 할망구를 죽인 것과 같은 일을 벌인다고 해도 말릴 수는 없겠지. 누구도 제 아들놈을 막을 수 없을 거야, 여러분. 그런 일은 세상 끝날 때까지 돌고 돌아서 계속될 테니까. 마치 거인처럼 된통 큰 녀석, 그러니까 하날님(다 코로바 밀크 바 덕분이지.)이 커다란 손짝에서 구리고 기름때 낀 오렌지를 이리저리 굴리는 것처럼 말이야.

그러나 무엇보다 우선, 여러분, 내 아들의 어머니가 될 계집애나 그 무엇을 찾아야 할 일이 있지. 내일부터 시작하자고 계속 생각했어. 그건 나한텐 아주 새로운 일이지. 그래도 그건 내가 시작해야만 하는 일일 거야, 마치 책의 새로운 장처럼.

여러분, 이게 바로 앞으로 벌어질 일이야. 내 이야기의 막바지에 다가왔으니까. 여러분은 이 어린 동무 알렉스와 같이 고통을 느끼면서 여기저기를 다 다녔고, 하날님이 만든 세상에서 가장 더러운 놈들이 여러분의 동무 알렉스에게 한 모든 일을 보았어. 그게 다 내가 어리기 때문이었지. 그러나 이 이야기를 끝내는 지금, 난 더 이상 어리지 않아. 알렉스는 어른이 되었단 말이야, 그렇고말고.

그리고 내가 지금 가는 곳은, 여러분, 여러분은 갈 수 없는 나 혼자만의 길이야. 내일도 향기로운 꽃이 피겠고, 구린내 나는 세상이 돌아가겠고, 별과 달이 저 하늘에 떠 있을 거고, 여러분의 오랜 동무 알렉스는 홀로 짝을 찾고 있을 거야. 엄청

구리고 더러운 세상이야, 여러분. 자, 이제 여러분의 동무로부터 작별 인사를. 그리고 이 이야기에 나오는 다른 놈들에게는 커다란 야유를. 엿이나 먹으라 그래. 그러나 여러분은 가끔씩 과거의 알렉스를 기억하라고. 아멘, 염병할.

서섹스 에칭엄에서,
1961년 8월

편집자 주석[1]

    38쪽 깡패 짓거리(twenty-to-one): '재미(fun)'를 의미하는 압운을 사용한 은어다.[2]

    38쪽 최신 유행(the heighth of fashion): 옥스퍼드사전(OED)에서는 'heighth'가 17세기에 사용된 철자라고 설명하고 있다. 이 단어는 영어 방언에서 19세기까지도 찾아볼 수 있다. 1972년 펭귄 보급판 『시계태엽 오렌지』에서는 이 단어를 'the height of fashion'이라고 잘못 인쇄했는데, 작가 버지스는 분명히 옛 단어의 소리 효과를 의도했다. 셰익스피어의 삶에 관한 그의 역사 소설 『아무것도 태양 같지 않아(Nothing Like the

---

1) 편집자인 비즈웰(Andrew Biswell)이 집필했다. 저본에는 'NOTES'로 수록되었다.
2) 또는 20대 1의 패거리 싸움이나 성폭력을 의미한다.

Sun)』(1964)에서 비슷한 효과를 달성했는데, 이 소설은 셰익스피어식 영어를 풍자하면서 사용하고 있다.

41쪽 **버티 라스키**(Berti Laski): 라스키(Melvyn Laski)는 커모드(Frank Kermode), 시인 스펜더(Stephen Spender)와 함께 문학 잡지인 《인카운터(Encounter)》의 공동 편집인이었다. 그러나 여기서는 맨체스터 출신 소설가이자 극작가인 마가니타 라스키(Marghanita Laski, 1915~1988)에 대한 비유일 가능성이 더 높다. 이 여성 작가는 옥스퍼드사전의 증보판 중 네 번에 걸쳐 25만 개의 인용구를 제공했다. 그녀의 소설로는 『초과세에 대한 사랑(Love on the Supertax)』(1944), 1953년 빙 크로스비가 주연인 뮤지컬로 각색된 『잃어버린 소년(The Little Lost)』(1949)이 있다. 마가니타 라스키는 버지스가 1961년 1월 28일 《토요 평론(Saturday Review)》에 게재한 소설 『대답 받을 권리(The Right to an Answer)』에 대해 좋지 않은 평을 쓰기도 했다.

42쪽 **마가니타 대로**(Marghanita Boulevard): 마가니타 라스키에 대한 또 다른 비호의적인 언급. 위의 '버티 라스키'에 대한 주를 참고할 것.

42쪽 **부스비가**(Boothby Avenue): 아마 영국의 그다지 유명하지 않은 시인이자 루소 번역자인 브룩 부스비 경(Sir Brook Boothby, 1744~1824)을 언급하는 듯하다. 또 다른 부스비는 버지스의 첫 소설 『호랑이를 위한 시간(Time for a Tiger)』(1956)의 등장인물이다. 이 인물은 버지스 자신이 1954년에서 1955년까지 가르쳤던 쿠알라룸푸르의 말레이 대학을 모델로 한 식민 시대 말레이의 만수르 학교 교장이다. 부스비는 버지스에게 교장으로 알려졌고 그가 싫어했던 지미 하월(Jimmy Howell)을 무자비하게 희화화했다.

46쪽 **새 모이 값(hen-korm)**: 이 소설의 타자본에서는 원래 'hen-corm'이라고 표기했다. 하이네만 출판사의 미치(James Michie)에게 1962년 2월 25일 자로 쓴 편지에서 버지스는 다음과 같이 말했다. "그리고 또한 'hen-corm'의 경우가 있는데 (……) 상의도 없이 'hen-corn'으로 수정되었습니다. 그런데 'corm'이란 말은 동물 사료를 의미하는 슬라브어가 뿌리입니다. 따라서 독자들이 오해하지 않게 내가 'corm'을 'korm'으로 바꿨습니다. 기똥찬(horrowshow) 일 아닌가요?"

46쪽 **한잔 걸치는 일(sammy act)**: 17세기 후반의 은어로, 'sam' 또는 'stand sam'은 술값을 지불하다는 의미다. 그린(Jonathon Green)의 『카젤 은어 사전(Cassell's Dictionary of Slang)』(2000)을 참고할 것.

46쪽 **에이미스가(Amis Avenue)**: 영국 소설가이자 비평가인 킹즐리 에이미스(Kingsley Amis, 1922~1995)에서 따왔다. 버지스와 에이미스는 종종 서로의 소설에 대해 평을 했는데, '버지스가 충격적인 이야기를 세련되지만 혼란스럽게 다루었다.'라는 『시계태엽 오렌지』에 대한 에이미스의 평이 《옵서버》에 실렸다. 버지스에 대한 에이미스의 언급은 1991년 허친슨사에서 출판한 그의 『회고록(Memoirs)』 274~278쪽을 참고하면 좋다. 더불어 호의적이지 않은 다양한 언급은 리더(Zachary Leader)가 편집한 『킹즐리 에이미스 서한집(The Letter of Kinsley Amis)』(2000)을 참고할 것.

46쪽 **흑맥주**(black and suds): 흑맥주인 기네스(Guinness)를 의미한다.

47쪽 **스카치위스키**(double firegold): 'firegold'는 위스키이나, 또한 제라드 맨리 홉킨스(Gerard Manley Hopkins, 1844~1889)의 시 「별이 빛나는 밤(The Starlight Night)」에 대한 언급으로 '오 공중에 앉아 있는 저 모든 불나라 사람들을 보아라 (……) 금이, 수은 같은 금이 뿌려져 있는 차가운 잿빛 잔디들.'을 연상시킨다. 버지스는 학생 시절 홉킨스의 시를 모두 외웠고, 이후 그중 「도이칠란트호의 난파(The Wreck of the Deutschland)」를 포함한 일부를 작곡했다. 이 작곡에 대해서는 맨체스터 대학교 출판사가 2010년에 출간한 필립스(Paul Phillips)의 『시계 태엽 대위법(The Clockwork Counterpoint)』 288~289쪽을 참고할 것.[3]

47쪽 **양크 제너럴**(a bottle of Yank General): 별 세 개짜리 브랜디 또는 코냑. 버지스는 타자본 원고의 해당 부분에 별 세 개를 그려서 미국의 삼성 장군에 대한 언급임을 분명히 하고 있다.[4]

47쪽 **아틀리가**(Attlee Avenue): 1945년부터 1951년 사이 영국 수상으로 재임한 노동당 소속 클레멘트 아틀리(Clement Attlee)에서 따왔다. 버지스는 1945년 노동당에 투표했는데, 그는 NHS(영국 국민 건강 보험)를 격찬했고 이 제도를 시행한 것

---

3) 편집자는 원문의 'firegold'가 홉킨스의 시어 중 불(fire)과 금(gold)을 언급하고 있다고 주장한다.
4) 브랜디의 별 하나는 일 년 숙성을 의미한다.

이 아틀리 정부다.

48쪽 **순찰 짭새**(rozz patrols): 경찰에 대한 은어로 'rozzer'를 사용한 예는 1870년대에 처음으로 기록되었다. 버지스가 가지고 있던 은어 사전 중 하나인 파트리지(Eric Partridge)의 『은어 및 비관용 영어 사전(Dictionary of Slang and Unconventional English)』(1937)은 'rozzer'라는 단어가 '강한'이라는 뜻의 로만집시어 'roozlo'라는 단어에서 파생했다고 설명한다.

48쪽 **엘비스 프레슬리**(Elvis Presley): 버지스는 타자본의 여백에 '책이 나올 때 이 이름이 알려져 있을까?'라고 썼다. 버지스가 『시계태엽 오렌지』를 쓰고 있었을 때 분명히 엘비스 프레슬리라는 이름을 피하기 어려웠을 것이다. 음악 잡지《레코드 리테일러》에 따르면 프레슬리의 싱글 「지금 아니면 없는(It's Now or Never)」이 1960년대에 8주간 영국 음악 순위 1위였다. 「목석 같은 마음(Wooden Heart)」과 「항복(Surrender)」이 모두 1961년에 발표되었고, 각각 6주와 4주간 1위를 했다. 버지스의 1968년 소설 『바깥세상의 엔더비(Enderby Outside)』에서 호되게 당하는 엘비스와 비틀스는 작가가 대중음악과 십대 문화에 대해 혐오한 모든 것을 상징했다.

50쪽 **목이 크게 말랐는지라**(sore athirst): 누가복음 2장 9절의 '(저희가) 크게 무서워하는지라'라는 성경의 표현을 세속화시킨 예다.

54쪽 **야유**(lip-music): 제라드 맨리 홉킨스의 『성자 위니프레드의 우물(St. Winefred's Well)』이라는 미완성 극 중 "눈먼 사람의 눈이 햇빛, 햇빛의 음영을 목말라 하게 되거나, / 또는 귀먼 사람들이 들리지 않게 된 야유를 갈망하게 되는 반면"에서 인용했다. 버지스는 나중에 홉킨스의 이 극을 완성하고 라디오 방송용으로 극간 음악을 작곡했는데, 1989년 12월 23일 영국 공영 방송(BBC) 라디오 채널 3에서 방송되었다.[5]

58쪽 프리슬리 광장(Priestly Place): 영국 작가이자 방송인인 프리슬리(J. B. Priestly, 1894~1984)는 다수의 소설, 극, 논픽션 저자로 『좋은 동반자(The Good Companions)』(1929), 『시간과 콘웨이가 사람들(Time and the Conways)』, 『어떤 경관이 방문하다(An Inspector Calls)』(1945) 등을 썼다. 버지스는 프리슬리의 저작에 대해 파버 출판사의 『지금의 소설(The Novel Now)』(1971) 102~103쪽, 그리고 1988년 10월 21일 자 《타임스 리터러리 서플리먼트》에 게재한 빈센트 브롬(Vincent Brome)의 자서전에 대한 긴 서평에서 논했다.

62쪽 칼, 펜(swordpen): 언어와 칼을 연결하는 예는 에드몽 로스탕(Edmond Rostand)의 프랑스어 극 『시라노 드 베제락(Cyrano de Bergerac)』(1971)을 버지스가 운문으로 옮긴 번역본에서 줄곧 나타난다. 버지스의 장시 「칼(The Sword)」은 영국제 칼을 체리목 칼집에 넣고 뉴욕을 방황하는 한 남자의 이야기로 《트랜스애틀랜틱 리뷰》 23(1966, 1967년 겨울호), 41~43쪽에 실렸고, 잭슨(Kevin Jackson)이 편집하고 카캐넷사에서 출판한 2002년판 버지스의 『혁명적인 소네트와 다른 시들

---

5) BBC 라디오 채널 3은 고전 음악과 현대 음악을 방송하는 음악 전문 채널이다.

(Revolutionary Sonnets and Other Poems)』 32~33쪽에 다시 실렸다.

67쪽 아주 지치고 기운이 빠지고 굶주린(shagged and fagged and fashed): 제라드 맨리 홉킨스의 극시 「납의 메아리와 황금 메아리(The Leaden Echo and the Golden Echo)」 중 "아 왜 우리는 마음속부터 그렇게 지쳐 있는가, 걱정으로 칭칭 감겨 있고, 걱정으로 죽어 버린, 그렇게 기운 빠지고, 그렇게 굶주리고, 그렇게 망치질당한 채로, 그렇게 심란하게."에서 인용함. 홉킨스는 어머니에게 보낸 1872년 3월 2일 자 편지에 "북쪽 지역 프림로즈 꽃 세 송이를 동봉합니다. (……) 꽃들이 의심할 여지 없이 기운 빠져 보입니다."라고 썼다.

70쪽 조잡하게(a hound-and-horny look of evil): 《개와 뿔(Hound and Horn)》은 1927년 창간된 아방가르드 문학 잡지였고, 버지스에게도 알려졌을 것이다. 잡지 기고자로는 오닐(Eugene O'Neil)과 레드(Herbert Read)가 포함되었다. 그러나 이 맥락에서 주요 의미는 압운 은어로 '조잡한'이라는 뜻이다.

73쪽 윌슨웨이가(Wilsonway): 버지스의 실명인 윌슨(John Burgess Wilson) 또는 영국 작가인 윌슨(Angus Wilson, 1913~1991)에 대한 언급으로, 버지스는 후자의 디스토피아 소설 『동물원의 노인들(The Old Men at the Zoo)』에 대하여 1961년 《요크셔 포스트》에 서평을 실었다.

87쪽 테일러 광장(Taylor Place): 역사가 테일러(A. J. P. Taylor, 1906~1990)는 버지스와 그의 첫 번째 부인 존스(Llewela Jones)를 1930년대 맨체스터 대학교에서 가르쳤다. 테일러의 전기 작가인 시스먼(Adam Sisman)에 따르면 토머스(Dylan Thomas)가 테일러의 첫 번째 부인을 유혹했고, 이후 제2차 세계 대전 기간 동안 르월라와 관계를 가졌다. 또는 소설가인 테일러(Elizabeth Taylor, 1912~1975)에 대한 언급일 수도 있는데, 버지스는 그녀의 소설들이 비평가들에게 평가 절하되었다고 말했다. 『지금의 소설(The Novel Now)』 214쪽을 참조할 것.

88쪽 루트비히 판(Ludwig van): 루트비히 판 베토벤(Ludwig van Beethoven, 1770~1827). 버지스의 1974년 소설 『나폴레옹 교향곡(Napoleon Symphony)』의 구성은 베토벤의 「영웅 교향곡」에서 따온 것이다. 소설 속의 각 에피소드는 악보상의 한 소절과 상응한다. 베토벤 자신이 버지스의 소설 『모차르트와 늑대 무리(Mozart and the Wolf Gang)』[6](1991)에 등장인물로 나오며, 영화로 제작되지 않았지만 베토벤과 그의 조카 사이의 어려운 관계에 대한 버지스의 시나리오 「루트비히 삼촌(Uncle Ludwig)」에도 등장한다. 또한 1990년 12월 14일 BBC 라디오 채널 3에서 방송된 베토벤에 대한 대담 「9번 교향악(The Ninth)」을 참조할 것.

88쪽 헤븐 17(Heaven Seventeen): 셰필드 출신 영국 밴드 '헤븐 17'은 1980년에 결성되어 1988년에 해체되었는데, 버지스가 만들어 낸 대중 가요 그룹의 이름 중 하나에서 따왔다. 멤버 중 이언 크랙 마시(Ian Craig Marsh)와 마틴 웨어(Martin Ware)는 이전에 밴드 '더 휴먼 리그(The Human League)'의 멤

---

6) 'the Wolf Gang'은 모차르트의 이름 'Wolfgang'을 표현한 것이다.

버였다. 이들의 히트 곡으로 「유혹(Temptation)」, 「우리는 이런 게 필요 없어, 파시스트 그루브 생(Fascist Groove Thang)」[7]이 있다.

89쪽 **유치하고 요란한 노래(fuzzy warbles)**: 밴드 XTC의 메인 작곡가 앤디 패트리지(Andy Partridge)는 2002년과 2006년 사이 『유치하고 요란한 노래(Fuzzy Warbles)』라는 프로젝트 제목 아래 앨범 시리즈를 발표했다.

91쪽 **'환희'에 대한 아름답고 찬란한 음들이 천상의 영광으로 터져 나왔고(Joy being a glorious spark like of heaven)**: 실러(Friedrich Schiller)의 시 「환희에 바치는 노래(Ode to Joy)」에서 자의적으로 변경해 인용한 부분으로, 이 시는 베토벤의 「9번 교향곡」의 마지막 합창 악장의 가사가 되기도 했다. 버지스에게 알려진 19세기 영어 번역은 '환희, 너는 천상의 황홀한 불꽃이고, / 엘리시움의 딸이며, / 깨어나 황홀경에 빠진 타오르는 심장이며, / 너의 성스러운 신전으로 우리가 왔노라. / 관습이란 굴레가 더 이상 잘라 낼 수 없도다, / 너의 확고한 마법으로 묶인 사람들을. / 모든 인류는 사랑하는 형제들이다 / 너의 성스러운 날개가 머무는 곳에서.'다.

101쪽 **누구든 오직 한 번만 죽어(One can die but once)**: 셰익스피어의 『줄리어스 시저(Julius Caesar)』를 의도적으로 틀리게 인용했는데, 이 극의 2막 2장은 원래 '비겁한 자들은 죽음 이

---

7) 1980년대 민주주의 쇠퇴와 미국 레이건 대통령 선출을 파시즘이 도래하는 현상으로 비판한 노래다.

전에 여러 번 죽고 / 용감한 자는 오직 단 한 번만 죽음을 맛볼 뿐이다.'라고 되어 있다.

103쪽 **빅토리아 아파트 단지**(Victoria Flatblock): 아마도 버지스가 1928년과 1935년 사이 공부한 맨체스터 소재 사베리언 사립 학교(Xaverian College)가 자리한 빅토이라 파크에 대한 언급일 것이다.[8]

110~111쪽 **긴 머리에 눈동자가 없는 눈알과 커다란 크라바트**(long hair and (…) big flowy cravat): 소설의 첫 장에 묘사된 알렉스의 모습이 베토벤 흉상과 닮았다는 점을 주목할 것. 이렇게 알렉스를 베토벤과 동일시함으로써 1985년 싱어(Isaac Bashevis Singer)와 가진 인터뷰에서 알렉스가 이 소설이 끝난 후에 위대한 작곡가가 될 거라는 버지스의 주장에 무게가 실린다.

113쪽 **어두운 놈들**(darkmans): 도둑들이 쓰는 은어로 '밤'을 의미하며 옥스퍼드사전에는 첫 용례에 대한 기록이 1560년대로 나타난다. 낮은 '밝은 놈들(Lightmans)'이다. 엘리자베스 여왕 시대 지하 세계의 언어에 대한 버지스의 연구는 1986년 허친슨 출판사가 출간한 책(*Homage to Qwert Yuiop*)에 실린 그의 논문("What Shakespeare Smelt?")을 참고할 것.

121쪽 **더러운 녀석들아**(merzkey gets): 『카젤 은어 사전』에

---

8) 버지스가 다닌 사베리언 학교는 가톨릭 계열의 학교로 대학 입시를 준비하는 학생들을 위한 기관이었으며, 현재도 맨체스터 근교의 주거 지역인 빅토리아 파크 지역에 위치하고 있다.

따르면 '더러운 나쁜 놈들'을 의미한다.[9]

123쪽 **소년이여, 천상의 떠오르는 상어여**(Boy, thou uproarious shark of heaven): 실러의 「환희에 바치는 노래(Ode to Joy)」에 대한 패러디로 101쪽 "'환희'에 대한 아름답고 찬란한 음들이 천상의 영광으로 터져 나왔고'에 대한 주를 참고할 것.[10]

124쪽 **차갑게 눈깔질하고**(very cold glazzy): 예이츠(W. B. Yeats)의 시 「벌벤 산 아래(Under Ben Bulben)」의 '차가운 눈길을 던진다 / 삶과 죽음에게로. / 말 탄 자여, 지나가거라!'에 대한 언급이다. 버지스는 『시계태엽 오렌지』를 쓰고 있던 같은 해에 예이츠 시를 읽었다고 알려져 있다. 그의 양장본 『예이츠 시선집(Collected Poems)』에는 버지스의 본명 'John Burgess Wilson'의 약자인 'jbw'가 쓰여 있다.

131쪽 **신부 놈**(prison charlie): 배우이자 감독 채플린(Charlie Chaplin)을 언급한 것이다. 버지스 자서전의 첫 번째 권(*Little Wilson and Big God*, 1987)에 따르면 버지스의 아버지가 1차 세계 대전 이전 카노(Fred Karno) 극단에 고용되었을 때 채플린 형제, 시드와 찰리를 위해 피아노를 연주했다고 한다. 또한 '찰리(Charlie)'는 멍청이 또는 사기꾼이라는 의미의 은어다.

138쪽 **루도비코 요법**(Ludovico's Technique): 웹스터(John

---

9) 여기서 'merzky'는 나드샷의 어원인 러시아어에서 '더러운'을 의미한다.
10) 버지스는 실러의 시에서 환희를 묘사하는 표현인 '불꽃(spark)' 대신 '상어(shark)', '딸(daughter)' 대신 '살해자(slaughter)' 등 철자는 비슷하나 의미상으로 정반대의 영어 단어로 대체하고 있다.

Webster)의 복수 비극 『하얀 악마(The White Devil)』의 이탈리아인 악당 로도비코와 위쪽의 '루트비히 판'에 대한 주석 모두에 대한 언급이다.

139쪽 「'깨어나라' 합창 전주곡(Wachet Auf Choral Prelude)」: 바흐(J. S. Bach)의 140번 칸타타, 「깨어나라, 우리를 부르는 소리가 들리도다」(1731)를 의미한다.

140쪽 아치볼드(archibalds): 패트리지의 『은어 사전(Dictionary of Slang)』에 따르면 비행기 또는 대공 화포를 의미하는 제1차 세계 대전 당시 은어다.

140쪽 포지(poggy): 19세기 후반 영국 군대에서 사용한 은어. 패트리지의 『은어 사전』에서는 포지를 럼주 또는 과일 증류주로 설명한다.

149쪽 처벌을 받는 중 저지르는 범죄(crime in the midst of punishment): 도스토옙스키(Fyodor Dostoevsky)의 소설 『죄와 벌(Crime and Punishment)』에 대한 언급으로 버지스는 1961년 러시아를 여행하기 전에 이 소설을 처음 읽었다. 버지스는 『시계태엽 오렌지』를 쓰는 도중 다이애나와 마이어 길런(Gillon) 부부에게 보낸 편지에서 "제가 지금 막 1부를 끝냈는데, 단지 범죄 일색입니다. 이제 벌이 옵니다. 이 모두가 저를 역겹게 만듭니다."라고 썼다.

177쪽 모든 사람들은 자신이 사랑하는 것을 죽입니다(Each man kills the thing he loves): 브래넘은 와일드(Oscar Wilde)의 『레딩 감옥의 담시(The Ballads of Reading Gaol)』(1897)에서 이 부분을 인용하고 있는데, 와일드는 1895년 동성애로 기소되어

이 년간 강제 노역을 하면서 복역했다. 버지스는 이후 와일드에 대해 1987년 와일드 전기를 출판한 엘먼(Richard Ellmann)과 편지를 주고받았다.

178쪽 **이 족속의 방언**(the dialect of the tribe): 엘리엇(T. S. Eliot)의 시 「리틀 기딩(Little Gidding)」의 두 번째 부분 중 '우리의 관심은 말이었으며, 말이 우리를 최촉하여 / 종족의 방언을 정화했다.'에서 인용했다. 파버 사에서 출판한 엘리엇의 『시 모음집 1909~1962(Collected Poems, 1909~1962)』 218쪽을 참조할 것. 엘리엇은 19세기 프랑스 시인 말라르메(Stéphane Mallarmé)의 「에드거 앨런 포의 무덤(Le Tombeau d'Edgar Poe)」 중 '종족의 언어에 더 순순한 의미를 주기를'에서 이 표현을 인용했으며 이 시는 비평가 무디(David Moody)가 '결실 있는 죽음'이라고 부른 것에 대한 것이다. 무디의 저서(*Thomas Sterne Eliot: Poet*, Cambridge University Press, 1994, 2nd Edition) 239, 253쪽을 참고할 것.

193쪽 **완전한 사랑은 두려움을 물리치나니**(Perfect Love Casteth Out Fear): 킹 제임스 판 영어 성경에서 인용한 부분으로 「요한복음 1서」 4장 18절의 '사랑 안에 두려움이 없고 온전한 사랑이 두려움을 내어 쫓나니 두려움에는 형벌이 있음이라. 두려워하는 자는 사랑 안에서 온전히 이루지 못하였느니라.'다.

195쪽 **신의 천사 앞에서 환희를**(Joy before the Angels of God): 또 다른 성경 인용으로 「누가복음」 15장 10절의 '내가 너희에게 이르노니 이와 같이 죄인 하나가 회개하면 하나님의 사자들 앞에 기쁨이 되느니라.'다.

209쪽 모차르트 40번(Mozart Number Forty): 버지스는 이후 모차르트의 교향곡 40번(K. 550, 1788)을 기반으로 단편 소설을 한 편 썼고, 『모차르트와 늑대 무리』[11]의 본문 81~91쪽에 포함시켰다.

211쪽 죽어 버린 방랑자여, 다양하게 변하는 모습 속에서 사라지지 마(Dear dead idlewilds, rot not in variform guises): 제라드 맨리 홉킨스에 대한 패러디다.[12]

215쪽 백 개 정도 아스피린을 털어 넣으면 끝이 난다니까(You should snuff it on a hundred aspirin): 비록 아스피린을 과다 복용하면 간 손상과 내출혈을 일으킬 수 있지만 알렉스와 같은 성인에게 이런 효과가 나려면 250정 이상을 복용해야 할 것이다. 이 부분에서 버지스가 잘못 계산한 것으로 보인다.

236쪽 불의를 보면 지워 없애려고 하지(Where I see the infamy I seek to erase it): 볼테르(Voltaire)가 달랑베르(d'Alembert)에게 1762년 11월 28일에 쓴 편지 중 '무엇을 하든지 악명 높은 인간들을 박살내라.(Quoi que vous fassiez, écrazez l'infâme.)' 라는 문장을 인용했다.[13]

238쪽 루빈슈타인(Rubinstein): 루빈슈타인(Harold Rubinstein)은 버지스의 영국 출판사인 윌리엄 하이네만 출판사의

---

11) '루트비히 판'에 대한 주석 참고.
12) 이 설명은 근거가 분명하지 않다.
13) 볼테르와 달랑베르는 계몽주의를 대표하는 철학자들로 비이성적이고 비합리적인 과거 적폐를 청산하고자 노력했다.

명예 훼손 담당 변호사였다. 그는 버지스의 전작 소설 두 편, 『담요 속의 적(The Enemy in the Blanket)』(1958), 『벌레와 반지 (The Worm and the Ring)』(1961)에서 일어난 명예 훼손에 대해 불평했다.

239쪽 저 말투가 날 괴롭히는군(that manner of voice pricks me): 옥스퍼드사전에 따르면 'prick'의 동사로서의 뜻은 '격심한 정신적 고통을 불러일으킴. 슬픔 또는 후회로 찌름. 슬퍼하고, 고통스러워하고, 동요함.'이다.

239쪽 우리들은 마음을 태워 정화해야 하지(we must inflame all hurts): 버지스가 교육받은 '사베리언 사립 학교'라는 이름의 기원인 성 프란체스코 사비에르(St Francis Xqvier)에 대한 언급이다. 가톨릭 예술에서는 불타는 심장이 성 프란체스코와 연결된 상징 중 하나다.

242쪽 쉬어라, 쉬어, 고통받은 영혼아(Rest, perturbed spirit): 셰익스피어의 『햄릿(Hamlet)』 1막 5장에서 인용했다. 햄릿이 아버지 유령에게 "쉬어라, 쉬어라, 고통받은 영혼아."라고 말한다.

257쪽 난 제대로 치료가 된 것이야(I was cured all right): 이 문장에 바로 이어 타자본에는 버지스의 손 글씨로 주가 하나 달렸는데 "여기서 우리가 끝내야 할까? 선택할 수 있는 '후기'가 있다."라고 썼다. 1963년 미국판 출간을 책임졌던 W. W. 노턴 출판사의 출판인 스웬슨(Eric Swenson)은 버지스가 이 지점에서 끝내도록 용기를 주었고, 21장을 생략해 버렸다.

269쪽 펠릭스 M.(Felix M.): 작곡가 멘델스존(Felix Mendelssohn, 1809~1847)은 1827년 셰익스피어의 『한여름 밤의 꿈(A

Midsummer Night's Dream)』에 맞춰 서곡을 썼다.

269쪽 **벤지 브리트**(French poet set by old Benjy Britt): 브리튼 (Benjamin Britten, 1913~1976)은 프랑스 시인 랭보가 1939년에 쓴 시 「환영들」을 기반으로 작품 번호 18번을 작곡했다. 버지 스는 슬레이터(Montagu Slater)가 쓴 브리튼의 오페라 「피터 그 라임(Peter Grimes)」의 가사를 최고로 여겼다. 그는 그것이 "내 가 알기로는 그 자체를 극시로 읽을 수 있는 유일한 가사다." 라고 기술했다.

나드샷 용어 사전[1] [2]

appy polly loggies: apologies, 사과하다

baboochka: old woman, 할머니

---

1) 원문에서 'NADSAT GLOSSARY'로 소개한다. 버지스가 십 대들의 은어 및 비어를 표현하기 위해 러시아어와 로만 집시어에 바탕을 두고 만든 나드샷 언어에 대한 해석은 오늘날에도 다양하다. 작가 스스로 이 단어들에 대한 해석을 거부했고, 오히려 그 의미를 찾아 가는 과정이 창조적 상상력을 훈련시키는 주요한 독서 경험이라고 역설했다. 그러나 과거 문학, 음악, 예술 및 사회 현상에 대한 비유적인 표현이나 인용과 함께 이 언어는 버지스의 작품을 일반 독자들이 쉽게 접근할 수 없는 난해한 작품으로 만들어 냈다. 이 문제를 극복하기 위해 여러 비평가들이 해설집을 만들려고 시도했다. 이 복원판에도 글이 실린 미국의 문학 평론가 하이먼(Stanley Edgar Hyman, 1919~1970)이 1963년 『시계태엽 오렌지』 초판본에 수록한 「후기(Afterwords)」를 필두로 다양한 해설 또는 해설집이 나왔다.

bezoomny: crazy, 미친

biblio: library, 도서관

역자는 2002년 민음사와 계약으로 번역 작업을 시작했을 때 자료 조사를 통해 확보한 한 온라인 해설 자료(http://www.geocities.com/ Athens/4572/nadsat.htm)가 당시 가장 정확하다고 판단했고, 영국에서 은어를 집대성한 사전으로 가장 유명한 패트리지(Eric Partridge)의 *A Dictionary of Slang and Unconventional English*(8th Edition)와 함께 2005년 출판된 번역본을 위한 주요한 자료로 사용했다. 이 자료는 무료 인터넷 플랫폼 야후(Yahoo)가 사용자들이 자유롭게 자료를 게시할 수 있도록 1994년부터 제공하기 시작한 Yahoo/GeoCities의 한 꼭지였던 'A Clockwork Orange'의 일부다. 출처는 명확하지 않으나 이 자료는 당시까지의 나드샷 언어를 총망라한 것이다. 현재 이 사이트는 사라지고 없으나, 과거의 Yahoo/GeoCities의 꼭지들을 복원한 사이트(https://geocities. restorativland.org)의 'A Clockwork Orange' 섹션에 게시되어 있다. 이 복원판의 저본인 2013년 펭귄 출판사 판본의 편집자인 비즈웰(Andrew Biswell)도 나드샷 언어 때문에 발생할 수 있는 작품의 난해함을 해소하기 위해 단어 설명집을 과감하게 작품의 부록으로 수록했다. 본문을 한국어로 읽는 독자들은 원작의 구성에 대한 이해를 도와 어떻게 창조적 상상력이 독서 경험에 가장 중요한 요소가 될 수 있는지 스스로 질문할 기회를 가질 수 있겠다.

비즈웰이 수록한 단어 해설집의 특징은 앞서 언급한 온라인 해설 자료에 수록된 모든 단어를 수용하지 않고 근거가 분명한 단어들만 선별적으로 수용함으로써 작품의 가독성을 높이려고 했다는 점이다. 그러나 이 과정에서 실제 작품의 본문에서 사용되고 있는 단어들도 제외되어 오히려 해석의 폭을 좁히는 결과를 초래했다고 볼 수 있다. 또한 비즈웰의 단어 해설집을 포함하여 현재까지 대부분의 나드샷 단어 해설집이 『시계태엽 오렌지』 본문만을 대상으로 하고 있어, 이 복원판에도 수록된 「에필로그」 등에서 사용되고 있는 기본적인 나드샷 단어들이 누락되었다. 예를 들면, 버지스는 '생각하다'를 'doomat(думать)', '책'을 'kneek(книг)' 또는 'kneeg', '별거 아님'을 'nichero(ничево)', '기억하다'를 'pomnit(помнить)'으로 표기하고 있는데 이 단어들이 모두 수록되어 있지 않다.

bitva: battle, 싸움

bog: God, 하느님

bolnoy: sick, 토 나오는

bolshy: big, 큰

bratchny: bastard, 놈

bratty, brat: brother, 형제 또는 동지

britva: razor, 칼

brooko: stomach, 배 또는 위

to brosat: to throw, 던지다

bugatty: rich, 부유한

cal: shit, 똥

cancer: cigarette, 담배

cantora: office, 사무실

carman: pocket, 주머니

chasha: cup, 잔

chasso: guard, 경비

cheena: woman, 여자

to cheest: to wash, 씻다

chelloveck: man, human being, 사람

---

2) 나드샷 단어 해설의 우리말 번역은 본문에서 사전적인 의미만 따른 것이 아니라 버지스가 의도한 은어와 비어의 느낌이 나도록, 그리고 문맥에 따라 변용되었다. 예를 들면, 'gulliver'는 '머리(head)'인데 본문에서는 문맥에 따라 '머리', '대갈통' 또는 '머리통'이라고 옮겼다.

chepooka: nonsense, 난센스

choodessny: wonderful, 멋있는

cluve: beak, 부리

collocoll: bell, 벨

to crast: to steal, 훔치다

to creech: to scream, 비명 지르다

cutter: money, 돈

darkmans: night, 밤

deng: money, 돈

devotchka: girl, 소녀

dobby: good, 착한

domy: house, 집

dorogoy: valuable, dear, 소중한

to drats: to fight, 싸우다

droog, droogie: friend, 친구

eegra: game, 게임

eemya: name, 이름

eggiweg: egg, 계란

to filly: to play, 놀다

flip: very or great, 매우

forella: trout, woman, 여자

glaz, glazzy: eye, nipple, 눈, 유두

gloopy: stupid, 멍청한

golly: coin, 동전

goloss: voice, 목소리

goober: lip, 입술

to gooly: to go, 가다

gorlo: throat, 목구멍

to govoreet: to talk, speak, 말하다

grahzny: dirty, 더러운

grazzy: dirty, 더러운

gromky: loud, 시끄러운

groody: breast, 가슴

guff: laugh, 웃음

gulliver: head, 머리

hen-korm: pocket change, 호주머니 잔돈

horrorshow: good, well, 매우 좋은

interessovatted: interested, 흥미로운

to itty: to go, 가다

jammiwam: jam, jelly, 잼 또는 젤리

jeezny: life, 생명 또는 삶

kartoffel: potato, 감자

keeshkas: guts, 내장

kleb: bread, 빵

klootch: key, 열쇠

knopka: button, 버튼

kopat[3]: understand, 이해하다

koshka: cat, 고양이

krovvy: blood, 피

to kupet: to buy, 사다

lewdies: people, 사람들

lighter: old woman, 할머니

litso: face, 얼굴

lomtick: piece, 조각

to lovet: to catch, 잡다

to lubbilub: to kiss, 키스하다

malchick: boy, 소년

malenky: little, 작은 또는 어린

maslo: butter, 버터

---

3) 동사는 모두 to 부정사 형태로 표시하고 있음에도 to가 빠져 있어 오류로 판단된다. 아래 이어지는 단어들 중 nachinat, oobivat, ookadeet, osoosh, peet, plesk, pony, prod, rabbit, razrez, skazat, skvat, sloochat, slooshy, sobirat, spat with, tolchock, vareet, viddy, vred, yeckate도 마찬가지다.

merzky: filthy, 더러운

messel: idea, 생각

mesto: place, 장소

millicent: policeman, 경찰

minoota: minute, 분

molodoy: young, 어린 또는 젊은

moloko: milk, 우유

moodge: man, husband, 남자 또는 남편

morder: snout, 주둥이

mounch: food, 음식

mozg: brain, 뇌

nachinat: begin, 시작하다

nadmenny: arrogant, 교만한

nadsat: teen, 10 또는 십대

nagoy: naked, 벌거벗은

nazz: name, 이름

neezhnies: panties, 속옷

nochy: night, 밤

noga: foot, leg, 다리

nozh: knife, 칼

oddy knocky: alone, 홀로

okno: window, 창

oobivat: kill, 죽이다

ookadeet: leave, 떠나다

ooko: ear, 귀

oomny: intelligent, 영리한

oozhassny: dreadful, 끔찍한

oozy: chain, 체인 줄

osoosh: wipe, 닦다

otchkies: glasses, 유리잔

peet: drink, 마시다

pishcha: food, 음식

to platch: cry, 울다

platties: clothes, 옷

plennies: prisoners, 죄수

plesk: splash, 탕진하다

pletcho: shoulder, 어깨

plott: body, 몸

pol: sex, 성행위

polezny: useful, 유용한

pony: understand, 이해하다

poogly: frightened, 겁먹은

pooshka: pistol, 총

prestoopnick: criminal, 범죄자

pretty polly: money, 돈

prod: produce, 제작하다

ptitsa: woman, 여자

pyahnitsa: drunk, 술 취한

rabbit: work, 일하다

radosty: joy, 환희

rassoodock: mind, 마음

raz: time, 시간

razdraz: angry, 화난

raskazz: story, 이야기

razrez: tear, 찢어 버리다

rooker: hand or arm, 손 또는 팔

rot: mouth, 입

rozz: policeman, 경찰

sabog: shoe, 신발

sakar: sugar, 설탕

sarky: sarcastic, 냉소적인

scoteena: beast, 짐승

shaika: gang, 갱 무리

sharp: woman, 여자

sharries: buttocks, arse, 엉덩이

shest: barrier, 차단 막

shilarny: interest, 흥미로운

shive: slice, 조각

shiyah: neck, 목

shlaga: club, cudgel, 몽둥이

shlapa: hat, 모자

shlem: helmet, 헬멧

shoom: noise, 소음

shoomny: noisy, 소란스런

shoot: fool, 바보

sinny: cinema, 영화관

skazat: say, 말하다

skolliwoll: school, 학교

skorry: fast, 빠른

skvat: snatch, 낚아채다

sladky: sweet, 달콤한

sloochat: happen, 일어나다

slooshy: hear, 듣다

slovo: word, 말

to smeck: laugh, 웃다

to smot: to look, 보다

sneety: dream, 꿈

snoutie: tobacco, 담배

sobirat: pick up, 데리러 오다

soomka: bag, unattractive woman, 가방 또는 매력 없는 여자

spat with: to have sex with, 성관계를 가지다

spatchka: sleep, 잠

spoogy: terrified, 공포에 질린

starry: old, 늙은

strack: horror, 공포

tally: waist, 허리

tashtook: handkerchief, 손수건

tass: cup, 컵

tolchock: hit, 때리다

toofles: slippers, 슬리퍼

twenty-to-one: fun, i.e. gang violence, 재미, 즉 집단 성폭행

vareet: cook up, 만들어 내다

vaysay: WC, bathroom, 화장실

veck: man, guy, 남자

veshch: thing, 어떤 것

viddy: see, 보다 또는 알다

voloss: hair, 머리털

von: smell, 냄새

vred: injure, 상처 주다

yahma: mouth or hole, 입 또는 구멍

yahzick: tongue, 혀

yarbles: testicles, bollocks, 불알 또는 말도 안 되는 짓

yeckate: drive, 운전하다

zammechat: remarkable, 눈에 띄는

zasnoot: sleep, 잠

zheena: wife, 아내

zooby: tooth, 치아

zubrick: penis, 남자 성기

zvook: ring, sound, 종소리 또는 소리

zvonock: bell, 벨

『시계태엽 오렌지: 뮤지컬』에 붙이는 프롤로그

앤서니 버지스

이 「프롤로그」는 버지스의 『시계태엽 오렌지』 뮤지컬 극본으로 1986년 7월에 쓰여, 그다음 해 허친슨 출판사가 출판했다. 이 프롤로그는 출판된 모든 극본에는 포함되어 있지 않다. 마티(Marty)는 열일곱 살 여자로, 극본의 마지막 장면에서 알렉스의 동반자가 된다.

장면은 에덴 동산이다. 알렉스는 아담이고, 차후 그의 여자 친구가 되는 마티는 이브다. 물론 이건 알렉스가 꾸는 꿈속에서 벌어지는 일이다. 이른 아침, 섬세한 녹색 조명, 잠을 깨우는 새소리. 알렉스와 마티는 서로의 품에서 깨어난다. 알렉스가 하품을 길게 하고, 입술을 모아 쪽 소리를 낸다.

알렉스　자브 트랙.

마티   자브트랙이 뭔데?

알렉스   그냥 튀어나온 말이야. 모든 단어가 다 그렇지.
        뜻은 잠 때리고 나서 먹는 첫 음식이야.

마티   잠을 때려요?

알렉스   이렇게 하는 거.

(알렉스가 잠자는 동작을 과장해서 거칠게 마임으로 표현한다.)

마티   당신 말은 아침 식사라는 거죠.

알렉스   자브트랙이란 말이 훨씬 맛있게 들려. 아니면 아
        침 먹은 후에는 그렇게 들리겠지.

마티   (일어나면서) 당신 먹게 과일을 좀 따 올게요.

알렉스   항상 과일이네. 우리가 무슨 꿀벌이라도 되나 봐.
        과일 먹고서 힘든 하루를 어떻게 건들거리며 지
        내겠어.

목소리   노란 사과를 조심해라.

알렉스   그분이 일찍 일어나셨네. 그 뭐라 그러지, 그때까
        지는 거의 잘 안 일어나잖아.

마티   서늘한 저녁때요.

(하느님이 등장한다. 이후 장면에서 등장할 교도소 신부의 강한
인상을 지녔다. 한 점 티 없이 흰색이고, 긴 수염을 기르고 있다. 나
무 둥치에 앉는다.)

알렉스	하날님.
하느님	그게 무슨 뜻이냐?
알렉스	하날님이라고요. 하날님. 제가 모든 사물에 이름을 붙여야 한다고 하셨잖아요. '날것'은 날아다니는 것, '계집애'는 저기 이브. '덜렁거리는 거'는 나무에서 자라는 딱딱한 건데 내가 지겹게 먹는 거, '하날님'은 당신.
하느님	저 노란 '덜렁거리는 거'를 조심하거라.
알렉스	이제야 알겠네. 왜 주의해야 하는지 이빨을 까신 적은 없잖아요. 왜죠?
하느님	너무 많이 알려고 해서는 안 된다.
알렉스	왜요?
하느님	왜냐하면 넘어서는 안 되는 한계는 있기 때문이지.
마티	'한계'란 거겠죠?
하느님	내가 멀정이 지적을 당하는구나.
마티	'멀쩡히'가 맞는 표현이에요. (바스켓을 들고 가 버린다.)
하느님	가끔 내가 저걸, 그 단어가 뭐냐, 만든 게 후회된다.
알렉스	계집애요. 또는 집사람, 나는 바깥양반. 이것 보세요, 하날님. 너무 많이 알고 어쩌고 하시는 게 다 무슨 소리래요?
하느님	자유 의지에도 한계란 게 있어야 한다. 너의 의지가 내 의지처럼 자유로워서는 안 되는 것이다. 알

겠느냐?

알렉스 기똥차게 잘 접수하겠어요. 결국 뭐 당신이 다 책임 비슷하게 지는 거잖아요.

하느님 천상에 소동이 막 일어났단다. 내가 믿었던 존재, 바로 내가 빛을 책임지라고 맡겼던 바로 그 존재가 자신이 나처럼 자유롭다고 결정했단다.[1] 나처럼 자유롭다는 말은 곧 내가 된다는 말이다. 알겠니?

알렉스 알써요.

하느님 그를 보내야만 했단다. 이 말은 내가 도덕적 이중성에 책임을 진다는 거란다. 그가 나한테 저항을 했거든. 그가 나를 악이라고 부르고 자신은 선이라고 불렀다. 물론 진실은 정반대지만.

알렉스 제가 접수 못 하겠는 썰이 두 개 있네요.

하느님 그 말은 이해를 하지 못한다는…….

알렉스 제가 썰을 책임지는 거잖아요. 그건 분명히 한 걸로 알아요. 뭐든 얘가 그 이름으로 부르면 바로 그게 이름이 된다고 하셨잖아. 이름이 된다면서, 이 멍청아.

하느님 접수하려고 노력하지 말거라. 그러면 큰 혼란이

---

1) 원래 천사였던 사탄(Satan)이 하느님의 권위에 저항해서 반란을 꾀했다는 이야기로 밀턴(John Milton)의 유명한 『실낙원(Paradise Lost)』의 주제가 되었다. 밀턴에 따르면 인간에 대한 하느님의 사랑을 편애라고 질투하면서 반기를 든 사탄과 그의 편에 선 천사들은 천상에서 추방당한다.

생길 수도 있다.

알렉스 저 노란 덜렁거리는 걸 먹어라. 그러면 그 두 개의 썰을 접수할 수 있을 게다.

하느님 선과 악이란 단어지.

알렉스 뭐라 부를지 썰을 정하는 건 나라면서요.

하느님 그 두 단어는 안 된다.

알렉스 그런데 좌우지간 먹으라고 있는 거잖아요. 내 손짝을 뻗쳐서 잡아당겨 얌얌. 되게 쉬운 거잖아요.

하느님 그건 네가 복종할 수 있는지 알아보기 위한 시험이란다. 너는 복종할 자유도, 거역할 자유도 있다. 그게 자유 의지란다. 그게 선택이란 거지.

알렉스 그걸로는 충분치 않네요.

하느님 그게 무슨 말이냐?

알렉스 저는 성스러운 천사인지 성자인지 뭐든지 간에 그놈 한 일이 좋아요. 도전을 한 거잖아요.

하느님 도전의 결과는 거역이다. 그래서는 그가 자기 세상을 만들어 버린 거지.

알렉스 왜 저지하지 않으셨어요?

하느님 그건 규칙에 없는 일이다.

알렉스 하날님의 규칙이란 거!

하느님 규칙은 한번 정해지면 바꿔서는 안 되는 것이다. 나는 자의적 행동을 혐오한다.

알렉스 그런 대단한 썰들은 제가 접수 못 하걸랑요. 저는 그 기똥차게 거역한 녀석을 만나 보고 싶어요.

하느님 (진저리를 치면서) 만나게 될 거다.

알렉스 '선'이란 거, 그 썰은 무슨 뜻이에요?

하느님 그건 신의 섭리를 받아들인다는 말이지. 나의 섭리를.

알렉스 그럼 그 반대말은요?

하느님 무질서. 혼동. 비이성적으로 고통을 감수하는 것. 창조 세계가 혼돈으로 해체되는 것.

알렉스 그걸 저지하려도 못 하시는 거예요?

하느님 나도 내 규칙을 따라야 한다. 내가 창조물에 자유의지를 준 것이다. 선택할 힘을 준 것이야.

알렉스 그 둘 중에 선택하는 거.

하느님 그런 말 한 적 없다.

알렉스 제가 했어요. 말이란 생각하라고 있는 거잖아요. 제가 말을 책임지고 있으니까요. 썰을요. 그렇게 말씀하셨잖아요.

하느님 금단의 열매를 먹게 되면, 새는 발톱을 기를 것이고, 야수가 너를 물어뜯을 것이고, 혼자 다니는 뱀이 독을 만들 게 될 것인데, 결국 네가 죽음을 알게 되고, 그것을 피할 방법을 너 스스로 찾아야만 하게 될 것이다. 여자는 고통스러운 분만을 하게 될 것이다. 그리고 갈등으로 가득 찬 인간 세상이 오게 될 것이다. 나도 내 원칙을 지켜야만 하니까, 아무것도 못 하고 혼돈이 창조물을 뒤덮는 걸 보아야만 한다. 저 열매를 건드리지 마라.

(일어선다.)

알렉스　그럼 그걸 치워 버리세요.

하느님　못 한다. 원칙을 기억하거라.

(하느님이 퇴장한다. 알렉스가 고개를 설레설레 흔들며 생각에 잠긴다. 한 마리 새가 지저귄다. 휘파람을 불면서 알렉스가 따라 한다. 휘파람을 더 불더니 자신의 멜로디를 만들어 낸다. 그는 자신이 곡을 만든다는 것에 신이 난다. 마티가 과일이 담긴 바구니를 들고 등장한다.)

알렉스　이거 들었어? (그는 다시 휘파람을 분다.)

마티　좋은데요. 그런데 뭐에 필요한 건데요?

알렉스　이거 이름이 필요한데. 음막, 은막. 아 음악이라고 부르겠어.

마티　그런데 뭐에 필요한 거냐니까요?

알렉스　그냥 그 자체로 있는 거야.

마티　저기, 제가 이런 남자를 만났는데……

알렉스　사람이라고? 그럴 수가 없지. 내가 유일한 남자니까. 이제까지는.

(알렉스가 마티를 안으려고 하는데, 이 때문에 그녀가 과일을 흘리게 된다. 그때 알렉스에게 갑자기 어떤 생각이 난다.)

알렉스　남자라고 했지?

마티   실제로는 그보다 천사에 가까웠어. 그가 이 과일 따는 걸 도와줬어요.

알렉스   그가 저 과일을 따는 걸 도왔다고?

(알렉스가 의미하는 바는 노란색 큰 과일로 실상은 오렌지인데 땅에서 줍는다. 그는 그것을 귀에다 조심스레 댄다.)

알렉스   안에서 무슨 소리가 들려. 무슨 째깍거리는 소리야. '째깍거리는 소리'. 지금 내가 이 말을 만들어 냈군. 안에 뭐가 있는지 봐 보자. (잠시 멈춘다.) 하날님은 먹는 거만 말했어, 그렇지? 보는 데는 문제가 없어. 우리는 맨날 그걸 보는데 뭘.

마티   냄새도 괜찮아요.

(알렉스가 껍질을 까자 과일즙이 손에 튄다. 그가 핥는다.)

마티   지금은 먹은 거네요.

알렉스   그걸 먹는 거라고 부를 수는 없지. 맛을 본 거야.

(마티도 맛을 본다. 알렉스가 휘파람으로 부는 음악을 교향악단이 연주한다. 그것은 바로 베토벤의 9번 교향곡 마지막 악장이다. 조명이 살짝 변한다. 나중 장면에 등장하는 내무 장관과 동일한 인물이 등장한다. 뱀 껍질로 만든 양복을 차려입고 있다.)

장관 별로 어려운 일 아니지? 세상이 변한 것도 아니잖아. 천둥을 치는 늙은이[2]도 번개를 내리지 않았잖아. 그는 네가 그 짓을 하길 원했던 거야.

알렉스 원했다고?

장관 물론이지. 왜 그걸 나무에 달려 있게 두었겠어?

마티 세상이 변했어. 이제 추워요. 나는 뭐라고 하지 그게 필요한데.

알렉스 천 쪼가리? 옷?

장관 옷을 구하게 될 거야. 이 꿈에서 깰 때는 말이지. 네게 필요한 건 이 춥고 추운 세상과 낯선 자들의 차디찬 눈길로부터 보호를 받는 거야.

알렉스 '낯선 자들'이란 말이 뭐예요?

장관 네가 모르는 사람들. 이 세상은 이미 그들로 들끓고 있어. 저기 사람들 보이나? 저건 그냥 소수 일부일 뿐이야.

마티 아무것도 안 보이는데?

장관 우선 그들에 대해 상상해야지. 우선 상상을 하게 되면, 그들을 만들어 내게 되는 거야. 그게 네가 할 일이지.

마티 나는 뭐랄까 극심한…… 그 단어를 모르겠네요.

장관 고통이야. 격통. 출산의 진통. 저기 가서 눕는 게 좋을걸. 고통이 사라질 거야.

---

2) 하느님을 말한다.

(마티가 통증을 느끼며 떠난다.)

장관	이제 일이 재미있게 되어 가는군. 누가 천상을 원해? 누가 에덴동산을 원하냐고. 인간 세상이 다 가오는 걸 보자고. 인간 남녀가 엄청난 재주, 바로 거역이라는 달콤한 열매를 보여 줄 거야. 물론 인간들은 지배를 당해야 해. 어떻게 선해져야 할지 명령을 받아야 한다니까. 자, 어린 친구, 자네도 마찬가지야.
알렉스	나도 그런 건 다 알아. 나는 당신의 어린 친구도 아니야. 나는 명령을 받을 필요가 없어. 너는 두 가지 중에 선택해야 할걸, 아니면 선택할 게 없을 테니. 중요한 건 선택하는 일이야.
장관	나는 너를 위해 선택할 거다. 그게 나의 특권이야.
알렉스	나는 나 스스로 선택할 거야. 그건 내 몫이니까.
장관	너는 잘못 선택하게 될 거다.
알렉스	누가 잘못된 선택인지 알아? 오직 하날님만 그 비밀을 아는 거야.
장관	그 늙은이 말이냐? 죽었어. 내가 몰아냈는걸.
알렉스	그래서 추워진 거군.

(조명이 어두워진다. 바람 소리가 음악을 덮어 버린다. 장관이 웃더니 퇴장한다. 알렉스가 몸을 따뜻하게 하려고 한다. 땅 위에서 몸을 웅크린다. 그가 서곡 음악에 깨어난다. 모든 게 꿈이었다. 그는 벌

거벗었는데 그의 친구, 즉 동무 세 명이 재빨리 옷을 입힌다. 극이 시
작된다.)

에필로그: 새파랗게 어린 놈들에 대한 짤따란 썰

앤서니 버지스

알렉스와 'AB'[1]라는 이름의 작가로 추정되는 인물 사이의 대화는 버지스의 무대용 극본 『시계태엽 오렌지』가 책으로 출간되기 직전에 신문 출간용으로 쓰였다. 완결본이 처음으로 여기에 게재되었다.

AB 알렉스, 내가 그렇게 부를 수 있다면 말이네, 자네 성씨에 대한 의구심이 좀 있다네.

알렉스 형씨, 놈들이 뭐라고 하든 신경 쓰지 말라고. 날 그지랄 같은 영화 속에 집어넣은 멍청이 바보 자식[2] (그 무슨 루브릭[3]인지 퓨빅[4]인지 뭐 그따위 이름을 가

---

1) 작가의 이름과 성의 첫 글자를 조합한 것이다.
2) 『시계태엽 오렌지』를 영화로 만든 스탠리 큐브릭 감독을 말한다.
3) '루브릭(lubric)'은 '미끌미끌' 또는 '번들번들한'이라는 의미다.

진)은 나한테 두 가지 이름 정도를 주었는데 알렉스 버지스와 알렉스 들라지 정도였어. 그건 내가 알렉산더 대자지[5] 어쩌고 떠들어 댔기 때문이야. 그러고는 까먹었지. 편집만큼이나 질이 떨어져. 알렉스라 부르쇼.

AB 자네에 대한 책이 출간된 1962년 그때에도 여전히 자네는 나드샷[6], 즉 십 대였지. 지금은 마흔두서너 살 정도일 텐데. 정착하고, 초강력 범죄는 다 접으셨다고. 가족을 만들고. 사회의 기둥. 납세자. 가장. 충실한 남편. 점점 뚱뚱해지고.

알렉스 형씨, 거기한테만 내가 진정한 나지. 나는 책 속에 있으니까 쉬어 버리지 않는 거야. 정해져 버린 거지, 영원토록 그렇게 있게 하소서.

AB '쉰다고'?[7]

알렉스 형씨, 옛날에 쓰던 말 좀 써 봤어. 쇼나리(shonary), 앵글루스(angleruss).

AB 쇼나리?

알렉스 성기 같은 걸 드러내는 거.

---

4) '퓨빅(pubic)'은 '성기 주변의'라는 의미다.
5) '들라지(Delarge)'는 크다는 의미며, 알렉산더 대자지라는 표현은 알렉산더 대왕을 성적으로 속화시킨 것이다.
6) 버지스가 러시아어, 런던 지역 방언, 집시어 등을 섞어 만든 은어를 의미하고, 소설 『시계태엽 오렌지』에서 알렉스처럼 이 은어를 사용하는 비행 십 대를 지칭한다.
7) 알렉스는 '변하다'라는 의미의 러시아어 'sdacha'를 은어로 사용하고 있다.

AB	네가 씨불인 대로 영원 영원히 그대로이길. 폭력을 일삼는 새파랗게 어린 놈의 변치 않는 유형으로.
알렉스	내 말을 아주 잘 따라 배우시는데, 형씨.
AB	그래도 변화, 자네 표현대로 '쉬어 버리는' 게 있지. 우주 시대의 청소년, 즉 새파랗게 어린 놈들은 1962년도와는 다르지.
알렉스	그 옛날 책 배경이 우주 시대야, 어린 동무. 그 책에는 달에 사람도 있어. 한심한 일이야.
AB	예언적이란 말이겠지?
알렉스	한심하기도 한 일이지. 모든 놈들 사는 게 불쌍, 아주 불쌍해. 왜냐하면 쉬어 버리지 않으니까. 왜냐하면 항상 그대로니까. 왜냐하면 놈들 모두 사과 따 먹은 죄를 메칸스키(mekansky) 지렸으니까. 메칸스키 지렸다는 건 버지스인지 F. 알렉산더인지 그 이름짜가 뭐든 간에 그놈이 쓴 책 이름짜처럼 우리들이 쓰는 러시아 말이야. 이름짜가 뭐라고 했소, 형씨?
AB	이름에 대해서는 한 톨 씨불인 게 없어.
알렉스	배우고 있군, 형씨 잘 배우라고, 하날님의 진리 속에 있으니까. 또 뭐를 알고 싶은데?
AB	간단하게 말하자면 오늘날 청소년에 대한 자네 생각이네.
알렉스	오늘날 어린것들에 대한 내 생각이란 말이지. 요즘 애들은 옛날 나하고는 달라. 그렇지, 진짜 달

라. 왜냐하면 대갈통에 든 게 하나도 없거든. 베토벤이나 비슷한 사람들의 음악에 대고 입술로 푸르르 소리를 내면서 야유한다니까. 그놈들한테는 그냥 되게 시끄러운 쓰레기야. 기타나 그놈의 고양이 암놈 수놈처럼 야옹야옹 소리를 내고, 머리는 아주 긴 데다가 엄청 지저분해. 그리고 놈들의 옷차림. 모두 청바지를 입고, 저질의 슬리퍼를 신고 있어. 게다가 티슈츠를 입고.[8]

AB   티슈츠가 뭔가?

알렉스 그 왜 웃통에 걸치고 뭐 '하버드'니 '캘리포니아'니 '내가 원하니까 나한테 줘' 그따위 것들이 적힌 거야. 진짜 골통 같아. 대갈통에 든 거라곤 없을걸.

AB   머리에 든 생각이 하나도 없다는 말이지?

알렉스 그게 바로 내가 지껄인 거잖아.

AB   그런데 걔들은 생각이 많은데. 걔들은 전쟁에 반대하고, 세계 평화를 전적으로 찬성하고, 핵미사일을 추방하자고 주장하지. 사랑과 평등에 대해서 노래를 하고. 그런 주제로 만든 노래도 있어.

알렉스 그건 다 쓰레기니까 엿이나 먹으라고 하셔. 암컷을 둘러싼 수고양이 놈들의 티격태격 한판, 그리

---

8) 알렉스는 1960년대 베트남 전쟁 반대 등 반전 및 반핵을 주장한 히피들을 비판하고 있다.

고, 암고양이와 그 짓거리를 하려는 거야. 내 말은 계집애들하고 말이야. 놈들은 원하는 걸 얻지 못할걸. 왜냐하면 변하는 게 없으니까. 이 세상엔 항상 전쟁이 있고, 평화는 없어. 그 왜 늙다리 라이언 트로츠키인가 톨스토이인가도 항상 지껄였잖아. 그건 타고난 거야. 남자 놈들은 하나같이 공격적이고 변하질 않아. 러시아 놈들은 거기에 한 마디, 아니네, 두 마디의 표현을 쓰는데, 'prirozhdyonnuity grekh(전에 지은 죄)'라고.

AB   내가 썰전을 잠깐 찾아 보마. 쪼끔 기다려. 여기엔 'original sin(원죄)'이라고 되었구만.

알렉스   그 말이 무언지 그전에는 알지 못했는데. 진짜 따봉이네. 원죄란 건 좋은 거야, 진짜 좋은 거야.

AB   오늘날 젊은이들은 어른들의 문화로부터 떨어져 나온 걸 자랑스럽게 생각하지. 어른들이 세상을 망쳤다고 말하면서, 자신들이 사랑과 동지애로 무너진 세상을 다시 건설하려고 노력하지는 않아. 환각제에 의존해 거기서 벗어나려고 하지.

알렉스   어려운 구라야, 아주 알아듣기 어려운 구라라고, 형씨.

AB   내 말은 그 친구들이 마약을 하고, 환각 상태를 경험하면서 내면의 세계라는 천국으로 빠져든다는 거야.

알렉스   그 말은 개들이 하날님과 성스러우신 천사들 등

등 따위를 느끼게 된다는 거지?

AB   하나님은 아니지, 더 이상 믿지도 않으니까. 비록 개중에는 네가 '십자가에서 죽은 수염 기르고 홀 딱 벗은 녀석'이라고 부르는 사람을 따르기도 하 지만. 그리고 사실 그런 애들은 지들도 수염을 기 르고 그 사람처럼 보이려고 노력해.

알렉스   내가 지껄이고 싶은 말은 드린크롬, 벨로쳇이니 하는 그따위 것들이 사내놈들한테는 좋지 않다 는 이야기라는 거야. 하날님에 대해 대가리를 굴 리고서 세상에 기어가서 모든 놈들은 사랑해야 합네 어쩌고 떠벌리는 게 사내놈들의 장점과 힘 을 다 빨아먹을 거라는 뜻이야. 내가 지껄인 말 이, 그래 바로 유일한 진리야.

AB   자네 생각으로는 오늘날 젊은이들이 자네가 과거 나 현재에 속한 세대보다 더 폭력적이라고 생각 하나?

알렉스   더 그렇진 않지. 약을 쪼끔 코로 들이켜거나 팔뚝 에 맞고 싶어서 찐을 원하는 놈들은 뺏기 위해서 익숙한 초강력 폭력을 휘둘러야겠지. 하지만 그런 놈들은 세지 못해, 강하지 않다는 말이야. 장점이 나 힘이 다 빠져나갔거든. 요즘 어린것들은 옛날 보다는 초강력 폭력을 덜 쓰지. 옛날 더 폭력적인 놈들로는 ITA나 ZBD, 크롱크 놈들(Cronks), 슈 타인 패거리들(Pally Steininan)이 있었는데, 이놈

들은 슈타인주의자들 패거리는 아니야, 코헨주의
자들도 아니고, 나머지 유태 놈들 패거리도 아니
지.[9] 그건 KPS, TYF, QED 등등 패거리들도 마찬
가지야. 테러를 공중과 육지에서 벌인다니까. 그
리고 공공장소에서 폭탄을 터뜨리고. 아주 비겁
한 짓이고, 잔인한 일이야. 폭탄과 총, 그런 건 내
타입이 아니지.

AB   총을 다루어 보지 않았다는 건가?

알렉스   아주 비겁한 짓이라니까, 그건 아주 한참을 빗나
간 초강력 폭력이야. 쌈박질도 옛날 같지 않다니
까. 빛을 밝히기 전인 암흑시대라고 칭하는 시절
이 더 낫다고. 익숙한 면도칼과 칼싸움. 손짝으로
서로 붙는 거. 싸움질하는 상대의 피는 물론 붉
디붉은 자기 피가 흐르는 거지. 그리고 그때는 그
뭐라 하는지 기억나지 않지만 그런 게 있었지.

AB   스타일, 스타일을 말하는 거지?

알렉스   그거면 내가 아는 그 말만큼 괜찮겠네, 형씨! 스
타일, 또 스타일이었지. 우리는 그때 스타일이란
걸 가졌다고. 스타일이 있으면 붉디붉은 피를 옷
에 묻히지 않지. 왜냐하면 발길질, 손짝, 몸짓 등

---

9) 슈타인, 코헨은 흔한 유태계 이름으로서 알렉스의 유태인들에 대한 인종
주의적 편견을 암시하며, 이 중 코헨이란 이름은 1960년대 중반 영국의 청소
년 폭력 조직인 모즈(mods)와 라커스(rockers) 사이에 벌어진 폭력 사태에
이론적으로 접근한 사회학자 코헨(Stanly Cohen)을 연상시킨다.

등 스타일이 있어서 마치 흔들대는 것 같았어.

AB 춤추는 것 같았다는 거지?

알렉스 그 말이 바로 내 대갈통에 떠오르지 않았던 거야. 모가 나서 험한 말만 하는 내 혓바닥으로는 그렇게 부드러운 말은 발음하기도 어렵군.

AB 모가 났다는 말은 네 개의 모가 있다는 말이지? 그건 사각이라는 이야기고. 그런 단어를 사용하면 자네 나이를 짐작할 수 있게 하지.

알렉스 개불알. 기똥차게 큰 개불알 같은 소리야.

AB '개부로'란 건 사과를 말하는 거 아닌가?[10]

알렉스 개불알이 개불알이지 뭐, 형씨.

AB 그럼 젊은이들이 선호한다는 음악 건에 대해 이야기를 해 보세.

알렉스 그건 음악이 아냐. 그건 쓰레기, 고약한 쓰레기지. 그건 어린애들 같은 것들을 위한 시끄럽고 미친 잡음이야. 나 같은 젊은 놈들한테는 그렇게 들린다는 거야. 루트비히 판이나 벤지 브릿, 펠릭스 M. 같은 사람 음악이 없어.[11] 그리고 볼프강 아마데우스에 대해서는 놈들이 깔 때 거짓말을 했어.

---

10) 러시아어로 'yarble'은 성기의 일부를 지칭하며, '사과'라는 단어를 모르는 알렉스가 나무에 불알처럼 덜렁거리고 달렸다는 의미에서 사과를 'yarble'이라고 불렀다.

11) 순서대로 베토벤(Ludwig van Beethoven), 브리튼(Benjamin Britten), 멘델스존(Felix Mendelssohn Bartholdy)을 지칭한다.

AB 깐다니 무슨 말인가?

알렉스 깐다는 말도 모르나. 찰락찰락. 그니까 영화로 만들었다고. 살리에리에게 당한 게 아니야. 이 더러운 세상을 살기에는 너무 대단한 사람이어서 스스로 꼴깍한 거야.[12]

AB 자네는 간단명료하게 얘기하는군.

알렉스 나는 항상 분명하게 지껄여, 형씨. 내가 지껄이는 말은 음악이 입구라는 거야. 즉, 음악이 아주 된통 큰 진리에 이르는 문이라는 거야. 마치 천국 같은 거지. 그리고 요즘 어린것들이 듣는 건 음악이 아냐. 그 노래 가사도 형편없어. 어린놈들한테 내가 하고 싶은 말은 성숙해지라는 거야. 놈들은 대갈통을 더 써야 한다니까. 이미 지난 거라고 놈들이 비웃으면 안 되지. 왜냐하면 그게 우리가 가진 전부니까. 앞으로 올 게 없고, 현재라는 것도 재채기 정도일 뿐이야. 모든 게 이미 죽은 된통 대단한 녀석들이 만들어 놓은 거고, 지난 거라는 거야. 그런데 그들이 죽은 건 아니지. 우리 삶 속에 살아 있는 거니까.

AB 아마 과거를 어떻게 보존할지에 대해 지껄이는가 보구나. 창조적인 예술이 위대한 거라고 네가 지껄인 것 같은데. 그런데 진작 자네는 파괴하느라

---

12) 모차르트의 천재성을 질투한 살리에리에 대한 언급이다.

삶을 다 바친 거잖나.

알렉스 다 된통 위대한 썰이지. 그런데 그렇게 된 이유는 내 안의 된통 엄청난 삶의 힘 때문이었어. 나는 어렸고, 아무도 어떻게 하라고 가르쳐 주지도 않았다고. 그래서 때려 부수는 게 내가 할 일이었어. 그런데 이젠 극복했다고.

AB 극복했다고? 성숙해졌다는 말인가?

알렉스 내가 성숙하는 거에 대한 책은 없지. 그런 거는 작가 놈들이 결코 쓰지 않을 거야. 놈들은 나를 그냥 아주 초강력 폭력적인 놈으로만 본다니까. 어리다는 건 아무 힘도 없다는 거야. 형씨가 씨불인 대로 성숙해지는 게 최고야. 그게 바로 요즘 어린놈들한테 내가 지금처럼 지내서는 안 된다고 지껄이는 이유야. 걔들은 머리털이나 길게 기르고, 티슈츠나 입고, 발짝에는 파란색 꽉 죄는 제노바나 신고서는 그게 다라는 거야.[13] 그런데 그런 건 아무것도 아니지. 성숙해지는 게 해야 할 일이지, 암 그렇지. 할 일은 성숙해지는 거야.

AB 자네 자신을 미래, 정확히는 아직 쓰이지 않은, 그리고 내가 작가로서의 권한을 가지고 말하는데 앞으로도 그럴 일이 없는 미래의 자네 역할로 전

---

13) 티슈츠는 티셔츠를 의미하며, 제노바는 요즘 골프화의 원조로 질긴 천에 가죽을 패턴으로 잘라 덧댄 신발이다.

송할 수 있다면, 오늘날의 세상에 무슨 최후의 메
시지 같은 걸 전달할 수 있을까?

알렉스 뭐, 대충 평화를 위한 대변인처럼?

AB 만울 가넝하면.

알렉스 형씨의 러시아 말은 형편없지만 그냥 '만일 가능
하다면'이라고 알아들을게.[14] 좋아, 내가 국가에
세금을 내는 성인으로 말할게. 내 말은 유일하게
중요한 것이 도덕적으로 선택할 수 있는 인간의
능력이라는 거예요. 아니, 말로 하지 않을게. 노래
로 할게. 내 말은 베토벤이 실러의 「환희에 대한
노래」를 사용한 황홀한 9번 교향곡의 마지막 악
장을 선택할 거고, 내 구라, 즉 말을 거기에 끼워
넣을 거라는 뜻이지.[15] 그리고 그 말은 이런 거야.
같이하고 싶다면 대환영이에요. 자, 들어 보라고.

어리다는 건 일종의 병,

홍역, 볼거리, 수두 같은 거라네.

장난감을 다 모아서,

---

14) 극의 인물로 등장하는 작가가 알렉스가 사용하는 나드샷의 어원
인 러시아어를 따라 사용하려다가 제대로 사용하지 못하는 스스로에 대
한 자의식적인 조소 발언이다. '만일 가능하다면'의 러시아어 표현은 'eslii
boimozhnar'인데 AB는 'yesli bi mozhno'라고 실수하고 있다.
15) 베토벤은 9번 교향곡을 작곡하고, 마지막 악장에 실러(Friedrich
Schiller)의 시를 합창곡의 가사로 이용했다.

나무 상자 안에 넣고 잠그라고.

그건 때려 패는 거, 훔치는 거, 치고받는 거,

사내 녀석한테 어울리는 모든 거야.

두드려 부수는 대신 뭔가를 만들 때

그건 네 '환희에 대한 노래'를 시작할 수 있는 때야.

AB   고맙네, 아, 성함이 어떻게 되시더라.

알렉스   닥치고 계셔, 아직 끝나지 않았어.

시계태엽 오렌지가 되지 말거라,

자유라는 건 달콤한 말이란다.[16)]

이건 선한 일이고, 저건 악한 일이지,

양쪽을 다 보고서야 선택을 하렴.

과즙, 색깔, 향이 모두 달콤하지만,

오렌지 기계로 변하지 말자.

선택은 자유지만, 결코 쉽지 않지,

그게 바로 인간의 자유란 게 의미하는 바야.

멍청한 말들이군. 더러운 세상이야. 그럼 형씨, 이
제 나 내 책 속으로 돌아가도 되겠나?

AB   이건 계속 책 속에서 일어난 일이네.

---

16) 버지스 소설의 제목에도 포함된 '시계태엽 오렌지'란 표현은 선택할 자
유 없이 조그만 톱니들로 움직이는 기계처럼 변해 버린 멍청한 인간을 상징
한다.

에필로그: 새파랗게 어린 놈들에 대한 짤따란 썰

에세이, 저널 그리고 리뷰

러시아 사람들

앤서니 버지스

러시아 사람들에 대해 내가 제일 좋아하는 점은 그들의 비효율성이다. 내가 레닌그라드[1]에 갔을 때 예상했던 것은 조지 오웰식 미래의 철과 돌의 무시무시한 이미지였다. 그런데 정작 발견한 것은 가장 인간적인 모습의 사람들, 다른 표현으로는 가장 비효율적인 사람들이었다.

이 말을 제대로 설명해야 하겠다. 왜냐하면 비효율적인 사람들은 스푸트니크나 코스모너트 같은 항공 우주선을 생산하지 않기 때문이다. 내가 보기에 효율성은 최고층에 얇은 크림 막처럼 떠 있는 것 같았다. 학교에 가면 모든 교사들이 교무회의나 대입 준비반의 실험실에서 바빠 지내느라 저학년들을

---

1) 현재의 상트페테르부르크.

감독하지 않은 채 스스로 알아서 하게 내버려 둔다는 인상을 받게 된다. 악취탄이 여기저기 던져지고, 이미 더러워진 벽에 잉크가 뿌려진다. 어린 이바노프는 칠판에 흐루쇼프(Nikita Sergeevich Khrushchyov)[2] 동지의 배는 툭 튀어나왔다고 낙서한다. 그러나 아무도 신경 쓰지 않는데, 왜냐하면 물리 실험실에서 아주 중요한 실험이 진행 중이고 모든 교직원들은 그 주위에 모여 있기 때문이다. 그렇지 않으면 모든 교사들이 한 교사가 교직원 규칙을 위반했다고 질책하는 중이거나, 또는 거대한 개원식을 위해 계획을 만들고 있거나, 또는 교장이 찬란하고 허위로 가득 찬 학교 소개 책자 원고를 검토 중이다.

허위가 러시아인들 성격의 일부인지 아니면 소비에트의 '이중 사고'에서 생겨난 것인지 알 수 없다. 내 눈으로 직접 식당이 거의 비어 있는 것을 보는데도 웨이터는 예약이 다 찼다고 우긴다.

영국 신문을 사려고 했는데 파는 것이라고는 《데일리 워커(Daily Worker)》밖에 없었다. 가판대 소녀는 정확하게 "《데일리 워커》만 유일하게 진실을 말해서, 소련에서 허용되는 유일한 신문이에요."라고 말을 해야 했다. 그러나 실상은 이렇게 말했다: "더 일찍 오셨어야 했어요. 다른 영국 신문들은 이미 다 팔렸어요." 이 말은 《데일리 워커》는 물론이고, 내 정보(모든 사람들이 다른 영국 신문들은 러시아에서는 허용되지 않는다는 걸 알고 있었다.)에 대해 크게 칭찬해 주는 것도 아니었다. 어떤 거

---

2) 구소련을 개방하여 냉전을 타개하는 데 공헌한 소련의 지도자.

짓말들은 기분을 전혀 언짢게 하지 않았다. 외국인여행국[3]에서 일하는 어떤 사람이 아스토리아 호텔의 더블 룸에서 일 박을 하는 데 25파운드를 내야 할 거라고 말했다. 실상 내가 지불한 건 30실링[4]도 채 되지 않았는데, 이걸 증명하는 영수증을 보여 줄 수 있다.

그런데 아마 내가 거짓말이라고 부르는 것은 단지 러시아 사람들이 기꺼이 현실을 직시하지 않으려는 태도일 수 있다. 그리고 아마 이 심한 두 가지 말들, 즉 거짓말과 무능함은 잘못 선택한 것일 수 있다. 로맨스와 동화의 세계가 바로 흐루쇼프의 유토피아(유토피아라는 것이 동화였으니까.)다. 가가린[5]과 티토프[6]는 바바 야가[7]나 동화 속 마녀 또는 마법사와 비슷하다. 만일 오두막이 닭의 다리로 걸어 다닐 수 있다는 걸 받아들일 수 있다면 우주선으로 무슨 일을 하든지 놀라지 않을 것이다. 나는 좋은 학교에서 과학 학위를 따고 졸업한 한 심각한 젊은이와 친구가 되었다. 며칠 동안 우리는 정치와 과학을 주제로 우스갯소리를 하지 않고 심각하게 이야기했다. 그런데 이 친구가 전혀 예상하지도 못하게 갑자기 자신의 아파트에 꼬리를 제외하고 몸길이만 구십 센티미터가 되는 시베리아 고양이가 있다고 말했다. 그에 따르면 진한 녹색 눈의 이 고양이

---

3) 구소련에서 외국인 여행자를 관리하던 관청.
4) 영국의 옛 화폐 단위로 20실링이 1파운드다.
5) 러시아는 물론 인류 최초의 유인 우주선 비행사.
6) 가가린에 이은 두 번째 유인 우주선 비행사.
7) 'Baba Yaga'는 러시아 동화에서 마녀 또는 초자연적인 존재로 등장한다.

는 그와 같은 침대에서 자는데, 종종 그를 침대에서 발로 차 바닥으로 떨어뜨린다는 것이다. 여기서 그가 가끔씩 현실에 대해 싫증을 낸다는 걸 알 수 있다.

동화 세계에서는 시간이 쉽게 정지된다. 식당에서 지체되는 일은 잘 알려져 있다. 레닌그라드의 가장 작은 식당에서 나는 소고기 스트로가노프[8]를 12시 반에 시켰는데, 결국 4시에 나왔다. 그건 큰 걱정거리가 아니었다. 나는 배고픔보다는 목마름이 훨씬 더 심해서, 맥주가 절대적으로 필요했기 때문이다. 그런데 그 누구도 맥주를 가져다주지 않았다. 절박해진 나는 혀를 굴려 목 졸린 것 같은 소리를 냈는데, 이 소리를 듣고서도 맥주는 가져다주지 않았다. 이에 나는 저 멀리서 빛을 내고 있는 냉장고로 가 맥주를 꺼내 올 수밖에 없었다. 나는 맥주와 함께 자리로 돌아와 칼로 뚜껑을 땄다. 아무도 말리지 않았다. 네 번이나 이런 일이 있었는데도 아무도 전혀 신경을 쓰지 않았다.

이렇게 셀프서비스로 맥주를 마시면서 소고기 스트로가노프를 기다리는 동안 나는 쇼핑을 잠시 해 보기로 마음먹었다. 나는 레닌과 가가린 소령이 들어간 팔찌, 브로치, 배지를 파는 잡화점을 본 적이 있었던 것이다. 나는 아내를 위해 조그만 소비에트 관련 선물을 사 주고 싶었다. 상점 여자아이들은 아주 예뻤고, 큰 도움이 되었다. 아무도 영어를 하지 못해서

---

8) 소고기를 양파, 버섯 등의 야채와 함께 크림, 겨자, 와인 등을 넣어 조린 요리다.

우리는 러시아어, 프랑스어, 독일어를 이리저리 섞어 가면서 노력했다. 나는 예쁘고 조그만 팔찌를 골랐고, 루블9)과 코펙10)을 꺼냈다. 그런데 여자아이들은 깜짝 놀랐다. "선생님, 이곳은 외화만 받는 곳입니다. 이 물건들은 외국인들만을 위한 것입니다." 내가 그 속셈을 알지 못했던 걸까? 사실 몰랐고, 영국 돈으로는 얼마냐고 물었다. 여자아이는 타자로 친 목록을 한참 뒤적거리더니, 드디어 자랑스럽게 그 팔찌가 30실링 15펜스라고 안내했다. 내가 상점 여자아이들한테 계산법11)을 알려 주었다. 걔들이 나를 빙 둘러쌌다. 이 아이들은 아주 열심히 들었는데, 러시아 사람들은 배우기를 좋아한다. 내가 1파운드 지폐 두 장을 건네니까, 걔들이 지폐에 그려진 여왕의 초상화에 대해 칭송을 하느라 잠시 시간을 보냈다. "차리나12)가 참 예쁘시네요." 나는 거스름돈을 달라고 했다.13) 그러니까 아주 유감스럽게도 잔돈이 없다는 것이다. 이것이 내가 머문 첫날에 일어난 일인데 이들의 목적은 외화는 버는 것이지, 주는 것이 아니었다. 내가 다른 조그만 선물들을 더 골라, 결국 2파운드어치를 사야 하는 상황이었다. 합리적이다 싶어

---

9) 러시아의 화폐 단위다.

10) 100코펙이 1루블이다.

11) 1971년 영국이 12진법 화폐 단위를 10진법으로 개혁할 때까지는 1실링이 12펜스였다. 따라서 30실링 15펜스는 31실링 3펜스라고 해야 한다.

12) 러시아 황제를 의미하는 '차르'의 여성형으로 여왕을 의미한다.

13) 10진법으로 화폐 단위를 개혁하기 전에는 1파운드는 20실링, 1실링은 12펜스임으로, 작가가 2파운드를 냈으니까 거스름돈으로 105펜스, 또는 8실링 9펜스를 돌려주어야 한다.

서 조그만 브로치를 하나 선택했다. 이번에는 얼마냐고? 이번에는 볼펜으로 한참 계산하더니, 5실링 14펜스를 내야 한단다. 그래서 여자아이는 다시 나의 산수 수업을 복습하고 손마디를 부드럽게 똑똑 움직여 가며 계산을 했다. 귀엽게 낄낄 웃는 소리가 났고, 다 계산해 보니 총 35실링 14펜스였고, 이건 1파운드 17실링 5펜스가 되는 거였다. 이 말은 아직도 2실링 7펜스를 더 쓸 수 있다는 뜻이었다. 나는 지쳐 앓는 소리를 내면서 말했다. "아가씨들, 거스름돈 2실링 7펜스를 가져요. 그 돈으로 뭐 자그만 거라도 사요."

그 자리에 있던 모든 사람들이 심한 충격을 받았다. "아니에요, 아니에요, 생각도 할 수 없는 일이고, 문명인다운 행동도 아니고, 소비에트에서 할 수 있는 행동도 아니에요." 나는 뭔가를 더 사야만 했다. 그래서 나는 그 조그만 잡화점을 필사적으로 다 둘러보고서 망치와 낫이 그려지고 '세상에 평화를'이란 의미의 '미르 미루'라는 구호가 적힌 조그만 배지를 들고 나타났다.[14] 이건 2실링이었다. 나는 아가씨들한테 구걸하다시피 간청해서 거스름돈 7펜스는 그냥 가지라고 했지만, 걔들은 받고 싶지도 않고, 받을 수도 없다고 말했다. 결국 나는 소비에트산 성냥을 두 갑 받았고, 키스와 악수를 한 다음에야 모든 사람이 행복해졌다. 시간이 엄청 걸린 것이다. 그때 나는 점심으로 뭐를 주문했는지 잊었을 정도였다. 드디어 세 시간

---

14) 망치와 낫은 구소비에트 러시아 공산주의의 상징이며, 러시아어로 '미르(mir)'는 '평화', '미루(miru)'는 '세상으로'를 의미한다.

의 강제 휴식에서 돌아온 식당 웨이터는 내 주문을 잊지 않았다. 내 자리에는 식어 버린 소고기 스트로가노프 한 접시가 놓인 채였다. 웨이터는 나에게 책망조로 혀를 끌끌 찼다. 내 음식이 이십 분이나 거기에 있었다는 것이다.

아마 그렇게 많은 러시아 사람들에게 고통을 주고 있는 것 같은 만성 우울증은 우리가 효율성이라고 부르고 싶은 것과 싸우는 중인 듯하다. 공기 중에 퍼져 있는 엄청난 환희의 물결, 그리고 땅의 한복판에 퍼져 있는 형언할 수 없는 비참함. 이 사람들은 늘 이것들과 함께 있다. 이 사람들의 대부분은 '푸크니치(pyknic)' 타입인데, 흐루쇼프 '동무'처럼 작달막하고, 뚱뚱한 데다가 성질을 부린다. 진정한 공산주의자는 이 세상의 죄 때문에 절대 울지 않는데, 나는 레닌그라드의 식당들에서 어찌할 수 없는 우울증으로 흐느끼며 고통받는 많은 사람들을 보았다. 보드카와 소비에트산 코냑을 마시며 개구리 춤의 절정에 달해서 노래를 하고, 이 사람 저 사람한테 요란스레 웃으면서도 사랑스러운 키스를 소리 내서 하다가 한순간 갑자기 깊은 우울증에 빠져 버린다. 이 우울증은 종종 잠으로 이어지는데, 잔, 병, 담뱃재가 가득 찬 재떨이로 엉망인 탁자 위에 머리를 대고 잔다. 그러면 그때 음울한 표정의 시끄러운 여자가 응급 치료제를 가지고 나타나는데, 그건 바로 암모니아수에 적신 솜뭉치다. 그걸 콧구멍이나 심지어는 눈에다 대면 술 취한 사람이 콜록거리며 일어나고, 웨이터한테 쫓겨나 희망도 없이 집에 가는 택시를 찾는다.

레닌그라드 식당에서 나는 취한 사람들을 엄청 봤다. 나는 이걸 보통 긍정적이라고 생각한다. 왜냐하면 사람이 취한다는 건 희망이 있기 때문인데, 무슨 기계 같은 진정한, 그리고 별로 사람 같지 않은 전체주의자들은 술에 취하지 않는다. 요란한 취객을 다루는 방법은 항상 같은데, 우선 볼썽사납게 웨이터들이 낄낄대면서 끌어내지만, 경찰은 절대 부르지 않는다. 이 점, 즉 경찰이 눈에 띄지 않는다는 사실이 내가 레닌그라드를 좋아하는 또 다른 이유다. 아마 모든 경찰이 비밀경찰이거나, 아니면 모든 범죄가 정치 범죄이기 때문일 수도 있다. 분명한 사실은 우리 영국 경찰의 즉결 심판소를 가득 채우는 취중 소란 행위, 소동 피우는 행동, 호객 행위 등과 같은 사소한 경범죄는 공식적으로 다룰 의지가 없다는 것이다. 나와 아내는 새벽 3시에 메트로폴 레스토랑을 매력적인 핀란드 커플과 나온 적이 있다. 비록 같이 사용할 수 있는 언어는 없었지만, 이들과 길고 상세한 내용의 대화를 하다가 몇 시간을 함께 보낸 것이다. 웨이터에게 택시를 잡을 수 있냐고 물었다. 그가 알아들을 수 있을 정도로 "택시 없어요."라고 대답했다. 아래층으로 내려와서 땀범벅의 도어맨 세 사람 중 한 명에게 물었다. 그런데 이들은 한 소란스러운 패거리의 '스틸야기(stilyagi)', 즉 테디 보이들[15]을 다루느라 바빴는데, 이 깡패들은 소리치고, 병을 깨서 흔들며 레스토랑으로 들어가겠노라 요구하고 있었다. 물론, 거기에서도 택시라고는 찾아볼 수 없었다. 그래

---

15) 영국 'teddy-boy'는 양복을 화려하게 차려입고 다녔던 깡패들로 '스틸야기'도 스타일에 신경을 쓰는 깡패 집단이다.

서 우리 넷은 국제적으로도 잘 알려진 위대한 「클레멘타인」
을 핀란드어와 영어로 부르면서 길 한복판으로 나섰다. 우리
가 원한 바는 경찰이 나타나 어깨를 툭툭 치면 우리가 외국인
이란 걸 알아차리고 경찰차에 우리를 실어 각각의 배로 재빨
리 태워 보내는 거였다. 그런데 경찰은 나타나지 않았다. 진한
화장을 한 여자애들이 호객을 하고, 테디 보이들은 길길이 날
뛰면서 소동을 부리는데도 경찰은 오지 않았다. 내 솔직한 생
각으로 레닌그라드에는 경찰이 없었다.

만일 부드러운 가죽 부츠와 흰 헬멧을 착용한, 거기에 완벽
하게 무기를 갖춘 무장 경찰로 가득 찬 전체주의 국가를 찾길
기대한다면, 누구라도 어떤 차가움, 따뜻한 피가 흐르지 않는
냉정함, 모든 감정이 '빅 브라더(Big Brother)'의 사랑으로 향하
게 만들어진 상태를 예상해야 할 것이다. 레닌그라드에서는
물론 이런 걸 찾아볼 수 없다. 사람들한테는 엄청난 따뜻함이
있고, 이방인인 여러분들을 가족으로 받아들이고, 키스를 퍼
부어 주고 싶어 하는 강렬한 욕망이 있다. 내가 과학 전공의
그 젊은 친구한테 이름을 부르라고 했더니, 수줍어하면서 그
러질 않았다. 그는 그렇게 뻣뻣하게 굴고 싶지 않았고, 단순히
이름을 불러서 허용되는 것 이상의 친밀한 관계를 원했다. 그
래서 나는 '삼촌'을 의미하는 '댜댜(dyadya)'라고 불려야 했고,
진짜로 가족의 한 명이 되어야 했다. 이런 일은 병원에서도 일
어난다. 아내가 뭔지 모르는 증상이 있어 병원에 데리고 갔는
데, 의사나 간호사 모두가 하나같이 따뜻하게 안아 주고, 키스
를 하면서, 엄마나 아빠가 해 주는 '저런 저런 아파서 어쩌지?'

와 같은 말을 무슨 약처럼 처방하는 것이다. 초기 소비에트 시절 사회 단위로서의 가족을 제거하려고 했던 의도가 현실과는 얼마나 동떨어진 것인지를 알 수 있는 대목이다.

참으로 이상하게도 이런 가족적인 따스한 느낌은 심지어 음식에서도 느껴진다. 어딜 가도 볼 수 있는 투박하지만 맛깔 나는 '보르시치(borshch)' 수프에서는 사람의 온기 없이 직업적인 품격 요리의 정신이 느껴지지 않는다. 대신 소고기, 송아지 고기, 닭고기의 듬성듬성한 고기 조각들과 가끔씩은 소시지로 짐작되는 것이 푹 삶은 양배추와 고기 조각 사이로 빼죽 모습을 드러낸다. '보르시치'란 것이 바로 집밥 아닌가? 냄새도 가족들이 사는 집의 부엌에서 나는 것이고, 어머니가 늘 만들어 주시던 그런 것이다.

내 생각으로 레닌그라드를 멋들어지게 표현하고 싶다면, 레닌그라드 전체에서 집의 향기가 난다고도 말할 수 있을 듯하다. 낯선 이름이 가게 어디에도 없다. 보이는 건 '고기', '버터', '계란', '생선', '야채'라서, 마치 각 국영 식품점이 엄청 큰 가족의 부엌 일부인 것같이 보인다. 그리고 길을 다니는 사람들한테서도 사람을 움츠리게 만드는 세련됨이 없다. 모두 서툴게 재단되고 다리지도 않은 것 같은 정장과 치마를 입었는데, 마치 우리 식구들이 집에서 일하며 하루를 보낼 때 격식 차리지 않고 대강 입는 것과 똑같다. 우연히도 집에 할 일이 엄청 많지만 그 누구도 그 일을 하려 하지는 않는 것 같다.

금빛 비잔틴 양식의 성당[16]이나, 믿을 수 없을 정도로 화려한 겨울 궁전[17]에도 불구하고 도시 자체는 엄청 보잘것없고,

슬럼가처럼 보인다. 그런데 도시에서 벌어지는 일이 집에서도 똑같이 벌어진다. 아버지나 형들이나 오빠들은 해야 할 일들, 이를테면 창문의 깨진 유리창을 바꾸는 일, 칠을 하거나 칼날을 세우는 일, 또는 길을 손질하거나 현관에 새 전구를 다는 일 등을 무한정 연기해 버린 것이다. 아버지는 속옷 차림으로 파이프 담배를 피우면서 슬리퍼를 신고 신문을 읽고 있는 존재다. 무능한 사람인데, 그건 '빅 브라더'도 마찬가지다. 그러는 동안 저 멀리서는 로켓탄이 터지고, 티토 소령[18]은 마치 신인 양 땅덩어리를 살펴보고 있다. 그런데 이런 일들은 다른 러시아, 즉 집에서 나는 막힌 하수도나 '보르시치' 냄새가 전혀 나지 않는 전체주의 소비에트 러시아나 신경을 써야 하는 일이기 때문이다.

《리스너(Listener)》 1961년 12월 28일

---

16) 러시아 정교회의 뿌리가 비잔틴으로 상징되는 동로마 제국의 정교회이다.

17) 소비에트 시절 레닌그라드로 불렸던 상트페테르부르크에 위치한 러시아 황제들의 겨울용 궁전이다.

18) 현재 슬로바키아, 보스니아, 세르비아, 크로아티아, 마케도니아 등을 포함하는 과거 발칸반도의 공산권 국가였던 유고슬라비아의 지도자로 소비에트 러시아로부터 독립을 추구했다.

시계태엽 마멀레이드

앤서니 버지스

나는 뉴욕에서 큐브릭(Stanley Kubrick) 감독의 영화 「시계태엽 오렌지」를 보러 갔는데 여느 사람들처럼 들어가기 위해 싸울 정도였다. 그래도 싸울 가치가 있다고 생각했던 것이 전형적인 큐브릭 감독의 영화였는데, 기법이 뛰어난 데다 사려 깊으며, 시사성이 있고, 시적이면서도, 새로운 사고를 하게끔 도와주었다. 그 작품이 내 소설을 단순히 해석한 것이 아니라 혁신적으로 다시 만든 것이라는 점을 알 수 있었다. 그리고 이런 느낌, 즉 그 영화를 "큐브릭 감독이 만든 「시계태엽 오렌지」"라고 떠들어 대는 게 무례한 일은 아니라고 생각하는 것이 내가 큐브릭 감독의 걸작에 대해 해 줄 수 있는 최고의 칭찬이다. 그러나 그 영화가 소설에서 출발했고, 그 영화에 따라 붙기 시작한 논쟁의 어떤 부분에 대해서 나 스스로 불가피하게 연루되어 있다고 느끼는 점 또한 여전히 사실이다. 철학, 아니 심지어 신학의 측면에서 큐브릭의 오렌지는 내 나무에서 나온 열매다.

내가 『시계태엽 오렌지』을 쓴 건 아주 오래전인 1961년인데, 지금의 나로서는 생계유지를 걱정하면서 십사 개월 동안 다섯 권의 소설을 쓴 한물간 작가에게 공감하는 일이 어렵다. 소설의 제목이 가장 덜 어렵게 설명할 수 있는 부분이다. 1945년, 제대를 한 나는 런던의 한 술집에서 어떤 여든 살 런던 토박이가 다른 사람에게 "시계태엽 오렌지처럼 희한한 놈.(as queer as a clockwork orange.)"이라고 말하는 걸 들었다. 여기서 "queer"란 동성애를 의미하는 퀴어란 말이 아니라 희한하다는 의미로 쓰였다. 런던 사투리와 초현실[1]이라는 거의 불가능할 것 같은 조합으로 이뤄진 이 표현이 내 관심을 끌게 되었다. 거의 이십 년 동안 나는 이 표현을 작품의 제목으로 쓰고 싶었다. 이 기간 동안 나는 이 표현을 런던 지하철에서, 술집에서, 텔레비전 드라마에서 몇 번 더 들었는데, 항상 젊은 사람들이 아닌 나이 든 런던 토박이들이 사용했다. 이 말은 전통적인 표현이었는데, 전통에 대한 염려와 황당한 신기술을 같이 엮는 작품의 제목으로 누군가 이용해 주길 바라는 것 같았다. 이 표현을 사용할 기회는 내가 세뇌에 대한 소설을 써 볼까 생각하던 차에 오게 되었다. 조이스(James Joyce)의 소

---

1) 태엽이라는 기계 장치로 만들어진 오렌지라는 맥락에서 출판 당시에는 SF에 나옴 직한 상상의 예였기 때문이다.

설 『율리시스(Ulysses)』에 등장하는 스티븐 디덜러스(Stephen Dedalus)는 이 세상을 가리켜 "찌부러진 오렌지(oblate orange.)"라고 말한다.[2] 인간은 소우주이고, 마치 과일과 같은 유기체처럼 성장해서 색깔, 향기, 당도를 가질 수 있다. 이를 간섭하거나 조건 반사를 통해 조절하는 것은 인간을 기계로 만드는 일이다.

그간 영국의 언론 매체는 증가하는 범죄 문제에 대해 언급을 하곤 했다. 1950년대 후반의 젊은이들은 불안정하고 나쁜 짓을 했고, 제2차 세계 대전 이후의 세계에 불만을 가진 채 폭력적이고 파괴적이었는데, 이들이 지난날의 사기꾼들이나 주먹들보다 훨씬 더 눈에 띄었기 때문에 사람들이 입에 올리는 증가하는 범죄란 이들을 두고 하는 말이었다. 폭력이 최절정에 달한 순간에서 돌아보면 영국의 테디 보이들, 모드들, 로커들은 모두 반사회적인 폭력 행위의 기술이라는 면에서는 초보에 지나지 않았다. 그럼에도 불구하고 이들은 다가올 현상의 전조였고, 거리에서 사람들이 겁을 먹는 게 당연한 일이었다. 이들을 어떻게 다룰 것인가? 교도소나 감화 시설은 이들을 더 악화시키기 마련이었다. 왜 국민의 세금을 아끼기 위해서 이들에게 조건 반사로 조절하는 쉬운 과정, 즉 일종의 혐오 치료처럼 폭력 행동을 하면 몸이 불편해지거나 구토, 또는 심지어 생명까지 위협을 느끼게 하는 연상 치료를 받게 하지

---

2) 『율리시스』 15장에 나오는 표현으로 작가가 라틴어로 만들어 낸 단어다. (https://www.wordsense.eu/oblate/)

않는가? 그 당시 정부가 내놓은 안은 아니었으나 개인이지만 영향력 있는 이론가들의 이러한 제안에 많은 사람들이 찬성했다. 그리고 아직도 찬성하는 사람들이 있다. 나는 프로스트 쇼[3]에서 히틀러에게 혐오 치료를 강제로 받게 해서 새로운 쿠데타나 학살을 생각만 해도 먹은 크림 케이크를 토하게 했다면 좋았을 거라는 이야기도 들었다.

아쉽게도 히틀러는 인간이고, 만일 우리가 한 인간에게 조건 반사 치료를 허용한다면 모든 인간들에게도 적용되어야 할 것이다. 히틀러가 심각한 골칫거리였지만, 역사상 국가가 이런 일을 하고 싶어 손을 근질거리게 만든 다른 일탈자들이 있었는데, 예를 들면 예수, 루터, 부르노, 심지어는 D. H. 로런스 등이다. 아무리 큰 고통을 당했다고 해도 우리는 이 일에 대해 진정으로 깊게 생각해야 한다. 나는 인간이 얼마만큼의 자유의지를 실제로 가지고 있는지 알지 못하는데, 바그너의 오페라 등장인물인 한스 작스[4]에 따르면 "우리는 약간 자유롭다."고 한다. 그러나 약간의 자유라고 해도 침해할 수 없는 소중한 것이며, 침해의 이유가 아무리 선하다 한들 소용없다고 나는 생각한다.

『시계태엽 오렌지』는 선택의 힘이 얼마나 중요한지에 대한 일종의 명제, 심지어 설교로 의도되었다. 나의 영웅 또는 반영

---

3) Frost Show. 영국 BBC의 시사 토크쇼로 데이비드 프로스트(David Frost)가 호스트였다.
4) 바그너의 오페라 「뉘른베르크의 명가수」의 등장인물이다.

웅[5]인 알렉스는 아주 구제 불능일 정도로 사악하지만, 그 사악함은 유전적 또는 사회적으로 이루어진 조건 반사 조절의 결과물은 아니다. 그건 완전히 깨어 있는 상태에서 시작된 그만의 것이다. 알렉스는 단순히 잘못 자란 게 아니라 사악한 것이고, 적절하게 돌아가는 사회에서는 그가 행하는 사악함은 제재를 당하거나 벌을 받아야만 한다. 그러나 그의 사악함은 인간의 사악함이고, 그의 공격적인 행위들에서 우리들 스스로가 가진 잠재성을 깨닫게 되는데 전쟁 중 전쟁 범죄에는 가담하지 않은 시민들, 각 영역에서 벌어지는 부정, 가정 안에서의 못된 행동, 상상 속으로만 꿈꾸는 일 등에는 이미 실현되고 있다. 세 가지 측면에서 알렉스는 인간을 대표한다. 즉, 남을 공격하고, 아름다움을 사랑하며, 언어를 사용한다. 역설적으로 그의 이름이 의미하는 바는 '말이 없는'으로 볼 수 있는데,[6] 비록 그가 만들어 낸 말들, 즉 집단 은어가 많이 있기는 하지만 말이다. 그는 자신의 공동체 운영이나 국가 경영에 대해 할 말이 없다. 국가에 그는 단순히 한 물체, 마치 달처럼 '저기에 있는' 어떤 것이다. 비록 그렇게까지 수동적이지는 않지만.

신학적으로 악이란 양적으로 표시할 수 없다. 그렇지만 나는 어떤 사악한 행동이 다른 사악한 행동보다 더 심할 수 있

---

5) 도덕적, 윤리적인 정당성을 가지는 전통적인 영웅과는 달리 소심하고 자의식 강한 소설의 주인공을 말한다.
6) 저자는 '알렉스(Alex)'라는 이름을 '~에서 벗어나'란 의미의 라틴어 접두사 'a'와 '말'을 의미하는 'lex(또는 lexicon)'의 결합으로 제시하고 있다.

다는 생각, 그리고 아마 궁극적인 악의 행동이 비인간화, 영혼을 죽이는 행동이라는 생각을 주장하고자 한다. 여기서 영혼이란 선한 행동과 사악한 행동 중 선택할 수 있는 능력과 비슷한 말이다. 한 개인에게 선할 수 있는, 오직 선할 수 있는 능력만 부여한다면 그건 추정컨대 사회의 안정을 위해 개인의 영혼을 죽여 버린다. 나나 큐브릭 감독의 이야기가 주장하고자 하는 바는 완전히 깨어 있는 상태에서 행한 폭력, 즉 의지에 따른 행동으로 선택한 폭력이 있는 세상이 선하거나 남에게 해를 주지 않도록 조정된 세상보다 낫다는 것이다. 이런 교훈이 이미 낡은 것이라는 점을 나는 알고 있다. B. F. 스키너[7]는 인간의 자유와 존엄성을 넘어서는 것이 있다고 믿을 수 있는 능력 때문에 자율적인 인간이 말살되는 걸 보고 싶어 했다. 그가 맞을 수도 있고 틀릴 수도 있지만 『시계태엽 오렌지』가 표현하고자 한 유태-기독교 윤리에 따르자면 그는 얼토당토않은 이단을 늘어놓고 있는 셈이다. 내 생각으로는 서구인들이 아직 저버릴 준비가 되지 않은 이런 전통에 따라 인간의 선택이 가능한 영역은 확대되어야 한다. 비록 칼과 '안 된다'라는 불타오르는 글씨가 새겨진 깃발로 무장한 새로운 천사들과 마주치는 일이 있더라도 말이다. 자유 의지를 무력화하려는 희망은 내 생각에 성령에게 죄를 짓는 일이다.

영화나 소설 모두에서 국가가 알렉스를 세뇌시키기 위해

---

7) 버러스 프레더릭 스키너(Burrhus Frederic Skinner, 1904~1990). 미국 심리학자로 행동 분석 이론에 기반해 조건 반사와 연상 작용을 이용한 행동 교정을 실험했다.

행하는 사악한 일이 너무나 분명하게도 스스로에 대한 인식 없이 저지른, 윤리적 가치와는 상관없는 일로 잘 그려지고 있다. 알렉스는 베토벤을 좋아하고, 폭력을 상상하기 위한 자극으로 9번 교향곡을 사용하고 있다. 이것은 그의 선택이고, 이 음악을 단순한 위로 또는 신성한 질서에 대한 이미지로 사용하기 위해 선택하는 걸 막을 수 없다. 조건 반사 치료가 시작될 때 그가 더 나은 선택을 하지 않았다는 사실은 다시는 그런 일을 하지 않겠다는 의미가 아니다. 그러나 폭력과 베토벤을 연결시키는 혐오 치료로 그런 선택은 그로부터 영원히 박탈된다. 그건 예상치 못한 형벌이고, 인간에게서 멍청하게 또는 별 신경도 쓰지 않고 신성한 광경을 즐길 권리를 훔치는 것과 마찬가지다. 왜냐하면 단순한 윤리적인 선을 넘어선 선이 존재하기 때문인데, 이 선은 항상 실존한다. 즉, 세상에는 근원적인 선이 존재하는데, 이것은 우리가 단순히 옳은 행동이나 심지어 자선 활동을 할 때보다는 사과의 맛이나 음악의 소리에서 더 잘 그려 볼 수 있는 신의 단면이다.

아마 큐브릭 감독도 그렇겠지만 나에게 상처를 준 건『시계태엽 오렌지』관객들이나 독자들이 제기한 폭력에 대한 무조건적인 탐닉 때문에 교훈으로 의도한 작품이 선정적인 작품으로 변했다는 의혹이다. 당연히 소설을 쓸 때 폭력적인 행동을 묘사하면서 내가 느낀 기쁨은 하나도 없다. 오히려 나는 폭력을 실제적이기보다는 상징적으로 그릴 목적하에 과도함, 희화화, 심지어 만들어 낸 은어에 탐닉했을 뿐이다. 그리고 큐브릭 감독은 내가 만든 문학적인 장치들을 영화로 아주 훌륭하게 옮긴 것이다. 물론 만일 폭력이 전혀 없었다면 더 즐겁고 아마 더 많은 친구들도 생겼을 듯하다. 그러나 알렉스의 재활에 대한 이야기는 무엇으로부터 재활을 하는지 우리가 볼 수 없다면 힘이 빠졌을 것이다. 내 입장에서는 폭력을 묘사하는 일이 카타르시스와 동시에 자비심을 불러일으키는 행동으로 의도되었다. 왜냐하면 다른 사람도 아닌 내 아내가 1942년 등화관제가 실시된 어두운 런던에서 비열하고 무자비한 폭력을 당했는데, 그때 탈영한 미군 병사 세 명이 아내의 금품을 빼앗고, 구타를 했다. 내 책을 읽은 독자들은 작품 속에서 『시계태엽 오렌지』를 쓴 작가의 아내가 강간당하는 장면을 기억할 것이다.

영화를 본 관객들은 알렉스가 사악함에도 불구하고 꽤 매력 있다는 사실에 불편해한다. 그를 미워하거나 자비를 베푸는 대신 정당하게 분노하기 위해서는 몇몇 사람들의 경우 의지를 가지고 스스로에게 혐오 치료를 실시해야 했다. 말하고자 하는 요점은 만일 우리가 인간을 사랑하려면 알렉스를 적어도 완전한 별종이 아닌 한 인간으로 사랑해야만 한다는 것이다. 알렉스와 그의 쌍둥이 같은 F. 알렉산더가 혐오 및 폭력의 죄를 가장 크게 저지른 곳은 '집(HOME)'이라는 교정 시설이고, 자비는 바로 이곳에서부터 시작되어야 한다고 소설은 이야기한다. 그러나 첫째로 자기 영속성에 대해 염려하고, 둘째로 구성원이 예측 가능하고 조절 가능할 때 가장 만족해하는 체제, 즉 국가에 대해 우리는 어떤 의무, 특히 자비를 베풀어야 할 의무가 전혀 없다.

마지막으로 하고 싶은 말이 있는데, 버지스의 소설이라기보다는 큐브릭 감독의 영화로 생각하려는 사람들에게는 별 흥미가 없을 것이다. 영화와 소설의 언어, 러시아어로 15를 의미하는 단어인 'pyatnadsat'라는 말에서 10을 의미하는 접미사 'nadsat'이 어원인 나드삿은 장식용이거나 공산주의 초강대국[8]이 젊은 세대에게 은연중 이미 주고 있을지 모르는 힘을 암울하게 드러내는 예는 아니다. 그것은 『시계태엽 오렌지』를 무엇보다도 세뇌의 기초서로 만들기 위한 것이다. 작품을 읽든 영화를 보든 결국 여러분은 놀랍게도 별다른 노력 없이 최소의 러시아어 단어를 알고 있다는 사실을 깨닫게 된다. 이것이 세뇌가 작동하는 방식이다. 내가 러시아어 단어를 선택한 이유는 프랑스어나 독일어보다 영어와 잘 어울린다는 점인데, 독일어의 경우 별로 이국적으로 들리지 않을 정도로 영어의 한 종류와 같다. 그러나 『시계태엽 오렌지』가 주는 교훈은 구소련의 이데올로기나 억압 기술과는 전혀 상관이 없다. 그건 전적으로 서구에 사는 우리들 누구라도 스스로를 지키지 못하면 발생할 수 있는 일에 관한 것이다. 만약, 『1984』[9]와 같이 『시계태엽 오렌지』가 과잉, 나태한 사고, 국가에 대한 지나친 신뢰에 대한 경고를 유익한 문학으로서 또는 영화적으로 표현하는 것으로 자리를 잡게 되면 뭔가 가치 있는 일을 한 게 될 것이다. 내 입장에서는 이 작품을 내가 쓴 다른 작품들만큼 좋아하지 않는다. 최근까지도 나는 그 작품을 접시 위에 둔

---

8) 구소비에트 연방을 말한다.
9) 전체주의 국가를 비판하는 조지 오웰의 대표작.

오렌지라기보다는 선반에 둔 잼, 즉 마멀레이드처럼 밀봉된 유리병에 보관해 왔다. 내가 진정으로 보고 싶은 건 진짜 공격적인지 않은 내 다른 작품들이 영화로 만들어지는 것이다. 하지만 이게 너무 큰 희망이란 걸 안다. 아마 위대한 영화의 샘이자 근원으로, 나는 살면서 온갖 저항에도 불구하고 현존하는 사람들 중 나 자신이 가장 폭력적이지 않은 존재라고 주장하며 살아야만 하나 보다. 큐브릭 감독과 똑같이.

《리스너》, 1972년 2월 17일

출판되지 않은 앤서니 버지스와의
인터뷰 중 일부

현재 저는 예수의 삶에 대한 소설을 쓰고 있습니다. 이 책에서 저는 예수를 일종의 히피, 초기 유형의 혁명가로 보고 있습니다. 저는 그가 목수였고, 평생 나뭇조각들을 가지고 일을 했다는 사실이 희한하다고 생각합니다. 죽어야 할 때, 나무로 만들어진 것[1]을 보았을 때, 무언가를 생각하셨을 것이 분명합니다. 지금 저는 이 소설에 쓸 언어를 위해 작업 중인데, 『시계태엽 오렌지』의 나드샷 언어 비슷하게 두 가지 언어를 섞어 쓰며, 여기서는 영어와 히브리어입니다.

어떤 의미로 이 소설은 맨슨(Manson) 사건[2]에서 시작되었

1) 십자가 형틀을 뜻한다.
2) 1970년대 및 1980년대 초반 찰리 맨슨(Charlie Manson)은 자신을 예수의 화신으로 믿고, 미국 서부의 사막에서 종말론을 믿는 히피 공동체를 시

어요. 저는 그런 종류의 광증에 대해서는 신경질적으로 반응합니다. 그 사악함, 혼란함, 복잡함은 공포스럽습니다. 만약 저를 죽고 싶게 만드는 것이 있다면, 그게 바로 이런 것들이죠. 저는 항상 걱정을 합니다. 제 아내와 뉴욕에 있는 아들에 대해 걱정을 하죠. 마약 중독자들과 사이코패스들이 길을 활보하고 있는데, 밖으로 산책하는 일이 거의 안전할 수 없죠. 젊은 사람들은 '현실을 받아들여야 한다.'라고 늘 이야기하지만, 도대체 진짜 받아들여야 할 것이 무엇인지 궁금합니다. 저는 '지저스 프릭스(Jesus Freaks)'[3]나 이런 비슷한 일에 참여하는 젊은 사람들이 예수가 아닌 다른 존재, 아마 악마를 접한 것이 아니라고 확신을 못 하겠어요. 아시겠지만 역사를 통해서 사람들은 교회의 이름으로 나쁜 짓을 했죠. 종교 개혁, 세일럼 마녀재판 등 역사 내내 인간들은 선하게 보이는 겉모습에 현혹되었죠. 이런 이유로 저는 단순함을 선택하게 되었는데 (……) 이 세상에는 다중적인 것들이 너무 많습니다. 우리 주변의 악은 경악을 불러일으키고, 그것을 상대하는 일은 안전하지 않습니다. 오직 예술가만이 그걸 다룰 수 있는데, 왜냐하면 예술가들이 더 객관적으로 그것을 다룰 수 있기 때문입니다. 그런데 아마 그것도 완전히 안전한 일이 아닐 수 있습니다.

우리의 눈이 닿는 곳마다 갈등이 있습니다. 학교 교정에, 텔레비전에, 길에도 있습니다. 제가 살고 있는 뉴욕이 세상에서

작했는데, 살인, 폭력, 강도 등등의 범죄를 저질렀다.
3) 1960년대 및 1970년대에 예수교 운동에 참여한 사람들을 조롱하는 명칭으로, 광신적인 기독교 원리 주의자들을 지칭한다.

가장 위험한 도시라는 걸 하느님도 아실 겁니다. (……) 갈등은 어디나 있습니다. 20세기인 현재에도 우리는 갈등으로 둘러싸여 있습니다. 마치 음과 양, 온과 냉, 하느님과 악마처럼 모든 것이 갈등입니다. 이것이 우주이고, 갈등 없이는 우리의 삶도 전혀 존재할 수 없습니다. 그런데 갈등을 표현하는 용어들은 의미가 불확실합니다. 예를 들면, 옳고 그름에서 이 말들의 의미가 무엇일까요? 제 말은 이겁니다. 무엇이 절대적으로 옳은 것이고 무엇이 절대적으로 그른 것일까요? 원한다면 앉아서 목록을 만들 수도 있겠지요. 무엇이 그른 것이라고 말하시겠습니까? 증오하는 것이 그른 것이라고 말하시겠습니까? 그럴 수 있죠. 하지만 전쟁 중에는 적을 증오하는 것이 옳은 일이지요. 우리 적을 죽이는 것이 옳은 일이지요. 옳고 그름이란 말 자체는 의미하는 바가 없습니다. 이 말들에서는 경찰서 유치장에서 나는 살균제 냄새가 풍깁니다.

그리고 악에 대해서. 어떤 사람들은 악한 일을 저지르고 싶어 하는 설명할 수 없는 욕망을 가지고 있는 것 같습니다. 그런데 무엇을 위해서일까요? 악이란 게 무엇인지 알 수 있을까요? 파괴하고 싶은 욕망, 설명할 수 없고 제멋대로 하는 파괴는 악입니다. 그런데 그 경우에도 하나의 범주로 묶을 수 없어요, 그렇지 않나요? 대부분의 역사는 창조가 아니라 파괴에 대해 쓰고 있습니다. 전쟁, 문명의 쇠퇴, 살인과 죽음에 대한 기록들과 알렉산더 대왕, 나폴레옹, 히틀러와 같이 자신들의 파괴할 수 있는 능력으로 거대한 제국을 건설한 사람들에 대한 기록들이 남아 있죠. 그런데 어떤 의미로 파괴는 창조의 수단입니다. 기물 파괴범은 공중전화 부스의 한쪽을 치거나, 지하철에 자신의 이름을 긁어 새겨서 자신의 흔적을 남깁니다. 이 사람은 인지하든지 안 하든지 자신이 존재한다는 것과 다른 것들에 영향을 주거나 변화를 줄 수 있다는 사실을 보여 주려고 하는 것입니다. 파괴적인 폭력은 '자, 내가 여기에 있어.'라고 보여 주는 한 방법입니다. 그게 쉬우니까요. 그것은 부정적인 창조입니다. 긍정적인 창조는 인내와 재능을 요구하는 훨씬 더 어려운 것입니다. 물론 어린 깡패들은 인내심이 없죠. 예술가가 하듯이 돌 한 덩이를 가져다 천천히 그리고 조심스레 하나의 이미지를 만들어 내는 것보다 파괴하는 것이 훨씬 쉬운 일이지요. 폭력이 훨씬 빠르죠. 그리고 내 생각으로는 깡패들에게나 폭력배들에게는 폭력이 훨씬 더 큰 만족을 가져오는데, 왜냐하면 보다 자유롭기 때문이에요. 거기에는 어떤 제재나 통제가 없습니다. 폭력에는 자유를 향한 이런 동력이 있지요.

제 소설, 『엔더비(Enderby)』는 어떤 시인, 추잡하고 뚱뚱한 남자에 대해 쓰고 있습니다. 트림을 하고, 술을 너무 많이 마시고, 변기에서 시를 쓰면서 화장실에서 살고, 자위를 하고, 온갖 책임 사항을 다 회피하고, 여성들과의 관계에서도 아무 짝에 쓸모가 없습니다. 그런데 엔더비는 자유롭죠. 이 점이 내가 엔더비를 좋아하는 이유입니다. (……) 아시다시피 등장인물이나 어떤 사람이 너무 자유로울 때는 사회에 도전이 됩니다. 왜냐하면 사회란 기본적인 전제가 아무도 너무 자유로워서는 안 되는 것이기 때문이지요. 스키너(B. F. Skinner)의 저서

『자유와 존엄을 넘어』는 우연히 영화 『시계태엽 오렌지』와 같은 때에 출간되었는데, 이 책은 우리 스스로 일정 정도 권리와 특권을 포기해서 이웃들을 침범하지 않아야 한다고 주장합니다. 우리는 통제력을 실행해야 하고, 사회를 위해 우리의 자유를 제한해야 한다고 합니다. 이 말은 우리의 선택할 자유를 포기해야 한다는 의미죠. 예술가란 작품을 통해서 통제를 경멸하는 반항아입니다. 예술가는 자신이 그림을 그리거나 글을 쓰거나 또는 조각하는 은신처로 도피하는데, 이렇게 해서 자신의 정체성을 유지하는 거죠. 그 이유는 아마도 범죄를 위한 폭력과 같거나 아주 비슷한 종류의 자유를 표현하는 것이기 때문일 수도 있죠. 그러나 폭력을 사용하는 때는 통제하지 못하게 됩니다.

(……)

폭력은 혼돈입니다. 혼돈의 세계와 미적인 세계 사이에는 끊임없는 전쟁이 있고, 개인은 자신만의 권위를 확고하게 하기 위해서 싸워야만 합니다. 이런 종류의 혼돈에서 벗어나리라는 유일한 희망은 개인으로서의 인간의 힘을 인식하는 것입니다. 제 생각으로 저는 좀 극단적인 이원론자인데, 선과 악의 싸움 같은 이런 종류의 전쟁에 대해 오랫동안 호기심을 가져 왔습니다. 저는 이 주제를 제 소설 『부족한 씨앗(The Wanting Seed)』에서 다루려고 시도했습니다. 이 소설은 제가 수년간 쓰고 싶었지만 어울리는 형식을 찾지 못했죠. 결국 쓰긴 했는데, 아직도 완전히 성공적이라고 할 수는 없지만, 여기서 제 관심은 이데올로기 간의 전쟁입니다. 한편으로는 인간은 근본적으로 선하며, 혼자 자신의 길을 찾도록 내버려 두면 완벽해질 수 있다는 펠라기우스(Pelagius)[4]파의 개념이 있죠. 다른 한편에는 인간은 사악하며 하느님 없이는 유일한 희망이 자기 파괴와 영원한 저주라는 아우구스티누스(Augustinus)파의 개념이 있고요.

(……)

프랑스(Anatole France)[5]가 한번은 하느님과 사탄 사이의 영원한 전쟁을 그린 『천사의 반역(La Revolte des Anges)』이라는 소설을 썼습니다. 한편에서는 하느님이 선한 권력을 주재하고, 다른 한편에서는 사탄이 악의 세력을 지휘하고 있다는 거죠. 이 말이 필연적 사실이라고 주장하는 건 아닙니다만 그래도 확실히 우리가 고려해야만 할 가능할 수 있는 일입니다. 예를 들어, 예수님은 "내가 평화를 주러 온 것이 아니라 칼을 주러 왔다."(마태복음 10:34)라고 직접 말씀하셨습니다. 제가 급진적 이원론자일지는 몰라도, 우리는 분열된 상태로 살아야만 합니다. 우리는 질서와 통합을 추구하지만, 우리가 이런 상태를 찾았다고 진실로 주장할 수 있는 건 자주 있는 일이 아닙니다.

예술가는 현실의 실제를 드러내야 할 임무와 직면합니다. 그는 설교가가 아니고, 교훈을 늘어놓는 게 그가 하는 일도 아니지만, 가르치는 역할을 맡을 순 있죠. 우리 모두 가르쳐 보려고 노력합니다. 제임스[6]가 주장했듯, 예술가의 임무는 드

---

4) 인간의 자유 의지를 옹호해서 아우구스티누스의 비판을 받았다.
5) 프랑스의 작가, 문학 비평가, 시인.
6) 헨리 제임스(Henry James, 1843~1916). 미국의 소설가.

라마를 만들어 내는 것입니다. 현실의 실제를 드러내는 것이죠. 기억해야 할 점은 시인, 예술가, 소설가에게 현실의 실제는 마음속으로 스치는 모호한 이미지가 아니라 말로 드러난다는 것이죠. 말이란 작가가 알고 있는 그대로 어떤 의미를 제시하거나 사건들을 드러냅니다. 그렇지만 작가가 옳고 그르다는 판단을 내릴 순 없죠. 작가가 할 수 있는 일은 독자 스스로 결론을 끌어낼 수 있는 모의 시나리오 같은 걸 제시하는 것이죠. 작가는 선악이라는 기준으로 어떤 장면을 항상 짤 수 있는 건 아닙니다. 하나 덧붙일 점은 선이 항상 필연적으로 악의 반대인 것은 아니고, 악에도 어떤 주관적인 가치가 있다는 것입니다. 물론 선에도 옳고 그름을 초월하는 어떤 주관적인 가치가 있는데, 우리가 경험하는 선이란 아름다운 음악, 사과의 맛, 또는 섹스입니다. 극단적인 경우를 알지 못하면 중도의 어떤 것도 알기 어렵거나 알 수 없을지 모릅니다. 악을 저질러 본 적이 없는 남자나 여자는 선이 무엇인지 알 수가 없죠.

제가 항상 『시계태엽 오렌지』와 연결되는 것은 역설적입니다. 제 작품들 중 이 소설은 제가 가장 덜 좋아하는 것입니다. 제가 이 책을 1961년에 썼는데, 그때는 제가 죽으리라 짐작했던 시기로,[7] 이 책은 그 당시 제 마음속의 많은 번민을 드러내고 있습니다. 제 생각으로는 이 작품을 제 최고의 작품이라고 생각하지 않지만, 동시에 엄청난 양의 선과 악의 갈등과 비합리적인 폭력에 대한 공포를 드러내고 있습니다. 여러모로 이

---

7) 버지스는 1959년 말레이반도에서 근무할 당시 뇌종양 진단을 받았다.

소설은 저인데, 왜냐하면 우리가 쓰는 이야기는 실상 많은 부분이 우리 자신의 이야기이기 때문입니다. 그리고 이 소설은 바로 이런 성격, 즉 악과의 내적인 싸움을 드러냅니다. 악뿐만 아니라 그것을 교정하려는 시도의 위험성을 같이 드러내죠. 기본적으로 저는 남을 변화시키려고 사용하는 힘을 믿지 않습니다.

　(……)

『시계태엽 오렌지』는 또한 진자 이론을 제시하고 있는데, 한 극단은 다른 극단을 정화한다는 것이죠. 그러나 궁극적으로 인간으로서 우리는 선과 악, 옳고 그름 등의 딜레마에 대해 우리 스스로 결정을 해야 합니다. 하느님이 우리를 위해 그 일을 하지 않죠. 저는 열성적으로 '신의 부재에 대한 믿음(Credo in unum deum)'에 대해 이야기하지 않습니다. 하느님이 있다면 인간을 초월한 신일 테고, 인간의 동기에 대해서는 관심도 없을 테니까요. 심지어 이 세상에 인류가 존재하지 않더라도 선과 악의 원칙은 존재할 것입니다. 제 생각으로는 지금으로부터 2000년 후에 만약 인류가 존재한다면 이 세상은 덜 악하거나 또는 덜 선하지 않을 것입니다. 이 싸움은 결코 끝이 없죠. 왜냐하면 평정의 순간은 매번 훨씬 길고 훨씬 더 번잡한 투쟁의 기간으로 이어집니다. 이미 암시되었듯이 악은 동적이고, 선은 정적인 경향이 있는데, 좌우지간 제가 사는 뉴욕을 본다면 확실히 그렇습니다. 그런데 양식 있는 개인이 할 일은 선을 좀 덜 정적인 것으로, 악보다 더 동적인 것으로 만드는 일입니다. 그런데 적극적인 힘으로서의 선이 무엇일까요? 사랑입니다. 저는 사랑은 적극적인 힘이고, 우리는 다른 사람이나 사물을 사랑하는 법을 배워야 한다고 제안하곤 합니다. 이런 일은 20세기가 도전해야 할 일로 보입니다. 그런데 우리가 할 수 있을까요?

1972년 10월 25일

「시계태엽 오렌지 2004」를 위한 프로그램 노트

앤서니 버지스

몇 년 전 나는 내 소설 『시계태엽 오렌지』를 짧은 극본용으로 만들어, 가사 및 음악(주로 베토벤의 음악)에 대한 제안을 덧붙여 출판했다. 그 이유는 이 소설을 너무 사랑했기 때문이 아니라 지난 이십팔 년 동안 자신들이 만든 극본을 공연할 수 있게 허락해 달라는 아마추어 대중문화 집단들의 요청을 받아 왔기 때문이다. 이 극본들은 대부분 심각하게 질이 떨어졌기에 결국 내가 작가로서의 권위를 가진 극본을 만들어서 여타의 왜곡된 극본들이 나오는 것을 막아야만 했다. 그러나 궁극적으로 극본 텍스트로서의 정본(비록 음악 관련 부분은 아니지만.)은 현존하는 셰익스피어 왕립 극단의 연출 극본이다. 연출 감독인 대니얼스(Ron Daniels)가 이 작품을 대형 극장에 어울리는 극의 형태로 만드는 데 큰 도움을 주었고, 결코 쉽지 않은 일에 쏟아부은 그의 귀한 노고에 이 자리에서 감사드리고 싶다.

내 생각으로는 대부분의 사람들이 '시계태엽 오렌지'라는 제목이 어디서 왔는지 알고 있다고 본다. '시계태엽 오렌지'는 이상한(queer) 모든 것에 적용되는 고귀한 코크니 방언[1]의 한 표현인데, 반드시 동성애를 의미하는 퀴어란 뜻을 포함하지는 않는다. 사실 시계태엽 오렌지라는 것보다 더 퀴어한 것이 어디 있겠는가. 내가 말레이반도에서 교사로 일할 때 정글로 소풍 간 날에 대한 감상문을 학생들에게 쓰라고 하니까 종종 가져간 '오렌지 스쿼시'[2] 병에 대해 언급을 했다. 말레이어로는 '오랑(Orang)'이 흔히 쓰는 단어인데, 그 뜻은 사람이다. 코크니어와 말레이어가 내 머릿속에 섞여서 오렌지처럼 싱싱하고 달콤한 사람이 강제로 기계로 만든 물체가 되어 버리는 상상을 하게 되었다.

이것이 바로 나의 어린 깡패 알렉스에게 벌어진 일이다. 그가 절대적으로 즐긴 그 달콤하고 싱싱한 범죄 행각은 조건 반사 과정을 통해 정화되고 그 과정에서 그가 깡패가 될 수 있게 만든 자유 의지를 잃게 되는데, 그가 원한다면 이 자유 의지로 강력한 음악적 재능을 가진 존경할 만한 청소년이 될 수도 있었다. 그는 사악한 짓을 저질렀지만, 진정한 악은 그 악을 불태워 버린 치료 과정이다. 그는 구토를 유발하는 약이 혈

---

1) 런던 지역의 방언을 말한다.
2) Orange Squash, 오렌지 속으로 만든 음료.

관 속으로 퍼져 나가는 동안 폭력을 다룬 영화들을 보도록 강요받았다. 그런데 이 영화들은 감정을 격앙시키는 음악과 함께 틀어져서 그가 폭력을 도모할 때는 물론이고 모차르트나 베토벤을 들을 때에도 구토를 하도록 조건 반사 반응을 하게 된 것이다. 간섭이 없어야 하는 천국 같은 음악이 지옥이 되어 버린 것이다.

폭력을 축하하는 것처럼 보이는 것(소설이나 영국에서는 현재 완전히 상영 금지된 큐브릭의 영화보다도 연극 무대에서 훨씬 더 험하게 나타나는데)은 사실 자유 의지의 본질에 대한 질문이다. 이것은 신학적인 문제를 다루는 연극이다. 인간이 사악한 행동을 행할 능력을 가지게 되지 못할 때 동시에 선한 행동을 할 능력도 사라진다. 왜냐하면 이 두 가지 모두 성 아우구스티누스가 자유 의지(liberum arbitrium)라고 부른 것에 달려 있기 때문이다. 우리가 좋아하든 좋아하지 않든 도덕적 선택을 할 힘이 우리를 인간으로 만드는 것이다. 실존하겠다는 도덕적 선택을 하기 위해서는 선택할 수 있는 정반대의 것들이 존재해야만 한다. 즉, 악이 존재해야만 하는 것이다. 그러나 또한 선도 존재해야만 한다. 그리고 도덕적 선택이 실제로 적용되지 않는 영역, 우리가 술을 마시고, 사랑을 하고, 음악을 들을 수 있는 중립적인 영역이 존재해야만 한다. 그런데 이 중립적인 영역은 너무나 쉽게 도덕적인 영역으로 변할 수 있다. 우리는 도덕적 선택을 하면서 삶을 소진하거나 또는 그렇게 해야만 한다.

1962년에 『시계태엽 오렌지』를 출판한 이래 나를 괴롭혀 온 사실은 사실 이 소설이 두 권, 하나는 미국 소설, 다른 하나는 나머지 세계를 위한 것이었다는 점이다. 그래서 영국판이 21장으로 구성된 반면, 미국판은 아주 최근까지도 20장으로 구성되었다. 나의 미국 발행인은 소설의 결말을 싫어했는데, 너무 영국적이고 너무 평범하다고 말했다. 그 의미는 무의미한 폭력이나 파괴에 빠진 대부분의 지적인 사춘기 청소년들이 다가오는 성숙기를 냄새 맡게 될 때 극복한다는 나의 신념에서 그 발행인은 현실적으로 가능하지 않은, 아니면 아마 단순히 팔리지 않을 듯한 뭔가를 보았다는 것이다. 왜냐하면 젊은이들은 에너지가 넘치지만 어떻게 써야 할지를 모르기 때문이다. 젊은이들은 창조를 위해 그 힘을 어떻게 사용해야 하는지, 예를 들자면 시를 쓰거나, 성냥개비로 솔즈베리 대성당을 건설하거나, 컴퓨터 공학을 배우는 것 등에 대해 가르침을 받은 적이 없고, 점점 가르침을 받지 못하고 있다. 결과적으로 젊은이들은 그 힘을 단지 두드려 패거나, 발길질을 하거나, 칼질, 강간, 파괴를 하는 데 써 버린다. 카드로 작동하는 우리의 공중전화 부스는 젊은이들의 더 악한 충동을 기록하고 있는 기념비다. 이 연극의 결말에 관객들은 어린 알렉스가 성장을 하고, 사랑에 빠지고, 아빠가 될 생각을 하는, 즉 성인이 되는 모습을 목격한다. 그가 보기에 폭력은 애들이나 하는 짓거리다. 나의 미국 발행인은 이런 결말을 좋아하지 않았다. 큐브릭 감독은 미국판으로 영화를 만들면서 당연히 이런 결말이 있다는 사실을 알지 못했다. 이것이 바로 소설[3]을 읽은 유럽의

3) 미국판이 아닌 판본.

독자들이 이 영화를 보고 당혹한 이유다. 관객들은 스스로 어떤 결말을 선호하는지 결단을 내려야 한다. 결말에 도달하기 전에라도 언제든 공연장을 떠날 수 있다.

마지막으로 언급할 점. 우리가 새로운 시대의 시작이라고 잘못 생각한 1990년에 우리들은 밝은 유럽의 미래를 기대하고 있다. 베를린 장벽이 무너지고 있고, 고르바초프(Mikhail Gorbachëv) 대통령이 개혁(perestroika)(사용하는 단어 대부분이 러시아어인 어린 알렉스는 무슨 뜻인지 틀림없이 알고 있을 것이다.)을 외치고 있고, 영국 해협 터널이 유럽 본토 쪽으로 파고들고 있다. 우리는 적어도 정치적으로는 긍정적이다. 그러나 대니얼스와 재능 있는 배우들, 연주자들은 물론 나도 은근히 정치가 모든 것이 아니라고 제시하고 있다. 어떤 의미로는 이것이 내 소설이 말하고자 하는 전부다. 어린 알렉스와 그의 친구들은 이 세상의 양대 정치 언어, 영어(Anglo-American)와 러시아어(Russian)를 혼합해서 사용하는데, 이건 이들의 행위가 정치와는 전혀 무관한 곳에서 벌어지는 일이기 때문에 아이러니로 만들기 위한 것이었다. 우리 시대의 문제는 경제 또는 정치 조직과 상관있는 것이 아니라 과거에 '옛날 아담'이라고 불린 것과 상관이 있다. 원한다면 원죄라고 할 수 있다. 소유욕. 탐욕. 이기심. 무엇보다도 이유 없는 공격성. 테러리즘의 목적이 무엇인가? 답은 테러리즘이다. 알렉스는 영원히 존재할 인간의 선한, 또는 사악한, 그리고 사춘기를 거치는 표본이다. 이것이 바로 그가 여러분들을 자신의 형제라고 부르는 이유다.

내 조그만 소설을 이렇듯 새롭게 극본으로 만들게 되어서 젊은이들에게 새로운 폭력을 불러일으킨다는 비난을 받게 될 것임은 의심의 여지가 없다. 삼촌을 죽인 어떤 사람이 셰익스피어의 『햄릿』 탓을 했다. 동생의 눈을 뽑아낸 한 아이가 학생용 『리어 왕』을 탓했다. 문학 예술가들은 항상 악을 그들이 만들어 낸 것처럼 취급당하지만, 그들이 지닌 여러 사명 중 진짜 임무는 작품을 펜으로 썼든지 또는 컴퓨터로 썼든지, 그보다 훨씬 이전에 악이 존재했음을 보여 주는 것이다. 만약 작가가 진실을 말하지 않으려면 글을 쓰지 말아야 한다. 이것이 바로 관객들이 보게 될 진실이다.

1990년 대니얼스가 바비칸 극장[4]에서 연출한
왕립 셰익스피어 극단 연극 극본

---

4) 셰익스피어의 출생지인 스트랫퍼드어폰에이번의 스완(Swan) 극장과 함께 런던에 있는 왕립 셰익스피어 극단의 전용 극장이다.

'루트비히 판', 메이너드 솔로몬의 『베토벤』 리뷰

앤서니 버지스

어느 다른 창작 활동들보다 음악 작곡은 상상력이 인간이
라는 복합체의 다른 부분과 상관없이 얼마만큼 작동할 수 있
는지를 잘 보여 준다. 글을 쓰는 작가의 관절염, 또는 동성애
또는 단것을 좋아하는 성향은 종종 봄에 대한 시에서 드러날
수 있다. 팔이 없는 조각가는 아무리 엄지발가락을 잘 움직일
수 있어도 조각은 잘 못한다. 눈이 먼 화가는 그림을 전혀 그
릴 수 없다.[1] 딜리어스[2]는 눈이 멀고 신체가 마비되었지만 아
름다운 음악을 작곡했다. 베토벤은 청각을 잃고 간경변증, 지

---

[1] 장애에 대한 버지스의 지나친 일반화인데 미국의 현대 화가 존 브램블릿
(John Bramblitt)처럼 시력을 잃었어도 작품 활동을 왕성하게 하는 경우도
있다.
[2] 프레드릭 딜리어스(Frederic Delius, 1863~1934). 영국의 작곡가.

속적인 설사, 호흡 곤란으로 고통받았지만 시대를 통틀어서 가장 아름답고 건강한 음악을 만들었다. 물론 이 말이 작곡가의 기교가 완전히 그 자체의 세계 속에서만 작동한다는 의미는 아니다. 딜리어스는 자신의 음악을 받아쓴 에릭 펜비에게 길게 잡은 D장조의 현악 코드가 바다와 하늘과 어떤 상관이 있고, 관악기 연주의 아라베스크는 갈매기일 수 있다는 사실을 꼭 말할 필요가 있다는 걸 알게 되었다. 오스트리아의 작곡가 구스타프 말러는 자신의 교향곡에 가벼운 허디거디[3] 곡조를 집어넣었는데 기차로 여행하는 중 프로이트가 그 이유를 말해 줄 때까지 반복했다.[4] 비록 베토벤의 음악은 소리와 구성에 대한 것이지만, 증명하기는 어려우나 또한 그의 음악은 칸트와 쇤브룬 궁전의 폭군[5], 베토벤 자신, 육체, 영혼 그리고 피와 상처[6]에 대한 것이기도 하다. 베토벤에 대한 전기를 읽으면 그의 음악이 하려고 했던 것에 대해 배우게 된다. 많이는 아니지만 뭔가를 배우게 된다.

메이너드 솔로몬의 책은 베토벤에 대한 진실을 이야기하기

---

3) 주로 유럽의 포크 음악에서 사용하는 악기.

4) 티롤 지방에 있던 말러는 레이던에서 휴가를 보내고 있던 프로이트에게 상담을 받기 위해서 기차를 타고 갔다. 프로이트는 말러와의 상담 후에 말러가 유년 시절 자신이 사랑한 어머니에게 폭력을 휘두르는 아버지를 피해 거리로 뛰쳐나갔는데, 그때 거리에서 허디거디 음악이 들렸고, 이후 말러에게는 고조된 감정과 허디거디 음악이 연상 작용을 한다고 주장했다.

5) 오스트리아 합스부르크가의 궁전을 황제로 등극한 나폴레옹이 전쟁에서 승리 후 접수했다.

6) 십자가형을 당한 예수의 고통을 상징한다.

위해 헌신해 온 오랜 전통을 잇는 가장 최근의 예인데, 왜냐하면 쉰들러[7]도 진실을 보려고 하지 않았고, 쉰들러의 책에 전적으로 의존할 수밖에 없었던 세이어[8] 또한 보지 못했기 때문이다. 겨우 1977년 베를린에서 열린 베토벤 학술 대회에서 그리타 헤러와 다그마어 벡이 쉰들러가 『대화 수첩』에서 150개 이상의 항목을 날조했다는 사실을 증명했다. 더욱이 많은 전기 작가들의 전기 인물을 성인화(聖人化)하는 경향 때문에 베토벤의 비참함, 광대 짓, 눈에 보이는 악의, 음주와 매춘 등이 드러나지 못했다. 9번 교향곡과 마지막 사중주를 쓴 작곡가가 만취해서 토하고 매춘 굴을 드나드는 것은 옳지 않았다. 솔로몬은 "어떤 안전하고 깨끗하고 정갈한 모형으로 만들어 내기 위해 베토벤에 대한 모순이 없는, 일관된 초상을 내놓을" 생각이 없었다. "그런 초상이란 남겨진 기록물들을 수수께끼로 만드는 밝혀지지 않은 점들을 모두 피해감으로써, 결국 진실을 대가로 지불하고 얻을 수 있는 것이기 때문이다."[9] 동시에 그는 이 밝혀지지 않은 부분들을 상세히 설명하기 위해 프로이트는 물론 랑크[10]를 기꺼이 참고하려고 했다.

---

7) 안톤 쉰들러(Anton Schindler, 1795~1864). 바이올린 연주자이면서 청력을 잃은 베토벤의 조력자로서 베토벤에 대한 최초의 전기 『대화 수첩(The Conversation Books)』을 썼는데 많은 사실들이 왜곡되었다는 것이 밝혀졌다.
8) 알렉산더 휠록 세이어(Alexander Wheelok Thayer, 1817~1897). 19세기 미국 저술가로 베토벤에 대한 최초의 학술적인 전기를 썼다.
9) 버지스는 솔로몬의 전기 『루트비히 판 베토벤』의 서문에서 인용했다.
10) 오토 랑크(Otto Rank, 1884~1939). '도플갱어'와 같은 이론으로 유명한 오스트리아의 정신 분석가.

베토벤은 쾰른에 있던 선제후[11]의 궁정에서 합창단 지휘자로 일한 조부의 이름을 받았고, 그와 자신을 동일시함으로써 요한 베토벤이 자신의 아버지라는 사실을 부정하고 그가 프러시아 왕 빌헬름 2세 또는 프리드리히 대왕의 사생아라는 전설 같은 이야기에 안주하고 싶어 하는 정도에까지 이르렀다. 그는 모든 기록에도 불구하고 자신이 1770년에 태어났다는 걸 부정했고, 자신이 1772년에 태어났다고 주장하다가 결국 그렇게 믿게 되었다. 자신의 아버지였던 술 취한, 그리고 미약하나 폭군처럼 굴고, 재능이 별로 없는 궁정 테너에 대한 경멸감은 이를 보상이라도 하듯이 어머니에게 보인 헌신과는 비교할 정도가 되지 않게 심했다. 결국 어머니가 궁정의 헤픈 여자였다는 사실을 기꺼이 받아들였다. 베토벤은 자신을 위해 그려 낸 구원자로서의 역할에 적합한 무성 생식의 탄생을 원했던 것이다. 그는 비록 상대 여성이 어머니가 되기에 너무 젊어도 기꺼이 어머니로 만들려고 했다. 그가 어머니를 잉여 존재라고 간주했다는 사실은 스스로를 그의 조카 카를의 아버지라 칭하면서 자신의 형수에게 '밤의 여왕'이라는 꼬리표를 붙여 얼굴에 먹칠을 했고, 또한 자신의 이름 중 어원이 네덜란드어인 'van'이 실상은 'von'[12]이라고 주장해 이 불쌍한 여성으로부터 어머니로서의 권리를 빼앗기 위해 궁정에서 귀족으로

---

11) 과거 독일의 신성 로마 제국에서 황제를 선출할 수 있었던 성직자 또는 귀족.
12) 독일 귀족들의 이름에는 'von' 뒤에 가문의 영지가 성씨로 오는 경우가 많다.

서 영향력을 행사했다는 사실을 통해 증명된다.

그는 나폴레옹 시대에 적합한 새로운 남성적인 힘에 대한 확고한 신념으로 빈[13]의 음악적인 관습들과 결별했는데, 이 힘은 음조 사이의 열정적인 논쟁과 온유한 야만성으로 표현되어야만 한다. 그가 3번 교향곡을 보나파르트(나폴레옹)에게 헌정했다가 앙갱 공작(Duc d'Enghein)[14]이 살해된 후 그 헌정사를 찢어 버렸다는 전설은 아직도 사실로 받아들여지는 경향이 있지만, 솔로몬은 베토벤이 이 폭군에게 강한 애착을 가지고 있었다는 점을 분명히 했다. 빈의 재능 있는 음악가들이 정복자 나폴레옹을 영접하기 위해 쇤브룬궁에 소집되었을 때 베토벤만은 초대를 받지 못했다. 그는 이 사실에 분개했다. 그는 교향곡 3번 「영웅(Eroica)」 공연을 준비하면서 나폴레옹이 나타날 것으로 기대했다. 나폴레옹은 나타나지 않았다. 베토벤은 비록 낭만적 열정을 가진 예술가로서 폭군들을 비난했지만, 전적으로 철저한 공화정주의자[15]는 아니었다. 그는 귀족 계급 후원자들로부터 많은 혜택을 받았고, 튀일리궁[16]에서 작위를 받으려는 꿈을 가지고 있었다. 그는 큰 기회를 노렸다. 그는 돈을 좋아했다. 그는 같은 음악을 동시에 세 명의 출판인

---

13) 당대 오스트리아 합스부르크 제국의 수도.
14) 프랑스 부르봉 왕가의 귀족으로 프랑스 혁명 때 피난을 갔으나 모반 혐의로 나폴레옹이 납치해서 처형하고, 나폴레옹은 이를 계기로 스스로 황제가 되기로 결심했다.
15) 왕정 폐지와 공화국 건설을 주장하는 사람.
16) 프랑스 왕궁으로 나폴레옹 3세 때까지도 왕궁이었다.

들에게 각각 기꺼이 팔려 했고, 따로 선금을 챙겼다.

또한 그는 청력을 잃은 상태에서도 음악의 혁신이 일어나는 바깥 세계를 경청했다. 쇤베르크는 자신의 바이올린 콘체르토를 연주하기 위해선 손가락이 여섯 개나 필요하다는 말을 듣고 "나는 [인간이 손가락을 여섯 개나 가질 때까지] 기다릴 수 있다."라고 대답했다. 베토벤의 경우는 손가락 여섯 개를 원하지는 않았지만 피아노를 원했다. 베토벤은 한때 열화같은 애국심에서 이를 하머클라비어[17]라 불렀는데, 이 악기는 바로 그 자리에서 건반을 두드리면 그의 포스트 로코코[18] 시대의 상상력을 펼칠 수 있게 해 주었다. 또한 9번 교향곡의 네 번째 호른 부분은 특히 새로운 밸브 악기 중 하나를 위해 작곡한 것이다.[19] 베토벤은 빈 근처에 살며 이 밸브 악기를 소유한 사람을 알고 있었다. 베토벤은 위대한 피아노 연주자면서 아주 실용적인 음악가였다. 그의 관현악 파트들은 연주가 어렵지만 불가능하지는 않았다. 9번 교향곡의 소프라노 부분에 늘임표(fermata)와 같이 불가능한 부분이 상시 존재했지만 소프라노들은 여성, 어머니, 처제 들이었다.[20]

---

17) 원래는 이탈리어로 pianoforte인데 베토벤은 독일어로 번역하여 'Hammerklavier'라고 불렀고, 그의 피아노 소나타 29번이 이 악기를 사용한 대표적 예다.

18) 17세기에서 18세기까지 유행했던 예술 사조로 베토벤도 초기에는 영향을 받았다.

19) 당시에는 호른에 밸브가 없어 다양한 음조를 낼 수 없었는데 베토벤은 다양한 관을 연결하여 밸브 효과를 냈다고 한다.

20) 베토벤은 여성을 혐오했다.

우리가 베토벤 스스로 가장 중요한 작품, 교향곡으로서 최고의 업적이라고 믿었던 「영웅」교향곡 등에서 칸트 철학이나 스탕달[21]의 소설들을 발견할 수 있으려면 확고한 근거 없는 유추를 해야만 한다. 베토벤의 음악은 그 시대에 필수적이었지만, 그것의 문학으로서의 성격 때문에 그런 것은 아니다. 혹자는 위험을 무릅쓰고 베토벤의 작품에 문학적 성격을 부여하는데, 심지어 5번 교향곡의 노랑멧새(yellowhammer) 우는 소리에 대해 이야기할 때도 '그렇게 운명이 문을 두드린다.'라고 주장한다.[22] 베토벤에게 어떤 글을 준다면 단지 그 글을 받아 적지만은 않았을 것이다. 「피델리오」[23]는 비록 빈보다는 파리에서 더 유행한 당대의 흔한 압제로부터 벗어나는 정치적 선언이다.[24] 그런데 이 오페라는 또한 식물에 관한 신화로서 플로레스탄(Florestan)은 꽃의 신이고, 암컷 사자는 충성하는 시동이 되었을 때 가장 많은 사랑을 받는 여성이 되며, 어머니는 아들이 되고, 작곡가 스스로는 난청 속에 갇혀 있다.[25] 물

---

21) 스탕달(Stendhal, 1783~1842). 프랑스의 소설가. 본명은 마리앙리 벨(Marie-Henri Beyle)이며, 프랑스 혁명의 정서를 표현한 『적과 흑(Le Rouge et le noire)』으로 유명하다.

22) 노랑멧새 우는 소리가 운명 교향곡의 도입부 첫 네 소절과 유사한데 쉰들러는 베토벤의 전기에서 그가 이 부분을 가리키면서 "이렇게 운명이 다가온다."라 말했다고 주장했다. 이 주장은 이후 근거가 희박한 것으로 증명되었다.

23) 베토벤의 유일한 오페라로 2막으로 구성되어 있다.

24) 베토벤의 오페라는 프랑스 극작가 장니콜라 부이(Jean-Nicholas Bouilly)의 오페라 극본에 근거를 둔 것으로 알려져 있다. 한 아내가 남자로 변장하여 억울하게 감옥에 갇힌 남편을 구한다는 내용이다.

론 베토벤의 오페라는 물론 이것보다 훨씬 더 풍성한 작품이
지만, 왜 풍성한지를 구체적으로 설명하는 것은 쉬운 일이 아
니다. 음악은 가장 깊은 정신적 차원에서 문학과 신화와 유사
하게, 다양한 부분들로 작동한다. 레오노라 3번곡(「피델리오」
서곡) 때문에 첫 번째 장이 군더더기가 되었다는 도널드 토비
의 주장은 진실이다. 비록 영국의 마틴 쿠퍼가 쓴 전기보다는
못하지만 미국인 솔로몬의 뛰어난 저서 덕분에 우리는 베토벤
이라는 사람에 대해서는 좀 더 이해할 수 있게 되었다. 그러나
신비한 그의 예술에 대해서는 알게 된 것이 없다. 이 부분은
이미 예상했던 대로다.

『쿼트 유이옵(Qwert Yuiop)에 대한 서약: 에세이』에서
재수록, 1986

---

25) 「피델리오」는 스페인에서 벌어지는 두 정적 간의 싸움을 배경으로 한
이야기다. 교도소장 피차로가 자신의 비리를 폭로하려는 플로레스탄을 잡
아 투옥시키고, 그가 사망했다고 소문을 퍼트린다. 이를 믿지 못한 플로레
스탄의 아내 레오노레는 남자로 변장하고 돈 피차로의 시동이 되어 총애를
받는 데다가, 다른 여성까지 그녀를 흠모하게 된다. 여러 우여곡절 끝에 남
편을 구출한다는 결말이다.

황홀한 금빛 주홍색[1]

앤서니 버지스

내가 가지게 된 첫 홉킨스(Gerard Manley Hopkins)[2] 시집은 1930년에 나온 2차 편집본으로 얇은 파란색 책이고, 크기는 새로 출판된 시집(1967년 옥스퍼드 대학 출판사에서 출판한 스토리(Graham Storey)의 편집본)과 같은데 『신옥스퍼드 영문학 시리즈(The New Oxford Series)』의 일부로 드라이든(John Dryden)[3], 키츠(John Keats)[4], 스펜서(Edmund Spenser)[5] 등의

---

1) Gash Gold-Vermillion. 홉킨스의 「황조롱이」가 출처로 맹금류인 황조롱이가 먹이를 채려고 하강하는 모습이 황홀한 금빛 주홍색으로 묘사되었다.
2) 영국 시인.
3) 영국 시인.
4) 영국 시인.
5) 영국의 시인이자 희곡 작가.

다른 시인들과 나란히 하게 되었다.

 같은 1967년에 가드너와 매켄지가 편집해서 옥스퍼드 대학 출판부가 새로 출판한 4차 편집본 시 전집은 페이지 수가 두 배나 되지만 애석하게도 새로 발견된 '형편없는' 소네트 또는 난파에 관한 두 시에 버금가는 송시(ode)를 포함하고 있지 않다. 전보다 훨씬 더 많은 단편적인 시들, 은둔시들이 나왔고, 5차 편집본이 나오기 전까지 이 이야기는 라틴어, 그리스어, 웨일스어로 쓰인 시들로 완성된다. 1862년과 1868년 사이에 쓰인 시들 중 일부는 높이 평가되어야 한다. 특히 「여름의 저주(The Summer Malison)」에서는 "어떤 비도 망망대해에 새로운 활력을 불어넣지 못하고/ 쩍쩍 갈라진 진흙땅의 아픈 상처를 아물게 하지 못하고/ 모든 사람들이 마음속으로 세상에서 가장 소중한 존재가 따분한 존재로 변했다고 마지못해 생각한다."라고 노래한다. 이 마지막 구절은 공포스럽다. 그리고 한 단편 시는 "그녀는 재빨리 움직이는 자신의 눈동자를 다잡았는데,/ 고른 속눈썹으로 눈동자의 동요를 잠재웠다./ 그녀는 양 입술을 매어 두고 놀라서/ 난동이 일어난 상태를 그대로 보여 주지 않으려 한다." 이 두 시는 모두 홉킨스가 한때 소설가 메러디스(George Meredith)[6]의 예를 따랐을 수도 있다는 걸 보여 주는 것 같다. 그러나 진짜 작품은 변한 게 없다. 다만, "여러 갈래로 내려치는 번개를 앞서 보이는 양치기의 미간이"로 시작되는 소네트가 적합하게도 부록에서 본문으로 이동하

---

6) 영국 소설가로서 욕망을 통제하지 못하는 인간상을 그렸다.

지 않았다는 점을 제외하고는 말이다. 그리고 홉킨스의 친구이자 첫 편집자였던 브리지스가 출처인 몇 부분을 과감하게 내버리면서 원래 원고에 있던 시들이 복원되었다.

브리지스는 믿지 못할 정도로 리듬감이 결핍되었던 것 같다. 브리지스는 홉킨스가 그 앞으로 쓴 마지막 소네트에서 한 구절을 이렇게 바꾸었다. "그녀 안에서 [아이를] 가지고, 낳고, 기르고, 교육시키는 것이 같은 것이네.(Within her wears, bears, cares and moulds the same.)"[7] 그 결과 구절의 끝에서 발생하는 각운과 구절의 첫머리에서 발생하는 행두운이 섞여 구성된 순서를 죽이게 되었다. 홉킨스의 애독자들은 항상 '교육시킨다(moulds)' 대신 원래 있던 '빗질해 준다(combs)'라고 썼는데, 지금은 출판 시에도 '빗질해 준다'라는 표현을 쓴다.[8] 「군인(The Soldier)」이라는 시에서는 원래 홉킨스가 "로프를 가장 잘 엮는다.(reeve a rope best.)"라고 쓴 것을 브리지스가 "그는 모두 중에서 로프를 가장 잘 다룰 수 있다.(He of all can handle a rope best.)"라고 고쳤는데, 홉킨스의 표현이 정확한 기술 용어고 행두운을 맞추는 데 필수적이다.[9] 그리고 「형제들(The

---

7) 홉킨스는 시를 쓰는 과정을 아이를 임신해서 낳고 길러 성인으로 성장시키는 과정으로 표현했다.

8) 'combs'는 여기서 시를 의미하는 아이의 흐트러진 머리를 곱게 빗어 준다는 말로 시를 다듬어 가는 과정을 표현했다.

9) 성직자로서 홉킨스는 기독교에 관한 시를 많이 썼는데, 이 시에서 군인은 예수를 의미한다. 홉킨스는 이 구절에서 숙련된 선원이 로프를 엮어 나가는 모습에 빗대어 여러 고난을 헤쳐 나가는 예수를 표현했다. 이에 포괄적으로 다룬다는 의미의 'handle'보다 로프를 엮어 나간다는 의미의 'reeve'가 더

Brothers)」을 다시 읽었을 때 나는 충격을 받았다. 왜냐하면 편집자들이 "아, 온갖 곳이 쩌렁쩌렁 울리네!/ 혈기 왕성한 녀석, 대사를 잘 전달했군(Eh, how all rung!/ Young dog, he did give tongue)"라는 구절들을 "봐라, 강당이 울리네!/ 혈기 왕성한 녀석, 대사를 열심히 전달했군!(There! The hall rung!/ Young dog, he did give tongue!)"이라고 바꾸었기 때문이다.[10] 비록 다른 원고에서 찾아 정당성이 있다고 하나 삼십오 년간 내 마음속으로 알던 판본보다는 떨어진다.

적어도 내가 생각하기에는 떨어진다는 뜻이다. 한번은 내가 쇼팽의 야상곡 한 판본을 가지고 있었는데 잘못 인쇄된 음 때문에 쇼팽의 음악답지 않은 불협화음이 났다. 결국 나는 받아들였고 좋아하게 되었는데, 쇼팽이 그 음을 쓰지 않았다는 말을 듣고는 실망했다. 내 생각으로는 홉킨스가 작품을 수정할 때 시인으로서는 술 한 잔 값도 못하는 사람의 영향을 너무 받았는데, 오랜 시간 동안, 심지어 사후에도 그의 시를 읽어 줄 사람들이 그렇게 없었던 것이다. 내 생각을 좀 더 덧붙여 보자면 홉킨스는 1889년에 죽었는데, 브리지스가 1918년까지 출판을 미룬 것은 실수였다. 그는 아둔했지만, 친구의 시 중 몇 편을 훔치지 못할 만큼 아둔하지는 않았고, 심지어 훔치는 것도 아둔하게 했다. 1918년 이전에 죽임을 당한 시인들에게는 적어도 자신들이 이해할 충분한 자격이 있는 시에서

정확하다는 것이 버지스의 주장이다.
10) 이 시는 학교 강당에서 극 중 역할을 두려움 없이 해내는 동생을 바라보는 관객석의 형을 학교 교사가 보는 상황을 다루고 있다.

기쁨과 영감을 얻을 기회가 있었을지도 모른다.

그런 영감에 대해 논의하면서 가드너는 "제임스 조이스, E. E. 커밍스, 딜런 토머스가 홉킨스의 시를 읽고 결정적인 영향을 받았다."라고 말했다. 딜런 토머스는 생각보다 영향을 덜 받았는데, 하여간 돌발 리듬[11]은 찾아볼 수 없고, 커밍스에게는 최소한의 영향을 주었고, 그리고 조이스에게는 전혀 영향을 주지 않았다. 『피네간의 경야(Finnegan's Wake)』에서 한 단락, 결말쯤 자고 있는 이조벨에 대한 묘사 부분이 의도적으로 홉킨스를 연상시킨다고 알려져 있으나, 조이스의 글 쓰는 스타일은 홉킨스의 시가 출판되기 전에 이미 무르익은 상태였다. 두 사람 모두 같은 기질을 가지고 같은 목적을 추구했으나 연대기적으로 다른 시기를 살아 만나지 못했다. 홉킨스는 더블린의 유니버시티 칼리지의 교수였는데, 조이스가 나중에 이곳 학생이 되기는 했지만 홉킨스가 사망했을 때 조이스는 단지 일곱 살에 불과했다. 홉킨스는 예수회[12] 소속이 되지만, 조이스는 예수회 학교를 다녔다. 두 사람 모두 스콜라 철학자[13]들로부터 미학 철학을 만들어 냈는데, 조이스는 아퀴나스, 홉킨스는 스코터스의 신학에 기반을 두었다. 즉, 조이스는 일상생

---

11) sprung rhythm, 홉킨스의 시에서 볼 수 있는 특유의 운율로, 음률을 위한 단위로 강세 음만을 사용했다.

12) 정결, 청빈, 순례를 강조하는 가톨릭 남자 수도회를 말한다.

13) 서구 중세 신학파로서 플라톤과 아리스토텔레스의 철학을 중심으로 신학 이론을 정비했으며, 대표적인 인물로는 토마스 아퀴나스, 던스 스코터스 등이 있다.

활의 흐름 속에서 섬광처럼 나타나는 '현현(顯現)'14)을 만들었고, 홉킨스는 자연을 관찰하고 '인스케이프(inscape)'에서 '인스트레스(instress)'를 느꼈다.15)

두 사람 모두 언어에 대해 집착했고, 음악에 조예가 깊었는데, 홉킨스의 노래 「내리는 비(Falling Rain)」는 실험적인 중부 유럽인들이 시작하기 전에 사분음16)을 사용하고 있다. 독자들이 두 작가의 단편 시를 섞어 놓은 문제와 맞닥뜨린다면, 어떤 작가의 작품인지를 구별하기 어렵다는 사실을 깨달을 것이다. "그런데 그럼에도, 포워드처럼, 그리고 호의를 베푸는 하늘처럼 이 소리를 들었다(Forward-like, but however, like the favourable heaven heard these)"라는 구절은 조이스 소설의 등장인물 중 한 명인 디덜러스의 내적 독백으로 적당할 수도 있지만, 실상은 홉킨스의 「나팔수의 영성체(The Bugler's Communion)」가 출처다. 반면 "진흙투성이 돼지주둥이, 손들로, 뿌리 또 뿌리, 이것들을 움켜쥐고 비틀어 집어낸다(Muddy swinesnouts, hands, root and root, gripe and wrest them)"라는 구절은 『율리시스(Ulysses)』가 출처지만, 순교자를 그리는 홉킨스

---

14) epiphany. 원래는 예수가 인간의 모습으로 현현하여 태어남을 의미했으나 조이스는 이 단어를 일상에서 삶의 진리를 깨닫게 되는 순간으로 정의하여 사용했다.

15) inscape는 인간의 내적 심경으로 자연과 역동적으로 교감함으로써 자신을 실현하고, 실현에 성공한 자신은 주변 존재들을 꿰뚫을 수 있는 힘인 instress를 투사하여 다른 존재들의 inscape를 파악할 수 있다는 주장이다.

16) quarter tones. 현대 음악에서 주로 사용되는 온음의 절반인 반음을 또 반으로 나누어 세밀한 음정을 표현하는 음을 말한다.

의 시에 적절할 수 있다. 하이픈을 피하는 것도 비슷하게 보이
도록 도와주는데, '갈색부츠한짝(fallowbootfellow)'[17]이라는 표
현은 두 작품 모두에 적절할 것이다. 그런데 이들의 유사함은
압축된 구문, 복합어에 대한 선호, 앵글로색슨 문화[18]에 대한
헌신보다 훨씬 더 깊다. 두 사람 모두 음악가로서 문학을 음악
에 가깝게 만들려고 고심한 것이다.

물론 두 사람 모두 관행적인 운율을 추구했다는 말은 아니
다. 마치 음악과 상관없던 스윈번[19]이 성인이 되어서야 「눈먼
세 마리 쥐들(Three Blind Mice)」[20]을 처음으로 듣고 '보르자
가문의 잔인한 아름다움'을 떠올린다고 말했던 것처럼.[21] 홉
킨스와 조이스 두 작가는 오히려 음악이 가진 운율로 이루어
진 패턴을 통해 표현할 수 있는 힘과 서양 음악의 찬란한 아
름다움인 여러 가지 선들의 어울림을 사용함으로써 얻게 된
복잡한 의미를 부러워했던 것이다. 돌발 리듬의 역할이란 산

---

17) 홉킨스의 정치 시 「톰의 화환: 실업에 대하여」에서 나온 표현으로 하루
일과를 끝낸 서로가 짝인 노동자 두 사람을 갈색 가죽으로 만든 부츠에 비
교했다.

18) 앵글로색슨(anglo-saxon)은 북방 게르만 민족으로 영국에 침입, 정착하
여 이들의 언어가 영어의 토대가 되어 향후 영어를 사용하는 백인 문화의
기초를 만들었다.

19) 앨저넌 찰스 스윈번(Algernon Charles Swinburne, 1837~1909). 영국
작가.

20) 영국의 오랜 동요로 눈이 먼 세 마리 쥐가 자신들의 꼬리를 자른 농부
의 아내를 쫓는다는 내용이다.

21) 보르자 가문은 15세기 이탈리아의 가문으로 암투와 잔혹함으로 악명
이 높다.

문과 같은 음보에 음악에서 비트가 주는 동일한 권한을 주는 것뿐이다. 음악에서 한 소절은 네 개의 사분음표나 여덟 개의 팔분음표 또는 열여섯 개의 십육분음표를 가질 수 있으나, 단 네 개의 박자가 있을 뿐이다. 홉킨스의 소네트 한 구절에는 항상 관례에 따라 다섯 개의 박자나, 혹은 알렉산더격 22) 소네트의 경우에는 여섯 개가 있는데, 여기에는 다섯 개에서 스무 개의 음절, 또는 무음보(senza misura)의 "경호음"23)이 있으면 더 많은 음절이 있을 수 있다. "누가 오점 없이 마리아를 위해서 프랑스를 불태웠던가?"24)에는 아홉 개의 음절이 있고, 반면 "뻐꾸기 소리가 메아리치고, 종소리가 가득 찬, 종달새 소리에 사로잡힌, 검정 소들이 자고 있고, 강물이 돌아 나가는"25)에는 열여섯 개의 음절이 있다. 이 두 구절은 모두 같은 소네트에서 나왔다. 음악은 항상 시의 집약적인 성격과 산문의 자유로움을 가지는데, 홉킨스 이래 영시(英詩)는 음악을 모델로 삼아 흐트러지지 않으면서도 자유를 즐길 수 있었다.

22) 알렉산드린(alexandrin) 혹은 12음절시(十二音節詩) 또는 알렉산더격 시행(-格詩行)이라 불린다. 프랑스 시 및 극 문학의 주요 운율이다.
23) outriders. 홉킨스가 만든 용어로 돌발 리듬에서 강세 음절에 따라붙는 강세를 받지 않는 음절들을 말한다.
24) 홉킨스의 시 「던스 스코터스의 옥스퍼드(Duns Scotus' Oxford)」에 나오는 구절로 마리아의 동정 잉태를 옹호한 스코터스에 대한 시다.
25) 홉킨스의 시 「던스 스코터스의 옥스퍼드」에서 스코터스가 교육을 받은 옥스퍼드를 묘사한 구절이다. 비즈웰의 편집본에서는 원 시의 '종달새 소리에 사로잡힌(lark-charmed)'을 '호수에 사로잡힌(lake-charmed)'으로 잘못 표기하여 이를 바로잡는다.

이것이 종종 홉킨스가 '해방자'라고 불리는 이유다.

그런데 여기에는 운율 이상의 것이 있다. 음악에서 사용하는 스포르찬도[26]가 있어야 하는데, 강한 두운율[27]을 사용한 'part, pen, pack'[28]이 그 예다. 이 구절은 '[양 떼를 염소 떼와] 나누고, 울타리에 넣어, 각기 다른 떼로 모아라'라는 뜻이다. 또한 내적 운율도 같은 예인데, "현악기의 연주 소리가 울리고, 울리는 종소리가/ 현악기의 활처럼 움직여 스스로의 이름을 널리 퍼뜨린다"[29]라는 구절은 운율을 가진 구절의 핵심인 '차이를 가진 반복'의 효과를 듣는 것처럼 보인다. 그러나 무엇보다 중요한 점은 각 구절에서 진행되는 화음의 내용이 구체적이어야 하거나, 또는 대위법으로 구성된 한 소절에서 우리가 발견할 수 있는 다중적 의의에 대한 이해를 보여야 한다는 것이다. 순수하게 기능적인 부분을 위한 자리는 없는데, 왜냐하면 음악에서는 어떤 것도 단순히 기능적이지만은 않기 때문이다.

이런 식으로 홉킨스의 시를 난해하게 만드는 건 응축된 표현이다. 예를 들면, "최고의 징표/ 열정으로 가득 찬 우리의 거인이 일어났다"라는 구절이나 또는 "금도 없고, 강철도 없는/

---

26) sporzando. 음악에서 그 음을 강하게 연주하라는 부호다.

27) 영어 p 발음이 강세 음과 함께 단어의 앞머리에 반복되고 있다.

28) 홉킨스의 시 「시빌의 잎들에서 나온 밀(Spelt from Sybil's Leaves)」에서 나온 구절이다.

29) 홉킨스의 무제시 「킹피셔 새가 불타오르고, 잠자리가 불길을 끌어올 때(As Kingfishers Catch Fire, Dragonflies Draw Flame)」가 출처로 현악기 연주와 종이 울리는 소리를 연결하기 위해 현악기의 활을 종의 추로 표현했다.

양쪽 모두에서, 오직 서로를 돌보는 것에만 신경 쓰는"이라는 구절, 또는 "찔리지 않고 밟고 지나는 사람, 험한/ 가시덤불의 수천 개 가시들, 생각들"과 같은 구절들이다. 하나의 의미만 찾으려 노력할 때, 우리는 하나 이상의 뜻을 찾게 된다. 예를 들면, "가시들, 생각들"의 경우 두 단어가 하나로 합쳐져 새로운 단어가 되는 것 같고, 소리들이 내뿜는 다양한 광채들이라고 부를 수 있는 것이 강력한 대위법적 효과를 낸다.

　후대의 조이스는 더 나갈 수 있었다. 'cropse' 같은 단어(그 의미는 "땅에 묻힌 몸으로, 땅에 비료가 되어 인간이 부활할 수 있다는 가능성을 보여 주는 상징처럼 서 있는 식물을 생산할 수 있는 것"인데)는 홉킨스식의 방법이 도달하게 되는 논리적인 귀결이다.[30] 이를 통해 박자의 속도 조절이나 문맥을 모호하게 만드는 기교가 없어도 동시다발적으로 대위법적 효과를 거둔다. 그런데 조이스의 목적이 웃기려고 한 것이라면, 홉킨스는 장차 '이상한 것(oddity)'으로 불릴 것이라고 침울하게 알고 있던 것을 인스케이프로 황홀경이나 영적인 고통을 느끼게 되는 순간에 사용했다. 홉킨스는 저주받은 자신의 쓸쓸함을 맛으로 표현하기 위해 "나는 담즙이고, 속 쓰림이다"라는 구절을 사용하는데, 이는 위험한 구절이다. 나의 은사인 찰턴 교수는 홉킨스를 마치 젊고 건방진 시인인 양 말하곤 했는데, 그는 세미나 중에 형이상학상의 위장병에 대해 이야기하면서 항상 쉽

---

30) 'cropse'는 땅에 묻혀 썩어 비료가 된다는 공통점을 가지는 두 단어, 곡물들(crops)과 시체 또는 몸(corpse)을 동시에 연상시킨다.

게 웃음을 선사하기도 했다. 오늘날 홉킨스의 영적이든 육체적이든 남성의 아름다움에 대한 반응에는 전형적인 퀴어(동성애자)라는 사람들이 본다면 계면쩍게 웃을 훨씬 더 복잡한 표현들이 많이 있다. 예를 들면, "유연하게 흐르는 젊은이의 생명이, 내가 가르치는 모든 것에/ 손으로 복숭아를 누르면 들어갈 때처럼 부드럽게 순종한다"라는 구절이나 또는 플러먼(Harry Ploughman)[31]의 힘과 아름다움에 대한 자세한 열거, 또는 그리고 가끔 "검은, [밤에는] 훨씬 더 검은"처럼 구어체 또는 "어디 뒤라는 거야, 어디, 어디가 그곳이란 거야"처럼 말을 더듬어서 꾸민 느낌을 예외 없이 전달해 주는데, 캠프스럽게[32] 잘만 연기하면 모든 사람들을 포복절도하게 만들 수 있다. 홉킨스는 공포심을 느끼게 하는 위험을 감수했지만, '기이한'[33] 부분들이 적절하고 불가피한 것이라고 느껴져서 불화와 같은 성공으로 모두 정당화되었다.

수사 표현과 기교 면에서 걸작을 남기려는 목표를 가진 적이 없는 시인에게 '성공'이란 말은 부적절하다. 우리 스스로에게 환기시킬 필요가 있는데 그는 조이스가 대학 시절에 언급한 신앙시를 쓰는 별로 중요하지 않은 사제들 중 한 명이 아니었다. 그는 최고의 종교 시인이었고, 허버트(George Herbert)[34]

---

31) 홉킨스의 동명 시에 묘사된 남성 노동자다.
32) camp는 과장스럽게 표현하는 동성애자를 의미한다.
33) 기이한(odd)은 영어로 동성애를 의미하는 'queer'의 다른 뜻인 '기이한'이란 의미와 상통한다.
34) 16세기 영국 종교 시인.

나 크래쇼(Richard Crashaw)[35]보다 당연히 위대하고 아마 던(John Donne)[36]보다도 위대할지 모른다. 신앙 시인은 경건함을 표현하는 관습적인 이미지를 사용하는 반면 종교 시인은 신앙의 진실 됨을 안전하고 안일한 성역에서 낚아채서 실체의 세상 속에 둠으로써 충격으로 주고, 심지어 분노를 불러일으키기도 한다. 허버트의 시구절 "'당신은 앉아야만 해요.' 사랑이 말한다, '그리고 내 살의 맛을 보세요' / 그래서 내가 앉아 먹었다"가 그런 예다.[37]

홉킨스는 이런 일을 더 자주 한다. 자연의 세계는 아주 참신한 노래로 만들어져서 우리는 단지 그를 위대한 자연의 시인, 천재성을 가진 또 다른 워즈워스라고 생각하는 경향이 있다. 그러다 우리는 갑작스레 계시의 '인스트레스'에 충격을 받는데, 신학적인 요소들이 황조롱이[38]나 갓 불붙은 난로의 석탄처럼 떨어지는 밤톨들[39]만큼이나 현실적이다. 그의 시를 읽으면, 심지어 무신론자들도 "장대한 은하수"가 더 이상 "월싱엄 가는 길"로 불리지 않는 것을 안타까워하고, "'우리의 왕이여 돌아와서, 영국인들의 영혼 위에 임하소서!' ─ '자존심, 장

___

35) 17세기 영국 종교 시인.
36) 16세기 영국 종교 시인.
37) 여기서 사랑은 자신을 희생한 예수의 사랑을 의미하지만 시에서는 의인화를 통해서 성적인 이미지를 불러일으킨다.
38) 작은 맹금류의 일종으로 홉킨스의 시 「황조롱이(The Windhover)」에 등장한다.
39) 홉킨스의 시 「알록달록한 아름다움(The Pied Beauty)」에서 나온 표현이다.

미, 왕자, 우리들의 영웅, 대사제,/ 우리들 마음의 자선의 난로의 불, 우리들 생각의 기사단의 무리들의 주인이시여"라고 같이 외치게 될 거다. 이것은 대단한 마법으로, 선한 예수파 신부라면 누구라도 사용할 수 있어서는 안 된다.

『시급한 책: 문학 비평집(Urgent Copy: Literary Studies)』, 1968

시계태엽 오렌지

킹슬리 에이미스

나는 버지스의 새 소설이 현재 가장 흥미로운 작품이라고 칭찬하겠다. 『시계태엽 오렌지』는 일인칭 화자에 의해 서술된다. 이 정도가 『시계태엽 오렌지』와 다른 소설들 사이의 유사점이라 꼽을 수 있는데, 소설의 방향성에 대한 성급한 판단을 내린다면 콜린 매킨스나 『1984』의 노동자들과 관련된 부분에서 약간의 영향을 받은 요소들이 보이기도 하지만 말이다.

열다섯 살 알렉스는 20세기의 마지막 십 년 동안 열정적으로 일탈 행위를 추구하는데, 강도질, 주먹질, 발차기, 칼 쓰기, 강간, 살인, 교도소 가기 등등이 그 예다. 그는 충분한 시간을 두고 당시 유행하는 은어로 목청껏 독자들에게 이야기하는데, 이 은어는 왜 사용했는지에 대한 정치적인 함의에는 아직 연구되지 않은 러시아어, 집시들의 은어, 각운을 맞춘 은어와 어설픈 남학생이 경박하게 성경을 인용하는 느낌이 섞여 있다.

이 은어는 첫 페이지에 스무 개나 되는 신조어가 있을 정도로 잘 만들어져서 남들만큼 모험을 좋아하지 않는 독자들, 특히 마침 금연을 하게 된 사람들은 책 읽기를 포기하고 싶을 정도다. 그렇게 되면 후회할 일인데 왜냐하면 여러분은 금방 그 언어를 이해하고, 사건이 진행됨에 따라 이 은어가 소설에 호기심을 불러일으키게 할 뿐만 아니라 지배적인 분위기와도 잘 어울린다는 사실을 깨닫게 될 것이기 때문이다.

이 소설은 모험심이 있든 없든 영국인들이 감히 소화해 낼 수 없을 만큼 유쾌하나 공포스러운 종류다. 심지어 나조차, 모든 걸 참아 내는 나조차 반복되는 미성년 강간이 좀 끌리지 않는데, 특히 그 장면이 베토벤의 9번 교향곡 중 합창 부분과 함께 벌어지기 때문이다. 클래식 LP판을 사는 게 구원을 받는 길이라는 생각 때문에 치러야 할 대가는 얼마일까?

그런데 여기에는 실제로 해를 줄 게 없다. 버지스 씨는 무례함에 관한 좋은 모음집을 쓴 것이고, 그중 하나가 내가 그전에 접했는지 기억할 수 없는 미성년자 폭력에 대해 우연히 제시된 견해다. 이 소설에서는 보통 우리가 가학증이라고 생각하는 것이 거의 작동하지 않고, 그냥 큰 웃음거리라는 점이 이 이야기의 가장 큰 매력이다.

이 작품에도 인간을 선하게 만드는 기계에 대한 SF적인 관심이 있다. 우리는 이 점에 대해 나중에야 깨닫게 되는데, 보통 평범한 소설을 쓰는 작가들도 이런 시도를 하기 때문이다. 하지만 실제로 일어나면 받아들이고 싶지 않으나 가능한 일이 된다. 만약 독자들이 이 모든 걸 받아들이지 못한다면 나는 알렉스의 표현대로 여러분들을 눈깔 앞에 있는데도 그 기똥찬 걸 볼 수 없는 꼰대 같은 놈이라 부를 수밖에 없다. 개똥 같은 것들이라고.

《옵서버(Observer)》, 1962년 5월 13일

새로운 소설

맬컴 브래드버리

내 생각으로는 '모던'이라고 불러야 할 소설 네 권이 있는데, 여기서 '모던'이란 우리 시대에 속하며 이 시대가 물려받은 병폐들에 대해 관심을 가지고 있다는 의미다. 이 소설들은 우리의 방향성 없는 혼란, 무관심, 폭력, 서로에 대한 성 착취, 반기와 저항을 다룬다. 지금은 이 주제들이 모두 끔찍이도 익숙한 것이라고 불평하는 사람들의 주장은 옳지만, 우리 시대의 주요 문제가 이 시대에 대한 넘치는 해석으로부터 벗어나지 못한 것은 아니지 않을까 생각하는 순간이 있다. 내 생각으로는 그토록 많은 소설이 쓰인 시기여서 형식은 당연하게도 반복적으로 나타난다. 하지만 이것은 또한 우리가 그런 덫을 깨고 나오는 소설가를 기대하고 있다는 의미이기도 하다.

(……)

유사한 문제가 좀 더 놀라운 형식으로 버지스의 『시계태엽 오렌지』에서 나타난다. 이 소설은 멀지 않은 미래를 배경으로 비행 청소년 떼거리가 밤에 도시를 장악하고, 정부는 범죄와 폭력 잠재력을 치료할 세뇌 프로그램을 개발하는 시기를 다루고 있다. 이 이야기는 그런 떼거리 중 한 명이 화자인데, 세 명이나 살해하는 청소년으로 세뇌 치료를 거친 후 범죄로부터 벗어나지만 결국에는 예전의 자신과 비슷한 상태로 돌아간다. 독자들은 이 인물과 거리 두기를 하지 않고, 소설의 후반부에서는 분명하게 이 인물에 대해 동정하도록 기대된다. 그런데 이 작품에서 눈에 뜨이는 점은 버지스 씨가 이야기를 하기 위해서 만들어 낸 엄청난 십 대 은어다. 버지스 씨의 희극 작가로서의 상당한 능력이 그 자신 안에 내재화된 유토피아를 그리는 이 풍부한 언어에 쏟아부어졌다. 만약 독자들이 이 공포스러운 일들을 소화해 낼 수 있다면 그 방식을 즐기게 될 것이다.

호러 쇼[1]

크리스토퍼 릭스

십 년 전 앤서니 버지스가 『시계태엽 오렌지』를 출간했을 때, 그는 그 당시 분위기, 특히 혼돈과 십 대 갱들의 폭력이 범죄와 일탈에 대한 명분과 치유책에 대한 종교적 열광으로 기이하게 뒤섞여 있던 분위기의 대부분을 축약해서 담았다. 버지스 씨의 화자이자 영웅인 알렉스는 구린내가 나는 혐오의 대상으로, 강도질과 강간에 중독되어 있고, 자신의 언어(새로 창조된 십 대 은어에 덧붙여 시적 표현, 조롱, 가학적으로 그르렁대는 것)를 만끽하고 있다. 알렉스는 살인범보다 낫기도 하고 더 나쁘기도 하다. 뭐든 죽이고 싶어 하기 때문이다. 알렉스의 잔

---

1) 호러 쇼(horrorshow)는 영어로는 '공포스러운 쇼'지만 알렉스가 쓰는 은어의 토대인 러시아어로는 '대단한'이란 의미를 가진다.

혹한 강간으로 작가의 아내가 죽고, 그가 치명적으로 내리친 둔기 때문에 노부인이 죽으며, 그가 병적으로 드러내고 싶어 하는 잔인함 때문에 같이 수감된 죄수가 죽는다.

이 중 두 번째 죽음으로 알렉스는 교도소로 가게 된다. 그리고 새로운 루도비코 치료법으로 자신이 재활할 수 있다는 말을 듣게 되자, 갈구한 끝에 손에 넣는다. 브로드스키 박사라는 사람이 만든 이 치료법은 폭력적이고 끔찍한 영상을 보는 동안 고통스러운 구토증을 유발한다. 이 '치료'란 알렉스로부터 선택권을 빼앗아 자유나 존엄성이 없는 상태로 몰아넣고 그의 도덕적인 존재를 말소해 버린다. 그러나 출소 이후 피까지 흘리는 자살 시도가 형편없이 실패하면서 재활은 무의미해진다. 알렉스는 다시 자신으로 돌아오게 된다.

여기에 대해 소설은 분명하고 만족하지만, 그러나 혐오 치료 과정의 스스로 정당화하는 폭력이 허용되어서는 안 된다는 것을 분명히 알고 있다. 하지만 1960년대 초반은 런던의 《옵서버》와 같은 진보적 희망을 가진 신문들도 동성애가 어떻게 구토제나 영화를 통해 '치유'가 가능한지 일상적으로 설교를 늘어놓던 때다.

'초강력 폭력을 휘두르는 것'에 대해 알렉스는 일말의 주저도 없다. 그러나 영화 「시계태엽 오렌지」는 그가 초강력 폭력이라는 관점에서 보이는 걸 원치 않는다. 그래서 공감을 얻으려고 한다. 소설의 원래 맥락을 해치지 않을 정도로 완화한 부분들이 있는데, 예를 들면 알렉스가 소설보다 어리게 등장한다. 또한 교도소 간수들의 눈에 띄는 몰지각함도 보인다. 알렉스가 재활 치료를 위한 서류에 서명을 머뭇거리자 간수장이 "읽을 필요 없어, 그냥 서명해."라고 외치는데, 당연히 세 부에 서명해야 하는 것이지만, 이 중 어느 것도 소설에는 언급되지 않는다. 영화에는 감상적인 부분들도 포진되어 있다. 소설에서 그는 집에 갔을 때 마약과 주사기가 사라진 걸 알고 충격받지만, 영화에서는 알렉스가 대신 애완용 뱀 베이질(Basil)을 갖게 되는데, 그의 부모는 이 뱀을 정당하지도 않고 위선적이게도 가두어 죽인다. 무엇보다 알렉스는 영화에서 희화화되지 않은 인물이고, 영화가 관심을 갖는 유일한 인물이다. 반면이 일인칭 화법의 소설에서 알렉스가 관심을 갖는 유일한 사람은 자신뿐이다.

우리는 이 영화가 소설을 그대로 옮긴 것이 아니란 걸 알지만, 큐브릭 감독이나 버지스 모두가 이 영화를 옹호하기 위해서 쓴 글들, 큐브릭은 1972년 2월 27일 자 《뉴욕 타임스》에서, 버지스는 2월 17일 자 《리스너》에서 서로를 언급한 게 적절하다. '알렉스 면죄부 주기'를 위한 영화의 지속적인 압력은 노골적이어서, 소설 『시계태엽 오렌지』가 버지스의 표현처럼 '세뇌하는 것에 관한 소설'이라면, 이 영화는 거의 우리를 세뇌하고 있으며, 또한 영화 기법이나 관행들이 이 영화가 제기하는 고찰의 대상이 될 수도 있다는 사실을 한순간도 의식하지 않는 것을 너무 정당하게 여긴다는 점을 환기시킨다. 알렉스는 루도비코 치료법에 따라 혐오 치료를 위한 영상을 강제로 보아야만 한다. "나는 눈탱이를 닫을 수가 없었고, 심지어 보지 않으려고 눈깔을 사방으로 돌렸지만 이 영화 속의 포격에서 벗어날 수 없었어." 그러나 이 영화가 브로드스키 박사가 보여 주는 영화가 아니라 큐브릭 감독의 영화가 되면 그때는 가장 중심이 되는 두 인물이 암암리에 '이 영화의 포격'에서 벗어날 수 있게 된다.

그 인물 중 첫 번째 사람은 이 모든 허구의 '호러 쇼'를 만들어 낸 창조주다. 왜냐하면 버지스의 『시계태엽 오렌지』에 중요한 부분은 소설 속에 『시계태엽 오렌지』라는 제목의 책을 쓰는 소설가가 있어야 한다는 것인데, 이는 겹상자 서술[2] 같은 유행을 따랐기 때문이 아니다. 오히려 그것은 큐브릭 감독이 영화 속에 등장하는 브로드스키 박사의 영화에 대해 책임을 지는 방식과는 다르게, 버지스가 자신의 소설에 대해 책임을 지는 방식이고, 소설 자체가 스스로의 판단 기준을 따라야 한다고 보는 버지스의 태도 때문이다. 소설 속의 소설가 F. 알렉산더는 이 소설을 제어하는 동시에 감시하고 있어, 그 결과 브로드스키 박사 외의 모든 사람들의 성향이 도덕적인지 감시한다. 선두에 서서 풍자를 하는 모든 사람들은 자신이 보여주는 것에서 가장 멀리 눈을 피하는 인물이 되려는 경향이 있는데, 즉 풍자란 거울 같은 것으로 들고 있는 사람은 모든 사람들의 얼굴을 볼 수 있지만 자신의 얼굴은 보지 못한다[3]는 사실을 대부분 회피하려는 인물이 되고 싶어 한다. 그런데 알렉스에게 무참하게 발길질당하고, 눈앞에서 자신의 아내가 강

---

2) 소설 속의 작가 등을 등장인물로 만드는 서술 기법을 말한다.
3) 영국 소설가이자 풍자가로 유명한 조너선 스위프트(Jonathan Swift, 1667~1745)의 『겸손한 제안』에 등장하는 표현이다.

간을 당하는 F. 알렉산더는 영화에서 『시계태엽 오렌지』라고 불리는 책을 쓰고 있지 않다. 그래서 소설과는 다르게 영화는 스스로 위험한 전선으로 내몰 필요가 없도록 만든 것이다.

두 번째로, 그리고 더 중요한 점이 알렉스도 포격을 당할 필요가 없다는 것이다. 영화는 그를 애지중지 보듬기 때문이다. 영화를 비난하는 진짜 이유는 너무 폭력적이기 때문이 아니라 오히려 충분히 폭력적이지 않기 때문이다. 특히 영화는 교묘하게 취사선택을 함으로써 알렉스의 폭력을 감소시키도록 조절하고, 그런 과정을 즐기고 있다. 예를 들어 그가 저지른 살인들, 또는 여성을 살해하는 사건들이 그렇다. 소설에서는 고양이들과 남을 때리기에는 별 소용없는 지팡이를 가진 노부인이 영화에서는 무거운 예술품으로 알렉스를 거의 기절시킬 뻔한 운동 선수급의 힘센 여자로 등장한다. 그리고 살인은 황홀경에 빠진 듯한 상태에서 잡아당기고 빙빙 돈 후에 일어나고, 더욱이 알렉스의 이해관계로 보자면 살인죄로부터 보호를 받을 정도로 기이하고 익살스럽게 다루어지는데, 알렉스가 그 여자의 얼굴을 남성의 성기와 고환으로 만들어진 커다란 조각상으로 내려친다. 여자가 다 아는 척 이 말 저 말을 늘어놓았고, 만지면 경련을 일으키면서 사정을 하는 이 겉만 번지르르한 조각상으로 말이다.

영화는 알렉스를 도와주기 위해 이 살인을 재구성한 것이다. 훨씬 더 중요한 의미를 가지는 소설가 아내의 죽음도 비슷한 맥락이다. "그 여자는 죽었지. 참혹하게 강간당하고 맞아서. 그 충격은 엄청났어."라고 소설은 말한다. 그러나 영화에서는 거의 끝부분에 가서야 알렉스가 이런 죽음을 우리 양심의 판단에 맡기는 게 싫어서 확실히 반쯤 미쳐 버린 것 같은 소설가로 하여금 의사가 그랬는데 사망의 원인은 독감이 유행하던 때 걸린 폐렴이었지만 자기가 알기로는 어떠하다며 이러쿵저러쿵 늘어놓게 만든다. 또는 알렉스를 사랑하는 사람들이 알겠지만, 걱정은 마시길.

그리고 소설에는 교도소 내에서도 동성애 신입을 모두가 죽도록 패는 잔혹한 살인도 있다.

하여튼 붉은 조명 아래 낯익은 붉은 피가 흐르는 것을 보니 옛날의 기쁨이 속에서 솟아났지.
(……) 내가 놈을 어둠 속에서 두들겨 패는 동안 녀석들은 주변을 둥그렇게 둘러쌌지. 난 끈도 죄지 않은 부츠를 신고 이리저리 움직이면서 놈의 여기저기에 주먹을 날렸고, 발을 걸었더니 놈이 바닥으로 쿵 하는 소리를 내며 넘어지더군. 마지막으로 놈의 대갈통을 된통 세게 발길질을 했더니 놈은 악 하는 소리를 내면서 잠에라도 빠져드는 듯이 그르렁 비슷한 소리를 내더군.

영화에는 이런 장면 중 하나라도 담을 자리가 없는데, 왜냐하면 그럴 경우 관객들이 알렉스에게 편안함을 느끼기보다는 당혹감을 가질 것이기 때문이다. 아니지, 그것보다는 모든 죄수들을 착한 바보들로 보여 주고 관객들의 혐오는 간수들이 독차지하게 하는 것이 훨씬 낫다. 영화는 행복한 결말로 바꿔

치기 하는 걸로 마무리하기 위해서 감옥 내에서의 살인을 없애고, 그 대신 알렉스의 직장에 손전등을 밀어 넣고 켜서 모멸감을 주는 관료 세계의 폭력에 대해 설교를 늘어놓는다. 이 어떤 것도 소설에는 없다.

"소설가가 자신이 원하는 쪽으로 균형추를 옮기기 위해 개입을 한다면 그것은 부도덕한 일이다."라고 D. H. 로런스는 주장했다. 소설가로서 버지스는 개입을 하고 싶어 몸이 근질거렸던 자신을 잘 통제했다. 궁극적으로 그는 같은 믿음의 사도인 그레이엄 그린이나 윌리엄 골딩처럼 원죄나 극단적인 기독교에 대한 논쟁을 자신의 일부로 받아들였다. 그런데 영화는 개입하는 정도를 넘어 대부분의 다른 모든 것에 대해서는 비난을 하지만 알렉스에 대해서는 최고라고 칭찬해 준다. 혐오 치료 약물이 죽음과 같은 공포와 마비를 일으킬 거라고 말하는 역할을 맡은 브로드스키 박사를 비난하고, 내무부 장관은 지위를 의식해서 거들먹거리며 다른 사람들이 해 준 말만 되뇌는 존재이자 고집스런 고위층의 무례함으로 그럼으로써 관객들이 소위 정치인들에 대해 대부분 상관없는 감정을 토해내도록 비난한다. 그 대신 알렉스에 대한 적대감을 토해 내지 않도록 하는 것이다. 그리고 알렉스에게 은혜를 베푸는 척하는 사람들도 비난하는데, 이들은 나쁜 정부에 반대하기 위해 미친 짓으로 판명 나는 계략을 짜내고, 그 정도가 아니라 악의에 가득 차서 소설가와 그의 친구들은 알렉스를 음악으로 고문해 자살로 이끈다. 소설에서는 꽤 다른 형식으로 이야기가 전개된다.

그러나 영화는 검투사 같은 알렉스를 최고라 칭찬한다. 영화에서 분칠로 가려진 게 살인만은 아니기 때문이다. 그가 만나서 자신의 방으로 데려간 두 소녀를 예로 들자. 소설에서는 알렉스에게, 그리고 알렉스에 대한 우리들의 인식에 중요한 부분은 이 아이들이 열 살도 채 되지 않았고, 그가 사악하게 이 아이들을 취하게 만들어, 그가 "그르렁대는 정글 고양이의 분비액 같은" 주사를 스스로에게 놓아 "알렉산더 대(大)자지의 이상하고 기이한 욕정"을 훨씬 더 잘 채울 수 있었고, 소녀들이 결국 멍들고 비명을 지르게 되었다는 사실이다. 영화는 지고한 성자처럼 자비심으로 알렉스에게 구원을 베풀어 주길 원하고, 또한 확실하게 어떤 문제도 생기게 하지 않기 위해 이런 내용은 포함할 수 없다. 그래서 십 대 소녀들이 유쾌한 인형처럼 등장하여 술도 마시지 않고, 마약도 하지 않고, 멍도 들지 않게 되고, 그냥 세 명이서 춤을 춘다. 그리고 확실하게 알렉스가 어느 누구의 애정도 잃어버리지 않도록 재차 확인하기 위해서 이 모든 일들이 빠른 속도로 진행되어, 마치 무성 영화에서 보는 미친 듯 흥겨운 장면들이 반짝거리며 지나간다. 알렉스의 잔인한 "익숙한 넣고 빼기" 대신 마음 따뜻한 로완과 마틴[4]의 웃음이 오락가락 들린다.

반대로 알렉스가 친구들과 싸우는 부분은 소리 없이 슬로 모션으로 만들어져 관객들과 알렉스 사이에는 발레 공연

---

4) 로완과 마틴은 미국의 코미디언으로 두 사람이 함께 텔레비전 쇼를 진행했다.

에서 보는 얇은 천이 쳐진 것 같다. 그리고 나중에 패거리 중 하나가 알렉스의 눈을 우유병으로 내려쳐서 다가오는 경찰에게 남겨 둠으로써 복수하는 장면 또한 소설과는 매우 다른 것이 되었다. 왜냐하면 소설에서 딤이 알렉스에게 휘두르는 것은 우유병이 아니라 체인 줄이었기 때문이다. "놈이 그것(체인 줄)을 쳐들자 뱀처럼 쉭 소리가 났지. 놈은 내 눈퉁이 부근을 예술적으로 우아하게 맞혔는데, 난 용케 제때에 눈을 감을 수 있었어." 여기서 생기는 다른 점은 잔혹하게 상처를 입는 사람이 바로 얼마 전에 딤이 체인 줄을 다루는 기술에 황홀함을 느꼈던 사람이라는 점이다.

딤은 허리에 두 번씩이나 감은 진짜 기찬 기다란 줄, 즉 체인을 가지고 있었어. 녀석은 이것을 풀어서는 상대방의 눈, 즉 눈깔을 보기 좋게 내려치기 시작했지. (……) 딤의 뱀처럼 쉭쉭거리는 체인에 걸려들었어. 딤은 놈의 눈깔을 정확히 맞혔고, 그놈은 비틀거리며 있는 대로 비명을 지르더군.

소설은 비록 가끔 실패한 판단 때문에 독자들이 고소하다고 느끼게 만들기도 하지만 알렉스가 황홀함을 느끼는 부분은 눈도 깜빡하지 않고 보여 준다. 영화는 소설에 나오는 첫 폭력 장면, 즉 책을 사랑하는 노인을 집요하고도 가학적으로 괴롭히고 결국 패 버리는 사건을 빼 버린다.

""추한 늙다리야, 네놈은." 내가 소리쳤고, 그때부터 우리는

놈을 주무르기 시작했어. 피트는 손을 붙잡았고, 조지가 놈의
입을 벌리자 딤이 위아래 틀니를 낚아챘지. 녀석은 그걸 땅바닥
에 내던졌고, 나는 그 틀니를 부츠 으깨기로 대접했지만, 무슨
기똥찬 신종 플라스틱으로 만들었는지 더럽게 단단하더군. 놈
이 우어우어 하며 중얼거리는 소리를 내기 시작하자 조지가 벌
렸던 입을 놔주고 반지 낀 주먹으로 이빨 없는 입을 갈겨 주었
지. 그러자 늙다리는 더 크게 신음하기 시작했고, 피가 흘러나
오는데 정말 황홀했지, 여러분. 그래서 우린 놈의 겉옷을 벗겨,
속옷과 사각팬티 차림으로 만들었는데, 팬티가 너무 오래된 거
라 딤은 대갈통이 떨어지게 웃더군. 피트가 놈의 배때기를 보
기 좋게 찬 다음 보내 주었지."

영화는 피에 굶주린 알렉스의 모습에서 관객을 떼어 놓기
위해 유일하게 폭력적인 한 장면만을 보여 줌으로써 알렉스가
빠져나가게 해 준다. 술 취한 노인을 폭행하는 사건은 실루엣
으로만 보이는 지팡이를 가진 네 사람이 저지르는데, 물론 어
떤 의미로는 끔찍이도 폭력적이지만 여전히 거리를 두고 있는
것이다. 이런 거리 두기의 의도가 관객들이 알렉스의 폭력성
을 깨닫지 못하게 하기 위한 것이 아닌, 피에 대한 갈구로 가
득 찬 포르노를 방지하기 위한 것이었다면, 예술이라는 찬사
를 받았을 것이다. 마찬가지로 패싸움도 처음에는 미친 듯 파
괴하는 서부극이었다가 곧 스타일리시하고 폭력성을 감추는
구타 행위가 된다. 이 어떤 것도 소설에서 존경스럽게 알렉스
를 죄인으로 만들어야 한다는 필연성을 보이는 것과는 달리

그를 죄인으로 만들지 않는다. 소설은 첫 페이지에서 알렉스가 누군가 '피범벅이 되어 있는' 것을 갈구하고 있음을 드러내고, 초기에 드러난 일들을 결코 잊지 않고 기록한다.

　그래서 놈의 발을 걸어 넘어뜨리니까 길바닥에 털썩 나동그라지더니 맥주 냄새 나는 오물을 엄청 토하더군. 너무 비위가 상해서 우리 모두 다시 한 번씩 부츠 발로 놈을 찼더니, 이번에는 노래도 아니고 오물도 아닌 피가 놈의 입에서 흘러나왔어. 그리고 나서 우리는 갈 길을 갔지.
　(⋯⋯) 그래서, 여러분, 나는 왼쪽으로 두 번 세 번, 오른쪽으로 두 번 세 번씩 스텝을 밟으며 춤추듯 놈의 왼쪽 뺨과 오른쪽 뺨에 칼질을 했는데 진짜 만족스러웠어. 별이 빛나는 겨울밤에 기름기 흐르는 놈의 더러운 코를 사이에 두고 피가 뿜어져 나오는 것 같았어.

영화는 알렉스가 이렇게 피를 부르지 못하게 한다. 그러나 피를 흘리거나 끔찍한 잔인함을 반대하는 것은 아니라서 그냥 목록처럼 기록해 둔다. 그 결과 우리는 경찰서에서 피가 튄 알렉스의 얼굴과 피 묻은 벽을 본다. 또한 구토를 유발하는 약물이 잔뜩 들어간 알렉스가 보도록 강요된 혐오 치료용 영화에서 강처럼 피가 흐르는 엄청난 폭력적인 장면을 보게 된다. 이렇게 폭력을 선택적으로 보여 줌으로써 확실히 하고자 한 바는 혐오 치료 영화가 이제껏 관객들이 알렉스가 벌인 호러 쇼를 목격하고 과거를 되새기며 곰곰이 생각해야만 하는 폭력보다 훨씬 더 심각하다는 점이다. 그리고 영화에서 가장 길게, 사실적으로 끔찍하게 그려진 잔인한 행위를 경찰이 된 알렉스의 옛 패거리들이 알렉스를 대상으로 저지른다는 사실은 우연이 아니며, 그것은 비난을 받을 정도로 노골적이다. 두드려 맞고 거의 익사까지 할 정도로 폭력을 당하는 알렉스에게는 슬로 모션이나 또는 빠른 속도로 넘어가는 자비가 주어지지 않는다. 그러나 영화는 바로 이런 무자비함을 허울만 번드르르한 자비를 위해 이용한다.

사람은 그렇게 취급당해서는 안 되며 그 누구도 사람을 이렇게 취급해서는 안 된다는 큐브릭 감독의 주장에는 어렵지 않게 동의할 수 있다. 현재로서 영화는 분명하게 드러낸 폭력으로 도배를 하지 않지만 스스로를 드러내지도 않는다. 거기까진 좋다. 그러나 원래 버지스가 구상한 작품과는 정반대다. 버지스의 의도는 알렉스가 당한 일들에 대해 독자들이 건건이 자세히 알기보다는 폭력의 의미에 대해 이해하기를 바란 것이다. "나는 그놈들이 뭘 했는지 세세히 밝히지는 않겠어. 그냥 부르릉거리는 농장 기계 소리나 입이 떨어진 또는 홀딱 벗은 나뭇가지들에서 나는 탁탁 가지 부딪치는 소리처럼 배경음악같이 숨을 헐떡이는 소리거나 퍽퍽 때리는 소리 같을 거야." 그들이 어떤 일을 하는지 세세히 밝히지 않겠다는 건 알렉스는 물론 버지스가 말하는 바다. 큐브릭 감독은 말은 하지 않지만 진짜 그들이 하는 일을 세세히 열거하고 있다. 그렇게 함으로써 그는 우리가 알렉스에게 동정심을 갖도록 확실히 만들지만 그 대가로 인과응보의 법칙을 약화시킨다. 미국의 시인 로버트 로

웰은 "야수들을 불쌍히 여겨라."라고 주장했다. 영화는 알렉스로 하여금 자신이 죄를 짓기보다 오히려 남들의 죄에 희생당한 사람이라고 은근 슬쩍 주장하게 만든다.

알렉스의 고통은 정당화의 수단이지만, 성적인 농담도 같은 역할을 한다. 왜냐하면 큐브릭 감독이 눈에 띄게 영화를 성적으로 만들었기 때문이다. 남성 성기를 모델로 한 현대 조각뿐만 아니라 동성애자인지 또는 동성애를 한 적이 있는지를 묻는 교도소 간수의 질문, 사회 복지사가 손으로 알렉스의 성기를 세게 그러나 애무하듯 때리는 것, 교도소 목사가 다정하고 열심히 알렉스에게 자위에 대해서 안도를 시키는 것, 병원 침대의 커튼 뒤에서 상의를 벗은 간호사와 하의를 벗은 의사가 그 짓을 하고 있는 것 등이 그 예시다. 이 모든 것은 비록 많이 본 우스운 장면이기는 하지만 악의적이거나 해를 주지 않는다. 그렇지만 이 부분도 역시 브로드스키 박사는 물론 큐브릭 감독이 드러내고 성취하고 싶은 일, 즉 알렉스를 강제로 재활시키려는 작업의 일부다.

익살스러운 성적인 장면은 알렉스를 아주 사악한 쥐새끼라기보다는 개처럼 만들어 죄를 덜어 주려는 것이고, 이 전술은 영화가 끝나는 장면에서 알렉스가 혐오 치료에서 회복하고 옛날처럼 위대한 음악을 들을 때 비록 대단한 대가를 치른 건 아니지만 효력을 나타낸다. 영화에서 알렉스의 판타지는 관능적인, 슬로 모션으로 애정 행각을 벌이는 것이고, 강간은 아니지만 강간 비스무리하게, 차려입고 박수를 치는 높은 사람들에게 둘러싸이는 것인데, 마치 코미디 드라마 「거짓말쟁이 빌리(Billy Liar)」처럼 사랑으로 가득 찬 분위기처럼 말이다. 소설도 이 장면에서 끝나지만 알렉스가 가장 원하는 욕망이 무엇인지에 대해 감성적이지 않고 확실하게 보여 준다.

아, 그건 황홀했고 맛깔스러웠어. 3악장인 스케르초 부분에 이르렀을 때, 나는 아주 날렵하고 신비한 발길로 뛰어다니면서 먹따는 면도칼로 신음하는 이 세상의 낯짝 전부에 조각하는 내 모습을 보았지. 그러고는 느린 악장으로 이어졌고, 마지막으로는 합창이 나오는 아름다운 악장이 기다리고 있었어. 난 제대로 치료가 된 것이야.

영화는 단지 '진보가 진정한 진보일까' 같은 질문뿐만 아니라 진정한 질문을 던진다. 내 왼쪽엔 루소(Jean Jacques Rousseau)[5]가 있고, 오른쪽엔 아드리(Robert Ardrey)[6]가 있는데, 이것은 작위적이고 우스꽝스런 일이다. 큐브릭 감독과 버지스가 공격을 받아 비판에 답을 해야 했을 때, 두 사람 모두 밑도 끝도 없는 폭력에 대한 비난이 밑도 끝도 없다고 주장했다. 그런데 큐브릭 감독은 자신이 '파시스트'로 치부되어서는 안 된다고 주장하면서, 자신은 「겸손한 제안(Modest Proposal)」[7]을 읽고 스위프트를 동족을 잡아먹는 식인종이라

5) 대표적인 프랑스 계몽주의 철학자로 성선설을 주장했다.
6) 미국의 극작가로 인류가 포식 동물의 사냥을 배워서 진화했다는 사냥 이론(Hunting Theory)을 주장했다.
7) 『걸리버 여행기』로 유명한 조너선 스위프트가 영국이 당시 식민지였던

고 비난하지 않으려는 한쪽으로 치우치지 않는 비평가일 뿐이라고 말했는데, 이는 너무도 쉽게 혐의를 부정한 것이다. 비록 '파시즘'이라는 비판을 반박하기 위해서는 충분히 정당하지만 여기서 쉽다는 말은 상상력과 그것에 힘을 주는 근거라는 측면에서 그렇다는 의미다.

그의 논리에 동의한다. 하지만 중요한 것은 스위프트의 행동이 아니라 상상력이고, 큐브릭 영화가 보여 주고자 하는 것보다 「겸손한 제안」이 훨씬 더 근원적인 충격을 준다는 사람들이 항상 있다. 존슨(Samuel Johnson)[8]은 스위프트에 대해 "그의 성격을 분석할 때 가장 큰 어려운 점은 거의 대부분의 사람들이 혐오를 느껴 피하려고 하는 생각들을 발전시키면서 어떤 지적인 타락 때문에 즐거워했는지 발견하는 일이다."라고 말했다. 그러므로 스위프트를 불러내는 게 적절한데, 이 맥락에서는 알렉스가 머리라는 뜻으로 쓰는 은어 'gulliver'는 단순히 러시아어로 'golova'만을 의미하지 않는다.[9] 그러나 그렇다고 해도 쏟아지는 비난을 재빨리 막아 주진 못한다.

다시 말하지만 버지스는 "소설을 쓸 때 폭력적인 행동을 묘사하면서 내가 느낀 기쁨은 하나도 없다."라고 주장했는데 이에 대한 반론이 꼭 있어야 한다. 즉, 그런 문제에 대해 작가가 어떤 말을 했다고 그 주장을 그대로 받아들여서는 안 되는데, 왜냐하면 작가가 그렇게 알고 있다고 짐작해서는 안 되기 때

아일랜드를 부당하게 취급하는 것을 공격하기 위해 풍자적으로 쓴 수필이다.
8) 스위프트의 후대인으로 풍자로 유명하다.
9) 스위프트의 대표작인 『걸리버 여행기』의 주인공이 '걸리버(Gulliver)'다.

문이다. 여기서 문제가 되는 진정성이 가장 근원적이고 또 가장 부담 되는 종류인 탓이다. 물론 작가의 의욕은 의심할 필요가 없다.

"나나 큐브릭 감독의 이야기가 주장하고자 하는 바는 완전히 깨어 있는 상태에서 행한 폭력, 즉 의지에 따른 행동으로 선택한 폭력이 있는 세상이 선하거나 남에게 해를 주지 않도록 조정된 세상보다 낫다는 것이다."

이렇게 말을 할 때 B. F. 스키너를 제외한 어느 누구도 반박하지 않을 것이다. 하지만 여기에는 시급해 답해야 할 질문들이 있다.

1. 이 대안(영화)이 너무 단순히 충격적인 것 아닌가? 영화보다 소설이 낫지 않는가? 소설은 흑백 논리로 답을 바로 구하지 않고 책임감과 무책임감에 대해 섬세하게 이해하고 있지 않는가?

2. 『시계태엽 오렌지』가 표현하려는 유태=기독교적 윤리'는 버지스의 우호적인 구도보다 훨씬 근본적으로 절망적인 것은 아닌가? 나는 엠프슨(William Empson)[10]이 기독교가 인간 희생을 고수해서 다른 위대한 종교들과 구분이 되고, 또한 고문을 통해 숭배를 유지하는 체제라고 주장한 것을 생각한다. 기독교 교회는 항상 가장 투철하면서 은밀한 세뇌 작업에 주의

---

10) 문학 비평가이자 시인.

를 기울이거나 또는 교묘히 적용하거나 가끔 실행한다. 이런 의미에서 소설은 종교를 더 심각하게 다루고 있는데, 즉, 탄핵을 할 수 없는 특권을 가진 어떤 것으로 여기지 않는다. "내 생각으로 자유 의지를 약화시키려고 희망하는 것은 성령에 대해 죄를 짓는 일이다."라고 버지스는 말했다. 성령을 믿지 않는 사람들은 성령에 대해 짓는 죄, 즉 어떤 죄도 그보다 더 심할 수 없는 죄가 존재한다고 믿을 필요가 없다.

3. 여기서 도덕적, 영적인 핵심은 훨씬 더 잔인하게도 해결될 수 없고, 모순들로 포위된 끔찍한 상태 아닌가? 시인 T. S. 엘리엇이 이 문제를 해결하려고 했다.

인간인 한 우리가 하는 일은 악하거나 선해야 한다. 악하거나 선한 행동을 하는 한 우리는 인간이다. 그리고 역설적으로 악한 행동을 하는 것이 아무것도 안 하는 것보다는 훨씬 낫다. 적어도 우리가 실존하기 때문이다. 인간이 영광스러운 이유는 신의 구원을 받을 능력이 있기 때문이라고 말하는 것은 진실이다. 마찬가지로 인간이 영광스러운 이유는 신의 저주를 받을 능력이 있기 때문이라고 말하는 것도 사실이다. 정치가부터 도둑놈에 이르기까지 우리의 단점 중 가장 나쁜 점이라고 말할 수 있는 것은 이들이 신의 저주를 받을 정도로 인간적이지 못하다는 점이다.

그러나 엘리엇은 핵심을 찌르지 못하고 있고, 우리 또한 마찬가지다. 엘리엇이나 버지스의 믿음을 공유하지 않는 사람들은 엘리엇의 원칙이나 그에 반하는 인간적인 원칙이 가장 우선되어야 한다고 생각하지 않고, 그래서 사악한 짓을 하는 것보다 차라리 아무것도 하지 않는 게 낫다고 생각한다.

4. 큐브릭의 영화가 영화 일반에 대해 충분히 걱정을 한 것일까? 모든 매체는 폭력의 유혹을 받을 때 저급하게 될 것이다. 소설은 말로만 되어 있고, 말은 단지 어떤 방식으로만 고소해하거나 결탁할 수 있다. 희곡에는 대사로 말을 하는 사람들이 있고, 새뮤얼 존슨이 『리어 왕(King Lear)』에서 글로스터 백작이 눈이 멀게 되는 과정에 대해 한탄한 부분은 연극에서 예술적인 계기를 만든다. 이 계기를 통해 우리는 엄청난 폭력이 저질러졌다고 강렬하게 느끼는 동시에 실상 그렇지 않다고 확실하게 알게 된다. 이것은 "연극으로 나타날 때 참혹해서 견디기가 어려운 행동이고, 그런 행동은 항상 우리로 하여금 믿기 어려운 일이라고 생각하게 함으로써 고통에서 벗어날 수밖에 없게 만든다". 그러나 영화라는 매체는 애매모호한데, 무엇보다 사람들은 어느 정도까지만 진짜로 이 매체의 일부가 된다. 이것이 왜 영화가 이런 의미의 모호함을 이용하거나 남용하려고 할 때 희한하게도 적절한지에 대한 이유다. 『시계태엽 오렌지』는 영화(폭력과 세뇌에 대해 도덕적으로 관심이 없는)를 남용하는 것에 대한 소설이고, 영화 「시계태엽 오렌지」와는 달리 큐브릭 감독이 쉽게 잘라 낼 수 있으리라고 생각해서는 안 되는 생각과 느낌을 포함하고 있다.

이번 영화는 곧바로 한 계집애를 보여 주었는데, 개는 첫째 놈, 그다음 놈, 또 그다음 놈, 또 그다음 놈에게 당하고 있었지. 비명이 스피커를 통해서 아주 크게 들렸고, 동시에 아주 슬프고 비극적인 음악이 흘러나왔지. 그건 진짜, 정말 진짜였어. 비록 앞뒤를 따져 생각해 보면 아무리 영화 속이라지만 이 모든 일을 당하겠다고 실제로 동의하는 사람이 있을 리가 없지. 또 이런 영화들이 '선량한 사람'들이나 '국가'에 의해 만들어졌다면 거기서 벌어지는 일에 간섭하지 않고 영화를 찍게 내버려 두었다고 믿을 수도 없고 말이야. 그러니까 사람들이 삭제니 편집이니 하는 기술이 아주 뛰어났던 게 분명해. 왜냐하면 그 영화는 정말 진짜였으니까. (……) 이 브로드스키 박사라는 작자, 브래넘 박사, 흰 가운 입은 것들은 모두 하나같았는데, 조절 장치를 다루고 계기판을 보던 계집애도 빼놓을 수가 없지. 이것들은 국교에 있는 어떤 죄수 놈보다도 더 지저분하고 악랄했던 게 틀림없어. 왜냐하면 의자에 묶이고 눈이 강제로 고정되어 억지로 본 그 영화를 어떤 놈이 그걸 만들 생각조차 했다는 게 상상할 수도 없었기 때문이야."

영화 「시계태엽 오렌지」는 이런 부분을 전적으로 다룰 수 있을 정도로 윤리적으로 과감하지 않다. 오히려 큐브릭 감독의 영화 「닥터 스트레인지러브(Dr. Strangelove)」[11]와 마찬가지로 과감함이나 자신감 면에서 근본적으로 실패하는데, 기법은 과감하나 진실을 밝히는 데는 소극적인 희화화가 필요하

---

11) 냉전 시대의 핵 개발 경쟁에 대한 블랙 코미디 영화.

다는 점과 알렉스 외에는 아무도 더 나은 기회를 가질 수 없다는 단호한 생각 속에서 명확히 드러난다. 버지스는 "우리가 인류를 사랑하려고 한다면, 알렉스가 전혀 인류를 대표하지 못하는 인물이라고 생각하지 않고 사랑해야만 하는 것이 중요하다."라고 말했다. 비기독교인들은 인류를 사랑해야 한다는 가공할 만큼 잔인하고 또한 잔인함을 불러일으키는 명령을 따를 필요가 없다는 점을 감사하게 여길 것이다.

《뉴욕 리뷰 오브 북스(New York Review of Books)》,
1972년 4월 6일
《리뷰어리(Reviewery)》, 2003년 재수록.

모든 삶은 하나다:
『시계태엽 성경, 또는 엔더비 씨의 종말』

A. S. 바이엇

『시계태엽 성경, 또는 엔더비 씨의 종말』의 줄거리는 별로 중요하지 않은 시인인 F. X. 엔더비(그의 이름이 『엔더비 씨의 내면세계(Inside Mr Enderby)』, 『엔더비의 외면 세계(Enderby outside)』에서 책 제목이 된 주인공)에게 뉴욕에서 벌어지는 그의 종말에 대한 사건들이다. 이 인물은 작품 속에 등장하는 영화 「도이칠란트호의 난파(The Wreck of Deutschland)」 제작에 간접적으로 책임이 있는데, 그가 영국의 시인 G. M. 홉킨스의 이야기[1]에 근거해서 아이디어를 냈는데 각색을 한 사람이 영화 대본으로 발전시킨다. 『시계태엽 오렌지』의 주인공 알렉스라면 '기

---

1) 홉킨스의 시 「도이칠란트호의 난파」는 다섯 명의 수녀들이 난파를 당한 이야기를 다룬다.

똥찬 영화'라고 불렀을 이 영화의 배경은 나치 시대로 옮겨져, '십 대 기동 타격대원들이 수녀들을 범하는 지나치게 노골적인 장면을 덧붙이고', '거의 나체 상태의 수녀가 오르가슴으로 붉은 입술을 연 채 격하게 휘몰아쳐 때리는 바닷물을 마주한 화려한 포스터'로 홍보된다.

이 민주주의적인 매체, 즉 영화로 미국인들의 관심을 받게 되어 엔더비는 맨해튼 대학의 창작과 교수가 된다. 그는 성 아우구스티누스와 영국 출신의 이단자로서 신이 인간에게 선과 악 중 하나를 선택할 수 있도록 했다고 주장한 펠라기우스 혹은 모건[2]으로 알려진 신학자 사이의 갈등에 대한 긴 시를 쓰기 위해 몰두한다. 엔더비는 맨해튼과 애슈턴언더라인(Ashton-under-Lyne) 지역에서 일어난 수녀 살해 사건에 당혹하면서도 은근히 기뻐하는 기자들에게 쫓겨 다니게 되고, 그가 지하철에서 지팡이 칼을 꺼내 찔러 물리치는 십 대 폭력배들에게 괴롭힘을 당한다. 이 인물은 흑인 인권, 여성 해방, 자유시, 여성 예수[3]로부터 위협을 받는다. 그는 두 번 가벼운 심장 마비를 경험한다. 그리고 마지막 장면은 『엔더비의 외면 세계』와 마찬가지로 그의 시를 알고 있는 신비한 여성이 방문함으로 끝난다. '엔더비' 연작 중 전작에서 나타나는 황금빛 여성과는 달리 이 여성은 그에게 총격을 가하려 하는데, 왜냐하면 그의

---

2) Morgan. 웨일스어로 '바다에서 태어난'이라는 뜻으로 펠라기우스의 영어 이름으로 알려져 있다.
3) 1969년 십자가를 진 채 나체로 스웨덴 스톡홀름 증권 시장을 걸어간 여성.

시에 대해서 아는 것이 그녀 자신의 시를 쓸 자유를 제약하기 때문이다. 이 여성은 자신을 골든그로브(Goldengrove)에서 온 그리빙 박사(Dr. Greaving)라고 소개한다.

엔더비는 첫 번째 소설[4]에서 모든 여성들은 계모라고 선언한다. 다는 그렇지 않지만 어느 정도는 그 자신의 특별히 못된 계모에 대한 공포 때문에 엔더비는 남성성을 잃어 배설을 잘하지 못하고 때가 지나서도 사춘기의 환상 속으로 도피하며, 자신의 계모가 남겨 준 유산, 약간의 주식과 혐오스러운 식습관을 가진 채 살고 있다. 그러나 또한 여성들은 못된 여신들로서 백인 여신들, 달의 여신들, 태양의 여신들이고, 이들과의 관계는 그에게 고통과 창피를 주며 번번이 결실을 맺지 못한다. 마지막에 가서 그는 희생을 치르고 미국식으로 홉킨스적 영감을 주는 여신을 정복하게 된다.[5]

버지스는 자신만의 시에 대한 소신이라기보다는 입맛, 그리고 정치한 말의 향연과 함께 여러 주제들, 의지의 자유, 옳고 바름의 차이와는 다른 선과 악의 본성, 예술과 도덕의 관계, 그래서 모든 삶은 하나라는 주장 등이 복합적으로 얽혀 있는 주제들로 돌아오게 된다.

혐오감을 주면서도 눈을 떼지 못하게 하는 미래에 대한 우화 같은 『결핍된 씨앗(The Wanting Seed)』에서 버지스는 펠라

---

4) 엔더비가 등장하는 네 개의 연작 소설 중에서 『엔더비 씨의 내면세계』를 말한다.

5) 『엔더비 씨의 내면세계』에서 엔더비는 한 미국의 여성 잡지 편집장과 우연한 계기로 결혼하지만 결국 실패하고 자살을 기도하게 된다.

기우스와 성 아우구스티누스 사이의 논쟁을 역사적 원칙인 대순환으로 전개한다.[6] 펠 단계[7]는 인간의 완벽함, 진보적인 가치, 표준화, 규칙, 질서를 믿는 단계, 중간 단계(Interphase)는 실망, 억압을 만드는 단계, 거스 단계[8]는 원죄, 파괴적인 인간의 본성, 사회를 조직하는 힘으로 전쟁, 성과 남의 살을 파먹는 행위를 믿는 단계다. 펠 단계는 이성적이고, 거스 단계는 종교적이고 주술적이다.

엔더비와 마찬가지로 버지스도 이 양극단을 신화 같은 이야기로 간주한다. 엔더비는 바그너의 "우리들은 약간 자유로울 뿐이다.(wir sind ein wening frei.)"[9]라는 말을 인용한다. '약간' 자유롭다는 말은 선과 악을 선택할 자유가 그렇다는 말이다. 이것이 윤리를 다루는 소설 『시계태엽 오렌지』가 주는 도덕적 교훈이다. 알렉스는 약물 치료를 통해 '다른 쪽 뺨도 내미는' 것과 같은 행동을 하도록 조종당한다. 펠라기우스 같은 교도소의 목사는 그에게 경고하길, 인간이 선택할 수 없는 때는 인간이 아니라고 말한다. 그런데 선택이 존재하기 위해서는 악, 폭력, 공포가 존재해야 하고, 엔더비나 버지스에 따르면 예술의 경우도 마찬가지다.

---

6) 『결핍된 씨앗』의 주인공은 역사 교사로서 학생들에게 역사를 순환하는 세 단계(Pelphase, Interphase, Gusphase)로 설명한다.
7) Pelphase. 자유 의지를 주장한 펠라지우스의 단계를 의미한다.
8) Gusphase. 거스 단계는 자유 의지를 부정한 성 아우구스티누스의 단계를 의미한다.
9) 바그너의 후기 오페라 「뉘른베르크의 명가수」에서 주인공 한스의 대사다.

엔더비의 서사시 「애완용 짐승(The Pet Beast)」에서 미노타우로스[10]는 이중성격이고, 인간이자 신이고 짐승이며, 온순하면서도 군주가 만든 미로 한중간에서 육식을 하다가, 펠라기우스 같은 해방자에 의해 십자형을 당하게 된다. 그러나 다이달로스가 만든 미로는 크레타 문명을 내포하는 것으로, 원죄인 짐승의 죽음과 함께 문명이 무너져 먼지가 된다. 폭력을 혐오하도록 조절된 알렉스는 베토벤 또한 혐오하도록 조절된다. 엔더비는 이 소설에서 신을 일종의 스스로 영원히 연주를 하면서 인간의 옳고 그름에 대해 관심이 전혀 없는, 무한한 9번 교향곡(베토벤의 9번 교향곡)으로 그리고 있다. 예술로서 선하려면, 비록 선과 악, 미와 파괴를 다루어야 하지만 도덕적으로는 중립을 지켜야 하는 것이다.

버지스의 이분법적 사고가 촉구하는 바를 완전히 이해하기 위해서는 아마 가톨릭적인 교육이 필요할지도 모른다. 애완용 짐승과 마찬가지로 버지스의 세계에서는 모든 것이 양분되어 있는데 육체와 영혼은 물론 선과 악도 그렇다. 모든 삶은 하나라고 선언할 수 있는 사람들은 규범에 매인 위험한 의사들과 심리학자들, 또는 '백색 여신들'[11]의 대변자들로 엔더비가 평

---

10) 그리스 신화에 나오는 거대한 반인반수로 크레타의 미노스 왕의 왕비가 포세이돈의 꼬임에 빠져 낳았다고 알려졌으며, 이 사실을 안 미노스 왕의 미움을 사고, 왕이 건축의 거장 다이달로스에게 명하여 만든 미로 속에서 평생 갇혀 살면서 희생으로 바쳐진 사람들을 먹고 살다가 결국 그리스의 영웅 테세우스에 의해 죽임을 당한다.

11) *The White Goddess*. 영국 시인 로버트 그레이브의 저서로 그리스 고대 문명 이전부터 존재한 여성들에 관한 책이다. 여성을 가부장제에 순종하는

생 두려워한 육체, 미 그리고 성에 내재한 폭력에 유혹을 당하게 만든다.

『시계태엽 성경, 또는 엔더비 씨의 종말』은 이런 주제들, 홉킨스, 영화, 소설 『시계태엽 오렌지』, 그리고 현대 예술과 삶의 모든 양상들 사이의 섬세한 연결점을 만들고 있다. 그리고 성공적인데 엄청나게 재미있고, 제한 없이 언어적으로 창조적이기 때문이다.

독보적인 다양한 성취 결과들이 있는데, 홉킨스의 「도이칠란트호의 난파」를 엔더비식으로 만든 극본, 지나칠 정도로 묘사적이고 이중 의미어나 다중 의미의 말장난이 가득 찬 상업 광고들(예를 들면 맨섹스(Mansex)로 불리는 냄새 제거제)로 완성되는 텔레비전 쇼 각본이 그것들이다. 엔더비가 그의 창작과 학생들을 만나는 장면들도 있다.

「다음 번은 흰둥이 네놈들 목숨줄이야」 같은 흑인 혐오를 다루는 시들과 하트 크레인의 시들을 "서투르고 구리게" 모방한 시들을 평가하면서 학생의 요구에 따라 갑자기 좋은 시가 무엇인지에 대한 자신의 생각을 드러내는 기적과 같은 순간이 있다.[12] 그 시는 「사냥의 여왕, 순결하고 아름답도다」이다.[13]

수동적인 존재로 보지 않고 사랑, 파괴, 시적 영감의 힘을 가진 존재로 그려서 당대에 충격을 주었다.

12) 엔더비가 영시를 가르치는 시간에 수강생 중 백인들의 흑인 혐오에 대한 적대감을 가진 로이드라는 흑인이 쓴 시와 함순이라는 백인이 뉴욕 맨해튼에 대해 쓴 시를 읽고 토론하는 시간을 가졌다.

13) 로마 신화에 등장하는 여신 디아나를 그린 시. '아름다운'이란 뜻의 'fair'는 백인 여성의 아름다움을 뜻하기도 하다. 이 시 때문에 엔더비는 로

다시 '백인 여신들' 이야기이다. 위험하지만 문화, 역사, 언어에
스며들어 있어 순리에 따르는 듯 보이는 이야기다.

이드로부터 보수 반동적인 위선자라는 비난을 받게 되었다. 비즈웰의 편집
본에는 원문의 쉼표가 빠져 있어 이를 수정했다.

후기

스탠리 에드거 하이먼

앤서니 버지스는 영국의 신진 작가 중 가장 참신하고 가장 재능 있는 사람 중 하나다. 비록 나이가 사십오 세지만 그가 창작에 몰두한 건 최근 몇 년간이다. 1956년부터 엄청난 창작력으로 소설 열 권을 출판했다. 그 전에는 작곡자였고, 말레이반도와 보르네오섬에서 파견 UN 직원으로 일했다. 영국에서 처음 출판된 소설인 『답을 요구할 권리(The Right to an Answer)』가 1961년에 나왔다. 그다음 해에 『악마 같은 국가(Devil of State)』가 나왔고, 1963년 초반에 『시계태엽 오렌지』가 나왔다. 네 번째 소설인 『결핍된 씨앗』이 1963년 후반에 나왔다. 내가 보기에 버지스는 워(Evelyn Waugh)[1] 이래 가장

---

1) 영국 소설가. 신랄한 풍자로 유명했다.

능력 있는 풍자가지만, 풍자란 말은 그의 글을 설명하기에 의미가 한정적이다.

『답을 요구할 권리』는 지방 소도시(보기에 작가의 출생지인 맨체스터인데)에서의 영국적인 삶에 대한 무척이나 웃기고, 신랄한 비판이다. 이 도시 사람들의 주요 활동은 주말에 아내들을 서로 교환하는 것이고, 좌절한 이들이 내건 슬로건은 "약간의 재미(Bit of fun)"인데, 미래를 예시하듯이 실론 출신으로 이곳을 방문한 라지(Raj) 씨에게는 "쓸쓸한 재미(bitter fun)"로 들린다. 이 소설의 역설적인 메시지는 사랑이다. 소설의 결말은 인종 간의 관계에 대한 라지의 미완성 원고를 인용하는 것으로 끝난다. "사랑은 마치 숨쉬기만큼 평범하고 쉬운 과정처럼 불가피하고 필요한데 유감스럽게도……" 여기서 원고는 끝이 나 버린다. 라지는 사랑 때문에 두 사람을 살해하게 되고, 자신의 머리에 총을 쏘아 자살한다. 독자들은 이 소설에서 『인도로 가는 길(A Passage to India)』[2]이 수십 년 지나서 더 심각해진 모습을 본다.

『악마 같은 국가』는 덜 신랄하고, 위의 초기작과 더 비슷하다. 코미디의 대상은 우라늄이 풍부한 동아프리카 국가인 듀니아인데, 분명히 보르네오섬의 석유 부자 왕국 브루나이를 모델로 하고 있다. 소설의 줄거리 비슷한 것이 있다면 연민을 불러일으키는 공무원인 주인공 리드게이트(Frank Lydgate)가

---

2) 영국 소설가 E. M. 포스터의 작품으로 영국 식민 지배기 인도에서 벌어지는 영국인들과 인도인들 사이의 인종 갈등을 다루고 있다.

부인과 현지처의 상반된 요구 때문에 고생을 하다가, 결국 무시무시한 암컷 거미 같은 첫째 부인에게 붙잡혀 간다는 이야기다. 이 소설이 웃음을 주는 건 주로 모순된 내용들이다. 예를 들어, 듀니아에서 날마다 먹는 음식이 중국식 스파게티고, 상류 쪽의 인간 사냥꾼들이 벨기에 사람의 머리를 안경을 씌운 채로, 그리고 포마드를 발라서 말린다는 식이다.

이들 중 어떤 소설도 버지스의 그다음 소설에서 보는 야만 행위에 준비할 수 있게 하지는 못한다. 『시계태엽 오렌지』는 어두워지면 폭력배들이 지배하는 미래 영국에 대한 악몽 같은 환상이다. 이 소설의 주제는 알렉스라는 폭력배의 입을 통해 그를 구원하는 미심쩍은 이야기다. 이 사회는 인류가 달에 발을 내디딘 미래 이야기로 활력을 잃고 무기력한 사회주의가 배경인데, 비록 거리 이름들은 애이미스가(Amis Avenue)[3], 프리스틀리 광장(Priestly Place)[4] 이지만 실상 거의 아무도 책을 읽지 않는다. 또한 러시아인 직업 팝가수인 지바고(Jonny Zhivago)[5]는 주크박스의 히트곡이고, 십 대들의 언어는 삼분의 일이 러시아어다. 애들이 아니면, 애들을 임신하거나 아프지 않으면 일을 해야만 하고, 범죄자들은 교도소 수용 공간이

---

3) 영국의 현대 소설가 마틴 에이미스(Martin Amis)의 이름을 딴 가상의 거리 이름이다.
4) 영국의 현대 소설가 J. B. 프리스틀리(J. B. Priestley)의 이름을 딴 가상의 광장 이름이다.
5) 러시아 소설가 보리스 파스테르나크의 소설 『닥터 지바고』의 주인공 이름 유리 지바고를 연상시킨다.

모두 정치범으로 차 버려서 사회로 복귀한다. 야당과 선거가 있기는 하지만 사람들은 정부를 다시 뽑는다.

한 줄기의 괴기한 초현실주의가 버지스의 작품들을 관통하고 있다. 『답을 요구할 권리』에서는 멜로드라마 같은 한 부분에서 시체가 관 속에서 그르렁대고 돌아눕는다. 『악마 같은 국가』에서는 정치 집회가 영화관에서 열리는데 족제비들이 지붕 가까이 대들보를 걸어가고, 아래에 앉은 사람들을 비웃으면서 이들 머리 위로 말라붙은 배설물 조각들을 배출한다. 『시계 태엽 오렌지』에 와서는 진정 지옥이 된다. 폭력배들이 기습 방문을 하러 차를 몰고 가는 중에 이빨이 가득 달리고 으르렁대는 큰 동물을 치어 비명을 지르고 끼끼거리게 만들고, 돌아오는 길에는 내내 괴상하게 끼끼거리는 것들을 치어 버린다.

알렉스가 여성에 대해 가진 관심이라고는 폭력과 강간의 대상이란 점뿐인데, 그의 언어로는 성행위를 표현하는 말이 기계적인 특성을 보이는 '들어갔다 나왔다 하는 익숙한 그 짓거리'이다. 여성의 신체 중 유일하게 언급되는 부분은 가슴 크기인데, 심리학자 프로이트를 믿는 사람이라면 이 폭력배들이 마시는 것이 약 탄 우유라는 사실을 알게 되는 순간 흥미가 동할 것이다. 알렉스의 유일한 예술적 관심이란 교향곡에 대한 열정이다. 그는 스테레오 스피커로 둘러싸인 침대에 나체로 드러누워 모차르트나 바흐의 음악을 듣는데, 그때 사람들의 얼굴을 부츠를 신은 발로 짓이기거나 옷이 찢긴 채로 울부짖는 소녀들을 강간하는 상상을 하다가 음악의 절정부에 성적 쾌감의 절정을 느낀다.

소설을 통해서 자유 의지에 대한 설교가 처음에는 교도소의 목사, 그리고 다음에는 소설 속의 작가로부터 주어지는데 이는 이 소설에서 의도하는 바가 기독교적이라는 점을 보여준다. 버지스는 마치 과학으로 도덕적인 선택을 할 능력을 박탈당한 알렉스가 단지 '시계태엽 오렌지'[6], 즉 유기체처럼 보이는 기계적인 어떤 것이라고 말하는 듯하다. 비록 의지로 죄를 짓지만 자유로운 의지를 가지고 있어, 알렉스는 『브라이턴 록(Brighton Rock)』[7]의 핑키(Pinkie Brown)[8]처럼 구원을 받을 수 있는데 우연의 일치인지 버지스는 『악마 같은 국가』를 그린에게 헌정했다. 그런데 이 기독교적인 틀이 버지스의 역설이나 모호함을 단순한 교리 안에 갇히게 하는 이유다. 알렉스는 내내 시계태엽 오렌지, 선택의 여지가 없는 기계적인 폭력을 위한 기계였고, 그가 사는 끔찍한 사회주의 영국은 거대한 시계태엽 오렌지다.

아마 이 소설에서 가장 흥미로운 부분은 언어일 것이다. 알렉스는 미래 시대 십 대의 언어인 '나드삿(nadsat)'으로 생각하고 말한다. 이 소설의 어떤 박사가 이 언어를 설명하는데, "각운이 있는 옛 속어가 남은 것이죠."라고 말하면서 "집시 말도 약간 섞인 것 같고요. 그러나 어원은 대부분 슬라브어입니다. 선전 선동이지요. 잠재 의식층까지 침투하는 것입니다."고 덧

---

6) 태엽이나 나사 같은 기계 부품으로 만들어진 존재를 의미한다.
7) 영국 소설가 그레이엄 그린의 작품으로 영국 남부 해안 휴양 도시 브라이튼을 중심으로 벌어지는 갱들의 싸움을 다루고 있다.
8) 『브라이턴 록』의 주인공으로 조직폭력배다.

붙인다. 나드삿은 크레타 문명의 B타입 선형 문자만큼이나 해독이 어려운데, 알렉스가 약간의 말을 번역해 준다. 나는 단어집이 없으면 이 소설을 읽을 수 없다는 걸 알게 되었는데, 비록 허락을 받은 적은 없지만 이 판본에 이 단어집을 인쇄했고 상당한 부분은 추측이다.

처음에는 단어가 전혀 이해되질 않아 보인다. "그래서 사람들은 우유에다 벨로쳇이나 신세메시, 드렌크롬을 섞거나 이중에서 하나나 둘을 골라 한꺼번에 타서 마실 수 있었는데"가 그 예다.[9] 그런데 독자들이 비록 러시아어를 모르지만 곧 의미가 문맥상으로 분명하다는 것을 발견하게 되는데, 예를 들면 "골목길에서 어떤 놈을 주물러 놈이 피 웅덩이 속에서 헤엄치는 걸 눈깔질로 보았어."가 있다.[10] 다른 말들은 두 번 정도의 같은 맥락을 접한 후에 알 수 있는데, 알렉스가 쓰러진 적의 대갈통[11]을 찬다고 할 때 대갈통이 신체의 일부일 수 있지만, '대갈통을 가진 맥주 한 잔(a glass of beer with a gulliver)'을 가져다줬다고 할 때는 잔 위쪽의 맥주 거품을 의미한다. 물론 러시아어 'golova'[12]라는 단어를 아는 사람에게는 책 읽기

---

9) 소설에서 '타서 마시다'의 원래 단어는 나드삿 'peet'인데 '마시다'라는 뜻의 '러시아어(pit)'가 어원으로 알려져 있다.

10) 소설에서는 '놈'이 영어로 'man'을 의미하는 나드삿 'veck'으로, '주물러'가 영어로 'hit'을 의미하는 나드삿 'tolchok'로, '눈깔질'이 영어로 'see'를 의미하는 나드삿 'viddy'로 표현되어 있다.

11) 소설에서는 영어로 'head'를 의미하는 나드삿 'gulliver'로 표현됐다.

12) голова. 영어로 'head'에 해당하며 우리말로는 '머리'라는 뜻으로 신체 일부는 물론 광범위한 물체의 가장 윗부분을 지칭한다.

가 훨씬 쉽다.

버지스는 러시아어를 기계적으로 사용한 것이 아니라 천재적으로 이용했는데, 소설에서 '머리'를 의미하는 러시아어 'golova'를 'gulliver'로 고쳐 씀으로써 독자들에게 스위프트[13]를 연상시킨다. 다른 예들은 훌륭하게 영어화한 것들인데, '좋은'이라는 의미의 러시아어 'khoroshow(хорошо)'를 영어로 'horrorshow'[14]로 표기하고, 또한 '사람들'이라는 의미의 러시아어 'liudi(люди)'를 영어로 'lewdies'[15]로 표기하고, 군대 또는 경찰을 의미하는 'militsia(Милиция)'를 영어로 'millicents'[16]로 표기하고, '혼자의'라는 의미의 러시아어 'odinock(одинокий)'를 영어로 'oddy knocky'[17]로 영어화한 예들이 있다.

버지스는 미국의 속어를 확장시켜서 러시아어를 사용하기도 하는데, 나드샷(nadsat)이라는 말 자체가 러시아어 숫자 10부터 19를 없애 버린 예[18]이며 우리가 십 대라고 부르는 것과 유

---

13) 『걸리버 여행기』의 저자인 스위프트(Jonathan Swift)를 말한다.
14) 발음상 유사한 영어로 옮기면서 '공포(horror)'와 '쇼(show)'를 선택함으로써 '끔찍한 장면'이란 의미를 만들어 냈다.
15) 영어로 'lewd'는 '저급한', '속된'이란 의미다.
16) 독일어가 어원으로 영어로는 여성의 이름이나 또는 '일', '강한'이라는 의미다.
17) 영어로 'oddy'는 '혼자의', '이상한'을 의미하는 'odd'를 연상시키고, 'knocky'는 'knock'가 어원으로 동사형으로는 '때리다', '노크하다', 명사형으로는 '경매 협잡꾼'이란 의미를 연상시킨다.
18) 러시아어로 접두사 '나드(над)'는 10에서 19까지의 십 단위를 의미하는데, 버지스가 10부터 19까지 하나로 묶을 수 있는 'nadsat(Надсат)'이라는

사한 말을 혼자 만든 것이다. 그래서 '삽으로 구덩이를 파다'라는 뜻의 'kopat(копать)'은 미국 속어의 의미로 '즐기다' 또는 '이해하다'라는 의미로 사용한다. 또한 '고양이'라는 뜻의 'koshka(кошка)'와 '새'라는 뜻의 'ptitsa(птица)'는 미국 속어의 의미[19]로 사용되며, '아래의'라는 뜻의 'neezhy'[20]에 바탕해서 'neezhnies'라는 단어를 만들어 '팬티'라는 의미로 사용하고, '대포'를 의미하는 'pooshka(пушка)'는 '권총'이라는 뜻으로 사용하고, '비웃음'을 의미하는 'rozha'[21]는 경찰을 표현하는 말들 중 하나인 'rozz'로 표기했고, '최고의'라는 뜻의 'samyi(самый)'는 '관대한'을 의미하는 'sammy'로 표기하고, '가방'을 의미하는 'soomka(сумка)'는 '가방(bag)'의 속어 의미인 '못생긴 여자'로 사용하고, '끓여서 잼으로 만들다'라는 의미인 'vareet'[22]이라는 단어를 미국 속어 'to cook up'이라는 의미로 사용함으로써 뭔가가 벌어지거나 열중한다는 뜻으로 사용하고 있다.

내 추측으로 집시 언어로는 알렉스가 사용하는 'O my brothers(형제들이여)', 'crark'[23], 'cutter'[24], 'filly'[25] 같은 표

단어를 만들었다.

19) 영어에서 속어로 'cat' 또는 'chick'은 '젊은 여성'을 성적으로 표현하는 말이다.

20) 원문에는 'neezhny'라고 표시되었는데 러시아어는 'ниже'로서 영어 표기는 'neezhy'다.

21) 'рожа'는 영어로 'mug'인데 속어로 '얼굴' 또는 '깡패'란 의미다.

22) 어원이 러시아어로 'варенье' 또는 'вареный'으로 추정된다.

23) '소리치다'라는 의미이며 본문에서는 '울부짖다'로 번역했다.

현들이 있다. 각운을 맞춘 속어로는 '탐나는 영광(luscious glory)'을 머리칼이란 의미로 사용했는데 아마 'upper story' 와 각운을 맞춘 것 같고, 'pretty polly'는 돈(money)을 의미하는데, 현재 영국 속어로 돈을 의미하는 'lolly'라는 단어와 각운을 맞추었다. 다른 예들은 필연적으로 연상되는 단어들인데, 예를 들어 암(cancer)이란 단어는 담배의 뜻으로 사용하고, 찰리(charlie)는 교도소의 목사를 의미한다.[26] 다른 예들은 단순히 학생들처럼 변용해서 쓴 예들인데, 사과(apology)를 의미하는 'appy polly loggy', '나쁜(bad)'을 위미하는 'baddiward', 계란(egg)를 의미하는 'eggiweg', 학교(school)를 의미하는 'skolliwoll' 등등이 있다. 다른 예들은 일부가 잘려 나간 단어들인데, 'guffaw(깔깔대고 웃는 것)'가 'guff'로, 'pop and mom(아빠와 엄마)'이 'pee and em'[27], 'sarcastic(조롱하는)'은 'sarky'로, 'cinema(영화)'는 'sinny'[28]로 사용되었다. 몇 예들은 합성어들인데 'chumble'은 'chatter(재잘거리다)'와 'mumble(중얼대다)'의 합성어이고, 'mounch'는 'mouth(입)'와 'munch(씹다)', 'shive'는 'shiv(접이칼)'와 'shave(휘두르다, 깎다)', 'skriking'은 'striking(치는 것)'과 'scratching(할퀴는 것)'의 결합

---

24) '돈'이라는 의미이고 본문에서는 '쩐'으로 번역했다.

25) '가지고 놀다'라는 의미이고 본문에서는 '주무르다'로 번역했다.

26) 영어로 목사는 'chaplain'인데, 'charlie'라는 단어로 유명한 배우 찰리 채플린(Charlie Chaplain)을 연상하게 한다는 의미다.

27) p와 m을 읽는 소리 그대로 표현했다.

28) cine만 발음한 것을 표기했다.

어다.

또한 일관되지 않은 부분도 있는데, 버지스(또는 알렉스)가 자신의 단어를 까먹고 다른 단어를 쓰거나 일반인이 쓰는 단어를 사용할 때인데, 대체적으로 언어의 거장처럼 러시아어 단어들을 잘 다룬다. 특히 이 소설에는 넘치다 싶을 정도로 대단한 음향 효과들이 있는데 'grahzny bratchy'[29]라는 표현은 영어 표현인 'dirty bastard'보다 훨씬 더 음향 효과가 뛰어나다. 음악의 길을 통해서 문학의 길로 온 터라 버지스는 뛰어난 음향 효과를 거두며, 동시대 작가들에게서는 찾아보기 힘든 언어의 결에 대한 흥미를 가지고 있다. 한 텔레비전 인터뷰에서 자신은 말에 관심이 지대하다고 말했다. 1960년대 작가 중 가장 기대를 모으는 버지스는 매우 독특한 유려하고 충격적인 소설로 포스터(E. M. Forster)나 워(Evelyn Waugh) 같은 작가들을 연상시킨다.

『시계태엽 오렌지』 이후 버지스는 『결핍된 씨앗』라는 소설을 써서 1962년 영국에서 선보였고, 이는 곧 미국에서도 출판될 예정이다. 이 작품은 알렉스가 살고 있는 미래만큼이나 혐오를 일으키는, 수 세기를 앞선 미래를 조망한다. 영구적인 평화가 확립되었고, 정부의 주요 노력은 인구 증가를 억제하는 일이다. 피임약이 흔하게 사용되고, 영아 살인이 용납되고, 동성애가 공식적으로 장려되고, 한 번 이상 출산하는 것은 범죄 행위다. 우리는 이 세상이 교사인 폭스와 천성적으로 모성

---

29) 'grahzny'는 더러운, 'bratchy'는 놈이라는 의미다.

애를 가진 그의 아내 비어트리스조애나, 그리고 폭스의 형 데릭의 삶에 영향을 주는 것을 보게 된다. 데릭은 비아트리스조애나의 연인이지만, 동성애자인 척 가장하는 정부 고위 관리이다. 메마른 이성 중심주의의 세상에서 고기는 듣도 보도 못한 것이고, 치아는 원시 시대의 흔적이며, 신은 '라이브독(Mr. Livedog)'이라는 오락을 상징하는 인물로 대체되고 여기서는 'God knows.(신이 아신다.)'가 'Dog-nose'라는 표현으로 바뀐다.[30] 그리고 잔혹한 경찰들은 자신들의 검은 넥타이 색에 맞추기 위해서 검정 립스틱을 바르는 동성애자들이다.

이 우화 같은 버지스의 이야기에서는 생명에 대한 온갖 조직적인 모독의 결과로 전 세계에서 곡물과 먹을 수 있는 동물들이 신기하게 씨가 마르고, 공급 식량이 보잘것없어지면서 질서가 붕괴된다. 비어트리스조애나가 구유 비슷한 곳에서 쌍둥이 아들을 낳음으로써 새로운 시기가 도래함을 알리게 되는데, 이 쌍둥이는 아마 그녀의 삶에서 두 남자(남편과 연인)와 떨어져서 자라게 될 것이다.

그러나 충만함의 새 시대도 그것이 대체한 메마른 세계보다 나을 것이 없다. 곧 식인 풍습(특히 경찰의 여성처럼 부드러운 살이 높게 평가되었는데)이 영국을 휩쓸게 되고, 그러자 곡물이 자라게 만들기 위해 공적으로 난교를 하게 되며, 기독교 신앙이 포도주와 제병을 대신해서 제물로 희생된 인간의 고기('성

---

30) 신의 권위를 부정하기 위해서 'god'의 철자를 거꾸로 쓴 'dog'으로, 'knows'는 발음상 유사한 'nose'로 표기했다.

체를 섭취하는 것'이 새로운 슬로건이 된다.)를 이용하면서 되돌
아온다. 이때는 인구수를 제한하기 위해서 총으로 전쟁을 벌
이는 옛날 방식으로 회귀하는데, 남성으로 이루어진 군대가
여성으로 이루어진 군대와 전쟁을 하고, 여기서 전쟁이란 눈
에 띌 정도로 엄청난 규모의 성행위다.

결론에서는 교도소와 군대 모두에서 새로운 질서의 대표
인 트리스트럼이 아내와 아이들과 재회를 하게 되는데 근본적
으로 변한 건 아무것도 없다. 현재는 인간의 타락을 강조하는
성 아우구스티누스의 단계인 대순환이 곧바로 인간의 완전함
을 강조하는 펠라기우스의 단계로 돌아갈 것이다.

『결핍된 씨앗』은 버지스가 늘 언어에 몰입했다는 점을 보
여 준다. 그의 언어는 스티븐스(Wallace Stevens)[31]를 능가한
다. 여성은 '큰 가슴을 가진(deep-bosomed)'이라는 의미를 가
진 'bathycolpous'[32], 남성 비서는 '금발(blond)'을 의미하는
'flavicomous'[33]로 표현하고, 어떤 중국계 거물이 '희생양처
럼 살해되다(sacrificially killed)'라는 의미로 'mactated'[34]라는
단어를 만들어 냈고, 콧수염은 '뿔이 난(horned)'이라는 의미

---

31) 미국의 현대 시인.
32) '깊은'이라는 의미의 그리스어 'bathus'와 '틈' 또는 '만'을 의미하는
'kolpos'가 결합된 말로 추정된다.
33) '노란색'이라는 의미의 라틴어 'flavus'와 '털'이라는 의미의 'coma'가 결
합된 말로 추정된다.
34) '죽다' 또는 '희생하다'라는 의미의 라틴어 'macto'에서 변형한 말로 추
정하며, 영어로 'mactation'이라는 단어는 '제물로 희생물을 죽이는 행위'를
뜻한다.

로 'corniculate'³⁵⁾라는 단어를 쓴다. 또한 이 소설은 조이스식의 말장난으로 가득한데, 예를 들면 임신을 위한 공적인 수정의식들에 참여하는 사람들의 순서를 적은 긴 명단 중 한 쌍이 '토미 엘리엇과 키티 엘픽'인데, 이들은 '늙은 주머니쥐(Old Possum)'와 그와 함께 있는 "실제 고양이들(Practical Cats)" 중한 마리다.³⁶⁾ 그리고 토요일 아침마다 오든이셔우드 대위의 명령으로 전쟁에 관한 시가 군인들에게 낭송된다.³⁷⁾

비어트리스조애나는 건조된 야채, 합성 우유, 눌린 곡물 시리얼 판, 그리고 영양소들을 사기 위해 국영 식량 가게를 가는 도중 바닷바람을 쐬기 위해 멈추는데, 여기서 버지스는 아름다운 문장으로 바다 생물들(갯강구, 인어들, 상어 알집, 구즈베리해파리, 오징어 뼈, 놀래기, 베도라치, 바다 메기, 제비갈매기, 개닛새, 재갈매기)을 불러낸다.

여느 풍자가들과 마찬가지로 버지스도 그가 혐오하는 현세태를 공격하기 위해서 과장된 미래를 만들어 낸다. 여기에는 주변의 대부분이 포함된다. 버지스는 배려 없는 폭력을 싫어했지만, 기계적으로 재조절하는 것도 싫어했다. 그는 메마른 평화나 넘쳐 나는 전쟁 모두 거의 똑같이 혐오했다. 버지스

---

35) 의학 용어로 '뿔' 또는 '원추형'으로 튀어나온 기관을 이르는 말이다.

36) 토미 엘리엇은 현대 영시를 대표하는 T. S. 엘리엇이며, 'Old Possum' 과 'Practical Cats'라는 표현은 1939년에 출판된 그의 시집 『Old Possum's Book of Practical Cats』를 암시하는데, 고양이들의 생태를 그리는 이 시집은 뮤지컬 「캣츠」의 바탕이 됐다.

37) 오든은 현대 영시인 W. H. 오든, 이셔우드는 소설가로 유명한 크리스토퍼 이셔우드를 암시한다.

의 거침없는 코미디 저변에는 우리에게 경고하고 공박하는 예언적인, 어떤 때는 화가 나고 거친 목소리가 있다. 그리고 그 아래 가장 깊은 곳에는 사랑이 있는데, 인류와 인류가 창조한 가장 사랑스러운 발명품, 언어 사용 기술에 대한 사랑이다.

1963년 미국판 『시계태엽 오렌지』

폭력에 대한 마지막 말

앤서니 버지스

나의 중편 소설 『시계태엽 오렌지』가 특히나 아주 색상이 분명하고 노골적인 영화로 만들어진 지금, 이 작품은 나에게 폭력을 대변하는 인물로서의 자격을 준 것 같다. 최근에는 나의 다른 소설 『1985』가 적군파(Red Brigades)[1]의 교과서 같은 것이 되었다는 걸 알게 되었다. 그럼에도 불구하고 나는 폭력에는 특별한 관심이 없고, 폭력이 인간으로부터 불러내는 부분에 매력을 느낄 뿐이다. 폭력은 신과 인간이 공유하는 단한 가지, 즉 창조할 수 있는 능력과는 동전의 양면 같은 것이라서 흥미롭다. 창조는 재능이 필요하지만 폭력은 그렇지 않

---

1) 1970년 이탈리아에서 활동하기 시작한 극좌 무장 폭력 단체로 테러와 납치 등을 저질렀다.

다. 그러나 둘 다 모두 같은 결과, 즉 자연의 소재를 변형하고, 거의 오르가슴에 가까운 흥분과 힘을 느끼게 한다. 만일 폭력을 휘두를 때 예술 작품을 생산하면서 느끼는 종교에 가까운 의기양양함에 반대되는 수치를 느낀다면, 폭력이 고상한 목적(예를 들면 더 나은 사회를 건설하는 것)의 수단이란 점에서 쉽게 용납이 된다. 폭력을 휘두르는 자가 제복, 예를 들면, 경찰이나 무장 혁명 군대의 제복을 입을 때, 폭력은 전적으로 허용되고 존엄의 대열에 끼게 되는 것이다. 모로(Aldo Moro)[2]에게 자행된 것은 그 일을 벌인 사람들에게 의기양양함, 그리고 그 의기양양함에 대한 수치심을 불러일으켰지만, 수치심은 정치적 목적이라는 맥락에서 사라진다.

폭력은 전통적으로 사회의 사적인 영역이 보존된 것이고, 범죄 행위로 비난받았다. 그러나 우리 시대(20세기)에는 국가가 그것을 사용해서 이익을 보아 왔다. 폭력을 사용했거나 아직도 사용하는 국가들은 파시스트, 나치, 공산당처럼 사적인 영역에서 활동하는 혁명 단체로 시작했지만, 이들 혁명 세력들이 승승장구하여 완전한 국가 정권으로 상승하면서, 즉 이들이 관료적인 반동 세력으로 변하면서는 폭력을 존엄한 것으로 만드는 것이 통치 기술이 되었다.

폭력은 유일하게 폭력으로 제압할 수밖에 없는데, 우리는 현재 잔혹함을 시행하는 일이 종종 천명된 최고의 목적을 위해서는 제거할 수 없는 부분이라는 것을 인정해야만 한다. 여

---

2) 적군파에게 살해된 이탈리아 총리.

기서 나는 단지 고문이나 살인만이 아니라, 인플레이션이라는 장치로 사회의 안정에 행해진 폭력, 그리고 기술 발전이라는 이름으로 환경에 가해진 폭력 또한 말하는 것이다. 우리 모두는 폭력을 받아들이게 되었다. 우리는 폭력을 낮에는 뉴스에서, 밤에는 오락물에서 본다. 한때는 내가 공적으로 그것을 제거하는 법을 알았지만, 지금 나의 유일한 희망은 개인으로서 폭력을 사회의 정상적 규범으로 수용하길 거부하고, 그 결과 순교자의 길을 갈 준비를 하는 것이다. 어두운 미래의 전망이다.

1982년 3월 16일

『시계태엽 오렌지』를 위한
앤서니 버지스의 1961년
타이핑 원고에서

옮긴이 일러두기

이 증보판에 부록으로 추가된 소설의 타자본은 작가가 원고를 수정한 과정을 보여
주고 있다. 특히 버지스는 소설과 관련된 그림을 군데군데 그려서 작품 이해에 도움
을 준다. 예를 들어, 제목 표지의 그림은 오렌지로 추정되는 과일과 그 속에 채워진 기
계 톱니 나사들을 보여 줌으로써 'Clockwork Orange'라는 이해할 수 없는 표현을 설
명하고 있다. 즉 이 소설이 '녀석' 또는 '놈'이라는 의미의 런던 코크니 방언과 기계 장
치라는 단어를 결합하여, 자유 의지 없이 톱니처럼 움직이는 기계 같은 인간에 대한
고찰임을 밝히고 있다. 또한 경찰 등 등장인물의 얼굴을 그림으로써 시각화에 도움
을 주며, 버터를 의미하는 'maslo'를 러시아어로 표기함으로써 이 소설의 'nadsat'이
라는 십 대 비어의 어원에 대한 이해를 돕고 있다.

Title page

A CLOCKWORK ORANGE

Anthony Burgess

HEINEMANN

LONDON MELBOURNE TORONTO

iii

old Dim had a very hound-and-horny one of a clown's litso
(face, that is), Dim not ever having much of an idea of things
and being, beyond all shadow of a doubting thomas, the dimmest
of the four. Then we wore waisty jackets without lapels but
with these very big built-up shoulders ("pletchoes" we called
them) which were a kind of a mockery of having real shoulders
like that. Then, my brothers, we had these off-white cravats
which looked like whipped-up kartoffel or spud with a sort of
a design made on it with a fork. We wore our hair not too long
and we had flip horrorshow boots for kicking.

"What's it going to be then, eh?"

There were three devotchkas sitting at the counter all to-
gether, but there were four of us malchicks and it was usually
like one for all and all for one. These sharps were dressed
in the heighth of fashion too, with purple and green and orange
wigs on their gullivers, each one not costing less than three
or four weeks of those sharps' wages, I should reckon, and make-
up to match (rainbows round the glazzies, that is, and the rot
painted very wide). Then they had long black very straight
dresses, and on the groody part of them they had little badges
of like silver with different malchicks' names on them - Joe
and Mike and suchlike. ~~These were supposed to be the names of
the different malchicks they'd spatted with before they were
fourteen.~~ They kept looking our way and I nearly felt like say-
ing the three of us (out of the corner of my rot, that is)
should go off for a bit of pol and leave poor old Dim behind,
because it would be just a matter of koopeeting Dim a demi-
litre of white but this time with a dollop of synthemesc in it,
but that wouldn't really have been playing like the game. Dim
was very very ugly and like his name, but he was a horrorshow
filthy fighter and very handy with the boot.

"What's it going to be then, eh?"

The chelloveck sitting next to me, there being this long
big plushy seat that ran round three walls, was well away with
his glazzies glazed and sort of burbling slovos like "Aristot-
le wishy washy works outing cyclamen get forficulate smartish".

2.

God bless you, boys," drinking.

Not that it mattered much, really. About half an hour went by before there was any sign of life among the millicents, and then it was only two very young rozzes that came in, very pink under their big copper's shlemmies. One said:

"You lot know anything about the happenings at Slouse's shop this night?"

"Us?" I said, innocent. "Why, what happened?"

"Stealing and roughing. Two hospitalisations. Where've you lot been this evening?"

"I don't go for that nasty tone," I said. "I don't care much for these nasty insinuations. A very suspicious nature all this betokeneth, my little brothers."

"They've been in here all night, lads," the old sharps started to creech out. "God bless them, there's no better lot of boys living for kindness and generosity. Been here all the time they have. Not seen them move we haven't."

"We're only asking," said the other young millicent. "We've got our job to do like anyone else." But they gave us the nasty warning look before they went out. As they were going out we handed them a bit of lip-music: brrrrzzzzrrrr. But, myself, I couldn't help a bit of disappointment at things as they were those days. Nothing to fight against really. Everything as easy as kiss-my-sharries. Still, the night was still very young.

you want? Get out at once before I throw you out." So poor old
Dim, masked like Peebee Shelley, had a good loud smeck at that,
roaring like some animal.

"It's a book," I said. "It's a book what you are writing."
I made the old goloss very coarse. "I have always had the strong-
est admiration for them as can write books." Then I looked at
its top sheet, and there was the name - A CLOCKWORK ORANGE - and
I said, "That's a fair gloopy title. Who ever heard of a clock-
work orange?" Then I read a malenky bit out loud in a sort of
very high type preaching goloss: " - The attempt to impose upon
man, a creature of growth and capable of sweetness, ⸤to ooze juic-
ily at the last round the bearded lips of God, to attempt to im-
pose, I say, laws and conditions appropriate to a mechanical cre-
ation, against this I raise my swordpen - " Dim made the old
lip-music at that and I had to smeck myself. Then I started to
tear up the sheets and scatter the bits over the floor, and this
writer moodge went sort of bezoomny and made for me with his
zoobies clenched and showing yellow and his nails ready for me
like claws. So that was old Dim's cue and he went grinning and
going er er and a a a for this veck's dithering rot, crack crack,
first left fistie then right, so that our dear old droog the red
- red vino on tap and the same in all places, like it's put out
by the same big firm - started to pour and spot the nice clean
carpet and the bits of his book that I was still ripping away at,
razrez razrez. All this time this devotchka, his loving and
faithful wife, just stood like froze by the fireplace, and then
she started letting out little malenky creeches, like in time to
the like music of old Dim's fisty work. Then Georgie and Pete
came in from the kitchen, both munching away, though with their
maskies on, you could do that with them on and no trouble,
Georgie with like a cold leg of something in one rooker and half
a loaf of kleb with a big dollop of maslo on it in the other,
and Pete with a bottle of beer frothing its gulliver off and a
horrorshow rookerful of like plum cake. They went haw haw haw,
viddying old Dim dancing round and fisting the writer veck so

18.

one of these stinking millicents at the back with me. The fat-
necked not-driver said:

"Everybody knows little Alex and his droogs. Quite a famous
young boy our Alex has become."

"It's those others,"I creeched. "Gerogie and Dim and Pete.
No droogs of mine, the bastards."

"Well," said the fat-neck, "you've got the evening in front
of you to tell the whole story of the daring exploits of those
young gentlemen and how they led poor little innocent Alex
astray." Then there was the shoom of another like police siren
passing this auto but going the other way.

"Is that for those bastards?" I said. "Are they being picked
up by you bastards?"

"That," said fat-neck, "is an ambulance. Doubtless for your
old lady victim, you ghastly wretched scoundrel."

"It was all their fault," I creeched, blinking my smarting
glazzies. "The bastards will be peeting away in the Duke of New
York. Pick them up, blast you, you vonny sods." And then there
was more smecking and another malenky tolchock, O my brothers,
on my poor smarting rot. And then we arrived at the stinking
rozz-shop and they helped me get out of the auto with kicks and
pulls and they tolchocked me up the steps and I knew I was going
to get nothing like fair play from these stinky grahzny bratch-
nies, Bog blast them.

54a.

desks, and at the like chief desk the top millicent was sitting,
looking very serious and fixing a like very cold glazzy on my
skeepy litso. I said:

"Well well well. What makes, bratty? What gives, this fine
bright middle of the nochy?" He said:

"I'll give you just ten seconds to wipe that stupid grin off
of your face. Then I want you to listen."

"Well, what?" I said, smecking. "Are you not satisfied with
beating me near to death and having me spat upon and making me
confess to crimes for hours on end and then shoving me among
bezoomnies and vonny perverts in that grahzny cell? Have you
some new torture for me, you bratchny?"

"It'll be your own torture," he said, serious. "I hope to
God it'll torture you to madness."

And then, before he told me, I knew what it was. The old
ptitsa who had all the kots and koshkas had passed on to a better
world in one of the city hospitals. I'd cracked her a bit too
hard, like. Well, well, that was everything. I thought of all
those kots and koshkas mewing for moloko and getting none, not
any more from their starry forella of a mistress. That was every-
thing. I'd done the lot, now. And me still only fifteen.

60.

인간의 자유 의지에 대한
'기똥찬(horrowshow)' 고찰

스탠리 큐브릭 감독의 영화로 우리에게 더 잘 알려진 앤서니 버지스의 소설 『시계태엽 오렌지』는 제목 그대로 외부의 힘에 의해 태엽이 감겨야 움직일 수 있는 인간상에 대한 반성을 제시하고 있다. 버지스는 이 소설에서 인간의 자유 의지라는 신학적이고 철학적인 문제를 폭력적인 환경 속에서 성장함으로써 그 환경의 일부가 되어 버린, 더 나아가 그런 환경을 만들어 내는 알렉스라는 비행 청소년의 방황에 투영하고 있다. 소설의 주인공 알렉스는 성(性)과 물질 그리고 유희에 대한 욕망을 충족시키기 위해서 절도, 마약, 강도, 폭력과 강간 등 극단적인 행위를 일삼는다. 그러던 중 믿었던 패거리의 배신으로 범죄 현장에서 잡히고 죄질의 심각함 때문에 청소년 보호 시설이 아닌 일반 교도소에 수감된다. 버지스의 소설에 그려진 비행 청소년들의 행각은, 특히나 큐브릭 감독이 충실히 영화로 재현한 덕분에, 작가가 도덕적으로 무책임하다는 비난을 불러일으켰다.

그러나 작품의 전반부에 나오는 폭력 묘사에만 관심을 한정시킨다면 후반부에서 작가가 제시하는 인간의 의지와 선택에 대한 질문을 무시할 위험이 있다. 작품의 후반부에서 알렉스는 교도소에서 벗어나기 위해 국가가 지원하는 새로운 교도 방식인 루도비코 요법의 실험 대상에 자원한다. 버지스는 루도비코 요법을 조건 반사 원리에 바탕을 둔 세뇌 훈련으로 묘사함으로써 인간의 자유 의지라는 문제를 전면에 부각시키고 있다. 작품의 전반부가 비행 청소년들의 행각을 그리는 것에 중심이 있다면 후반부는 이들을 교도하기 위해서 국가가 개인 스스로 선택할 수 있는 의지를 빼앗는 것이 정당한 일인가에 초점이 있는 것이다. 이 문제는 교도에만 국한되는 것이 아니다. 국가의 권력을 대표하는 정부가 루도비코 요법을 권장하는 이유는 짧은 시간 안에 세뇌를 통해 범죄자들을 개조한 후에 교도소에서 방출하고, 남은 공간에는 사상범들을 수용하려고 하기 때문이다. 즉 이 소설을 통해서 버지스는 국가 권력이 구성원들에게 육체적 또는 정신적인 태엽 장치를 달아서 통제하려는 음모를 고발하고 있는 것이다. 버지스가 국가 권력을 비판하는 이면에는 제2차 세계 대전 당시에 경험한 국가의 폭력, 좁게는 군대 조직에서 경험한 권력의 폭력에 대한 거부감이 저변에 자리하고 있다. 동시에 여기에는 조지 오웰이라는 1940년대 문학적 우상의 영향이 반영되어 있다. 버지스는 당시에 오웰이 체스를 두던 클럽을 찾아가서 그를 만나기도 하고, 그의 『동물농장』을 읽기도 했다. 버지스는 그의 자서전에서 1940년대를 오웰이 주장한 바처럼 전체주의적인 시대로 규정하고 있다.[1] 버지스가 단순히 폭력과 범죄 행위를 찬양하려는 것이 아니라는 사실은 '십 대 문화'에 대한 그의 비판적 관찰에서도 드러난다.

소설 전반부에 알렉스가 자신의 패거리들과 함께 자주 찾는 '밀크 바'는 1960년대의 영국 십 대 문화를 상징적으로 보여 주는 장소이다. 이 소설이 쓰인 1960년대 영국에서는 미국의 할리우드 영화를 매개로 하는 십 대 문화가 역수입되었다. 술 대신에 우유와 같은 비알코올 음료를 주로 마시며 주크박스에서 음악을 듣는 십 대의 모습으로 대표되는 이 문화는 피임약의 개발과 함께 불어닥친 개방적인 성 풍조와 기성세대에 대한 저항으로 나타났다. 십 대 문화의 극단적인 형태이기는 하지만 알렉스의 비행은 이런 시대에 언제라도 나타날 수 있는 타락한 모습으로 이해될 수 있을 것이다. 동시에 여기에 그려진 사건들은 버지스 자신의 경험을 반영하고 있기도 하다. '밀크 바'와 함께 주요한 배경이 되는 '뉴욕 공작'이라는 선술집은 버지스가 아내와 함께 술을 마시다가 깡패들에게 행패를 당할 뻔한 일을 겪은 '요크 공작'의 소설화라고 볼 수 있다.[2] 즉 시간을 초월한 가까운 미래상을 보여 주는 듯한 이 소

---

1) Anthony Burgess, *Little Wilson and Big God*(New York: Weidenfeld and Nicolson, 1986), pp. 334~335.
2) Ibid., p. 288 참조.

설은 실상 1940년대에서 1960년대 사이의 사회상을 깊이 반영하고 있는 것이다.

버지스의 주제 의식과 함께 독자의 눈길을 끄는 부분은 언어와 서술 구조에 대한 작가의 부단한 실험이다. 그 대표적인 예가 알렉스를 비롯한 비행 청소년의 은어로 사용되는 '십대 비어(nasdat)'이다. 오늘날에도 컬트의 위치를 누리는 이 언어는 슬라브어, 특히 러시아어와 런던 지역 방언인 '코크니(cockney)'에 기원을 두고 버지스 자신이 만들어 낸 것이다. 그 결과 독자들은 이 소설을 이해하기 위해서 자신의 상상력을 총동원해 단어의 의미를 문맥 속에서 파악해야 한다. 낯선 언어에 대한 버지스의 관심은 『시계태엽 오렌지』 이전에 집필된 "말레이 3부작"이라고 알려진 작품들에서도 잘 드러난다. 버지스는 말레이 반도에서 자신이 겪은 경험을 바탕으로 세 편의 소설을 썼는데 이 3부작에서도 말레이어가 주석이나 부연 설명 없이 마치 외래어처럼 차용되어 있다. 버지스의 소설에서 이런 '낯선' 언어는 지방색을 더하는 기능 이상을 한다. '십대 비어'와 마찬가지로 독자들에게 언어의 테러를 감행함으로써 낯익은 것에 대한 반성을 촉구하는 것이다. 언어에 대한 그의 관심은 20세기 모더니즘 소설의 거장 제임스 조이스가 언어 구조로서의 소설이라는 개념을 극단까지 몰고 간 난해한 작품 『피네간의 경야』에 대한 개인적인 심취에서도 잘 나타난다.(버지스는 1969년 런던의 한 출판사를 위해 조이스의 소설을 편집하기도 했다.) 동시에 그가 영문학을 '교육'받았다는 사실(버지스는 영국 맨체스터 대학의 전신인 빅토리아 대학의 영문학과를 다녔다.)도 소설 구조와 언어에 대해 그가 민감한 이유를 짐작하게 해 준다.

　버지스의 문학적 배경은 또한 작품의 주인공 알렉스를 문학 전통 속에서 이해할 수 있게 도와준다. 흔히 알렉스는 성장 소설이라고 불리는 조이스의 『젊은 예술가의 초상』의 주인공 스티븐에 비유되곤 했다. 그러나 최근의 연구에 따르면 버지스의 소설에 더 직접적으로 영향을 준 작품은 미셸 생피에르가 1960년에 출판한 『새로운 귀족들(Les nouveaux aristo-crates)』이다.[3] 생피에르의 주인공이 사회와 개인의 갈등을 가부장에 대한 반항으로, 그리고 나아가 교회에 대한 도전으로 생각하지만 결말부에 가서는 자신이 경멸했던 가치들을 존경하게 되듯이, 알렉스도 방황 끝에 광고에서 오려 낸 아이의 사진을 가지고 다니면서 정착할 의지를 보인다. 즉 방황을 멈추지 않을 것 같은 조이스의 주인공과는 달리 알렉스는 사회에서 다른 사람들처럼 정착할 의사를 분명히 드러내는 것이다. 이런 결말은 버지스가 도덕적으로 무책임하다는 비판이 근거 없다는 사실을 증명할 뿐만 아니라 오히려 고답적인 도덕을 주창한다는 새로운 비판까지 불러일으킬 소지가 있다.

　문학 전통이 버지스의 소설에서 차지하는 비중을 증명하는 또 다른 예는 '나'를 소설의 화자로 소개하고 독자에게 모든 것을 털어놓는 인상을 주는 서술 구조다. 영국 소설이 본격적

---

3) Roger Lewis, *Anthony Burgess*(London: Faber and Faber, 2002), p. 289 참조. 버지스는 생피에르의 소설을 1962년 번역 출판했다.

으로 발전한 18세기에 집중적으로 사용된 '대화체' 또는 '서간 체'의 서술 구조는 원래 16세기 영국 엘리자베스 시대의 그린 (Robert Greene)이나 내시(Thomas Nashe) 같은 작가들의 산문 전통이 발전한 것이라 볼 수 있다. 이들 엘리자베스 시대의 작 가들은 독자들을 즐겁게 만들기 위해서 상투적인 표현을 섞 어 가면서 화려한 말들을 마구 쏟아 낸다. 버지스 소설의 서 술 구조에 상응하는 것이 바로 작품의 첫 대목에서 그려지는 알렉스와 패거리들의 복장에 대한 묘사다. 많은 평자들이 지 적하듯이 이들의 복장은 엘리자베스 시대를 상징적으로 반영 하고 있다.[4)]

　문학 전통과 함께 음악 또한 이 작품에서 중요한 역할을 한 다. 버지스는 소설가뿐 아니라 음악 작곡가로도 유명하다. 작 곡은 직업 군인, 교사, 신문 기자, 소설가, 영화 각본 작가 등 다양한 그의 경력 중 한 부분이기는 하지만 그의 소설에 커다 란 영향을 주었다. 주인공 알렉스가 즐겨 듣는 음악은 베토벤 의 「영웅」이고, 작품 도처에 산재한 음악에 대한 언급과 함께 작품의 구조적인 면 또한 음악이 중요한 요소라는 점을 보여 준다. 『시계태엽 오렌지』는 3부 구성이고, 각 부는 똑같이 "자, 그럼 이제 어떻게 될까?"라는 알렉스의 말로 시작되는데, 이 런 구조는 소나타에서 자주 쓰이는 론도 형식과 유사하다. 음 악의 중요성이 이 작품에 국한되진 않지만, 이 소설은 문학의

---

4) Black Morrison, "Introduction to Anthony Burgess", *A Clockwork Orange* (London: Penguin, 1996), xi.

한 장르가 새로운 문화 현상(영화에서 자주 이용되는 주제 음악)과 상호 작용 하는 모습을 보여 주는 것이다. 그러나 이 시점에서 버지스가 자신은 큐브릭 감독이 만든 영화의 원작으로 자신의 소설이 기억되길 바라지 않는다고 한 말을 상기할 필요가 있다. 이런 언급은 영화라는 시청각 매체가 다루기 힘든 언어와 서술 구조에 대한 옹호라고 이해할 수 있겠다.

버지스의 『시계태엽 오렌지』 속에 녹아 있는 문학 전통과 20세기 중후반기 사회 문화적인 배경은 우리로 하여금 '폭력을 선동하는 감각적인 작품'이라는 이 작품에 대한 기존의 평가가 상투적인 것은 아닌지 반성하게 만든다. 아니, 그런 평가가 이 소설을 실제로 읽은 경험에 바탕을 두고 있는지를 되묻게 만들기도 한다. 피를 부르는 폭력이 현실의 한 단면을 넘어서 영화의 목적 그 자체가 되어 버린 요즘의 영화를 보고 사는 우리에게는 알렉스와 그 패거리의 비행이 수줍고 어정쩡한 아이들 장난으로 보일 수도 있다. 그러나 이 작품이 그리고 있는 폭력을 행사하는 인간의 자유 의지, 그러한 인간으로부터 자유 의지를 앗아 가려는 국가 권력의 문제는 '교도'의 차원을 넘어서 인간의 본성에 대한 반성을 촉구한다. 그리고 이런 반성은 버지스의 『시계태엽 오렌지』를 오늘날에도 우리가 읽어야 하는 주요한 이유이다.

번역은 완결되는 것이 아니라 지속되는 것

2001년 영국에서 박사 학위 논문 심사를 통과했다는 기쁨 속에 본격적으로 시작한 버지스의 『시계태엽 오렌지』 번역은 결코 쉽지 않았다. 버지스는 내가 전공한 영국 소설가 D. H. 로런스에 대한 비평서도 쓴 작가로 이미 알고 있던 터였으나, 난해하기로 정평이 난 그의 작품을 우리말로 옮기는 것은 단어 하나하나에서부터 이 책, 저 책, 이 사전, 저 사전을 뒤져야 하는 어려운 작업이었다. 오늘날처럼 발달한 인터넷 검색 플랫폼이 없던 터라 영국의 도서관들과 중고 서점들을 찾아다니면서 몸으로 때워야 했던 기억이 남아 있다. 그리고 귀국해서 이 소설이 이미 우리말로 번역되었다는 사실에 다시 놀랐고, 역자들에 대한 경외심을 가지게 되었다. 하지만 번역 과정을 통해서 선배들의 업적이 후배들에게 짐이 될 수 있는 상황을 체험했는데, 그 예가 지금도 이 증보판의 제목으로 사용하고 있는 '시계태엽 오렌지'라는 표현이다. 민음사와의 번역 과정에서 원제목이 '시계'가 아닌 기계 장치 일반을 의미하며, '오렌지'도 과일이 아니라고 주장하면서 새로운 우리말 제목을 모색했지만, 결국 이미 대중적으로 잘 알려진 영화의 제목인 '시계태엽 오렌지'가 제목으로 소개되어 이제는 쉽게 버릴 수 없는 이 빠진 장독 같은 존재가 되었다. 이런 어려움 속에서도 버지스의 소설을 번역하는 과정은 박사 학위를 갓 취득하고 어깨에 힘이 좀 들어간 나에게 부단한 지적 도전이었고, 끊임없이 발견의 즐거움을 주었다.

이 증보판에 함께 수록된 여러 자료들 중에는 처음 번역을 시작할 때 참고한 것도 있지만 이번에 처음으로 접하는 것도 많아 버지스의 소설을 깊게 이해하는 데 도움이 되었다. 특히, 이 소설 곳곳에 녹아 있는 문헌 인용에 대한 자료는 처음 번역을 했을 때 참고를 했더라면 번역의 질이 높아졌을 것이라는 아쉬움을 준다. 그리고 이 증보판을 통해 버지스라는 작가의 해박한 지식을 알게 되고, 또 독자들에게 소개할 수 있게 되어 참 기쁘다. 하지만 증보판 번역 과정은 번역은 완결되는 것이 아니라 지속되는 것이라는 범상한 진리를 다시 뼈에 새기는 계기가 되었다. 앞으로 번역할 엄두가 쉽게 나지 않겠지만 책상머리에 붙여 두고 싶은 말이다.

마지막으로 출간 50주년 기념 증보판 번역이 마무리되기까지 기다려 준 민음사 편집진에 죄송하고 감사하다. 사리가 한 바가지는 나왔을 듯한데 내 변명은 증보판 번역을 위해 이 원고를 런던, 뉴욕, 베를린, 파리, 피렌체, 베네치아 등 세계 곳곳을 무겁게 가지고 다녔고, 거기에는 곳곳의 커피 향이 배어 있다는 하잘것없는 것이다. 하지만 여러 곳을 떠다니면서 접했던 낯선 언어들, 낯선 표정들, 낯선 몸짓들은 다시 버지스가 『시계태엽 오렌지』의 낯선 언어들과 그 너머의 의미를 찾아 '기똥찬' 우리들의 상상력을 주눅 들지 않고 펼치길 원한 작가의 따뜻한 마음을 되새기는 계기를 마련해 주었다.

2022년 3월
박시영

작가 연보

1917년 조지프 윌슨과 엘리자베스 버지스 윌슨 사이에서 태어났다.(2월 25일) 본명은 존 앤서니 버지스 윌슨이다.

1937년 빅토리아 대학 영문과에 입학했다.

1940년 학사 논문으로 크리스토퍼 말로의 『파우스트 박사』에 대해 쓰고 대학을 졸업한 후 10월 의무 부대에 입대했다.

1954년 쿠알라캉사르에 있는 말레이 대학에 교관으로 임명됐다.

1956년 앤서니 버지스라는 필명으로 소설 『호랑이를 위한 시간(Time for a Tiger)』을 처음으로 출판했다. 이후 1959년까지 『담요 속의 적(The Enemy in the Blanket)』과 『동쪽의 침대(The Beds in the East)』를 발표했다. 이 셋을 묶어 "말레이 3부작"이라고 부른다.

1957년 유럽을 여행했다.

1958년	보르네오섬의 브루나이에서 교관으로 활동했다.
1961년	아내 린과 함께 러시아를 여행했다. 조지프 켈이라는 필명으로 『한 손으로 손뼉 치기(One Hand Clappin)』를 발표했다.
1962년	『시계태엽 오렌지』를 출판했다.
1969년	제임스 조이스의 『피네간의 경야』를 편집했다.
1971년	스탠리 큐브릭 감독의 영화 「시계태엽 오렌지」가 개봉했다. 같은 해 프랑스 작가 에드몽 로스탕의 『시라노 드 베르주라크(Cyrano de Bergerac)』를 번역했다.
1973년	『조이스 소개서(Joysprick: An Introduction to the Language of Joyce)』를 출판했다.
1978년	헤밍웨이 연구서 『어니스트 헤밍웨이와 그의 세계 (Ernest Hemingway and His World)』를 출판했다.
1985년	로런스 연구서 『존재로의 불꽃(Flame into Being: The Life and Work of D. H. Lawrence)』을 출판했다.
1987년	『시계태엽 오렌지』를 연극 대본으로 각색하고 직접 음악을 작곡했다.
1989년	소설 『악마의 방식(The Devils Mode)』을 발표했다.
1993년	암으로 별세했다.

세계문학전집 112

시계태엽 오렌지

1판 1쇄 펴냄 2005년 1월 5일
1판 48쇄 펴냄 2022년 2월 24일
2판 1쇄 펴냄 2022년 4월 25일
2판 7쇄 펴냄 2024년 10월 2일

지은이 앤서니 버지스
옮긴이 박시영
발행인 박근섭, 박상준
펴낸곳 (주)민음사

출판등록 1966. 5. 19. (제 16-490호)
서울특별시 강남구 도산대로1길 62(신사동) 강남출판문화센터 5층 (우편번호 06027)
대표전화 02-515-2000 팩시밀리 02-515-2007
www.minumsa.com

ISBN 978-89-374-6112-5 04800
ISBN 978-89-374-6000-5 (세트)

* 잘못 만들어진 책은 구입처에서 교환해 드립니다.

세계문학전집 목록

세계문학전집은 계속 간행됩니다.